U0840672

科塔萨尔短篇小说全集 I

被占的宅子

〔阿根廷〕胡里奥·科塔萨尔 著
陶玉平 李静 莫娅妮 译

南海出版公司

新经典文化股份有限公司
www.readinglife.com
出　品

目录

Contents

彼岸　陶玉平 / 译

动物寓言集　李静 / 译

游戏的终结　莫娅妮 / 译

I

II

III

彼岸

陶玉平 / 译

我们在这里，像在原野上受黑暗包围，
受斗争和逃遁惊扰得没有一片净土，
处处是无知的军队在黑夜里冲突。

——马修·阿诺德[1]
《多佛海滨》[2]

---

①马修·阿诺德（Matthew Arnold, 1822－1888），英国诗人、评论家。（本书中除特殊说明外，均为译注。）

②引文原文为英语，此处采用了卞之琳译本。

献给喜欢这些故事的帕科

这些故事是在一九三七到一九四五年间时断时续地写成的，今天我把它们收集起来，是为了顺便看一看，它们脆弱不堪的结构，是否可以为这一束用柳条编织的劝诫故事增加些许光彩。每次找见这些零零散散的纸页，我都坚定地相信，它们彼此需要，单独放置会使它们受到伤害。也许值得把它们装订在一起，因为每当你对某一页感到失望时，就会产生阅读下一页的愿望。

我把这些纸页集结成书只是为了结束一个阶段，好独自去面对另一个道德不至于如此败坏的阶段。书出一本就少一本，也就离最后期望之中十全十美的顶峰之作更近了一步。

一九四五年，于门多萨[①]

①阿根廷中西部城市，建于16世纪，现为门多萨省首府。

抄袭与翻译

一　吸血鬼的儿子

也许所有的鬼魂都知道，杜孤·凡是个吸血鬼。他们倒不是怕他，只是每当夜半三更他从坟墓里飘然而出，进古堡去寻找他心爱的吃食的时候，他们都会给他让出通道。

杜孤·凡长了一副不讨人喜欢的面孔。说起来，他于一〇六〇年死于一个小孩之手，那孩子带着投石器，名字也叫作大卫。自打那时起，他吸了那么多的血，加上棺材板又常年泡在水里，他暗淡无光的肤色里已经隐隐渗进了木板的颜色。他脸上唯一还带点儿生气的就是那双眼睛。此刻那双眼睛直勾勾地盯住宛达女士，她正躺在从小睡到大的床上，熟睡得像个婴儿。

杜孤·凡无声无息地行走着。生与死在他心中交织，最终变成了非人的残忍习性。他是吸血鬼，一身深蓝色的装裹，总是给所到之处悄无声息地带去一股变了味儿的香气。他在古堡的一条条走廊里穿行，寻找着身上有血的活物。倘若当时就有制冷设备，他一定会被气得半死。仿佛预感到有什么危险正在逼近，宛达女士睡觉的时候用一只手挡在眼前。她就像是一件温馨可人的珍宝，一片亲切宜人的绿草地，一尊女神的雕像。

杜孤·凡有个值得称颂的习惯：他行动之前总是不假思索。这会儿，他站在床前，轻轻地用已经腐朽不堪的手褪下这尊有节奏起伏的雕像身上的衣裳，吸血的渴望顿时消退得一干二净。

吸血鬼也会恋爱，这在以往的传说中闻所未闻。倘若他事先能仔细想一想，他那与生俱来的习性自然会让他在爱情的边缘幡然止步：爱情终究不如去吸上点儿干干净净、生机勃勃的鲜血来得要紧。可宛达女士对他来说绝不仅仅是一盘可口的点心。他们两具身体之间原本被饥饿阻隔，这空间，一下子，张张扬扬地，被她的美貌填得满满当当。

没有丝毫的恍惚，杜孤·凡带着巨大的贪婪投入到这场爱情之中。宛达女士从梦中猛然惊醒，被眼前景象吓得忘记了自卫。半是梦境半是昏厥之间，她像夜里一道洁白的光线，落入了情人的手心。

事实上，天快亮的时候，吸血鬼在离开之前，天性使然，还是忍不住在这个昏迷过去的卡斯蒂利亚女人肩上略微吸了一点儿血。事后回想时，杜孤·凡这么对自己解释道：对于昏厥过去的人来说，放点儿血是会有好处的。和所有人一样，他的思维比起他的本能行为总显得不那么光明正大。

古堡里召开了一次会诊，鉴定结果不太妙，人们还举行了驱邪和诅咒活动，此外还请来一名英国护士，人称威尔金逊小姐，她喝起杜松子酒来就跟喝水一样。宛达女士在生死之间挣扎了很长时间

（原文如此）。有人说这是一场做得太过逼真的噩梦，但在某些有目共睹的证据面前，这个假说不攻自破。等了一段时间，她确信无疑，自己肯定是怀孕了。

紧锁的大门使得杜孤·凡的一切企图都落了空。现在这个吸血鬼只能在孩子和绵羊身上找吃的，最恶心的是他有时候还得从猪身上吸血。但和宛达女士的血比起来，所有别的血液都像是凉开水。即便是吸血鬼的秉性也无法阻止他去做一种简单的联想，去回想起那血液的滋味，在那血液里，他的舌头曾像一条鱼那样有滋有味地游弋。

白天，他的坟墓毫不通融，他必须等到鸡叫才能出来，肚子里饿得发慌，浑身的骨头就像是散了架一样。他再也没有见过宛达女士，一次又一次地任由步伐把自己带向那条走廊，可每一次都不得不在那把黄灿灿的大锁前停下脚步。杜孤·凡在精神上一下子苍老了许多。

有几次，他躺在他那阴暗潮湿的石头墓穴里想，也许宛达女士会给他生一个儿子。这时心中的爱情比肚子里的饥饿更让他煎熬。他甚至狂热地梦想自己回去把锁砸烂，把她抢出来，然后建造一个供两人使用的宽敞一些的新坟墓。他身上显出了打摆子的症状。

在宛达女士的身体里，孩子一点一点地长大。一天下午，威尔金逊小姐听见女主人在大喊大叫，见到她的时候，发现她脸色苍白，神情伤感。她隔着绸缎一下下敲着自己的肚子，嘴里说着：

“和他爸爸一模一样，像他爸爸。”

吸血鬼也是会死的（不难想象，想到这一点他就心生恐惧），杜孤·凡命悬一线，但他还抱有一线希望，希望他的儿子能够和他一样机灵敏锐，总有一天会想出什么办法把他母亲带到自己身边。

宛达女士脸色一天比一天苍白，浑身轻飘飘的。医生们议论纷纷，什么大补的药也都没了用处。她嘴里还是不断重复着同一句话：

“和他爸爸一模一样，像他爸爸。”

威尔金逊小姐得出了一个结论：小吸血鬼正在凶残无比地吮吸妈妈的血。

医生们知道以后，提出这种情况完全可以合理合法地让她流产；但宛达女士拒绝了，她把头摇得像拨浪鼓一样，一面还隔着那层绸缎用右手抚摸着肚子。

“和他爸爸一模一样，像他爸爸。”

杜孤·凡的儿子长得很快。他不仅仅占据了他应该占的地盘，还侵占着宛达女士身体里其余的空间。宛达女士连说话的气力都没有了，她身上已经没了血液，要是说还有一点的话，那也全在她儿子身上。

到了人们觉得应该临盆的那一天，医生之间议论纷纷，都说这一定会是一次怪异的分娩。他们四个一组围绕在产妇床边，等候着杜孤·凡作恶后的第九个月第三十天的夜半时分。

威尔金逊小姐待在走廊里，看见一团黑影越走越近。她没有大喊大叫，因为她非常明白，即使喊出来也没有任何用处。说老实话，杜孤·凡的一副尊容实在是让人看了以后笑不出来。他的脸原本是土黄色的，这时变得一片青紫。结成一团的头发下面，在应该长着眼睛的地方，晃动着两个含着泪珠的大问号。

“他绝对是我的。”吸血鬼用他们那帮家伙才有的随心所欲的口吻说道，“谁都休想阻挡我对他的关爱。”

他说的是他儿子；威尔金逊小姐哑口无言。

医生们在床的一头挤成一团，努力互相证明自己并没有害怕。他们开始觉察到宛达女士的身体发生了一些变化。她的皮肤突然变得乌黑，双腿处处肌腱暴起，肚腹一点一点自然而然地变得平坦，连她的性别都变成了男性。那张脸不再是宛达女士的脸，手也不再是宛达女士的手。医生们都被吓得半死。

这时，十二点的钟声敲响，这具曾经属于宛达女士的身体，现在成了她儿子的身体，这身体从床上缓缓挺直起来，把双手伸向了敞开着的大门口。

杜孤·凡走进了房里，从医生们面前走过，看也没看他们一眼，径直握住了他儿子的双手。

他们俩互相注视着，仿佛早就相识一般，穿过窗户飘然而去。床有点皱巴巴的，医生们围在床边不知说些什么好，只是呆呆地看着桌子上他们这个行当的各种器械，看着那台用来称初生婴儿体重的秤。威尔金逊小姐则靠在门边，绞着双手，不断地问呀，问呀，问个不停。

一九三七年

二　越长越大的手

那场架不是他挑起来的。是卡里说："你是个胆小鬼、小人，还是个蹩脚透顶的诗人。"这话一出口，就像生活中经常发生的那样，话语决定了下一步的行动。

普拉克朝着卡里走近了两步，开始揍他。他一度以为卡里也会用同样的力气还击，可他什么也没感觉到。只有他的双手，用惊人的速度，借着闪电般的爆发力，一下又一下地打在卡里的鼻子上、眼睛上、耳朵上、脖子上、胸膛上、肩膀上。

普拉克直面正前方，急速晃动着身体，一步不退，一步不退地击打着。他的眼睛充分估量着对手的身影。可他的一双手估量得更加精确；他看见自己的双手紧紧捏成了拳头，一下接一下地完成着自己的任务，就像汽车上的活塞，也像其他任何急速运转的东西一样。他殴打着卡里，一下接一下打个不停，每一次他的拳头落在那团滑溜溜热乎乎的肉上，毫无疑问那就是卡里的脸，他的内心便一阵狂喜。

最后，他放下了双臂，让它们靠在身旁歇一歇。他说了句：

“蠢货，这下你被揍得可以了吧。再见。”

他迈开步子，沿着市政厅内通向大街的长长的走廊，向外走去。

普拉克很开心。他的双手这次表现得不错。他把双手举到眼前仔细打量了一番；他觉得打了这么长时间，这双手稍微有点肿。他的双手这次表现得不错，见鬼；再也没有人会怀疑他能不能和别人一样做个不错的拳击手。

走廊里空空荡荡的，显得特别长。怎么走了这么长时间还没走完？兴许是有点累了吧，可他自己觉得身体上的满足像无形的手支撑着他，他浑身上下轻轻松松。是手累了吗？这世上恐怕没有任何一只手可以和他的手相比；恐怕也没有一双手会因为出了这么大的力气而肿成这副模样。他又看了看自己的这一双手，把它们像活塞连杆或是像放了假嬉戏玩耍的小女孩那样晃了晃；他千真万确地感觉到这就是他的手，它们和他的身体并不像仅仅通过手腕连接起来那样简单。他这一双手甜蜜亲切、光彩照人，而且战无不胜。

他吹了声口哨，为自己在这长得没有尽头的走廊里行进的步伐打个拍子。离出口的大门还有一段很远很远的距离。可归根结底这又有什么要紧呢。在埃米里奥家里，午饭总是开得很晚，当然了，这一天他并不是去埃米里奥家里吃饭，而是去玛尔吉家里吃饭。他将和玛尔吉共进午餐，因为他有些亲热话要对玛尔吉讲讲，然后再回来上下午的班。在市政厅里要干的活太多了。那么多双手一起干都干不完。手啊手……可他这一双手刚才确确实实忙得不亦乐乎。这双手为了报复，打呀打的；也许就因为这个，这双手现在才显得沉甸甸的。大街还在远远的前方，已经是正午了。

普拉克的视野里已经出现了大门口一闪一闪的光影。他不再吹口哨了，而是换成了“布里布鲁，布里布鲁，布里布鲁”。真棒，他就这样嘴里嘟囔着毫无目的也毫无意义的话。就在这时，他突然感到有什么东西在地面拖着他。这可不是什么小事情：他身上有件东西在地面上拖着。

他朝下看去，这才看见在地上拖着的原来是他的手指。

他的手指在地上拖着。普拉克被这突然得知的情况震惊了，心里五味杂陈。他不敢相信，但这是真真切切的现实。他的手指就像非洲大象的耳朵，一扇扇巨大的肉片在地上拖来拖去。

惊恐之余，他爆发出一阵歇斯底里的大笑。他的手指背面一阵阵瘙痒：地面上每一条砖缝都像砂纸一样摩擦着他的皮肤。他想把一只手抬起来，但抬不动。每一只手的分量都在五十公斤上下。他连握都握不紧。他想了想自己一旦握起拳头来会是什么样子，忍不住笑得浑身打颤。这是一双什么样的手啊！这时候要是能悄悄回到卡里身边，带着一双汽油桶般大小的老拳，把一只汽油桶般的拳头伸过去，慢慢地展开，一点一点地露出指节和指甲，把卡里捏在左手手心，再用右手手掌合住左手手掌，轻轻地这么一搓，把卡里从这头搓到那头，就像搓一根面条，就像玛尔吉每个星期四中午搓面条那样。就这样把他搓来搓去，嘴里再吹上个快乐的小调，一直把卡里搓成一块陈年饼干的碎渣。

普拉克已经到了大门口。两只手拖在地上，他连动弹一下都不可能。地砖上每一处起伏都给他的神经带来刺骨的疼痛。他开始低声咒骂，觉得眼前的一切都变成了红颜色，不过应该是大门上彩色玻璃的缘故吧。

现在最要紧的是怎么才能打开这扇该死的大门。普拉克想了个办法，一脚踢去，趁大门往外转开的时候，把身体挤了过去。可是不管怎么努力，他的一双大手就是出不了门。他侧过身子，想先把右手弄出去，再弄出左手。可是一只也出不去。他想："把这两只手丢在这里吧。"想得很认真，就好像真能办到似的。

"太荒唐了。"他嘴里嘟囔了一句，可他的话语显得空空洞洞的。

他想冷静一下，在门前瘫坐了下来。两只大手像睡着了一样低垂在脚旁，相比之下，那双交叉在一起的脚显得那样小巧玲珑。普拉克注意看了看自己的双手，除了变大以外，并没有别的什么变化。右手大拇指上有颗瘊子，现在已经像闹钟般大小，但颜色仍然像过去一样鲜亮，是那种亚得里亚海的蓝色。指甲还是像过去那样修剪得十分精细（这话是玛尔吉说的）。为了让自己平静下来，普拉克深深吸了一口气。这事儿严重了，非常严重。不管发生在谁身上都足以让那人疯掉。但普拉克最后还真做到了听从自己的理智。这事儿严重了，不光严重，还很烦人；这句话说出口的时候，他甚至还露出了一丝微笑，恍如身在梦中。突然他想起来了，这大门有两扇。他站起身来，照着第二扇门就是一脚，再用左手像门闩一样抵住门。他小心翼翼地估算了一下距离，慢慢地把两只手挪到了大街上。他觉得一阵轻松，几乎有点飘飘然。现在最重要的就是怎么挪到街角那里，然后赶紧坐上一辆公共汽车。

广场上人们看他的眼光里充满了惊恐。普拉克倒没有感到什么不安：要是人们都不看他，那才真是咄咄怪事。他努力对一个公共汽车司机打了个手势，让他把车停在自己待着的那个街角。他想要上车，可那双手太沉了，实在上不去。他只好退了下来，车里一片惊叫声，靠人行道这边坐着的一群老太太全体消失得无影无踪。

普拉克只好继续待在大街上，看着自己的双手沾满了垃圾、杂草和路上的碎石子。坐公共汽车算是没这运气了。要不去试试有轨电车？

有轨电车停了下来，车上的乘客们先是看见拖在地面的一双大手，又看见这一双大手当中站立着的普拉克，小小的，面色苍白，便齐齐发出一阵惊天动地的叫声。车上的人们歇斯底里地催司机一刻都不要等，赶紧开车。普拉克又没能上车。

“那我去坐出租车好了。”他嘟囔了一句，开始有点绝望了。

出租车很多，他叫住了一辆黄颜色的。出租车好像不太情愿地停了下来。开车的是个黑人。

“好家伙！”黑人说话都不大利索了，“这是一双什么手呀！”

“把车门打开，你下车，抬起我的左手，放到车上，再抬起我的右手，放到车上，推我一把，把我塞进车里，慢着点儿，就这样，可以了。现在把我送到第十二街四〇七五号，然后就去见你的鬼吧，你这个黑鬼。”

“好家伙！”司机这会儿才算恢复了自己原来脸庞黑黑的颜色，“先生，您能肯定这双手是您的吗？”

普拉克在座位上哼了一声。车上几乎没有他的容身之地：他那双手占据了整个地面，又占了座位上的地方。天气有点凉，普拉克打了个喷嚏。他下意识地想用手遮住鼻子，可胳膊只勉强动了动。他只好软塌塌地坐着，像被打败了一样，心里却几乎有点儿扬扬自得。那两只手又脏又沉，瘫在出租车地面上。手上的瘊子在灯杆上碰了一下，流出了几颗大大的血滴。

“我要去找个医生看看。”普拉克说，“我不能就这么到玛尔吉家去。看在上帝的分上，我不能；这双手会把她家占满的。我得去看医生；他会建议我做个手术，我会接受的，没有别的办法。我现在又饿又困。”

他用前额撞了撞前面的玻璃。

“送我到第五十大街四八五六号去。到赛普腾博医生的诊所。”

他为自己刚刚产生的念头而扬扬自得，甚至想心满意足地搓一搓手；他费力试了试，最后还是作罢。

那黑人帮他把一双大手挪到了诊所门口。黑人揪住他的两根拇指，浑身冒汗、气喘吁吁，普拉克跟在后面，他刚在候诊室出现，就引起了一片骚乱。

“把我挪到那把大椅子那儿，好，就这样。现在把手伸到外套口袋里。当然是你的手了，你这个蠢货:伸到外套口袋里，不是这边的，是那边，再伸进去一点儿，小子，好了。把那卷钞票掏出来，拿出一张一美元的，不用找了，滚蛋。”

他把气都撒在了那个殷勤的黑人身上，自己也不知道为什么。也许是种族问题吧，当然了，这种事总是说不清道不明的。

两位护士面带着隐约有些害怕的微笑让普拉克把手架在她们身上，艰难地把他拖到了诊疗室里。赛普腾博医生长了一张圆圆的脸，一脸的倒霉相；他迎上前来想和普拉克握手，可随即发现这事儿有点儿不大好办，便把握手改成了微笑。

“什么风把您给吹来了，我的朋友普拉克？”

普拉克看了他一眼，面带悲伤。

“没什么。”他阴阳怪气地答道，“我的家谱有点疼。可您这个当医生的，就看不见我这一双手吗？”

“哦，哦！”赛普腾博应和着，“哦，哦，哦！”

他跪下身来，摸了摸普拉克的左手，显出很担忧的神色。他又问了些问题，都是些常规问题，可此刻，面对这种怪异的症状，这些问题听上去怪怪的。

“这太奇怪了。”他挺有信心地说了句，“简直是奇怪透顶。”

“您这么认为吗？”

“是的，这是我从业以来遇见的最奇怪的事儿。当然了，您肯定不介意我给您拍几张照片，对不对？是给宾夕法尼亚的奇异博物馆照的。另外，我有个妹夫，他在《呐喊报》工作，那是一家不太张扬的谨慎报纸。可怜这个科林库斯，最近混得很惨，我想帮他个小忙。要是能写一篇关于这双手的报道，我的意思是说，关于这双离奇的手的报道，他准能火上一把。我们就把这则消息的首发权给他吧，行不行？他今天晚上就能赶过来。”

普拉克愤愤地啐了一口。他气得浑身发抖。

“不行。我可不是马戏团里的玩意儿。”他阴沉着脸说道，“我到您这儿来，就是想让您帮我把这玩意儿割掉。现在就割，您听明白了吗？钱不成问题，我上了个保险，这些账都能报销。另外我还有些哥们儿，他们也会管我的。只要一知道我的遭遇，他们马上就会成群结队地来握我的……不说了，他们会来的。”

“当然您说了算，我亲爱的朋友。”赛普腾博医生看了看手表，“现在是下午三点钟（普拉克吓了一跳，他没想到过去了这么长时间）。如果我现在就给您做手术，您夜里的时光会很难熬。咱们还是等到明天吧，您看怎么样？到那时，科林库斯也就……”

“我现在就很难熬。”普拉克边说边在想象中用双手扶了扶头，“看在上帝的分上，医生，现在就给我动手术吧。给我做手术……我对您说了我要做手术！哥们儿，给我做手术吧，别这么坏心眼！您体谅体谅我的难受劲儿！！您的手从来没长过这么大吧??我的手长成这么大了！！！就在您眼前，就长得这么大了！！！”

他失声痛哭起来，泪水肆无忌惮地顺着脸颊流下来，滴到他手心粗大的皱纹里看不见了，他的手摊在地面上，手背贴着冷冰冰的地砖。

赛普腾博医生的身边这会儿围了一群动作麻利的女护士，一个比一个漂亮。大家伙儿齐心协力让普拉克在一只凳子上坐了下来，又把他的两只手架在一张大理石桌面上。她们点起了火，空气里飘满了刺鼻的气味。手术器械明光锃亮，一道道指令条理分明。赛普腾博医生身上裹了七米长的白布，全身上下唯一有生气的只有一双眼睛。普拉克开始想象，待会儿麻药过去之后重回人间，该有多恐怖。

他们温柔有加地让他躺了下来，两只手还是放在大理石桌面上，献祭即将在那里举行。赛普腾博医生走了过来，在口罩后面笑个不停。

“科林库斯马上就过来照照片。”他说，“听着，普拉克，这是个小手术。想想开心的事情吧，这样您的心脏就不会受苦。您和您这两只手告过别了吗？等您醒过来……它们就不是您的了。”

普拉克露出了不好意思的神情。他开始端详自己的手，先看看一只，再看看另一只。“小家伙们，再见了。”他心中想道，“等你们泡在专门为你们准备的福尔马林池子里的时候，也想想我吧。你们也应该想想玛尔吉，她经常吻你们。还要想想米特，你们经常抚摸它的皮毛。我原谅你们干过的坏事，比方说你们猛揍卡里那个狂妄自大的臭小子……”

有人把一团棉花球凑到普拉克脸前，他闻到了一股甜甜的怪味儿。他想说点儿什么，但赛普腾博医生轻轻做了个手势制止了他。普拉克闭上了嘴。就让他们把自己麻翻了吧，想点儿高兴的事情开开心。比方说，和卡里打架的事。那场架不是他挑起来的。是卡里说："你是个胆小鬼、小人，还是个蹩脚透顶的诗人。"这话一出口，就像生活中经常发生的那样，话语决定了下一步的行动。普拉克朝着卡里走近了两步，开始揍他。他一度以为卡里也会用同样的力气还击，可他什么也没感觉到。只有他的双手，用惊人的速度，借着闪电般的爆发力，一下又一下地打在卡里的鼻子上、眼睛上、耳朵上、脖子上、胸膛上、肩膀上。

他一点一点醒了过来。他睁开眼睛，第一个映入眼帘的居然是卡里的面孔。卡里面色苍白，惶恐不安，向他俯下身子，说话结结巴巴的。

"我的上帝呀！……普拉克，老伙计……我真没想到事情会变成这个样子……"

普拉克没听懂他的话。卡里，他怎么会在这里？他想了想；也许是赛普腾博医生担心术后会有什么意外，把这事通知到朋友圈子里了。因为，除了卡里之外，他还看见了不少在市政厅工作的人的面孔，在自己躺着的身体旁边围成一圈。

"你怎么样了，普拉克？"卡里问道，嗓子像是被人掐住了一样，"你……你觉得好些了吗？"

普拉克突然明白了真相。原来自己是做了个梦！是做了个梦呀！"卡里一拳打在我的下巴上，把我打晕过去了；在我昏过去的这段时间里，我梦见这双手发生了可怕的事情……"

他发出一阵尖声怪气的大笑，感到一阵轻松。他笑呀，笑呀，笑个不停。朋友们看着他，全都目瞪口呆。

“哦，你这个头号蠢货！”他高声喊道，两眼放光，盯住卡里，“你这回打赢了，可等我稍微恢复一点，你就等着瞧吧……我要狂揍你一顿，揍得你在床上躺上一年！……”

他举起双臂，想证实一下自己的话，为这事儿做个了断。他看见一双残肢。

一九三七年

三　德莉亚，来电话了

德莉亚的手疼。肥皂沫像碎玻璃碴一样，在她皮肤道道皴裂的口子上肆意折磨着她，她的神经突然就像被一根根针扎着。德莉亚本可以毫无顾忌地大哭一场，像面对一次不可避免的拥抱一样面对疼痛。她之所以没哭，是因为一股隐秘的力量使她不能轻易哭出声来。很久以来，她一直在为索尼哭泣，为见不到索尼而哭，相比之下，肥皂沫带来的疼痛就不足为道了。只有他才值得她落泪，否则的话，她可能早就自暴自弃了。还有巴贝也在，他就在那个用分期付款买来的铁皮摇篮里。有两个人始终在那里，巴贝与那个消失得无影无踪的索尼。巴贝要不就在摇篮里待着，要不就在那块磨得不成样子的地毯上爬来爬去；而那不见踪影的索尼，就像所有不见踪影的人一样，到处都留下了他的身影。

架子上的洗衣盆随着洗衣服的节奏晃动着，正好和德莉亚十分喜欢的一个广播节目里黑人女孩演唱的布鲁斯民谣合上了节拍。她一直喜欢听布鲁斯民谣歌手的演唱：从七点一刻开始——在音乐和音乐之间，收音机会像一只受了惊的老鼠那样发出“嘶，嘶”的声音，预报节目开始——到七点半结束。德莉亚从来不会去想什么“十九点三十分”；她喜欢家常的老式叫法，就像墙上的挂钟指示的那样。这会儿，那钟摆有气无力地晃动着，巴贝舒舒服服地待着，正摇头晃脑地看着它。德莉亚就喜欢这样久久地看着挂钟，要不就注意听着收音机里发出的“嘶，嘶”的声音。虽然看着时间经常会使她想起那个不在眼前的索尼，想起他的种种恶行，想起自己如今被抛弃，想起巴贝，然后不禁悲从中来，想大哭一场。她还会想起莫里斯太太已经通知过她马上得交伙食费了，莫里斯太太那双浅褐色的长袜真漂亮啊。

电话搁板旁挂了一张索尼的照片，起初，德莉亚发现自己不知怎么就会不时悄悄地向那边看去。她想：“今天还没人给我打过电话。”其实她也不明白为什么自己每个月还继续付电话费。自从索尼出走之后，这个电话号码就少有人往里打过。至于朋友，说起来索尼的朋友可真多，那些朋友都知道，现在对德莉亚来说，对巴贝来说，对这两间堆满东西的小小房间来说，索尼已经成了陌路人。只有史蒂夫·沙利文偶尔会打电话来和德莉亚说说话，对她说些知道她身体很好他很开心之类的话，再就是让她千万别以为她和索尼之间发生的那些事会影响他打电话问候她，他还会问问巴贝长没长牙什么的。只有史蒂夫·沙利文。而这一天，电话一次都没响过，连打错了的电话都没有。

七点二十了。德莉亚听见了“嘶，嘶”的声音，中间还插播了卖牙膏和薄荷烟卷的广告。她还听见广播里说达拉第内阁很快会遇到麻烦。然后那个布鲁斯民谣女歌手的声音重新响起，巴贝本来已经要哭出声来，这时露出了欢喜的神情，仿佛在那黑人厚重的嗓音里有什么令他开心的小玩意儿。德莉亚倒掉了肥皂水，擦了擦手，皮肤被水泡得发软，毛巾擦上去，德莉亚疼得哼出了声。

可她还是不想哭。她只能为了索尼而哭。她冲着在乱糟糟的摇篮里朝她微笑的巴贝提高嗓音，想给自己痛苦的神情和哭泣找个说得过去的理由。

“要是他能知道他给了我们多大的痛苦，巴贝……要是他还有良心，哪怕能用一秒钟想一想，他那样气呼呼地把大门关上之后给我们留下了些什么……两年了，巴贝，两年了……我们连他的一点消息都没有……没有一封信，也没寄来过一回钱……哪怕是给你寄点儿钱也好呀，买买衣服，买买鞋子……你恐怕不记得你哪天过生日了，对不对？是上个月，我一直守在电话机旁边，抱着你，等着他的电话，哪怕他只说上一句‘你好，生日快乐！’或是给你寄个礼物来也行啊，礼物不用太大，一个小兔子或者一块金币都行呀……”

这样一来，她脸颊上滚烫的泪水便都有了正当的理由，因为这眼泪是她思念索尼的时候流下来的。也就在这个时候，电话响了，收音机里正好响起那精准的报时声，七点二十二分。

“有人打电话来了。”德莉亚看着巴贝说，好像这孩子能听懂似的。她走到电话机旁，心里有点儿没底，心想会不会是莫里斯太太又来催着要钱了。她在小凳上坐下来。铃声使劲响着，她反倒显得不大着急。她说了句：

“您好。”

等了一会儿她才听见回答。

“喂。您是……”

她当然知道这声音是谁的。她觉得房间旋转起来，挂钟上的指针转得像只发了疯的螺旋桨。

“我是索尼，德莉亚……是索尼。”

“哦，索尼。”

“你要挂电话吗？”

“是的，索尼。”她缓缓地答道。

“德莉亚，我得和你谈谈。”

“好吧，索尼。”

“我有好多话要对你讲，德莉亚。”

“那就讲吧，索尼。”

“你……是不是生气了？”

“我能生什么气，我是伤了心。”

“现在对你来说，我就是个不认识的人……是个陌生人，对不对？”

“不要问我这样的话。我不想让你问我这样的话。”

“问题是我心里很难受。”

“哦，你现在知道难受了。”

“看在上帝的分上，别用这样的口气说话……”

“……”

“喂。”

“喂。我还以为……”

“德莉亚……”

“我在听，索尼。”

“我能问你个问题吗？”

她听出索尼的声音里有一种怪怪的东西。当然，也可能是她已经把索尼的声音忘掉了一些。索尼不用问，就知道她一定在想，他这电话不是从监狱里就是从哪个酒馆里打过来的……说完那句话之后，他沉默了一会儿。索尼不说话的时候，是一阵寂静，那种深夜里的寂静。

“……我只问一个问题，德莉亚。”

巴贝从摇篮里抬起头来，满脸好奇地看着妈妈。孩子一点都没有不耐烦，也没有想要大哭大闹的意思。房间的另一头，收音机里又传来报时的声音，“嘶，嘶”，七点二十五分了。德莉亚还没给巴贝热奶，也还没把刚洗好的衣裳晾上。

“德莉亚，我想知道你能不能宽恕我。”

“不能，索尼，我是不会宽恕你的。”

“德莉亚……”

“我听着呢，索尼。”

“你就不能宽恕我吗？”

“不能，索尼。现在说宽恕不宽恕又有什么用呢……起码得有点爱才能谈宽恕的事儿吧……我是为了巴贝，为了巴贝我不能宽恕你。”

“你说是为了巴贝，德莉亚？你以为我能把他忘了吗？”

“那我就不知道了。可我是绝对不会让你再接近孩子的，因为现在他只是我一个人的孩子，我一个人的孩子。我绝不会让你走近他。”

“这事儿已经不重要了，德莉亚。”索尼说道，德莉亚又一次听出他的嗓音里少了点儿（或许是多了点儿）什么东西，只是这会儿这感觉更强烈了一点。

"你是从哪儿给我打电话呢？"

"这也不重要了。"索尼的声音说道，仿佛这样答话他感到很难为情。

"可这是因为……"

"我们不说这个了，德莉亚。"

"那好吧，索尼。"

（七点二十七分了。）

"德莉亚，你这样想一下，我就要走了……"

"你要走了？为什么？"

"可能吧，德莉亚，因为……发生了这么多事情……你要明白，你要理解……我就要这样离开了，没有取得你的宽恕……就这样走了，德莉亚，我什么都没有了……赤条条的……赤条条孤苦伶仃的！"

（他的声音太怪了。索尼的声音，既像是他的声音，又不像是他的声音。）

"我什么都没有了，德莉亚……孤零零赤条条地离开……唯一带走的就是我的罪孽……得不到你的宽恕，得不到你的宽恕！"

"你为什么要这样讲呢，索尼？"

"因为我不知道……我太孤单了，太没人疼了，我太怪了……"

"可是……"

德莉亚呆呆地望着前方，望着挂钟，眼前像隔了一层雾。七点二十九分了；分针和那条指示半点钟的最粗的线已经重合在了一起。

"德莉亚……德莉亚……"

"你这是从哪儿打的电话……"她喊道，身体倾倒在电话机上，开始感到害怕，又怕又爱；接下来是渴望，一阵强烈的渴望，想用手指去梳理索尼乌黑的头发，想嘴对嘴地亲吻他。“你在哪儿打电话呢？……”

“……”

“你是在哪儿打电话呢，索尼？”

“……”

“索尼！……”

“……”

“喂，喂！……索尼！”

“……你的宽恕，德莉亚……”

爱情，爱情，爱情呀。宽恕，还有比这更荒唐的吗……

“索尼……索尼，到我这儿来吧！……来吧，我等着你！……快来吧！……”

（“上帝啊。上帝啊……”）

“……”

“索尼！……”

“……”

“索尼！索尼！！”

“……”

什么声音也没有了。

七点三十分了。挂钟上指得清清楚楚。收音机里又响起了“嘶，嘶”的声音。挂钟，收音机，还有巴贝。巴贝已经饿了，正眼巴巴地看着妈妈，心里有点奇怪为什么妈妈还不给自己喂奶。

哭呀，哭呀。她哭得有点止不住，她身边是一个安静得一声不吭的孩子，孩子仿佛懂得，大人哭成这样，不该再去学她了。广播里传来柔和的钢琴声，和弦如泉水般清澈，这时巴贝把脑袋倚在妈妈的手臂上，渐渐睡着了。房间里就像是有个人在用心倾听着，德莉亚的抽泣声在家具之间盘旋上升，久久停留，仿佛渴望着什么，最后消失在寂静的走廊里。

门铃响了。只短短地响了一下。大门外有人咳嗽了一声。

“史蒂夫！”

“是我，德莉亚。”史蒂夫·沙利文应了一声。“我从这儿路过，就……”

一阵长久的静寂。

“史蒂夫……您是从……”

“不是的，德莉亚。”

史蒂夫有点儿闷闷不乐，德莉亚做了个机械的动作请他进屋里来。她注意到，史蒂夫走路的步子不像以前来找索尼的时候或是来和他们一起吃晚饭的时候那么稳当。

“您请坐，史蒂夫。”

“不了，不了……我马上就走。德莉亚，您没听到有关……”

“没有，什么也没听到……”

“当然喽，您现在已经不爱……”

“没错，我已经不爱他了，史蒂夫。您这话的意思是……”

“我带来一个消息，德莉亚。”

“是不是莫里斯太太又……”

“是关于索尼的消息。”

“索尼的消息？他是不是被关进牢里了？”

“不是的，德莉亚。”

德莉亚跌坐在凳子上。她的手碰到了冰冷的电话机。

“哦……我还以为他是从牢里给我打的电话呢……”

“他给您打电话了？”

“打了，史蒂夫。他想让我宽恕他。”

“是索尼吗？索尼给您打电话请求您的宽恕？”

“是的，史蒂夫。我没有宽恕他。巴贝和我都不会宽恕他的。”

“哦，德莉亚！”

“我们不能宽恕他，史蒂夫。可是后来……您别这么看着我……后来我哭得像个傻瓜一样……您瞧瞧我的眼睛……我当时真该……对了，您刚才说有个消息要告诉我……有个关于索尼的消息……”

“德莉亚……”

“我知道了，我知道了……您别说了。他是又偷东西了，对吗？他被关在牢里，他是从牢里给我打的电话……史蒂夫……我现在想知道他怎么了！”

史蒂夫像是被吓到了。他往四下里看了看，似乎是想找个地方支撑一下自己。

“他什么时候给您打的电话，德莉亚？”

“就刚才，七点……七点二十，我想起来了。一直到七点半。”

“可是，德莉亚，那是不可能的。”

“为什么不可能？他想得到我的宽恕，史蒂夫，就在刚才他把电话挂了之后，我才明白了他有多孤单，有多绝望……可是已经来不及了，我冲电话里喊了他好一阵……来不及了。他是从牢里打的电话，是不是？”

“德莉亚……”史蒂夫面无人色，手指抽搐着，在帽檐上摸摸索索，“看在上帝的分上，德莉亚……”

“怎么了，史蒂夫？”

“德莉亚……那是不可能的，那是不可能的……索尼绝不可能在半小时前打电话！”

“为什么不可能？”她说这话时已经站起身来，心中充满恐惧。

“因为索尼五点钟就死了，德莉亚。有人开枪把他打死了，就在大街上。”

摇篮里传来巴贝均匀的呼吸声，正好同钟摆合上了节拍。广播里那个弹钢琴的人已经停了下来；播音员的声音十分庄重，正滔滔不绝地夸奖一款新型汽车：新潮，省油，而且十分快捷。

一九三八年

四　雷米午睡正酣

他们来了。多少次他想象着这脚步声，一开始远远的，轻轻的，然后越来越重，越来越近。离他还有几米的时候，这脚步声会停一下，好像在最后一刻有点犹豫不决。大门打开时他并没有听见熟悉的钥匙声；他是那样专注，等待着起身面对自己的刽子手的那个时刻。

有句话，不等典狱长说出口，他早已在脑海里想象了出来。他曾一次又一次地想过，到这个时刻，要说出口的只能是一句话，一句简单明了又包含一切的话。他果然听到了：

“时辰到了，雷米。”

他的胳臂感到了实实在在的压力，但并不是那种凶狠的拉扯。他觉得自己被拉到了走廊里，有点像是一次放风。他漫不经心地看去，只见铁栅后闪过几个身影，这些身影突然之间有了某种无比重要的含义，但却毫无用处，仅仅是些会动的剪影。他们还将在这里晃来晃去，度过漫长的岁月。到大厅了，这大厅他以前从未见过，但雷米已经无数次想象过它的模样，还真和他想象的一模一样。接着是一道没有扶手的阶梯，因为一边一个、陪着他登上阶梯的，是两个狱卒。然后就是向上，向上……

他感觉到了圆圆的绞索，接着旁边的人猛地松开手，在这一刻百无聊赖的静寂当中，他感受到一种自在。这时，他打算提前想想即将发生的事情。他从小就是这样，喜欢用冥想的方法提前想象。转瞬之间，他就想到了下一刻，当他们松开活板门时，他的种种感受。落入那个黑漆漆的洞里，只剩下不堪忍受的窒息慢慢袭来，仿佛会有什么东西让他无法完善地组织思想；这是一种残缺不全的东西，是一种……

涂了肥皂的绞索是他用手假扮的，他有些厌烦了，把手从脖颈上移开。又是一场愚蠢的喜剧表演，又是一次被自己的病态想象搅得一塌糊涂的午睡。他在床上坐起身，无所事事地想找根烟抽，其实上一根烟的味道还没从他嘴里散尽。他点燃了火柴，看着火柴差点儿烧到自己的手指头，小火苗映在他的眼里，像是在跳舞。接下来他在洗脸池的镜子前用空洞的目光审视了自己一番。该冲澡了，该给莫蕾莉亚打个电话了，约她到贝尔吉丝太太家里见个面。又是一次被搅黄了的午睡。这个念头像只蚊子一样折磨着他，他费了好大的劲才摆脱开。为什么童年时代留下的印迹总是这样挥之不去？他总是把自己装扮成英雄人物的模样，在昏昏沉沉的二月里炮制一出出没完没了的事变，每次他不是惨死在坚城之下，就是丧命在高高的绞刑架上。从小时候起就是这样：什么海盗呀，高卢勇士呀，马来海盗桑德坎呀。他把爱情演绎成一桩艰巨的事业，只有死亡才是令人满意的战利品。到了少年时代，他开始假设自己伤痕累累，被当作牺牲品送上祭坛。那都是午睡里的革命，他虽败犹荣，因为他用自己的生命换取了某一位至爱亲朋的生还！他总能出人意料地在最后时刻喊出一句典雅高贵的话来，他痴迷于编一些这样的豪言壮语，并且把它们记在脑海里，随时准备用上它们……剧情早已设定好：一、一场革命中，在敌方的战壕里，和自己打仗的是个叫希拉里奥的人。剧情的发展分为几个小段：他们占领了敌人的战壕，希拉里奥被关了起来，在一个狂风暴雨的日子里，他们相见了，他做出自我牺牲，把军装脱给希拉里奥，让他逃走，然后，为了掩盖真相，他饮弹自尽。二、莫蕾莉亚救了他（这一点他几乎总是模模糊糊地弄不准确）。临终的他躺在床上，手术没能挽救他的性命，莫蕾莉亚握着他的手，伤心地哭泣；这时他说出临终告别的豪言壮语，而莫蕾莉亚会在他汗湿的额头上深深地一吻。三、在人群环绕之中，他在绞刑架上从容就义；他成为一个著名的罹难者，犯的是弑君或叛国重罪，像沃尔特·雷利爵士和阿尔瓦罗·德卢纳等人一样。他说出最后的豪言壮语（路易十六的声音被鼓声淹没了），刽子手就站在他的面前，他露出轻蔑的一笑（应该是查理一世那样的微笑），惊恐万状的民众都对他这种大无畏的英雄气概佩服得五体投地。

他坐在床边对着镜子顾影自怜，心中渐生恼恨。他就这样从朦朦胧胧的梦幻中醒来，好像他并不是已经年满三十五岁，好像这样死死抱住童年时光算不上什么愚蠢行为，也好像天还热得不够厉害，使他还能够想象出种种磨难来。这样的午睡有时也会有些别的花样：秘密处死，在伦敦某一所监狱里，那里施行绞刑时不会有多少人围观。这样的结局会有些难堪，但同样值得慢慢品味。他看了看钟，四点十分了。又一个下午被这样消磨掉了……

为什么不去找莫蕾莉亚聊聊呢？他拨通了电话，心里觉得午睡时的那股难受劲还没过去，更何况他根本没睡着，只不过像小时候一样，幻想了一场死亡而已。当电话另一端有人摘下话筒的时候，雷米觉得那一声“喂”不像是从莫蕾莉亚口中说出的，像是个男人的声音。雷米自己的答话倒像是压低了嗓音在窃窃私语：“是莫蕾莉亚吗？”接下来他又恢复了他那冷静的尖嗓子和一如既往的问候，只是这问候少了些自然大方，连雷米自己也不明就里。

从格林大街到莫蕾莉亚那里只隔了十条街。车开过去只是两分钟的事。先前他不是告诉过她吗？“咱们八点钟在贝尔吉丝家里见。”到达的时候是四点一刻，他几乎是从出租车里冲了出来。他闯进了起居室，爬上楼梯，在那扇红木房门前停住了脚步（上了楼梯靠右手那间），没有敲门便打开了它。他还没看见莫蕾莉亚的人影，便先听见了她的尖叫声。莫蕾莉亚和道森中尉正在房里，可发出尖叫的只有莫蕾莉亚一个人，因为她看见了那把左轮手枪。雷米觉得那声尖叫仿佛是从他自己的嗓子里发出来的，那是一声在他痉挛的嗓子里陡然止住的惊恐尖叫。

他的身体停止了抽搐。开枪的手在他脚踝那里摸了摸脉搏。目击证人们就要离去了。

一九三九年

五　谜

献给卢夫斯·金

您把事情做得太干净利落了，别说旁人，就连死者本人都没办法控告您杀了人。

夜深人静的时候，没了灯火的照耀，万物的棱角边缘都难以分清，您手持一把轻轻震颤作响的弯刀，在房间门口停了下来。您侧耳听了听，一片寂静，再没有别的声响。您推开房门，不是像爱伦·坡笔下那个对人家的一只眼睛怀有深仇大恨的人物那样，慢条斯理地把房门推开，而是毅然决然，满心欢喜，就像是去未婚妻的家中，或是去领取增加的薪酬一样。您推开房门，之所以没吹支小调什么的，是因为您还保持了一点起码的谨慎。那小调的名字其实说出来也无妨，应该就是《为你叹息》之类的歌谣吧。

拉尔夫喜欢侧着身子睡觉，这样就把身体的一侧暴露给了目光和刀子。您轻轻走上前去，一边估计着到床边的距离；只有一米了，您停下脚步。窗户开着，拉尔夫喜欢开着窗户睡觉，他喜欢清晨徐徐吹进来的微风（那时他就会起身关上窗户，然后一觉睡到十点钟），窗口照进来霓虹灯广告牌的亮光。这天夜里，纽约城并不安宁，充斥着各种花样，在香烟品牌和各式轮胎的广告当中，您看到一种殊死的搏斗，您觉得挺有意思。

可现在不是想这些有趣事情的时候。一个令人开心的决定，一旦开始了，就得干完它。您把手指插进头发里，将头发拢向脑后，决定省去种种的开场白，二话不说[①]，直接照着拉尔夫扎上一刀。

有了这样的想法，您右脚踏上拉尔夫床前的那块红地毯（当然是向前跨了一步）；您暂时把霓虹灯广告抛诸脑后，身子向左拧过去，胳膊使劲抡了起来，用打高尔夫球时开球的动作，把刀子扎进了拉尔夫腋下好几厘米深。

拉尔夫从梦中醒来时已是死到临头，他死的时候意识十分清楚。这一点使您很开心。您想让拉尔夫清楚地知道他是怎么死的，在他这可恶的一生终了之时，有一个与这件事密切相关的人就在他的身边。

拉尔夫发出一声叹息，接着是一声呻吟，然后又是一声叹息，再以后是一阵腹鸣声。世间再没有什么可以让人怀疑，死神已经和刀子一起进入了他的身体，正准备拥抱它刚刚获得的战利品。

您拔出了刀子，在您的手帕上擦了擦，又轻轻摸了摸拉尔夫的头发（这是您事先就想好的一种侮辱方式），然后走到了窗口。您朝着外面无底的深渊俯下身子，久久地看着纽约城。您专注地看着，

---

①原文为法语。

表情就像是一个站在船头瞭望、想发现什么的人。外面的夜空毫无诗意可言，光秃秃的。就在那下面，在那个时间、空间、色彩的世界里，汽车的影子来去匆匆，像屎壳郎，又像是萤火虫。

您打开了房门，又关上了它，您顺着走廊离去了，唇齿之间含着一种迷途天使般甜蜜的微笑。

“早上好。”

“早上好。”

“睡得好吗？”

“不错，你呢？”

“吃早饭吗？”

“好吧，小妹妹。”

“咖啡？”

“好的，小妹妹。”

“饼干？”

“谢谢，小妹妹。”

“今天的报纸。”

“我一会儿看，小妹妹。”

“拉尔夫到现在还没起床，真怪。”

“确实挺怪的，小妹妹。”

蕾贝卡坐在镜子面前，正往脸上扑粉。警察在房门口注视着她的一举一动。那警察长了副猎鸟人的面孔，看人的眼神很怪，他远远地站在一旁，推测着谁可能是罪犯。

粉一点一点搽上蕾贝卡的脸颊。她机械地给自己化着妆，一直想着拉尔夫。她思念拉尔夫的腿，光滑白皙的大腿。她思念拉尔夫的锁骨，他的锁骨特别有个性。她思念拉尔夫穿衣服的风格，一副不修边幅的艺术气质。

您就在她的房间里，身边有一个警官还有好几个警探。他们向您提出各种问题，您一一回答他们，一面还不时把左手插到头发里去。

“先生们，我什么都不知道。我上一次见到他还是昨天下午。”

“您认为会是自杀吗？”

“要是见到尸体，我兴许会这么认为的。”

“也许我们今天就能找到尸体。”

“房间里有使用暴力的痕迹吗？”

警察们都惊奇万分，因为您开始向警官发问了，这一点使您非常得意。而警官始终没能从大吃一惊的状态下走出来。

“没有，没有使用暴力的痕迹。”

“哦。我还以为你们会在床上或是枕头上发现血迹什么的。”

“那谁知道呢。”

“为什么这么说？”

“因为我们还有些事没做完。”

“什么事，小妹妹？”

“吃晚饭。”

“哦——”

“还有就是等拉尔夫回来。”

“但愿他能回来。”

“他会回来的。”

“你这话说得很肯定嘛，小妹妹。”

“他会回来的。”

“你说服我了。”

“你会自己说服自己的。”

这时您重新检查起某些细节，您是趁警察烦人的询问间隙去回忆的。

您想起了那家伙有多重。您告诉自己说，能把事情办成，最要紧的是干净利索。清晨的走廊。天空泛出铅灰色，像是有一群奶油色的丧家犬在游走。

得赶快找只鸟笼子上漆了。去买点儿洋红的漆，要不买朱红的，再不然就买酱紫的，说不定还是深紫色最合适。就把鸟笼子漆成深紫色吧，就用裤子和那件衬衣去上漆，这会儿它们正静静地和一件东西待在一起呢。

第二，您又想起来要去买些沙子，把沙子按五公斤一袋分成好多袋，运到家里去。别让有些人闻出点儿什么味儿来。

第三，您又想到了，蕾贝卡之所以表现得如此平静，准是因为她神经出了毛病，于是您开始问自己，归根结底，自己算不算是为她做了件大好事。

可是，很明显，这一类事情是不可能问个水落石出的。

“再见了，长官。”

“再见，先生。”

“平安夜快乐，长官。”

“也祝您平安夜快乐，先生。”

家里空了下来，只剩下他们两个人。

蕾贝卡把盖子盖在汤罐上。她盖盖子的动作很慢很慢。您正坐在餐厅里，一面听收音机，一面等着吃晚饭。蕾贝卡看了看汤罐，又看了看装沙拉的大盘子，再看看红酒。您在心里默默地评论着鲁迪·瓦利①。

蕾贝卡端着托盘走进来，坐在自己的座位上，而您关上收音机，在主人的位子上坐了下来。

“他没回来。”

“他会回来的。”

“也许吧，小妹妹。”

“难道你有什么怀疑吗？”

“没有。我也不想怀疑什么。”

“那我告诉你吧，他会回来的。”

您觉得自己正一步一步被拖向遭到嘲弄的边缘。这太危险了，可您并没有退缩。

“我在问自己一件事，要是某个人他根本就没出去……怎么谈得上回来不回来呢。”

蕾贝卡死死盯住您。

“这也正是我想问自己的问题。”

这样的回答您一点都不喜欢。

---

①鲁迪·瓦利（Rudy Valleé, 1901－1986），美国著名歌手、演员。

“你为什么要这样问自己呢，小妹妹？”

蕾贝卡死死盯住您。

“为什么要假设他根本就没出去呢？”

您觉得自己后脑勺那里毛发倒竖。

“是呀，为什么？为什么呀，小妹妹？”

蕾贝卡死死盯住您。

“盛汤吧。”

“为什么要我来盛汤，小妹妹？”

“今天晚上，就得你盛汤。”

“好吧，小妹妹。”

蕾贝卡把汤罐给您递了过来，您把汤罐放在了一边。您一点胃口都没有，这也是您自己事先就料到了的。

蕾贝卡死死盯住您。

于是您揭开了汤罐的盖子。您揭得很慢很慢，和蕾贝卡盖盖子的时候一样慢。您的心中对揭开这只罐子生出一种莫名的恐惧，当然，您很清楚，这只不过是神经紧张在作怪。您想道，要是自己离这儿远远的，比方说待在楼底下，那该多好，只要不是在这三十层楼的顶层，孤身一人和她待在一起。

蕾贝卡死死盯住您。

汤罐终于完全揭开了。您往罐子里看了看，又看了看蕾贝卡。蕾贝卡死死盯住您，也看了看汤罐里，然后微微一笑。您发出一声呻吟，眼前的一切都旋转起来，变得模模糊糊的，您眼前只剩下汤罐的盖子，那盖子被慢慢地揭开，罐子里是汤，还有……还有……

您可没料到能看见这一幕。以您的聪明劲儿，您不可能料到这样的结局。您聪明得过了头，那多余出来的聪明劲儿觉得在您的头脑里已经待不下了，得找个出路逃走。现在，您就这样坐在破烂不堪的床边，数着数字，不停地数着数字。谁都没办法从您嘴里掏出一句话来，而您总是看着窗户那边，就好像是想看见霓虹灯广告牌什么的。您会迈出右脚，把身子拧过去，就像人家准备开高尔夫球那样。然后，您就会把空空的双手伸出去，伸向牢房里空空荡荡的空气。

一九三八年

献给豪尔赫·德乌尔瓦诺·维奥

加夫列尔·梅德拉诺的故事

一　从夜间归来

睡着了，仅此而已。谁都说不准自己的睡梦之门是在几点几分打开的。那天晚上，我像平时一样睡着了，也像平时一样做了个梦。只不过……

那天夜里我梦见自己身体糟透了。我梦见自己正在慢慢死去，每一根神经都在慢慢死去。胸口疼得要命；呼吸起来，床就好像变成了一把把利剑、一堆堆玻璃碴。我浑身都在冒冷汗，两条腿抖得吓人，这种情况几年前也……我想喊出声来，想让别人听见我的声音。我又渴又怕，还发着烧，就是那些黏糊糊、冷冰冰的蛇才会发的那种烧。远远地，有只公鸡在啼叫，路上有什么人在吹口哨，吹得撕心裂肺。

我这个梦应该是做了很长时间，可我知道自己的意识突然变得清晰起来。黑暗中，我坐起身，身体还在因为刚才那个噩梦抖个不停。人刚睡醒的时候，清醒和睡梦总是这样继续交织，就像两道不肯分开的水流，这种事儿是说不清道不明的。我感觉很不好，虽然知道刚才那事情不一定真的在自己身上发生过，却也无法轻轻松松地叹上一口气，然后重新回到一个无惊无恐的梦境里去。我摸索着床头小灯，觉得自己应该是把它打开了，因为帘幔和大衣柜突然出现在我的眼前。我印象当中，自己那会儿一定脸色惨白。不知不觉地，我站起身来，朝着大衣柜上的镜子走过去，想看看自己的面容，想马上摆脱那噩梦带来的恐惧。

走到镜子跟前，过了好几秒钟我才反应过来，镜子里根本就没有反射出我的身体。我一下子醒得透透的，觉得毛骨悚然。可我本能地做出了一个解释，那就是，柜子的门是关着的，因为角度的问题，那面镜子照不上我。我伸出右手，猛地拉开柜门。

这一来我就看见自己了，可我看见的又不是我自己的影像。换句话说，我看见的不是站在镜子面前的自己。镜子面前什么都没有。在床头灯的直直照射下，那里面现出一张床，床上躺着我的身体，我一条胳膊赤裸着搭在地面，面容苍白，没有一丝血色。

我觉得自己发出了一声尖叫，然而我自己的双手又把这声尖叫捂了回去。我不敢转过身，不敢醒得太彻底。在这种半死不活的状态下，我甚至无法确定这件事情荒唐到了什么程度。我就这样站在镜子面前，镜子里没有我的影像，我继续看着身后的一切。慢慢地，我明白了，自己确实是在床上，而且是刚刚死去不久。

是场噩梦吧……不，不是这样的。这是实实在在的死亡。可怎么会呢……

“怎么会？……”

这个问题我没能问出口。我的意识里有一种奇异的感觉，觉得一切都已不可挽回，都已经结束了。我以为自己看见的一切都清清楚楚，也觉得所有的事情都能解释得很明白。可我此刻并不明白自己看清楚的是什么，又怎样解释这一切。我慢慢把视线从镜子里移开，向床上看去。

床上一切正常。我看见自己略微侧着身子躺在那里，脸和胳膊上的肌肉已经有点僵硬，我一头散乱的头发亮晶晶、湿漉漉的，那是死到临头、彻底离开人世之前的那种绝望，只不过我还一度把这当作一场梦。

我走到自己的遗体跟前，碰了碰那遗体的一只手，那手冰凉冰凉的，毫无反应。遗体的嘴巴里有一缕泡沫，枕头扭曲着变了形，几乎全压在了后背下面，上面可以看到星星点点的血迹。鼻子好像突然变尖了，呈现出一道道以前从未见过的血管。我很清楚这具尸体死之前经历了怎样的痛苦。我紧闭的双唇恶狠狠、硬邦邦的，两只半绿不蓝的眼睛半睁半闭地看着我，眼神直愣愣的，里面满是责备。

突然，我从平静变成了惊愕。眨眼的工夫，我就躲到了床对面的角落里，浑身痉挛，抖作一团。而在那边的床上，我平静得近乎楷模。疯狂像鞭子一样抽打着我，我身上却毫无感觉，我死死抓住心中的恐惧，就像是抓住一根救命稻草。但愿这一切都是真的吧；但愿我真的就在那里，就在离我那已经死去的躯壳三米远的地方；但愿死亡呀、噩梦呀、镜子呀、恐惧呀，还有那个钟，那个指示着三点十九分的钟，还有寂静呀什么的……

事情一到顶点，就该下坡了。我的神经（真的是我的神经吗？）松弛下来；慢慢地，我恢复了平静，身上只剩下一丝甜甜的痛楚，一阵低低的抽泣，就像有朋友从暗影中向我伸来一只手。我抓住了这只手，头也不回地离开了。

“这么说，我是死了。这件荒唐事没什么疑问了。我就在那里：我就是最充分的证据。越来越僵硬，越来越遥远。紧绷着的弹簧已经断了，现在的情况是，我就躺在那张床上，灯光驱走了黑夜，我眯缝着眼睛。我死了。事情再简单不过。我死了。这事儿难道还有什么不真实，还会是什么噩梦，还有什么……我死了。我就是死了。我抬了抬死人的胳膊，把它放好。胳膊这样放会稍微舒服一点。不应该有什么问题了。一切都已经回归本原：死亡就是这样。话是不错，可是……不，没什么可是不可是的；我知道，我知道除了那个死在床上的我之外，这一边还有一个我。可是够了，这种话就别再说了；现在应该考虑考虑别的事情。什么都别问了。我睡在一张床上，死了。其余的事情都很简单：现在我要离开这里，去告诉奶奶发生了什么事。这事儿要做得温柔些，话不在多，别让她知道我的伤心事，也别让她知道我一个人在夜里受的那些罪……可是怎么把她叫醒呢，又怎么对她说呢？什么都别问了。只要有爱，办法总会有的。我不能让她一大早吃饭的时候就被吓一大跳，不能让她碰上这种糟糕的烦心事……糟糕的烦心事……糟糕的……糟糕的烦心事……”

我高兴起来，高兴当中又有点忧伤。这事儿发生在我的身上倒也不坏。但奶奶那儿还是要告诉她的，只是事先要做好最坏的准备。得温柔点儿，到了那张令人肃然起敬的大床跟前，大人就得变成小孩，还得撒着点儿娇。

“我得把这张脸弄漂亮点儿。”出去之前我这么想道。但奶奶有时候会半夜三更爬起来，在各个房间里转悠半天。这种阴森森的场面当然不能让她碰上，万一她突然闯进来，看见我正在整理我自己的尸体，那……

我锁上门，心平气和地开始干活。那些问题，那些可怕的问题，一次又一次地涌上来，可每一次都被我强行憋了回去，我用呼噜声把这些问题扼杀在嗓子眼里，一次又一次地把它们咽回去。与此同时，我继续干我的活。我把床单整理好，又把垫子弄得平平整整的；我用手指粗粗地给自己梳了梳头发，把它们拢到一起，整整齐齐地梳到脑后。接下来，天哪，接下来我可真够胆大的！我以无穷的耐心把自己歪到一边的嘴唇拨正，让它们看起来像是在微笑……我合上了自己的眼皮，还真费了点儿劲，直到它们全都服服帖帖的。这样一来，我的脸看上去就像个刚刚受过磨难的年轻圣徒。像那个乱箭穿身却心满意足的塞巴斯蒂安。

为什么四下里静悄悄的？又是为什么，这会儿在我的记忆里会冒出一个声音？那是我曾经含着眼泪听过的声音，一个黑女人的声音在唱着歌："我知道天主已经把手放在了我身上。"这事无缘无故，就这么自己发生着。一个被割裂出来的影像，我，站在我自己一本正经的冰冷尸体跟前，经过我刚才的一番动作，我成了一个伪装出来的体体面面的死人。

"哦，深深的河水呀，夜深人静的时候有你在。"黑女人的声音哽咽着，反反复复地唱着："深深的河水呀，我的心已经到了约旦河畔。"难道会一直这样下去吗？难道今天只是这面永恒的镜子初露端倪？在我的尸体里，时间真的已经停滞了吗？这双松松垮垮张开着的手已经被时间抛弃，还能再度抓紧它吗？我的尸体，那黑女人的歌声，还有我那一遍又一遍询问自己的意识，难道就一直这样下去吗？

可是时间有点不够用了，我的意识告诉我，还有事情没有做完。时间就在那里。钟表上指得明明白白的。我尸体上有一绺头发总也不听话，总搭到我苍白的前额上，我把它顺到脑后，便走出了房间。

过道里东一处西一处斑驳而灰暗，里面尽是些画和不值钱的小饰品。我一直走到奶奶睡觉的那间卧房。她的喘息声很轻，时不时还被哽咽声打断。这喘息声我太熟悉了，在我遥远而灰暗的逝去的童年，多少次总是它陪伴我进入梦乡！在这喘息声陪伴之下，我走到了床前。

直到这时我才明白自己要做的事情有多可怕。我得尽可能温柔地把睡梦中的奶奶叫醒，用手指去抚摸她的眼皮，告诉她："奶奶，有件事你该知道了……"或者是："你看得出来吗？我刚刚……"再不然就是："早上不用给我送早饭了，因为……"我明白，不管是什么样的开场白，都只能使这可恶的结局提早被揭开。不，我没有权利破坏一场神圣的梦境，也没有权利超越到死亡的前头去。

我犹豫着，浑身发抖，差一点就想逃开。可我能往哪儿逃，又能逃避到什么时候呢？我唯一能做的就是倒在那张高高的大床旁边，把头埋进鲜红的床单里，就这样融进漆黑的夜色，融进奶奶紧闭的眼皮下面那深沉神奇的梦境里。我想悄悄站起身来，回到自己的房间里去，要么从这场噩梦中走出来，要么就和它一起把这场梦做到底。可就在这时我听见一声惊恐的呼唤，我知道，奶奶在黑暗中感觉到我来了。再沉默下去会坏事的：我要么说实话，要么就得撒谎。（而在那一边，就在我的房间里，还有那玩意儿在等着……）

"怎么了，怎么了，加夫列尔？"

"没怎么，奶奶。什么事儿也没有，奶奶。"

"你怎么起来了？出什么事儿了吗？"

"出了点事……"（告诉她，告诉她吧。哦，别，现在什么都别告诉她，永远都别告诉她……）

奶奶在床上坐起身来，伸手来摸我的头。我浑身发抖，因为如果她来摸我的时候……可奶奶的抚摸还是像平日里一样温柔甜蜜，于是我明白了，奶奶并没有发现我已经死了。

“你不舒服吗？”

“没有,没有……我睡不着觉。没什么别的事。我就是睡不着觉。”

“那你就待在我这儿吧……”

“我这会儿已经好多了。你睡吧,奶奶。我还是回我的床上睡去。”

“喝点儿水，喝点儿水就不会失眠了……”

“好的，奶奶，我去喝点儿水。你睡吧，睡吧。”

她安静了下来，又乏乏地睡着了。我吻了吻她的额头，又吻了吻她的双眼，那是我曾经带着无比的柔情亲吻过的地方。就在我满脸泪水、站起身来准备出去的时候，远远地，不知是从哪个古老的、亲切的、似乎已经被忘却的地方，传来了那个黑女人的歌声……“我的灵魂已经永驻天主身旁……”

我睡不着觉。往回走的路上,我撒的这个谎在我的脚下碾得粉碎。走到卧室门口的时候，有那么一瞬间，我心里升起一股默默的期望。一切都会弄得清清楚楚，一切都会变回原样。我只需要打开房门，妖魔鬼怪就会统统消失得无影无踪。床上会是空空的，镜子也会诚实无欺……然后我就一觉睡到天光大亮……

可我还在那儿，死了的我，就在那里等着我。那一脸做出来的微笑仿佛在嘲笑我的归来。那一绺头发又重新贴在了额头上，我的嘴唇也早就没了先前的颜色，变得灰白灰白的，最终弯成了一股恶狠狠的模样。

这个可恶的存在使我顿生厌恶。在床头灯惨淡的灯光下，我的尸体显出一副实实在在、不容置疑的模样。我觉得从自己的双手之间升腾起一种愿望，想跳上床去，用狂怒的指甲把这张脸撕成碎片。哽咽之中我一阵恶心，转过身去，跑到了大街上。月光下，街上空无一人。

于是我迈开脚步。是的，在我的镇子上，在街区之间，我走过一条又一条街道，在熟悉的大街小巷间穿行。远离自己躺在那里的躯壳，我重新感到一种虚假的、心灰意懒的平静，我的意识里注入了一种安宁，它虽然百无一用，却也能让人去思索。我就这样无休无止地走着，在深夜冰冷的月光下构建我的死亡理论。

我觉得自己已经找到了最恰当不过的真理。“我睡过觉了，也做过梦了。毫无疑问，我的形象行走在我梦中没有空间的世界里，没了空间也没了时间，这是唯一的世界，是我们在清醒世界的桎梏之下无法理解的……”

我来到广场上，站在一棵古老的椴树下。

“我是突然醒来的，谁知道是怎么回事。太突然了，这就是我落到现在这个境遇的关键所在。难道人不能醒过来就直接死去吗？我重返人世间时，回来得太快了，所以我——梦里的我，也就是此刻装载着我的生命和思想的我——还没来得及转回来……因此才发生了这种荒唐的一分为二，惊人的是，梦中的我竟被从它的主体上生拉硬扯下来；而我的躯壳也就从经历一场睡觉这样的小死亡变成了经历一场大死亡，它正在含笑面对的大死亡。”

远处的矮墙那边显出了一个尖塔的轮廓。

“哦，我本不该醒得那么猛。我现在这个形象本该回归到它那骨肉筑成的坚固牢笼里去；如果说真的要死的话，那就该一块死掉，省得忍受这种我无法预测的灵肉分离……生命就是时间！为什么这个念头会一次次地向我袭来？生命就是时间！可我此刻面临的时间却比任何一种死亡都来得可怕；它是实实在在的死亡，是我自己从一张骇人的床头眼睁睁地看着自己一点点地被分解……”

清晨，小乐队慢慢奏起了悠扬的铜管乐。

“我曾经在那边停留过，那边是绝对空间；我又来到了这边，这边是活生生的时间。现实的图画就这样被撕裂了！我的尸体不是正在消失，而是已经化为乌有；与此同时，我对自己再也不存在于人世间心存恐惧，我成了一种纯粹的时间，不可能再有任何具体形象，我成了一个幽灵，天一亮就会暴露在人们阴沉的眼神里……”

天色几乎已经大亮了。

“别人能看见我吗？我是不是成了隐身人？奶奶对我说了句什么话，又摸了摸我。可是那镜子却反映不出我的影像，那镜子一点儿都没变样。我到底是谁？这场令人作呕的假面晚会最终会怎样收场呢？”

我忽然发现自己又来到了大门口。一只公鸡咋咋呼呼地啼叫起来，我全身都浸没在焦虑中，该是奶奶给我送早餐的时间了。教堂的一座座尖塔直指苍穹；该是奶奶走进我的房间发现我已经死了的时候了。而我却站立在街道上，准备听见一声惨叫，接下来人们开始东奔西跑，我无法用言语表达，但这真是一次完美无缺的显灵呀。

我也不知道自己怎么了。我三步并作两步走进自己的房间，在床前弯下腰来。这时，清晨的光线照在我的尸体上，一片惨白。我听见了走廊里有点什么动静。是奶奶！我扑向自己的躯壳，紧紧抓住我大理石一样冰冷的肩头，疯狂地摇晃着，我把嘴贴到自己似笑非笑的嘴唇上，努力想唤醒这具一动不动的躯体。我死死压在自己的躯体上面，想用自己铁钩一样的双手撕裂我的胳膊，我在那不听话的嘴唇上绝望地吮吸着，额头顶着额头，已经全然没有了恐惧之心，直到最后我的双眼什么都看不见了，失明了，那张面孔也消失在一层白茫茫的薄雾中，我眼前只剩下一层晃动不已的帘幔，耳边只听见一阵喘息声，那是一种行将毁灭的感觉……

我睁开了双眼。太阳光照在我的脸上。我艰难地喘了口气。胸口被压得生疼，好像是被人用尽气力压迫过一样。几声鸟鸣传来，我完完全全地回到了现实当中。

一刹那间，我把一切都回忆了起来。我看了看自己的脚。我在床上仰面朝天躺着。除去噩梦带来的这股令人浑身无力的突如其来的沉重感，什么变化都没有发生……

我舒了一口气，深深陷入宽慰的快乐之中！我从疲惫中醒来，仿佛从漂泊的海上归来，我把思想梳理一下，干渴的嘴唇间吐出了几个字：

“噩梦一场……”

我慢慢坐起身来，享受着醒来之后发现只不过是噩梦一场的奇妙快感。这时我看见了枕头上的斑斑血迹，于是我明白了。衣柜上带镜子的柜门半开着，正对着这张床。我在镜子里照了照自己的头发，发现头发整整齐齐地贴在脑后，就好像夜里有人给我梳过一样……

我想大哭一场，无拘无束地大哭一场。可就在这时，奶奶端着早饭走了进来，我只觉得她的声音好像来自某个十分遥远的地方，比如来自另外某个房间，可她的声音还是一如既往，甜甜的……

“你好一点儿没有？你昨天夜里不该从床上爬起来的，天那么冷……你睡不着觉的话，叫我一声就可以了……再也不要这样深更半夜从床上爬起来了……”

我把杯子端到嘴边，喝了一口。从一个遥远的角落里，又响起了黑女人的歌声。她唱呀唱……“我知道天主已经把手放在了我身上……”杯子现在已经空了。我看了看奶奶，握住她的双手。

她一定会以为是太阳光使我两眼含满了泪水。

一九四一年

二　女巫

几根针掉下来，落在裙兜里。摇椅难以觉察地晃动着。宝拉觉得，有一种奇怪的感觉，一阵阵焦躁，正时不时地向自己袭来。她迫不及待地想要抓住自己的感官此刻能收集到的一切。她努力想去整理一下最初的直觉，认知它们，了解它们：摇椅晃动着，左脚有点儿疼，头发根那儿痒痒的，嘴里一股桂皮味儿，金丝雀在婉转啼鸣，窗户上一抹淡淡的紫色光晕，房间里被染上了两行深紫色的阴影，一股陈旧的气味，像羊毛，又像一束束陈年的信札。她还没来得及把这些分析做完，一股强烈的不快就向她袭来。这是一种身体上受到压迫的感觉，就像是有一种疯狂的冲动涌上嗓子眼儿，让她想奔跑起来，想离开这里，想改变自己的生活；其实只需要深深吸上一口气，把眼睛闭上两秒钟，对着了魔的自己大喝一声，所有这些冲动便都会烟消云散。

和所有生活在全速发展的小镇上的姑娘一样，宝拉的青年时代郁郁寡欢。她喜欢埋头读书，而不愿意到广场上去散步，也看不起中规中矩的上进人士，只是心甘情愿地把自己封闭在家里，认为人的一生有这样大小的空间足矣。因此，当此刻她把清澈的目光从一块织物——其实是一件简单得不能再简单的灰色套头衫——上面移开的时候，她的脸上显现出的是一种郁郁寡欢、逆来顺受的神情，这是由某种温顺理性养颐而成的宁静，与那种追求十全十美的人生的兴奋躁动无关。这是一个容易哀伤，生性善良，喜欢独处的女孩。她芳龄二十有五，害怕黑夜，性格忧郁。她常在钢琴上弹奏舒曼的曲子，偶尔也弹弹门德尔松；她从来不唱歌，可是她那已经故去的妈妈早年曾经说过，在某些午后的时光听到过她低声哼着歌曲，那时她只有十五岁。

“不管怎么样吧，”宝拉说道，“现在这儿要有点糖果什么的就好了。”

看到自己的愿望如此轻易就改变了，她微微一笑；她如饥似渴地想逃离的愿望现在变成了一种小小的任性。但她收住了笑容，就好像有什么人从她嘴边把笑容一把扯去：她的愿望里又混入了对那只苍蝇的回忆，她空空的双手发出一阵不安的颤抖。

那时宝拉才十岁。餐厅的灯光在她的头顶和头上散乱的短发上染出一圈圈红色的光晕。她的父母正和一位上了年纪的叔叔谈论着她完全听不懂的话题，她只觉得他们个子好高好高，离自己好远好远，够都够不着。黑人小女佣已经把一盘喝也得喝、不喝也得喝的汤放在了宝拉的面前。得把它吃掉，要不然妈妈就会皱起眉头、一脸不快，而坐在她左边的爸爸也就会一声断喝：“宝拉。”这句简简单单的称呼里隐含着种种威胁。

那就吃汤吧。不是喝汤：是真正的吃汤。汤很稠，其实是一盘温温的麦碴粥，她最讨厌这种潮乎乎的白面汤了。她常常想，要是碰巧有只苍蝇落进这一大盘白不白黄不黄、黏黏糊糊的烂汤里面就好了，那她就可以不用吃下这盘汤，不用再完成这一场令人作呕的仪式了。苍蝇呀苍蝇，快快落到盘子里来吧。哪怕是只可怜的小青蝇也好呀。

她的双眼死死盯住汤。她想象着一只苍蝇。她希望有只苍蝇飞来，她在等它。

就在这时，就在麦碴粥的正中央出现了一只苍蝇。它被黏住了，可怜巴巴的，挣扎着挪动了几毫米的距离，便被烫死了。

有人把盘子端走了，宝拉终于免遭一劫。可她是绝对不会说出实情的；她绝对不会告诉别人，她并没有看见苍蝇落到盘子里去，只是看见它出现在盘子里，这完全是两码事儿。

宝拉还没从回忆的波动中回过味来，便问自己为何没能坚持下去，好弄清自己一直在怀疑的事情。她太胆小：这就是答案。她一辈子都胆小。谁都不相信有女巫，可一旦发现一个，就会把她弄死。宝拉对她那许许多多秘不示人的事情一直严守机密，她知道自己能做到这一点。她的童年是在结结巴巴和心存希望中度过的，现在她又眼看着自己的青年时代像一顶凄凄惨惨的桂冠，被一双犹豫不决的手悬在半空，正在一叶一叶地飘零。她这一辈子就是这样。她胆子太小，想的总是吃糖果的事。她的衣橱里堆满了各式各样的衣裳和披肩；还有用毕维·德·夏凡纳的装饰图案精心设计的台布。她不想让自己流于俗套；劳尔、阿提里奥·冈萨雷斯，还有那个面色苍白的勒内都可以为她的往昔作证；他们都爱过她，追过她，而她则一律用微笑拒绝了他们的追求。她就像害怕自己一样害怕他们。

"不管怎么样吧，现在这儿要有点糖果什么的就好了。"

她孤身一人待在家中。年纪挺大的那个叔叔到东京台球厅去打球了。宝拉感觉到诱惑，这诱惑第一次强烈得使她有点头晕目眩。为什么不，为什么不呢。她就这样一遍遍地向自己发问，再一遍遍地给自己肯定的答复。这事儿已经是命中注定，非做不可的了。于是她就像上一次那样，把自己的愿望集中到双眼，把目光投向摇椅旁的一张矮几，她把全身的力量都随目光投射过去，直到觉得自己变成了一片虚空，自己先前占据的空间现在变成了一副巨大的空壳，这就像是一次完美的逃遁，她从自己的躯壳上被撕裂下来，变成了一束意志之光投射过去……

于是她一点一点地看见自己的愿望有了具体的模样。粉色的薄纸片精巧可人，红蓝条的锡纸微微泛着光芒，薄荷和磨得光光的核桃仁闪闪发亮，深色巧克力块香气扑鼻。一切都那么透亮、纯净。阳光洒落在矮几边上，在阳光的照射下，那东西越长越大，变成了若明若暗的一团，但宝拉还在继续加强她的意志力，力度直透这团生成的物质已经毫无光泽的内部。每一个磨光的面都反射着阳光，包装纸上印的都是显得很上档次的词句，这一切组成了一座精巧的糖果金字塔。果仁巧克力，摩卡，牛轧糖，朗姆酒心糖，茴香酒心糖，摩洛哥糖……

教堂很宽大，贴着地面展开。转弥撒的时候，一群女人叽叽喳喳，在广场浓密的树荫下拖延着，想留下来不走。她们看见了身穿一袭蓝裙、美艳动人的宝拉，看见她一个人悄无声息地在路上行走，心底都泛起各种各样的念头。这样一种新的生活方式神秘莫测，扰乱了她们的心，使她们着迷。克制住自己、不去对这样神秘的事情做一番寻根究底的探索，对她们来说简直太难了。老叔叔已经死了，宝拉现在是一个人独居家中，他们家从来就没多少钱，可这条蓝裙子……

还有那枚戒指。有几回，在本地的电影院里，幕间休息的时候，当宝拉漫不经心地把自己一绺颤动的栗色头发撩向身后时，那戒指闪闪发光，触目惊心。

宝拉每天都会去镇子上的教堂做祷告。她为自己祷告，为自己曾经犯下的可怕罪过祈祷。因为她曾经杀过人。

那是个人吗？曾经是吧，曾经是。她实在无法不让自己被诱惑牵着走，走进非常规的领域，去拥有一个能活动的小娃娃，一个一看见就会让她想起小时候玩过的洋娃娃的小东西。什么戒指呀，蓝裙子呀，这些都还好，想拥有这些东西并不是罪过。可想象出一个活的洋娃娃，想她想到什么都不管不顾的程度……那天夜半时分，那小东西就坐在矮几边上，脸上挂着怯生生的笑容。她一头黑发，穿了条红裙子，上身穿了件白色的胸衣；和她那个洋娃娃妞妞像极了，只不过她是活的。她就像是一个小女孩，可宝拉却预感到在这个只有二十厘米高的小小身躯里蕴含着一种惊人的成熟。这是个女人，是她一不小心刚刚创造出来的女人。

于是她把她杀了。她必须把这件事抹得干干净净，否则便难免被人发现，然后她就会蒙受女巫的恶名，还要像女巫一样受到惩罚。宝拉太了解她住的这个镇子了。她没有勇气逃跑。几乎没有人能从小镇里逃出去，所以每回镇子都是赢家。夜深人静时分，那小东西静静地躺在一只大靠垫上，脸上依然挂着一丝微笑。宝拉把她弄到厨房里，放在煤气灶上，打开了开关。

那小东西现在就在长着柠檬树的院子里埋着。为了她，也为了自己，杀人犯每天都要到教堂去祈祷。

午后，天上下着雨。一个人住在一座房子里真无聊。宝拉不怎么看书，偶尔弹弹钢琴。她觉得自己需要点什么东西，但又不知道究竟需要什么。她想让自己别那么胆小，想逃离。她想到了布宜诺斯艾利斯，也许她想到布宜诺斯艾利斯是因为那里没有人会认识她。那就布宜诺斯艾利斯吧。可她的理智告诉她，不管她走到哪里，胆小这个毛病都会跟到哪里，毁了她的幸福。那就留下来吧，留下来过个说得过去的好日子。给自己经营个不错的小日子，专心去实现自己各种各样的小小不言的愿望，实现那些童年和青年时代一点一点被毁去的奇思异想。她现在可以做到的，她什么都能做到。她是这个世界的主人，只需要她略微鼓起一点勇气去……

然而，恐惧和怯弱又紧紧扼住了她的喉咙。女巫，女巫。

等待女巫的只有一条路：下地狱。

其实问题也并不全出在那群女人身上。她们之所以认定宝拉在暗中出卖自己的肉体，还是因为她们觉得她这样一种稳稳当当的舒服日子来得太蹊跷了。她在乡下的房子算是一个问题吧。还有那么多衣服，还有车、游泳池，还有那么名贵的狗、那么扎眼的大衣。可她的情人却不是这个镇子上的人，这一点是肯定的；而宝拉又几乎从来没出过远门。难道世上还有这么好说话的男人吗？

她坦然接受着人们的目光，又从不多的朋友那里知道了人们的议论，这些朋友有时会到家里来喝上一杯茶，绝口不提任何问题。她总是带着忧郁的微笑，说她并不在乎，她过得挺快活。宝拉的朋友们，其中不乏当年求爱无望的人，在她的目光中看出了她说的这种幸福。现在，在她那双浅色的眼睛里，仿佛有磷火在闪动。当她往精致的茶杯里倒茶的时候，她的神情中有一种胜利者的风采，只不过由于生性羞怯，她把对成就的炫耀收敛起来了。

独自一人的时候，宝拉也不时回想起自己造物主一般的历程，回想自己是如何小心翼翼一步一步地实现种种愿望的。首先是房子。她想在镇子外面建一座舒舒服服的房子，这样也符合她悠闲的性情。她先去找地方，还要看周围的环境，离大路要近一点儿，但也不要靠得太近。地势要高一点，水里不要含盐碱。她造出一笔钱买了块地，还差一点儿就全权委托个建筑师来给她把房子盖起来。然而这事最后耽搁了下来，因为她害怕操作财务上的事情，又怕人们在闲言碎语中对她日益增加的怀疑，更怕人们什么话都不说的那种鄙夷不屑的态度。一天下午，她一个人待在自己那块地上，想着盖房子的事情，但心中总是惴惴不安。有人在监视她，在跟踪她；在镇子上，房子是不可能也不应该凭空盖起来的。总得先去找个建筑师。宝拉犹豫不决，遇到一点风吹草动就胆战心惊。本来干脆离开这个镇子也是个一了百了的办法，可是有两件事是她不可能做到的：一件是离开镇子，另一件是变得大胆。

于是，她做了一件大事。她造出的不是一座房子，而是盖房子的过程。她日夜辛劳，终于把房子盖了起来，而且没有在人群中引发她担心的惊慌。她一步步造出了盖房子的过程，一点一点地把自己的庄园盖了起来，虽说其间有几天她也在问自己，这房子盖完之后工人们要怎么办，但最后她还是很满意地看见，那些工人数着自己挣到手的票子，安安静静地离开了。这时她才进到自己的房子里，房子真的很漂亮，她开始一点一点地装修这座房子。

这过程很有趣：她拿起一份杂志，寻找自己喜欢的氛围，然后安排什么东西应该放在什么位置，一件一件地营造出自己喜欢的环境。她有好几块巴黎哥白林挂毯，有一块德黑兰地毯，有一幅圭多·雷尼的画，有中国的金鱼、德国的博美狗，还养了只白鹳。她朋友不多，每当他们到家里来的时候，总会在精心布置的房间里、在恰如其分的布尔乔亚情调中受到招待。宝拉总是亲切有加地接待他们，领着他们屋里屋外地转转，带他们看看菊花和紫罗兰。又因为她本人就是谨慎小心的代名词，客人们喝完茶从这座房子里出去的时候，不会发现任何新的东西。

她辟出一间图书室，里面是清一色的爱情小说。佩德罗·巴尔加斯的唱片她几乎张张都有，艾尔维拉·里奥斯的也有几张。终于到了某个时刻，她再也没有多少需求，她的兴致只限于某种甜点、某款新近问世的香水，或是一份烹调得十分精致的鱼。再到后来，宝拉又想有个男人来爱她。虽说她犹豫了好长时间，是随便接纳一个她的忠实追求者好呢，还是干脆造出一个人来，满足她早年种种罗曼蒂克的幻想。可最终她还是明白了，其实她并没有什么选择的余地，她必须走后一条路。如果她在镇子上的某个情人心生疑惑，甚至去调查一番，就会发现，在她的微笑背后，其实隐藏着女巫的本领。那样的话，接下来就会是恐怖、迫害和疯狂。

她创造了自己的男人。她的男人爱她。这男人英俊潇洒，名字叫埃斯特班，他足不出户，这也是理所当然。宝拉现在完全与世隔绝了，她不再请朋友们到家里来喝茶，而这些朋友们也隐隐约约地感觉到这座房子里有个男人在当家，于是便都心情郁闷地回镇子上去了。

此刻的宝拉正回想着自己扮演造物主的业绩。已经是夜里了；宝拉并没有感到心情有什么不舒畅，然而好像有一只冰冷冰冷的手压在她的胸口，沉甸甸地压在两只乳房之间。“我累了，”她对自己说道，“我操心那么多事情，又想得到那么多东西……”不用多说一句话，她就懂得了，当年上帝该累成什么样子。她也需要一个第七天，为的是让自己彻底心满意足。

埃斯特班从她旁边起身，用深邃的黑眼睛看着她，朝她微微一笑。他倒更像是她的儿子。

“宝拉。”他低声唤道。

她一句话没说，只是摸了摸他的头发。和这样一个异常敏感多情、不受人世间任何约束、专心致志地爱着她的小伙子在一起，很难没有当母亲的感觉。埃斯特班从来不提任何问题，就好像随时在听候她的吩咐。这样最好。

突然，仿佛是听见了远方号角的呼唤，宝拉隐隐有一种异样的感觉，觉得自己病了，快要死了，自己的第七天将如约而至。

两位医生回到镇子上的时候，能告诉大家的话没有几句。接下来的一天也是一样。到了第三天下午，医生的汽车在广场上兜了个圈，停在了最大的那家车库门口。

这时，就该宝拉的朋友们出面来平息这个虔诚的小镇上全体基督徒喷发出来的怒火了。妻子们、姐妹们、镇子上的道德学究们呼吁，既然宝拉活着的时候就那么我行我素、离群索居，就让她一个人在自己的房子里烂掉好了。一个人在这个世界里的选择，就算她到了另一个世界也应当原封不动地保留下去。只有寥寥几人，总共只有五个男人，悄悄地在夜里去到那座房子，为他们的女友守灵。

车库的几个工人和旁边一家农庄的两个女人一起把那个死了的女人装进了棺材，又设了个灵堂。几位朋友看见埃斯特班的时候，几乎都没有感到吃惊。他们都是头一次见到他，都和他握了握手。埃斯特班好像什么都不明白。他坐在一张高高的雕花靠背椅上，就坐在尸体的右边。他不时还站起来一下，走到宝拉身边，吻吻她的嘴唇，吻得很自然又很用力，朋友们看得目瞪口呆。这是一个年轻的勇士上战场之前给他的女神的吻。吻过之后，埃斯特班又重新回到他的座位上，一动不动，目光越过棺材，直勾勾地盯着墙壁。

宝拉是太阳落山的时候死的，现在已经是半夜了。朋友们孤孤单单地待在那里，身边只有她和埃斯特班。外面天气很冷。有几位在怀念他们的镇子，怀念床上装着热水的瓶子，怀念收音机里的新闻。

他们围成一个半圆，注视着宝拉，这时的宝拉全身放松，仿佛终于把压在她孩童般小小的肩头那不堪重负的担子卸了下来，长长的睫毛在灰扑扑的脸颊上投下一片细小的暗影。医生们说，她是慢慢死去的，但没有挣扎，就像一个果实渐渐熟了一样。五个朋友的脑海里交替着闪过一个温柔的念头："她就像是睡着了一样。"

为什么房间里进来这么多凉气？很突然，一阵一阵的，越来越冷。也许这凉气就来自房子里面，朋友们都在想；这是守灵的时候常能感觉到的那种凉气。来点儿白兰地吧……埃斯特班直挺挺地僵坐在扶手椅上，他们中的一位朝他望去的时候，只觉得突然有一阵恐怖的气息沿着自己的双手、头发和舌头袭来：透过埃斯特班的胸膛，他看到了椅子靠背上镂空的花纹。其他几位顺着他的目光看过去，脸都青了。凉气像海潮一样弥漫开来。大门紧闭着，门外突然显出了浓浓的一团，那是月光照耀下长满蓝桉树的山冈的影子。他们心里都明白，他们是透过紧闭的大门看到这番景象的。这时，墙壁退去了，眼前是乡村的景色，是邻家的农庄，一切都沐浴在满月耀眼的光辉下。埃斯特班已经成了一个胶冻似的气泡，依然俊美，依然可怜，连同他的扶手椅一起在一片不断扩展的虚无之中向后退去。从房顶射进了一束银白色的光芒，把灵堂里的灯光映照得黯然无光。这一刻，五位朋友都感到从鞋底升起一股新翻过的土地的潮气，带着青草和三叶堇的气味。他们面面相觑，面对这样的显灵，谁也说不出一句话来。这时，四周只剩下了他们和宝拉，他们眼前只剩下宝拉，还有原野中，在那无处躲闪的满月的光辉下，静静伫立的灵堂。

一九四三年

三　搬家

唉，要是就待在办公室那该有多好。可是现在，为了回家，还得排长队等着上车。而有轨电车里，封闭的空气凝固了，没有时间流动更新，就像木薯粉熬出来的一碗浓汤，稠稠的，任由人们吸进呼出：真恶心。莱蒙德·维约斯从97路电车下来时心中一阵轻松，他在车站停住脚步，两只手拍了拍口袋，脸上一副被人抢了的神情。坐这一趟电车使他突然多了一笔花销。他心中暗想，难道又该修正一下预算了，怎么回事呢，刚才兜里还有一张一百比索，现在就只剩下两张十比索了。天已经黑下来了，六月里天黑得早。他想到书房里的沙发，玛利亚会送上热气腾腾的咖啡，还有用原驼肚子上的皮子做成的软软的拖鞋。再就是十点钟BBC的广播。

办公室使他精疲力竭，不堪重负，他被禁锢在那里，只要下班时间一到，他就会变成一只豪猪，冲开一切妨碍他下班的东西。什么国营铁路，什么会计室……七点钟，所有这些义务全都结束了，不早也不晚。八点一刻，他的悠闲时光正式开始，这时他会按响门铃，听见大门里面传来熟悉的闷闷的脚步声，紧接着会是问候，一两句问话，然后就是沙发。在会计室干活，五年过去了，那时他还年轻；十年过去了，他也还不算老；到九月份，九月二十二号上午十一点，就满十五年了。他有一张不错的履历表，有过四次职务晋升——这时，就像要把他的思路显现出来似的，他正沿着公寓的楼梯步步高升。他没什么可抱怨的。在图库曼买彩票他中过五千比索的奖，在萨尔西普艾德斯有自己的一小块地，他是《家庭》杂志的订户，和孩子们相处得很好，并不十分怀念成家以前的时光。他家里有妈妈，有奶奶，还有妹妹。沙发，咖啡，BBC。这就不少了，还有多少人连这个都……他已经上到了二楼，在楼梯的平台那里，佩拉埃斯的太太和他打了声招呼——如果她还是佩拉埃斯的太太的话，因为她时不时就把家变成了妓院，这已经成了整个街区的丑闻。他感觉这位太太好像稍微变得年轻了一点，真是件不可思议的事。

"宇宙，"莱蒙德·维约斯想，"多愚蠢呀！"这都是那些喜欢玄学的人胡诌出来的蠢话。（他是从国立中央大学毕业的。）没有一个叫作宇宙的东西，只有亿万个宇宙，一个套着另一个，每一个宇宙里都有另一个宇宙，而在这另一个里，又有五个、十个，或者十四个不重样的宇宙。他就喜欢这样同心圆似的一环套一环的思维方法，也喜欢把各种概念按照一定的关联排列成行，至于这些关联是越来越强还是越来越弱并不重要。他可以从咖啡豆开始想起，想到装咖啡豆的是咖啡壶，又想到咖啡壶在厨房里，厨房在房子里，房子又是属于某个街区的……任何一件东西都可以向着它的两个方向展开联想：就说一粒咖啡豆吧，它里面就会混杂着上千个宇宙；而人类的宇宙则会是天知道多少个宇宙当中的一个。他想起来好像在哪里读到过，我们的宇宙也许只不过是另一个宇宙中某个小男孩在花园里玩耍时，从鞋底上脱落下来的一小块东西，自然，那花园里的朵朵鲜花就是我们天上的星星了。那花园属于某个国家，那国家属于某个宇宙，而那个宇宙又只不过是郊区某座房子的阁楼上一只被老鼠夹子逮住的老鼠的一小块牙齿。这郊区又是属于……它可以是某个东西上的一小块，可以是任何一个东西上的一小块，它的大小只不过是人们的一种可怜巴巴的幻觉。

那沙发呢。

没等他按门铃，玛利亚就为他打开了房门。她把白净的脸颊伸了过来，她脸颊上有时会显出两道浅浅的青筋，活像水瓶座符号上那两道弯弯的线条。莱蒙德亲了亲她，发现她的脸颊不像以往那样柔软光洁，一瞬间他觉得自己亲的似乎是另一张脸。他对人的脸颊并无太多了解，只是从电影里来判断而已，有时他还会在电影院里睡着了，就像有一回吃了太多的鹅肝酱那样。玛利亚带着小心翼翼的惶恐神情看着他。

“你比平时回来得晚了些，现在八点二十都过了。”

“都怪有轨电车。我觉得它在十一街那里停了好长时间。”

“哦。奶奶刚才有点儿担心。”

“哦。”

他听见门在身后关上了，于是把雨伞和帽子都挂在了走廊的挂钩上，走进了餐厅，妈妈和奶奶刚把饭菜端上桌来。他没有对妈妈说什么（她那条裙子明显已经太旧了，只是他以前没留心，他以前没怎么注意过这条裙子），走到她身边，吻了她一下。这种舒适的感觉甜蜜蜜的，正是人们希望和期待的那种感觉呀。妈妈的脸颊有点粗糙（这个很自然，因为妈妈经常给脸上脱毛），有点桃子的味道，还有扑克牌和粉红色发带的香气。只是这条裙子……可这时奶奶快活地竖起一根手指，把他叫到自己跟前，他用双手扶住奶奶瘦弱的肩膀（这肩膀太瘦太弱了，恐怕对他双手轻轻的抚摸已经毫无反应了吧），吻了吻她灰扑扑的额头，那额头上只剩下一张薄薄的皮包着毫无反应的骨头。

“你为我担心了？我只晚回来了五分钟。”

“没有，我刚才是在想，会不会是中巴车耽搁了。”

莱蒙德坐在了自己的座位上，把双肘支在桌上。他没想起来像往常一样去洗洗手；奇怪的是玛利亚也没有提醒他，她可是对预防疾病自有一套坚定想法的，而且最能想象有轨电车的扶手上会有多少污染。他又想起刚才奶奶把有轨电车和中巴车弄混了，他从来不坐中巴车，他们大家应该都知道。除非是她听成了中巴车，而其实大家说的是97路有轨电车。

画还是同一张画，无非是那盏吊灯的光线在玻璃上反射出了怪异的光芒，这天晚上，那嘴唇变了模样，变厚了，而且颜色发青。从沙发这边看奥拉西奥叔叔的画像看得很清楚，莱蒙德不记得看见过画上的叔叔长着这样一副嘴唇，而且一只手还耷拉着，像一条打开的手绢。这幅画像上，奥拉西奥叔叔的两只手其实是插在口袋里的，只是因为书房里的吊灯怪异的反光才造出了苍白的手和发青的嘴唇。而且，这幅画像里的人，神情更像是一个女人，不像是奥拉西奥叔叔。

现在是BBC的“瞭望哨”广播时间。耳朵里听着节目中的评论，玛利亚又从沙发背后递过来热气腾腾的咖啡，再也没有比这更惬意的了。莱蒙德心怀感激地接过咖啡，两只脚在暖暖和和的拖鞋里晃动着，浑身上下都感到惬意放松，可是也许比起平日里的晚上，比起平日里晚上在家里待着的时光，还差上那么一丁点儿。厨房那边有人唱起了妈妈擦拭餐具时总唱的那首歌。就是那首歌，《淘气的玫瑰》，也有那么几回唱的是《小路》，唱的方法也和妈妈一样，只是声音沙哑一点，低沉一点，没准是下午站在阳台上眺望广场时受了点儿风寒。

“去告诉妈妈，让她吃点儿阿司匹林，把喉咙裹暖和点儿。”

“可她什么毛病都没有呀。”玛利亚坐在低低的扶手椅上看报纸，嘟囔了一句，“卢卡斯舅舅今天下午来过，看见她好得不能再好了。”

他把咖啡杯放在小碟里，慢悠悠地看了妹妹一眼。她这是在开玩笑吧，他们的妈妈是有几个兄弟，可是都已经过世了。她拿报纸挡着还在装相，那就最好先顺着她说，还要比她说得更活灵活现一些。

“可惜卢卡斯舅舅不是医生。要不然他的意见就更有价值了。”

“他不是医生，但他什么都懂。”玛利亚的声音听上去很认真，一双手轻轻晃着报纸，从莱蒙德这里看过去，这双手好像比玛利亚的手要大出好多。

“我怎么觉得她嗓子有点儿哑。奶奶呢，还没睡觉吗？”

“嗨，你知道的，她睡得晚。她还有一大堆毛线活儿要织呢。”

她还是在开玩笑，莱蒙德明白，这会儿去破坏她高涨的兴致有点儿不太厚道。就像他们小时候玩假扮大人的游戏那样，他们假装成了家，有了孩子，还有好多重要的事情要做。他们整天互相问这问那的，打听着对方的家庭和配偶，还打听小劳尔和玛卢查身体怎么样了……直到有一天他们俩吵嘴了，这才重新回到无忧无虑的童年。好奇怪呀，甚至可以说令人心里有点伤感，玛利亚竟重新玩起了那一套老把戏，就好像老祖母真的会织什么毛线活似的。这会儿她正朝大门口张望着，好像在等什么东西。这女孩有点怪，她突然梳了梳拢在一起的头发，让头发透了透气。这时门铃响了起来，在这个家里，门铃从来不会在这个钟点响。

“会是哪个冒失鬼呢？”莱蒙德低声说。

玛利亚早已站起身来，走到了门边，这才回过头来看了看他。

“老天爷啊，你真怪！当然是看大门的那个女人呀。”

这事儿并不那么理所当然，因为看大门的女人从来没在这个钟点来过。玛利亚接过几封信和邮箱的钥匙，面无表情地关上大门，凑到灯前，把信一封一封地看了一遍，手差点儿就挨到莱蒙德头上。

“全是写给妈妈的信。”她说这话时有点沮丧，“贝贝还是没给我写信……那就让他等着我给他写信吧。哼，让他慢慢等吧。”

妈妈在连衣裙的下半截围了条围裙，她一边解围裙一边走进了书房。她的两只手在热水里泡得通红，一脸满足而疲惫的微笑。她接过那一沓信件，把它们塞进一个大大的衣兜，那衣兜口上镶了一道漂漂亮亮的粉红色波浪花边，可莱蒙德总觉得衣兜口有那么个玩意儿不伦不类的，倒像是把衣领错镶到了衣兜上。那么她的衣裳领子是什么样呢？简单到不能再简单了，光秃秃的，只是把布折了一道，还皱皱巴巴的。莱蒙德正在暗想玛利亚说的那个贝贝是何许人也，还想妈妈对裙子什么的一定懂得不少，因此妈妈从他身边走过的时候，他便朝她微微一笑。

“你累了吗？”

“累倒不累，和平常一样。今天晚上的新闻没什么意思。”

“那咱们听会儿音乐吧。”

“好吧。”

他调了调收音机，等了一会儿，选了个台，又换了个台。妈妈去哪儿了？玛利亚又跑哪儿去了？只有奶奶慢慢走过来，她不是早就该上床睡觉了吗？里奥斯大夫这样嘱咐过她的。她在扶手椅前弯下腰，仔细地看着他。

“你上班的时间太长了，孩子。从你脸上就能看得出来。”

“奶奶，我一直就是这样上班的。”

“对呀，可你上班的时间还是太长了。这是放的什么音乐呀？”

“我也不知道，可能是纽约那边的台吧，爵士乐。要不然我把它关了，你觉得呢？”

“别，我挺喜欢的；这个乐队不错。”

真是习惯成自然呀，莱蒙德心想，就连老一辈的人也是如此。一天之前，也是在这个钟点，他们还觉得这东西令人作呕，说这是给狗听的音乐，是来自地狱的惩罚，可这会儿就已经接受它了。他实在佩服奶奶的身体还是那么强健，这世上没有任何东西能打倒她，让她早点上床睡觉；今天晚上她如此任性，说明她身体健康，脑筋清楚。奶奶弯下腰来，从挂在椅子上的一个包里取出一件黑毛线活和几根毛衣针，又用一种洞察一切的目光深沉地凝望着这些东西。莱蒙德把这一切都看在眼中，他觉得自己已经无话可说。有什么好大惊小怪的呢？他觉察不到家里有些习惯正在变化；他在办公室里一坐就是那么长时间，不分白天黑夜，埋头于那些会计事务间……他觉得和家里人很疏远，他想，她们多少个星期就是这样过来的，他就像个机器人一样，晚上回到家里，换上拖鞋，听一会儿BBC，然后就在沙发上睡着了。与此同时，妈妈在不断地修剪自己的裙子，玛利亚在和贝贝交往，奶奶在学织毛衣。有什么值得大惊小怪的呢？自己和家人这么疏远，和自己应当扮演的角色越来越不像，想来自己不算是个好儿子、好哥哥吧。人生在世总会有各种各样的问题，而国营铁路办公室，那可不是件开玩笑的事情。总而言之，如果这个家里有了些什么变化，他没有理由出面去说三道四；他也不可能让家里的大事小情都顺着自己的意愿。此外，这些变化都是些零零碎碎的小事情。吊灯上的光线有了点儿改变，让奥拉西奥叔叔变了模样；妹妹有了个男朋友；看大门的女人自作主张改变了下午送信的习惯；妈妈缝了个怪怪的衣兜；奶奶精神头更足了，肩膀也不像从前那样瘦弱得仿佛一碰就会碎。都是些小事情，这种事每个家庭里都会不断发生的。

“卢西娅！”卧室那边传来了妈妈的喊声（她嗓子的确是哑了）。

“来了，妈妈。”玛利亚答应的时候没感到一丝意外。

终于他什么都不愿再想，所有人都睡了，他也该去睡觉了。他喜欢卧室里的灯光，对他那双被一行行数目字伤得不轻的眼睛来说，这灯光朦朦胧胧的，十分柔和。他不经意地一番机械动作之后，睡衣仿佛是自己套在了他的身上；他仰面朝天躺在床上，关了灯。

他本不想再见到她们几位。所以，之前她们来到沙发前对他说晚安的时候，他无可奈何地闭上眼睛，接受了她们三次亲吻，听见了三声晚安，然后是三个人走向卧室的脚步声。那时他关上收音机，打算思考点儿什么；可现在他躺在床上，又什么都不想思考了。就在刚才和现在之间，他隐隐约约地明白了，自己其实什么也没弄懂。他真正弄懂的只是一些再愚蠢不过的思想，比方说：“正因为所有的部门都是一样的，我可能被……”连想都没来得及想完。还有这个，算是不太愚蠢的吧：“我是不是正在开始……”然后，仿佛是给他这种日常的习惯思维方式做一个小结：“也许明天会……”所以他上床躺了下来，好像只要一进入梦乡，这些他十分不情愿的乱七八糟的念头就都会戛然而止。天一亮，一切都会恢复正常的。一切都会恢复正常，只要天一亮。

莱蒙德也许是睡着了，可是他根本区别不了哪些是半睡半醒时的念头、哪些是他做的梦。也许他睡到半夜不知什么时候又会爬起来（可这些都是他很久很久以后，在国家邮政电讯总局的办公室里，从一本厚厚的书里笨手笨脚地抄录什么东西的时候才想起来的），在家里转来转去，他也不知道为什么要这样转，只知道他非这样做不可，要不然就得忍受失眠之苦。他先来到书房，打开电灯，他要看一看墙壁尽头挂着的奥拉西奥叔叔的画像。她们已经把这幅画像弄得面目全非，现在那儿挂着的是一幅女人的像，手垂在身边，嘴唇细嫩，还因为画家一时心血来潮被画得发紫发青。他想起来了，玛利亚不太喜欢奥拉西奥叔叔的这幅画像，有一次还说过要把它摘下来。可他并不认识画上这个表情僵硬、面相不善的女人。这女人不是他们家的人。

从奶奶的卧室那边传来一阵沉重的鼾声。天知道莱蒙德是不是真的走到了那里，进了房间，在书房昏暗的灯光下察看那张面孔。那张脸靠在枕头上，活像是印在一枚长毛绒制成的钱币上的一幅侧面像。两条粗粗长长的黑色发辫搭在枕头上。在暗处，只有把腰弯得很低，莱蒙德才能认出这侧面像是奶奶。可是这漆黑的大辫子，健壮的双肩，还有那强有力的鼾声又是怎么回事呢？接下来他多半从那里回到了餐厅，也可能停住脚步去听了听玛利亚和妈妈的呼吸声，她们俩睡在同一间卧房里。他没有进去。不能再进别的卧室了。他好不容易才回到自己的卧室，关上房门，插上插销——这插销太久没用过，已经锈了——仰面朝天倒在床上，关了灯。谁知道他是不是真的在家里转了这么一大圈；有时候人会梦见自己在家里走来走去，而实际上只不过是在床上辗转反侧而已：突然在梦魇中抽泣，一遍遍呼唤什么人的名字，看见他们的面孔，估量他们身材的高矮；还有那个不知道写信的贝贝。

天亮了，门把手在响。莱蒙德坐起身来，这才想起自己把插销插上了。这事儿做得有点儿蠢，玛利亚准会拿这事儿没完没了地开玩笑的。好在睡衣就在身上穿着，他从床上一跃而起，跑过去把房门打开。卢西娅朝他莞尔一笑，端着早餐盘进到房里，在床边坐了下来。她好像对他把房门插上这件事并不感到奇怪，而他对她的见怪不怪也并不感到吃惊。

“我以为你已经起来了。你睡过头了，肯定要迟到的。”

“现在离十二点还……”

“可是你十点就要上班的呀……”卢西娅说话时脸上带着一丝若有若无的惊讶。她是个金发女孩，个子高高的，就像所有的金发女孩一样，她那身棕色的皮肤和她的发色无比地协调。她把牛奶咖啡搅拌均匀，盖上糖罐，走了出去。莱蒙德看见她穿了条白裙子，上衣被年轻的乳房撑得鼓鼓的，因为是早晨，她的头发随便挽了个发髻。他插上房门这件事儿做得对不对呢？他一时脑子里想的全是这件事，可他又一想也许这事儿根本没什么了不起的。这时卢西娅又出现了，这回是给他送来一封信，她带着一丝友善的微笑在门口把信递给他，然后走了。信是寄给一个叫豪尔赫·罗梅洛的先生的，还有街道和门牌号。除了收信人的名字，别的都没什么问题，可是名字也不应该有什么问题，因为卢西娅把信递给他的时候还带着笑容。这件事儿不会像看上去那么荒唐，只是把莱蒙德·维约斯这个名字写成了豪尔赫·罗梅洛；信里面装的是一张舞会的请柬，还有来自 C. D. 的最诚挚的问候。

此刻的他只觉得肩膀上、舌根、后脑勺到处都沉甸甸的；鞋带好像永远也系不完，打领带也成了一件漫长的毫无意义的差事。

“豪尔赫，你要迟到了！”

是妈妈在叫他，她的嗓子真的哑掉了。你要迟到了，豪尔赫。不管怎样，离十二点还……该走了，该回到真实生活中去了，回到会计室，还有昨天没做完的财务报告。喝点咖啡，抽上一支烟，做财务报告，这才是实实在在的宇宙。是该走了，问候什么的就省了吧。不用问候了，走吧。

他悄悄来到书房门口，从右边的门走了进去，就好像以前从来没有从顶头的走廊进去过一样。可这都没什么要紧的，现在对他来说，从哪个门进去都一样，无所谓，画像中的那个女人似乎在暗中窥视着他，他已然不以为意，连看都不再看一眼了。离大门口还有两米远的时候，门铃突然响了。他有点不知所措，路易莎从厨房里飞奔而至，手里还拿着把鸡毛掸子，她把他一把推开，满脸都是开心的笑容。

“豪尔赫，别挡路，你这个家伙！”

他让到了一旁，大门打开了。看见玛利亚穿着出门的衣裳仔细打量着他，他心里一点也没觉得奇怪。路易莎拉住玛利亚的手，让她进来。

“你总算见到这个家里的男人了！正好他今天晚了一些……这是我哥哥豪尔赫，这位是我的法语老师玛利亚·维约斯小姐，你知道的……”

她向他伸出手来，脸上是一副问候别人时该有的机械表情。莱蒙德迟疑了片刻，想看看会发生点什么事，可他妹妹的手还伸在那里，什么事也没发生，他也伸出了右手，做这个动作倒没有他想象得那样困难。他忽然觉得这样也挺好，要是喊出声来，说她就是玛利亚而且……那就太愚蠢了。他只是想，他本来有可能把这句话说出口的。他也只是这么一想，并不感到后悔。没什么可后悔的，这只不过是一个人无数念头中的一闪念罢了。甚至可以说，谁知道他是不是真的有过这样的一闪念呢。相反，他现在心里倒觉得，能被介绍给玛利亚·维约斯小姐是件挺惬意、挺愉快的事情。要是你不认识某人，被人介绍一下是再正常不过的事。

一九四五年

四　遥远的镜子

我像一个微笑的人，在转过身去时突然
注意到他在镜子里的模样。[①]
——T. S. 艾略特

但每一次，到最后都是我把他们说服了。他们都是些好心人，想把我从这种孤独的生活中拉出去，想带我去看看电影，喝喝咖啡，再陪我去市中心的广场上没完没了地兜圈子。可是我一次又一次拒绝，要么微微一笑说声“不了”，要么就一声不吭，使他们的邀请全都落了空。四年来，就在这里，在齐威尔科伊这个城市的市中心，我悄无声息，离群索居，过着自己的日子。因此，我同城的居民会怀着善良的愿望听说六月十五日发生的那件事，从中看到的只会是某个偏执狂的神经症第一次发作，我这种齐威尔科伊成分甚少的生

①原文为英语。

活方式自然会让他们这样揣摩。也许他们的揣摩也自有道理，而我只是要将这事原原本本地讲出来。这是我只能从外部理解的事情，要把它们最终还原到过去，并使它们从此定型，不再改变，这也算是一种办法吧。而且，否认它们曾经发生过是很愚蠢的，说不定它们还能引出一段很好听的故事呢。

按我自己的理解，我在齐威尔科伊过的是一种研究和学习的生活（而当地人过的才是一种自我封闭的生活）。上午我在师范学校讲课，课会上到中午，有时也会上到稍晚一些时候；我总是沿着同一条路线回到堂娜米凯拉的出租屋，和几位银行职员一起吃午餐，然后立即一头钻进自己的房间。在那里，整个下午，两扇高高的窗户上都有灿烂的阳光。我备课备到三点半，那以后的时间便完全属于我自己了。换句话说，我可以按自己的爱好去学习。我打开马丁·路德的圣经，两个小时里，我一点一点啃着德语，当我能顺顺当当地读完一个章节，而不用去参考我那本奇普里亚诺·德瓦莱拉的译本时，就会欣喜若狂。我也会突然放下手头的工作（有时我觉得自己的聪明才智中会突然冒出一些新的兴趣点，就毫不迟疑地做出反应），烧上一壶开水，一面听着世界广播电台的某个下午播报，一面小心翼翼地往那只陪伴了我多年的瓷罐里倒上些马黛茶。用我在师范学校里的学生们的话来讲，所有这一切，都叫作“休闲”；不待马黛茶的滋味品完，我就会兴致勃勃地投入到新的阅读中去。阅读的内容随时代而变化，一九三九年我读的是西格蒙德·弗洛伊德全集；一九四〇年读的是英美小说，艾吕雅和圣琼·佩斯的诗集，一九四一年读刘易斯·卡罗尔（一直读到精疲力竭）和卡夫卡，还读了法同写的几本关于印第安人的书；一九四二年读了伯里的希腊史、托马斯·

德·昆西全集、厚厚的一本写桑德罗·波提切利的传记，外加十二部弗朗西斯·卡尔科的小说，读最后这些小说，仅仅是出于提高我的法语俚语水平这样一个崇高目的；末了，今年，我同时开展几本书的研读，一本是路易斯·昂特迈耶编写的盎格鲁撒克逊美洲现代诗歌集，另一本是约翰·艾丁顿·西蒙兹的意大利文艺复兴史，还有——也算是心血来潮吧——有关古罗马帝王的全套书籍，从古代的部落英雄一直读到阿米亚诺·马塞利诺那本书的最后一章。为了完成这个宏伟计划，承蒙学校图书管理员的慷慨准许，我把这些人的作品都搬了回来：塔西陀、苏埃托尼奥、帝王史的诸多作者，当然还有马塞利诺。当我写下这个故事的时候，我已经详尽地了解了直到普罗博为止的所有帝王们的生活；我房间的墙上就贴着一张大大的卡片纸，上面逐个记录着那些罗马人的名字和每个人的在位时间。我这样做倒不是为了加强记忆，更多的是为了寻开心。我早已十分愉快地察觉，每次堂娜米凯拉的女儿们到我的房间里来打扫卫生的时候，这张卡片纸总会赢得她们惊讶敬佩的目光。

“而这就是我们的生活”[①]。为了给我身处的周围环境增光添彩，我还会加上有限的几种元素：许多首诗歌（几乎全都是我写的，天哪！），第五期的《图片报》，几个夜间娱乐节目，比如BBC和旧金山的KGEI的节目，一瓶Mountain Cream牌威士忌，一块硬纸板，那是我用铅笔刀玩飞镖的地方，当然有时也举行有奖飞镖比赛，只是我从来没赢过；还有高更、梵高和乔托的画作的复制品，这些画作都和前面列举过的那些东西一样，没有经过认真挑选。我去看的有

①原文为英语。

限几场电影，也都是因为当地的电影院阴差阳错搞来一部雷内·克莱尔、华特·迪士尼或者马塞尔·卡内的片子。没有人到我这儿来作客，只有一位老师不时来走动走动，而且每一次都被我的粗鲁吓得不轻；再就是一些以前教过的学生，他们发现我还算是一个挺和气的辅导老师，可能也算一个可以发展但被无限期推后的朋友吧。

我十分清楚，我所叙述的内容，到目前为止倒像篇日记，是未来的传记作家打进《法兰西科学院周刊》的体面做法。可它也许又是必要的，为的是能让某个可能看到这些文字的读者像我一样，为六月十五日那天降临在我身上的事情感到不安。有一种疾病叫作幽闭恐惧症，我自认为对它有免疫力，而不是相反。尽管如此，我还是没能把我正在阅读的内容融会贯通，也没能弄懂在《使徒行传》第十章里，哥尼流为什么会去呼唤使徒彼得。我进展得很艰难，时时要战胜自己内心的空虚，战胜那种把书一合跑到大街上去、跑到这个房间以外去的疯狂愿望。我在这场灵魂与灵魂之间的苦战里奋力挣扎，最终放弃了路德的书。要想看懂这些简直不可能，可它同时又是那么简单："我不推辞而来……[①]"，第十章，第二十九节。终于，一个比我更强大的力量把帽子塞在了我的手中，好长时间以来，我第一次离开了自己的房间，走了出去，在阳光灿烂的街道上迈开步伐。

对于像我这样讲求秩序和效率的人的精神来说，漫无目的地行走是最不愉快的几件事之一。不过，阳光像温柔的手指一样抚摸着

---

①原文为德语。

我的后脑勺，风中有鸟儿在鸣唱，空气宜人，不时还有漂亮女孩对我微笑，她们大概是看见我在四点钟刺眼的阳光下不断眨眼睛感到奇怪吧。我走过一条条熟悉的街道，人行道和一座座房屋让我想起许多往事。我的心恢复了宁静，可这种宁静并没能让我产生再回到我的房间里去的愿望，我离那间房子已经有好几条街远了。我的身体又体验到了那种美妙的感受——那是多少回我在夏天的海滩上体验到的感受呀——想融化在阳光里，投身于蓝天中，让自己的躯体消失，只留下一点能力，去感受温暖、天空和舒适。闲适的夏日终于过去了，它持续了多长时间哪！然而，秋日里的这个午后，它是一种安慰，甚至近乎一种承诺；我感到浑身轻快，因为我终于走了出来，放纵一下自己，让魔鬼把自己从那些神圣的文字中解脱出来。

走到卡洛斯·佩耶格里尼大街和里瓦达维亚大街的街角，就是省银行大楼那个地方，一切都改变了。有谁玩过图帕克－阿玛鲁吗？它是一种灵与肉的游戏，让你感到自己既想去做一件事，又想去做另一件完全相反的事，让你在想往右走的同时又想往左。就这样，在银行的那个路口，我一面欣然准备走向秀丽宽阔的齐威尔科伊广场，同时却又有一种奇怪的力量，从哥尼流和使徒彼得那里获得的力量，引领着我头也不回地沿着里瓦达维亚大街走下去，这样就不可避免地离广场越来越远。我不得不一直沿着这条太阳照不到的阴暗街道走下去，把树木呀、广场上那些舒适可人的长条椅呀，全都抛在了身后。有那么一阵，我也曾抗拒过，但那股力量粉碎了我的一切反抗；我觉得自己耸了耸肩，那是我经常被女友们合情合理地责备的动作，然后就听之任之了，这时我又一次感到了下午时分那暖洋洋的空气，远远地看见了午后的人行道街沿，看着它怎样一点一点被染成了淡淡的紫色……

“天啊，这不是堂娜艾米莉亚的家吗。进去问候问候她如何？”堂娜艾米莉亚是我在齐威尔科伊为数不多的女性友人之一。她在师范学校教外语，正到了母性压倒一切转瞬即逝的激情的年龄，也许是因为我这个人生性和气吧，她很爱我。有那么一两回，她曾经指给我看说那就是她家，并邀请我去喝茶，只是我当时没去。可今天下午……当我再这么一想的时候，我的手指头已经按在了门铃上，能听见从后院传来的清脆响亮的铃声。我站在门廊下开始想，该对堂娜艾米莉亚说些什么，来解释自己这次不同寻常的造访呢。就对她说是有一股图帕克－阿玛鲁的力量……这太荒唐了。唯一的解决办法会有点儿布尔乔亚：就说我从这里路过，突然想到，等等等等。我就这样一面琢磨一面继续等候，但是没有人过来开门。

我又按响了门铃，这一回应该到处都能听得见，就连街对面人行道上也该听见了。于是，等了一会儿，我做了一件出格的事：我径自沿着门廊走了进去，走进起居室，就好像是走进自己的家一样。

就好像是……

可这就是我的家呀。我凭直觉感到这一点的时候，心里几乎没觉得有什么好奇怪的，只是头皮稍微有点发紧。这起居室的家具和堂娜米凯拉家一模一样；左手边那扇门，毫无疑问通向客厅，那边不就是我的房门吗，就是通向我的房间的门。

我站在房门前，心中尚有一点清醒的意识，随时准备拔脚逃走；就在这时，我听见房间里有人咳嗽。

和按门铃时一模一样，我的手又一次先于我的意识而动，径直按下那熟悉的门把手，推开门走进了客厅。可这里并不是什么客厅，而是我的书房，不折不扣地就是我的书房。为了让这场景更加完满一些，书房里的书桌前，甚至有一个我，就坐在阅读架那里读马丁·路德翻译的《圣经》。我，身上穿着一件蓝色条纹的旧睡袍，脚上套着双保暖拖鞋，那是今年秋天妈妈送给我的礼物。

我勉强来得及想出一个解释。尽管它的文学色彩太浓，而且有点自我保护的意思，我还是会在这里向读者坦诚相告。“上帝啊，这不是莫泊桑笔下的那个奥尔拉[①]吗。现在我们俩得好好谈谈了。”这样一想，我身上主动积极的立场消失了。我成了一动不动地站在门口的一件东西，成了一个聚精会神的旁观者，眼巴巴地看着这一幕日常生活场景，害怕得已经不知道害怕。

我看见自己在查一本福尔词典，听见自己的声音在庄严诵读《圣经》的章节，声音就像是从唱片里传来的，有点变音。哥尼流用德语高声呼唤着使徒彼得，而彼得见到食物的异象之后，一面宣讲着主的话语，一面来到了他的贵客家中。当我走出家门，也就是堂娜米凯拉的家门时，这一切本来就没有结束，而现在又天衣无缝地接上了。突然，我又看见自己扔下了书本，打开收音机。我走到自己身旁，把壶放在火上烧水，当收音机里播放一首印加歌曲时，我还兴致盎然地随着歌声吹起了口哨，惟妙惟肖地模仿那种北方人的腔调。我做这一切的时候都对我的存在毫不介意，连看都没看过我一眼，谢天谢地这不是奥尔拉。我全神贯注于甜甜的马黛茶和音乐组成的仪式之中，最多也就像一个人从镜子面前走过时那样，对自己的影子毫不在意地瞟上一眼。我听到解放者的轰炸机群是怎样把潘泰莱

①法国作家莫泊桑的作品《奥尔拉》中，主人公感到存在于他周围的一个看不见的生物。

里亚岛夷为平地，乔治国王又是如何去了非洲，在那里士兵们看见他的时候齐声高唱《他是个快乐的好小伙》[①]，还听见佩德罗·巴勃罗·拉米雷斯将军决不允许用生活必需品进行投机买卖。这时天色已晚，我打开灯，把一只转椅拖到桌旁，找出西蒙兹的那本《意大利文艺复兴》第一卷，专心阅读起来，时而露出微笑，或者记点笔记，时而情绪激烈地发表几句异议，时而又带着毫不掩饰的喜悦赞同作者的观点。突然——因为到了这个钟点我通常会觉得膀胱发胀——我把书往桌上一放，穿过我的身旁，走出了房间。戏正演到一半，演员却跑掉了，看戏的人心生恼怒，也跑掉了，不过他是像疯子一样跑到了大街上。他一下子从这场令人难以忍受的荒唐闹剧中清醒了过来。

终于——用这个词的心情只有我自己能体会到——我回到了家中。正是吃晚饭的时间，我走过去告诉我和善的女房东说，今天晚上我就不吃她做好的烤肉条和新鲜莴苣了。堂娜米凯拉仔细端详了我半天，然后说我看上去脸色很不好。

“街上冷极了。”我随口应付了一句，“我想马上上床睡觉。明天见。”

穿过院子的时候，进来了一个女孩，抱怨说外面又热又闷。我低下头，进了自己的房间。

一切都和平日里一样。我看见我那本圣经还翻开在下午我离开时的那一页，旁边放着铅笔和那本福尔词典。词典旁是一卷胡戈·冯·

①原文为英语。

霍夫曼斯塔尔的诗集，我那时正想慢慢地弄懂这些诗的意思。和平日里一样，气氛温暖而舒适，一切都按照我的任性和习惯摆放着。

我来不及细想，找出几粒镇静药，喝了口水，又调制出一杯冲剂。已经十点钟了，我还睡意全无，肯定是睡不着了，在这种情况下，我肯定只得与黑暗和寂静为伴。我记得自己就这样在书桌前坐了好几个小时，自己也很吃惊怎么就用铅笔刀（就是玩飞镖比赛的那把小刀）在木头桌面上刻下了自己名字的首字母，脑子里什么也不想。其实这什么也不想才是一种最可怕的思维方式。我就这样看着自己把木头一点一点刻下来，笨手笨脚地刻出了一个G和一个M。然后天就亮了，给我提了个醒：九点钟我还有课要上。我和衣倒在床上，呼呼大睡，醒来时发觉，原来在这样臭气熏天、厕所一样的地方，也还是有无尽的美景的。

我怎么会给孩子们讲起荷兰地理课，还讲起戴克里先时代那种四帝共治制度？这堂课对我是个永久的谜，恐怕对孩子们也是如此。下午，我做了任何人处在我的情况下都会做的一件事：到堂娜艾米莉亚家去，刻不容缓。

我把手指按在门铃上的时候才察觉到，我现在的行动和一天以前有天壤之别。我现在异常冷静，对自己要做的事情成竹在胸。如果说所谓的谜就这么简单的话，我已经准备好了去揭开谜底。我会对这个朋友说些什么呢？这次调查已经不是一次简单的询问，堂娜艾米莉亚和齐威尔科伊城里所有人都认为真实可靠的事情，其实已经超出了正常的范畴。我从家里出来时并没有细想自己该采取些什么措施。我只记得往兜里塞了把勃朗宁手枪，我也说不清为什么要带上它，反正会有用的。

在她的起居室里，堂娜艾米莉亚朝我和蔼地微微一笑。请进，太荣幸了。而我总是有点不知所措。能在家里见到我她太高兴了，别客气，就像到了自己家一样（听见这话我不寒而栗）；对不起我没来得及换衣服，太早了，而且……我几乎没听见她在说些什么。我穿过门廊，走到起居室，握住她的手，便急忙向左边看去，想看见那扇门。我真的看见了一扇门，但不是我房间那样的门，而是一扇更宽、更厚实的门，玻璃和里面的门板之间有一道厚厚的帘子，上面布满流苏花边。

“那儿是客厅。”堂娜艾米莉亚说，我审视的目光和我的沉默让她略微有点惊讶，“您要是愿意，我们进去吧。”

我喃喃地说了几句客气话：您先生怎么样，跟您住在一起的几个小孙子又怎么样……可是堂娜艾米莉亚已经打开了那扇门，在我之前进了客厅。我想：“她马上就会看见我待在那里，然后就会发出一声尖叫。”结果什么事也没发生，我也跟着走进了客厅。

这是一间有钱人家的漂亮客厅，贴着樱桃色的菱形图案墙纸，隐约摆着些亚热带水果，靠墙放着一张摄政风格的小桌，上面是家人的肖像，还有一尊伏尔泰的半身像，稍远一点有一张大大的写字台，桌腿都是用车床旋出来的，漂亮极了。

“我有时候在这里工作。”堂娜艾米莉亚说着，一面请我坐下，“可这地方有点儿冷，又太吵，所以我总是在我大女儿的卧室里改作业、备课，那儿也亮堂些。我的几个小孙子爱到这里来玩……您可不知道要防着他们把东西打碎有多难！”

我觉得身上生出一种幸福的感觉，沿着鞋子和小腿升腾，顺着神经和血管美妙地涌上心肺之间。我一定是松了口气，还夸了几句家具陈设什么的，因为堂娜艾米莉亚对我讲起了每幅陈年肖像的前因后果，一一列举了家里的大小神灵。我沉浸在一切终于水落石出的幸福之中，我明白了，先前那些都只不过是一种幻觉，是错觉产生的奇思怪想。我该把威士忌和溴化物镇静剂都戒掉一段时间，试一试休息疗法，摆脱那些荒唐的噩梦。因为在这间客厅里，没有任何东西能使我想起自己的房间和我这个人；因为这一幕就好像是从那么多的糊涂事里彻底解脱；因为……

“因为昨天，”堂娜艾米莉亚说，“我一整天都在乡下，照料农庄里的小兔子。佛兰德斯的兔子，您知道……”

昨天。堂娜艾米莉亚一直在乡下，照料她那些小兔子。就在离解脱一步之遥的时候，我感到有一只冰冷冰冷的手慢慢揪住我的后脖子，将我向后拉去，向另一边拉去。而就在这时，堂娜艾米莉亚打住了话头，轻轻发出一声恼怒的惊叫。她痛苦地望着那张漂亮的写字台。

“这帮孩子！”她叹息道，握起了双手，“我早就知道他们迟早会把这张写字台毁了的！”

我朝写字台俯下身去。在它的一边，几乎靠着边缘的地方，有人用一件锋利的东西刻了几个字母玩。字母乱七八糟地连在一起，但可以认出来有一个G，还有一个M。刻这些字母的显然不是什么能工巧匠，而是某个人闲得没事干，也根本不知道自己在干什么，顺手拿起旁边的一只铅笔刀，干下了这事儿。

一九四三年

天文学绪论

一　论行星间的对称

这也太恶心了。[①]

——唐老鸭

在法罗斯行星上登陆伊始，法罗斯人便带我去参观他们称之为956的首府城市，观看它的物理环境、植物地理、动物地理、政治经济以及夜间的环境。

法罗斯人其实就是我们这里叫作昆虫的人。他们长着像蜘蛛一样极长的腿（各位设想一下，一只绿色的蜘蛛，毛发僵直，身上长着亮闪闪的肉瘤，从那里发出像吹笛子一样的声音，这声音配上曲调，就成了他们的语言）；至于他们的眼睛、穿衣服的风格、政治体制以及种种情爱行为，我以后再给各位讲述。我觉得他们很爱我。我用通用手势向他们解释说我想学习他们的历史和习俗，他们带着毋庸

①原文为英语。

置疑的好感同意了。

我在956上待了三个星期。这段时间已足够让我发现法罗斯人都很有文化。他们喜欢日落，也喜欢各种天才而奇特的题目。我对他们的宗教了解得不多，为此我还用自己掌握的很有限的词语向他们索要过资料，这些词语都是用我精心制成的一支笛子吹奏出来的。他们告诉我说，他们信奉一神教，他们的众多祭司倒还没有全然信誉扫地，道德法律会约束他们，让他们的行为大体合格。他们眼下的麻烦好像和伊里有关。我了解到伊里是一个法罗斯人，他试图在人们的血管系统中磨炼一种信仰（不是在心脏里，因为从形态学角度来看，“心脏”这个词不够准确），而且他已经快要成功了。

他们带我去参加了一次宴会，那是956的精英们为伊里举办的一场宴会。我看见这个教派的创始人坐在高高的金字塔上（在法罗斯星上，他们把这叫作桌子），一面吃着东西，一面宣讲教义。大家都很注意听他讲话，看上去也挺爱戴他，他则滔滔不绝讲个不停。

我只听懂了只言片语。从这些话里，我对伊里产生了一个崇高的念头。我忽然觉得自己穿越到了过去，回到了地球上那些有决定性影响的宗教正在孕育的年代。我想起了犹太人耶稣。犹太人耶稣也是这样讲话的，边吃边讲，而其他的人都很注意听他讲话，看上去也都很爱戴他。

我想：“万一他就是耶稣呢？有一种理论，说上帝的儿子周游各个行星去拯救众生，这也不算什么奇谈怪论吧。他为什么只能待在地球上呢？现在已经不是地球中心论的时代了。我们还是承认，圣子有这个权利到四面八方去完成他的艰巨使命吧。”

伊里还在对吃饭的人们宣讲教义。我越来越觉得这个法罗斯人就是耶稣。“这任务该有多艰巨呀，”我想，“而且还很单调。也不知道是不是无论哪里的人，反应都是一样的。他们会把他钉上十字架吗，不管是在火星、木星、还是冥王星？……”

作为地球人，我感到从心底升起一股惭愧。各各他[①]本是我们地球同胞的一个污点，但也是众多结局之一。也许我们是唯一一群能干出这种卑劣行径的人吧。在一个木头架子上把上帝的儿子钉死！

仿佛是为了让我彻底陷入困惑，法罗斯人表现得越发喜悦、动情了；他们俯身（我尽量不去描写他们的具体模样吧）拜倒在大师面前。突然间，我看见伊里把所有的脚都高高举起（法罗斯人有十七只脚）。他在空中抽搐了一阵，摔在金字塔尖（就是那张桌子）上，全身发黑，一声不吭了。我问了问，人们告诉我，他死了。好像是有人给他的饭菜里下了毒。

一九四三年

①耶稣受难之地。

二　星星清洁者

缘起：写这个故事，是因为我有一次从铁匠铺门前经过，发现一只装有神秘物件的纸箱，上面写着：Star washers[①]。

有人成立了一家叫星星清洁者的公司。

只要给 50-4765 这个号码打个电话，清洁队立即就会出发。他们装备齐全，指令高效，而且迫切想把这些指令付诸实践。至少在公司广告上是这样说的。

就这样，很快，那些被时间、历史研究和飞机尾气弄得脏兮兮的星星便都恢复了原先的光芒。人们可以根据这些星星各自的亮度，给它们重新定下更合适的等级了，可是人们惊喜地发现，经过如此一番清洁，所有的星星都属于一、二、三等。从前大家觉得无足轻重的东西（有谁会去关心看上去离我们好几百光年远的某一颗星球

①意为"星形垫圈"，一种零件。亦可理解为"清洗星星的人"。

呢？），现在却变成了被压制的火苗，正等待着恢复它应有的光亮。①

实际上，这活干起来并不简单。特别是在刚开始的时候，50-4765这个电话响个不停，公司的主管们恨不得多变出几个小队来，再给它们制定各种复杂的路线，让它们在同一个工作时段里从某个星座的阿尔法星出发，到达卡帕星，为的是让相当数量的会员星能够一起变得光鲜亮丽起来。夜里，每当有一个星座发出崭新的光辉，无数克制不住忌妒心理的星球就都会打来电话，他们不惜一切代价，也要和公司已经服务过的星星拥有同等的待遇。公司不得不想出各种各样的应付办法，比如给刚刚清洁完的星星蒙上一层半透明的、过上一段时间才会降解的薄膜，让星星发出耀眼的光芒；有时公司也会利用云层很厚的日子工作，这时那些星球同地球失去了联络，也就不可能给公司打来电话申请保洁服务了。公司花重金买下各种能改善服务的天才想法，尽量去平息各家星座和星云之间的相互忌妒。说到星云，因为对它们只能采用猛刷一阵或是用蒸汽熏蒸的办法，清除种种凝结的物质，它们转动起来难免有些闷闷不乐，对那些恢复了苗条身材的星星心生羡慕。不过，公司的管理层用一些印刷精美的广告使它们平静了下来，那广告上说得很清楚："对星云的刷洗能使它们在全宇宙面前长久地呈现出千变万化的线条美，一如诗人画家所期望的那样。任何一成不变的东西都意味着它放弃了神的意志所欣赏的千姿百态。"与此同时，这条广告也不可避免地使许多星

① 1942年11月，费尔南多·H.道森博士（来自拉普拉塔大学天文观测站）高声宣布发现了一颗位于赤经8h9m，赤纬35°12'的"新星"，"是天狼星、老人星和地平线中间区域内最亮的一颗星体"（《新闻报》11月10日第10版）。天使一般的造物呀！其实，那是这家公司（自然是秘密的）第一篇文章。——原注

球心生怨言，作为补偿，公司又不得不提供一种长期服务，好几种清洁项目都免费赠送。

天文学研究遇到了大麻烦。这门学科的基础本来就是临时凑集而成，不大牢靠，此时便轰然倒地。多少庞大的图书馆的藏书都被付之一炬，一时间，人们不再担忧地球上燃料严重匮乏，都可以高枕无忧了。不管是哥白尼、马丁·吉尔、伽利略、加维奥拉还是詹姆斯·金斯，他们的名字统统被从墓地和各家科学院抹去；取代他们的是用不朽的大写字母铭刻的公司创始人的大名。明眼人一看便知，诗歌也遭受到了沉重打击；赞美太阳的颂歌现在声名狼藉，被人嘲弄，被从选读课本上删去；那些吟咏参宿四、仙后座和半人马座阿尔法星的诗歌在一片嘈杂声中被人遗忘。那曾经不可一世的描写月亮的文学作品像被一把巨大的扫帚扫得无影无踪，从那时起，还有谁会记得拉福热、儒勒·凡尔纳、葛饰北斋、卢戈内斯或是贝多芬呢？那位月球人也收敛起他的光芒，在湿海旁坐下来号啕大哭，久久不能平息。

不幸的是，在公司内部，并没有人能预见到恒星们如此巨大的变化带来的后果。（或者有人已经预见到了，可领导层利欲熏心，假装没有看见宇宙所面临的可怕未来？）企业的工作计划分为三步，并逐一得到了落实。第一步，接听50-4765这部电话传来的自发申请。第二步，在有效的广告宣传基础上大力煽情。第三步，那些星球，不管是抱无所谓的态度还是谦卑的态度，也不管它们是愿意还是不愿意，公司总是要去清洁它们的。这最后一点，有时会遇到欢迎的呼唤，当然中间也会夹杂着气喘吁吁的抗议声，但公司总是严格执行，因为公司不想让任何一颗星球错过组织给予的恩惠。有一段时间，对天空中某些心怀敌意的地区，公司在派出清洁小队的同时还会派出突击队和用于围困的机械装置。各大星座都一个接一个地变得亮堂起来；公司的电话已经很长时间没响过了，可是各支小队在一种盲目冲动的指引下，还在不断地劳作。终于有一天，只剩下一颗星星还没有被清洁。

在发出最后一道命令之前，公司的全体领导都登上了摩天大楼的天台（摩天这两个字叫得再恰当不过了），骄傲地观看他们的战果。在这庄严的一刻，地球上所有人都分享着同一种感受。确实，这样的天空以前从未有人见过。每一颗星星都发出了像太阳一样无法用言语描述的光芒。人们已经不会提出像古时候那样的问题："你觉得它是橙色、红色还是黄色的？"此刻，所有的色彩都还原成了最纯净的本色，那些双星也都交替发出自己不同色调的光，而月亮和太阳早已混杂在一大群星星当中，看也看不清，它们已经在清洁者的高歌猛进中被击败，被毁坏得面目皆非。

只剩下一颗星星还没有被清洁。这就是纳乌西卡星，这是一颗只有很少很少的专家才知道的星星，它被错当作二十等星而无人知晓。只要清洁队完成了这个使命，天空就会变得绝对纯净，公司也就功德圆满。从此，公司就可以高踞于时间范畴之上，稳稳当当地永垂千古。

命令已经发出。领导和民众都满怀热情地从望远镜里遥望那颗肉眼几乎看不见的星球。再过一小会儿，它也将加入它的同伴当中。到那时，天空将变得十全十美，万古长存……

突然，惊天动地一声巨响。仿佛玻璃划过眼前，天空裂开了一条缝，就像是猛然出现了一棵巨大无比的生命之树。公司的领导们倒在地上，用抽搐的双手捂住眼睛。到处都是四散奔逃的人群，他们在地上连滚带爬，逃向地下室，逃向黑暗之中，互相之间用指甲、刀剑刺瞎双眼，只是为了不再看见，不再看见，不再看见……

任务已经完成，那颗星星干干净净的。可它的光芒，再加上其他那些受过公司恩惠的星星的光芒，使阴影再也没有存身之地。

一时间，黑夜消失了。一切都成了白色，空间是白色的，就连一无所有的虚空也是白色，天空像一张大床，铺展开它的床单，白色之外，什么都没有，那是所有被清洁过的星星光芒的总和……

临死之前，公司的一个领导勉强把自己的手指头掰开一点，从指缝里看了看：他看到天空是清一色的一片纯白，而星星，所有的星星，都成了小黑点。星座和星云都还在：星座成了一个个黑点，而星云像一片片裹挟着风暴的乌云。然后是天空，纯白纯白的天空。

一九四二年

二　海洋学短训班

于是人们可以这样说，站在月亮的角度，
是月亮照亮了地球。[①]
——《Quilette 百科词典》“月亮”词条

只要注意看一下月图，就会发现月亮上的“海洋”与“河流”彼此根本没有联系。相反，它们完全互不相干，各自心无旁骛地保留着对水的永恒记忆。因此，老师们总是告诉目瞪口呆的学生，从前月亮上也曾有过一些自成体系的河流，而且可以确认它们之间没有任何连通的沟渠。

在人们正式得知这个卫星另一面的情形以前，一切就是这样。哦，我最温柔的满月女神塞勒涅！只有我见过你那柔美的背影。就在那里，就在那愚蠢的恩底弥翁[②] 本可以为一己私欲征服蹂躏的地方，很

①原文为法语。

②古希腊神话人物，与月神塞勒涅相恋，后来受到宙斯惩罚。

久很久以前，河流与海洋也曾交织在一起，聚集成巨大的水流，汇成大洋大泽；而在阳光暴晒之下，它们现在变成了一片片令人心悸的干涸地面，再无半点生气。

别害怕，阿施塔特女神。会有人叙述你的悲剧，叙述你的不幸与忧伤；可我会用美妙的方式来叙述它们，因为在你所在的这颗行星上，恰当的形式要比伦理道德观更有说服力。[①] 请允许我这样来描述：很久很久以前，你的心就像一眼永不枯竭的泉水，从那里流淌出婀娜多姿的条条河流，它们直泻而下，一路上吞噬一座座山峰和心惊胆战的登山者，直到全部汇集在一起，再经历一番暴躁任性的演变，在你的背面聚集成浩浩荡荡的洪流，奔向海洋。奔向那布满山峰与洞窟的千姿百态的海洋！[②]

那水流无际无垠，它的水面已经忘记了幼年的游戏。月亮是个女孩，河流像一条辫子从她肩头垂下，用自己冰冷的手炙烤着她的腰，在那里，她的肾脏像被马刺扎了的小马驹一样颤抖不止。岁月流淌，辫子不断垂下，在矿藏和美景之间穿行，这都是门派众多的水文地理学研究的对象。

倘若我们当年能亲眼看见这一切，倘若我们当年不是身处蕨类植物和翼手龙的年代，而是能做一点点像样的研究，那我们眼前会现出怎样的由白银般的泡沫组成的奇观呀。诚然，那一座座汇集而成的洪流在背着地球的一面流淌。可那一道道山峰间的海洋，那一座座盛着各种各样柔软物质、美妙无比的环形山，又怎么解释呢？还有那折射出来的一道道波浪的纹理，仿佛在赞美这鬼斧神工的杰

①该感谢主。——原注

②向赫西俄德致敬。——原注

作，又怎么解释呢？这都是水的惊人杰作！在经历了成千上万个城堡和匆匆聚散的宴会之后，在一次又一次地见识了划船比赛、结婚蛋糕和大规模海上表演之后，面对着坚不可摧的磐石，一切嘈杂纷繁的假说都将汇集，流向你背面那一片浩瀚无垠的水面。

那就让我把这一切都告诉人类吧，阴晴圆缺节奏分明的塞勒涅女神。在那一片水面上曾经居住着一支天国的种族，他们有着流线型的体态，生性慷慨、感情奔放。我的读者，你看见过海豚吗？当然看见过，在远洋巨轮的船舷边，在电影院的座位上，抑或是在描写海洋的小说里。我问你的是，你和它们有没有过亲密的接触；你有没有去探索过，在它们快乐的外表下，它们的生活有没有忧伤的一面。我问你的是，在动物学书籍提供给我们的轻松满足之外，你有没有亲眼观察过一只海豚……

月球人就是这样在大潮之中诞生的。无论对他们做何种过度的探究，都终将归于虚实难辨的境界。人们至今还无法把他们同别的生物作比较，他们甚至没有姓名，就把他们叫作游泳族或是莲花研究族吧。和海豚不一样的是，他们并不跃出水面。他们冷漠的脊背随波浪起伏；他们有一双亮晶晶的眼睛，总是含着惊诧的神情看着岸边烟气腾腾的火山一次次喷发。每当海水突然变冷，就像有一双黏糊糊的手从下面向他们的肚皮悄然袭来，就预示着冰期来临了。这时他们就会躲开冰川，到碧蓝的水流深处去寻求温暖。

以下才是最难启齿、也是最最残酷的话。倘若某一天，那汇集而成的洪流违背了它对自己河床的忠诚；倘若某一天，它离开了月亮上那熟悉的蜿蜒曲线，自己画出一道反叛的切线；倘若它被厚厚的大气层托着，奔向空间、奔向自由……到那时人们又怎能压抑住血管里的酸涩与不和谐，面不改色地描述这样的场景？那洪流越过大气层，一点一点地离去，明明白白地投射出一条叛逆的路线，带走了月亮上的水，留下的唯有撕裂般的惊骇。月亮一下子变得光秃秃的，没有了一丝温存。

可怜的月球人啊，可怜的温馨可人的月球人啊！他们浸在水中，对发生在自己身上的惊天巨变一无所知。只有一位，因为落在后面而被遗弃，孤苦伶仃地被落在那洪流留下的河床上，感慨着命运无常。这一位月球人久久地遥望着那洪流在空中渐行渐远。他不敢移开自己的视线，因为那股洪流越变越小，像是挂在高高的天空中的一滴泪珠。时光继续流逝，死神慢慢降临，含情脉脉地把手放在了这位被抛弃的月球人圆圆的额头上。从那时起，月亮就变成了我们现在无数文章里描写的模样。

塞勒涅女神啊，你因为害怕受到更加严厉的惩罚，会反对我这样说。可我还是要一吐为快！忌妒成性的地球是这一切的罪魁祸首。是地球这颗臭不可闻的行星，把它无穷的引力全部集中在乞力马扎罗山的顶峰，强行夺走了月亮的那条多姿多彩的发辫。现在，它正张开血盆大口，满脸饥渴地等待着那股洪流到来。它渴望用这股水流来装点自己，用这股来自宇宙空间的水流来掩饰大地上的种种丑陋，而我们作为地球上的居民，对这些丑陋的东西早已熟知。

还要我再说什么吗？悲哀，真是一种悲哀，看见那股水流从天而降，在地面撞得粉碎，发出凄惨的声响，然后四下流开，裹挟着原始的渣滓，肮脏龌龊，活像是呕吐出来的黏液。它们流进深渊，连空气都会从那里嘶叫着惊恐万分地逃散。阿施塔特女神啊，最好什么话都别说了，最好还是倚伏在船舷边，当夜晚属于你一个人的时候，去看看海豚像一群打打闹闹的孩子一样跃出水面，再落回海水之中。它们就是这样一次次地跃起，再一次次地落回它们的囚笼。悲伤的阿施塔特女神啊，你还是去看看那一群海豚怎样为你跃起、寻找你的踪迹、呼唤你的名字；它们多像月球人啊，他们是天国的种族，有着流线型的体态，生性慷慨、感情奔放。可现在，奔放流淌的只有一股股浪潮卷起的垃圾，唯有你若有若无的月光，仿佛化成了一粒粒细小的珍珠，在它们沉沉的黑夜里发出幽幽磷光。

一九四二年

四　手的季节

献给格拉迪斯和塞尔修·塞尔吉

下午，我把朝着花园的那扇窗户稍稍打开了一点，好让那只手进来。那只手顺着写字台的边缘轻盈地滑落下来，它仅仅靠手掌支撑着，手指仿佛是漫不经心地张开，最后会在钢琴上、相框上，有时候也会在酒红色的地毯上停下来。

我喜欢那只手，因为它一点儿也不任性，却很像一只小鸟，或是一片枯叶。它对我也有所了解吗？一到下午，它就会毫不迟疑地来到我的窗前，它小小的身影会投射在纸上。有时候，它急急忙忙的，一副急着让我为它打开窗户的模样；还有些时候它又慢慢吞吞的，顺着一层一层的常春藤向上攀缘，在那里留下一条深深的印迹。家里养的鸽子没有不认识它的；我经常一大早就听见鸽子咕咕的叫声，叫声急切而持久，准是那只手跑到了鸽子窝那里，握住雏鸽们雪白的胸脯，或是抚摸忌妒的雄鸽粗硬的羽毛。它喜欢鸽子，也喜欢清水。

有多少次我看见它趴在玻璃杯旁边，手指微微浸入水中，这时水便会开心地翩翩起舞。我从来没有碰过它。我知道，那样一来，这件神秘的事情便会就此中断。一天又一天过去了，那只手就在我的东西中间游弋，它翻开书本，打开记事簿，把食指——毫无疑问它是用食指来阅读的——放在我那些最美妙的诗篇上，逐篇欣赏。

时光荏苒，我生活中本来就不得不痛苦承受的那些外面的事情，这时开始起伏不定，让我唯恐避之不及。我不再关心算术，眼见着自己精工细作的衣服上长满了青苔；现在我几乎足不出户，等待着那只手定期来访，焦急地留意着常春藤上第一阵、当然也是最深最远的那一阵被触动的声响。

我给它起过好几个名字；可我最喜欢叫它 Dg，因为这是个只能自己没事儿的时候心里想想的名字。我想它可能也会爱慕虚荣，便决定给它点儿刺激。我在搁板上放了些戒指手镯什么的，然后躲在暗处观察它的反应。有好几回我以为它就要戴上那些珠宝了，然而它只是围着那些珠宝转了一圈又一圈，研究它们，可从来不去碰它们，活像一只心存疑虑的蜘蛛；有一天它终于戴上了一只紫晶戒指，可那只是一瞬间的事，它像被烫伤了一样，立刻把戒指摘了下来。趁它不在的时候，我赶紧把那些珠宝都藏了起来。从那时起，我觉得它变得更开心了。

就这样，一个接一个的季节过去了。有的季节轻松舒适，而有的季节里，一连几个星期阳光暴晒，却从来不会让那压抑人心的阳光照进我们的地盘。每天下午那只手都会来，经常被秋雨浇得湿漉漉的，我常看见它用手背靠在地毯上，仔细地搓着手指，有时还会心满意足地轻轻跳动一下。在寒冷的傍晚，它的身影被染成淡淡的紫色。我会在自己脚下放上一只炭火盆，这时它就会蜷缩成一团，几乎一动不动，偶尔动弹一下，也是没精打采地起来接过一本带插图的集子，或是一团毛线，它就喜欢绕了拆、拆了再绕的。我很快就发现了，它不能长时间一动不动地待在一个地方。一天，它找到一只木盆，里面有一块泥巴，它立刻就扑向这个新鲜玩意儿，一连好几个小时摆弄着那团泥巴。我背对着它，摆出一副对它干的事儿毫不关心的样子。可想而知，它做出来的是一只手。我把那只手晾干，放在写字台上，想让它知道，它做出来的东西我挺喜欢。可是我错了：就像所有的艺术家一样，整天看着另一只僵硬还似乎在抽搐的手，Dg 终于厌烦了。我把那只手从房间里撤走的时候，Dg 有点难为情，假装没有看见。

我的兴趣很快转向了分析。我不再满足于感到惊奇，我想要了解。这一来，事情便滑向了一切冒险活动永恒不变的悲惨结局。围绕我这位客人出现了一连串的问题：它会长大吗？它有感觉吗？它能听懂话吗？还有，它会爱吗？我想出了各式各样的测试办法，设置了种种圈套，准备了许多试验。我注意到，那只手，它能看书，但从来不写字。一天下午，我打开窗户，把一支钢笔放在写字台上，还放了几张白纸。Dg 进来以后，我走了出去，免得它不好意思。从锁孔里我看见它像平时一样挪动着，然后，迟疑了一下，走到写字台跟前，拿起了钢笔。我听见了钢笔写字的沙沙声。焦急地等待了一会儿之后，我走进房间。Dg在纸上写下了一行工工整整的字：在新命令下达之前，此前所有的决定都随本决定的下达被取消。从那以后我再也没能让它再写点什么。

分析阶段结束了，我真的喜欢上了 Dg。我喜欢它观赏花瓶里鲜花的样子，喜欢看它迈着有节奏的步伐围着玫瑰花转圈子，把手指伸过去轻轻碰一碰花瓣。有时它也会拢住一朵花，却不去碰它，也许它是想这样去闻一闻花的香气吧。一天下午，我正在裁开一本新买的书的书页时，看见Dg好像在暗中模仿我的动作。于是我走出去，想多找几本书来，我想也许它喜欢有一个属于它自己的图书馆。我找到几本有趣的书，好像是专门为手而写的，就像有些其他的书是为嘴唇或头发写的一样；我还找到一把小刀。等我把所有这些东西都放在地毯上（Dg最心爱的地方）时，Dg带着它一贯的谨慎看着它们。它好像有点怕那把小刀，直到好几天之后才决定去碰碰它。我继续裁我的书页，好给它灌输点儿自信心，一天夜里（我说没说过，它总是等天光放亮的时候才离开，把所有的阴影全都带走？），它动手翻开书，裁开书页。很快，它就成了一个了不起的老手，小刀握在那只又白又嫩的手里显得别致有趣。干完活，它把裁纸刀放在一块搁板上：那是它堆放自己心爱物件的地方：毛线团呀、图画呀、用过的火柴呀，还有一块手表和小小的几堆灰土。然后，它下到地毯上仰面躺下开始读书。它用一根手指从一个个单词上擦过，读得极快。碰见有插图的地方，它便整个手都盖上去，就像是睡着了一样。我发现我选书选得太准了；它一遍又一遍地翻看着其中某些书页（有戈蒂耶的《手之研究》；有我早年写的一首诗，开篇有这样一句："能握住你的手……"；还有勒韦尔迪的《鬃毛手套》），它还在中间夹上一束毛线方便再次寻找。离开之前——那时我已经在我那张长沙发上睡着了——它会把它的书藏进我专门为它准备的一个小柜子里；反正我醒来的时候一切都井井有条。

没有任何理由，而且完完全全是建立在单纯的神秘基础之上，我们就这样互敬互爱地相处了一段时间。没有怀疑，没有惊讶，我们之间的关系可谓十全十美！我们的这种生活是一种不求结局的赞美，是一首纯洁的颂歌，而且从来不设任何先决条件。从窗户进来的不仅是Dg。随它而来的还有一个绝对独立的我，一个终于从亲人和责任的约束中解放出来的我；我终于可以用自己的意志，与把我解放出来的力量互动。我们就这样共处，共处了多长时间我也说不清楚，直到实实在在的惩罚降临到我孱弱的躯体之上。这种惩罚制度怒火中烧，因为在它早已划定的囚牢之外，居然还有如此完美的东西。一天夜里我做了个梦：Dg爱上了我的手，肯定是左手，因为它是只右手，而且趁我在睡梦中用小刀割下了我的左手，抢走了它的挚爱。我醒来时惊恐万分，我第一次明白了，让一把武器留在那只手里是件多么疯狂的事情。我睡眼惺忪，四下里寻找Dg；它正蜷缩在地毯上，看上去确实全神贯注于我左手的一举一动。我站起身来，将那把小刀放在了它够不着的地方，可我随即就后悔了，又把小刀给它拿了回来，同时在心中痛苦地自责。它好像情绪不太高，手指半开半合的，仿佛带着一种神秘兮兮的忧伤笑容。

我知道它再也不会回来了。这愚蠢的行为在它的无辜之上又加上了一层傲慢与仇恨。我知道它再也不会回来了！鸽群啊，为什么你们要责备我，在上面咕咕乱叫？是因为那手再也不会来抚摸你们了吗？佛兰德斯的玫瑰啊，你为何如此忙碌？要知道它再也不会向你投以专情的关注。请像我一样做吧，我已经重新理清了账目，穿上了衣服，像个行为端正的居民一样在城里四下行走。

一九四三年

动物寓言集

李 静 / 译

被占的宅子

我们喜欢这宅子，不单单因为它宽敞、古老（如今，老宅的材料拆了卖，能赚大钱），还因为这里承载了曾祖父母、祖父、父母和我们儿时的所有往事。

我和伊雷内习惯了两个人住，也执意就两个人住。这种做法是有些荒唐，这宅子住八个人也不挤。我们七点起床，上午打扫卫生。十一点左右，伊雷内清扫最后几间屋子，我去厨房做饭。中午，我们准点开饭。除了几个脏盘子要洗，没别的事了。宅子又大又静，完全靠我们俩就把它收拾得干干净净，想到这些，午饭吃起来便格外香甜。有时，我们甚至觉得自己之所以不结婚，完全是因为这宅子。伊雷内随随便便地回绝了两个追求者，而我和玛利亚·艾斯特还没订婚，她就撒手人寰，舍我而去。年过四旬，我们心中都有一个秘而不宣的念头：曾祖父母在这座老宅里开始的传宗接代，该由我们俩简单无声的兄妹通婚宣告结束。总有一天，我们会死在这里，面目模糊、关系疏远的堂表兄妹们会接手这宅子，将它推倒，靠地皮和砖头发大财。要不，干脆我们自己早点下手，堂堂正正地掀倒它了事。

伊雷内天生不烦人。干完了上午的活，她就整天坐在房间沙发上织毛衣。搞不懂她怎么有那么多可织的。女人织毛衣，在我看来，不过是没事找事做的借口。伊雷内不是这样，她织的东西总能用得着：冬天穿的毛衣、我的长筒毛袜、她的披肩和坎肩。有时，她织完一件坎肩，觉得哪儿不如意，又一下子全拆掉。毛线球不甘心几小时就没了原来的形状，不安分地在毛线筐里跳来跳去，看了着实有趣。每周六，我去市中心替伊雷内买毛线。她相信我的眼光，我挑的颜色她都喜欢，从来不用拿回去退。我总是趁买毛线的工夫顺便去书店转一圈，问问有没有进法国文学的新书。问了也白问，打一九三九年起，阿根廷再也没进过好东西。

不过，我想谈的是宅子。谈宅子，谈伊雷内，因为我无足轻重。我问自己：如果不织毛衣，伊雷内会做什么？书可以一读再读，可圆领毛衣要是一织再织，不可能不遭非议。一天，我发现五斗橱最下面的抽屉里放满了三角披肩，白色的、绿色的、淡紫色的，一块块像商店里那样叠得整整齐齐，旁边还放了樟脑丸。我不敢问伊雷内织这么多三角披肩干什么。我们不需要挣钱糊口，乡下每个月都送钱过来，钱越攒越多。伊雷内只爱织毛衣，她技术高超，手法娴熟，银针上下舞动，她的双手活像两只银色的刺猬。地上放着一两只毛线筐，毛线球在筐里跳个不停。我一看就是好几个钟头，那画面美极了。

我怎么会不记得宅子的布局呢！饭厅、挂着哥白林式壁毯的客厅、图书室和三间大卧室在后面，正对着罗德里格斯－佩尼亚街。一条走廊外加一扇厚实的栎树门将前后隔开。卫生间、厨房、我们的卧室和主厅在前面，卧室门和走廊都连着主厅。一进大门，便是彩陶装饰的玄关，主厅在一扇推拉门后。因此，要先入玄关，推开推拉门，才能进入主厅。主厅两侧分别是我和伊雷内的卧室门，前方则是通往后面的走廊，沿走廊直走，穿过栎树门，就是宅子那半边；要么，在栎树门跟前左转，一条略窄的走廊直通厨房和卫生间。如果栎树门开着，宅子显得很大。如果它关上了，感觉也就是现在造的公寓楼，勉强能转开身的那种。我和伊雷内一直住在宅子这半边，除了打扫卫生，几乎从不去栎树门后的那半边。家具积灰速度之快，简直令人难以置信。布宜诺斯艾利斯应该算是一座干净的城市，说到这一点，没别的，全是市民们的功劳。空气中灰尘弥漫，稍微刮点风，大理石桌面上和流苏桌布的菱形花纹间立马落上一层灰。想用鸡毛掸处理干净可费工夫了：灰尘扬起来，浮在空中，过一会儿又落在家具和钢琴上。

这件事我记得一清二楚，事情很简单，没有不相干的细节。晚上八点，伊雷内在自己房里织毛衣。突然，我想点火烧水，沏壶马黛茶。我沿着走廊，走到半掩的栎树门前，朝厨房方向拐去，听见饭厅或图书室里有动静。声音很轻，听不太清，好像椅子倒在地毯上，或是有人窃窃私语。与此同时，或一秒钟后，我听见走廊尽头也有声音，走廊连着那些房间，延伸至栎树门。我赶紧向门冲去，用身体把它撞紧。幸好，门钥匙插在我们这半边，保险起见，我把大门闩也插上了。

我走进厨房，把水烧开，端着茶盘走回房间，对伊雷内说：

“我锁上了走廊门，后面被占了。”

她放下手里的活，眼神疲倦，严肃地盯着我：

“真的吗？”

我点点头。

“这么说，”她重新拿回针线，“我们得住在这半边了。”

我小心翼翼地品着马黛茶，她过了好一会儿才接着织。我记得她织的是一件灰色坎肩，那件坎肩我喜欢。

头几天的日子不好过，许多心爱的东西都在被占的那半边：我的法国文学收藏全在图书室里，伊雷内挂念几块桌布和一双冬天特别保暖的拖鞋，我心疼那只欧洲刺柏烟斗，我想伊雷内会记挂那瓶陈年橘皮开胃酒。我们时常（但真的只是头几天）关上五斗橱抽屉，伤心地对望一眼。

“不在这半边。”

又一件我们留在宅子那半边的东西。

不过，这样也有好处。清扫工作简化不少。即便我们起得很晚很晚，比如说，九点半才起床，十一点不到活儿也就干完了。伊雷内养成了随我到厨房、帮我做午饭的习惯。我们好好盘算了一下，决定在我做午饭的同时，她做晚饭，晚饭就吃冷盘。傍晚出房间做饭总让人恼火，如今，只要在伊雷内房里放张桌子，摆上凉菜就大功告成。这么安排真是皆大欢喜。

伊雷内挺开心，因为她织毛线活的时间更宽裕了。我没了书，有些失落。为了不让妹妹难过，我开始翻看爸爸的集邮册，借此消磨时光。我们俩多半待在伊雷内的房间（她那间更舒适）自得其乐。有时，伊雷内说：

“看这儿，我想出来的花样，像不像三叶草？”

过了一会儿，我把一方小纸片递到她眼前，请她欣赏欧本与马尔梅蒂地区的一枚邮票。我们过得不错，渐渐地，开始不去思考。活着，可以不思考。

（只要伊雷内大声说梦话，我就会马上醒。我永远听不惯那种毫无生气、鹦鹉学舌般的声音，不是嗓子眼发出来的，而是来自于梦里。伊雷内说我睡觉动来动去，有时，被子都会掉落在地。我们俩的卧室隔着主厅，但一到晚上，宅子里的什么声响我们都听得见。我们能听到彼此的呼吸声、咳嗽声，经常感受到对方伸手拧开床头灯的动作，那是我们都失眠了。

除了这些动静，宅子里鸦雀无声。白天是日常行为发出的声响：毛衣针的金属摩擦声，邮册翻页的嘎吱声。栎树门，我记得我说过了，是实木的，很厚实。厨房和卫生间紧临着被占的那半边，我们在里头时，要么扯着嗓子说话，要么伊雷内大唱摇篮曲。厨房的瓷器和玻璃制品叮叮当当响个不停，其他声响也就没法儿进得去。在那儿，我们很少不出声，可一回到卧室和主厅，宅子里便灯火微明，一片寂静。这时，我们连走路都既轻又慢，免得吵着对方。我想，正因为这样，只要伊雷内晚上大声说梦话，我就会马上醒。）

除了结局不同，一切几乎是情景重现。晚上，我觉得口渴，临睡前，跟伊雷内说自己去厨房倒杯水，走到卧室门口——她还在织毛衣——我听见厨房里有动静。也许是厨房，也许是卫生间，隔着个走廊拐角，听不清楚。伊雷内注意到我突然收住脚，于是不动声色地走到我身边。我们俩竖起耳朵，很明显，声音来自栎树门这半边，不是在厨房就是在卫生间，也许，就在离我们不远的走廊拐角。

我们都没顾上互相看一眼。我抓着伊雷内的手臂，头也不回地拖着她跑到推拉门边。声音从背后传来，高了些，好在一直不算响亮，我一把关上推拉门。玄关里，什么也听不见。

“这半边也被占了。”伊雷内说。毛衣垂在手上，毛线消失在玻璃门下。她见毛线球在门那边，看也不看就松了手。

“带出什么了吗？”我明知徒劳，还是问了一句。

“没有，什么也没有。”

除了身上穿的，我们一无所有。我想起房间柜子里有一万五千比索，晚了。

我还戴着手表，晚上十一点。我挽着伊雷内的腰（我觉得她在哭），走到街上。离去之前，我有些不舍，锁好大门，把钥匙扔进阴沟。千万别有哪个可怜鬼想这时候入室行窃，宅子都被占了。

给巴黎一位小姐的信

安德烈娅，我原本不想搬来您在苏伊帕恰街的公寓。不是因为小兔子，是因为闯入一个封闭的秩序让我痛心。您的家里，薰衣草的香味、落着尘埃的展翅天鹅、拉腊四重奏里小提琴与中提琴的合奏，在空气中交织出精致细密的网，秩序也渗透其中。生活优雅的人，将环境布置成看得见的灵魂翻版：这里是书（一边是西班牙文的，另一边是法文和英文的），那里是绿色的靠垫，小茶几的这个固定位置放着玻璃烟灰缸，好像是从肥皂泡上切下的一块。永远有香味、声音、生长的盆栽、逝去友人的照片、茶具和方糖钳……进入这样的环境让我苦恼。啊，亲爱的安德烈娅！即便全身心地认同这一切，破坏一个女人在她的温馨小屋建立的细致入微的秩序该有多么艰难！拿起一只小金属杯，把它放到桌子的另一边——这么放只是因为搬来的人把英文字典拿了过来，放在这一边手够着方便——会产生多大的愧疚！移动那只杯子，意味着和谐的奥尚方[①]格调中突然出现一抹可怕的红，意味着莫扎特交响乐寂静无声的那一刻，“啪！”让人一惊，所有低音提琴的弦突然崩断。移动那只杯子，破坏了整个屋子的相互关系，一件物品和另一件物品的相互关系，杯子灵魂和屋子灵魂以及远在他乡的屋主灵魂之间无时不在的相互关系。无论是用手指碰一本书、微微聚拢一束灯光投下的区域，还是打开音乐盒的盒盖，我都无法阻止冒犯和挑衅像一群麻雀在眼中一闪而过。

您知道我为什么搬到您家来，搬到正午宁静的客厅来。倘若不洞识真相，一切似乎自然而然。您去了巴黎，我住在苏伊帕恰街公寓，安排简单，却各得其所。九月，您会重回布宜诺斯艾利斯，我会搬到另一个住处，那儿也许……不过，我给您写信不是要说这些，写这封信是因为兔子，我觉得应该告诉您；是因为我喜欢写信；或许，是因为下雨了。

我是上周四下午五点搬的家。当时，天，雾气弥漫；我，满心厌烦。一生中，我那么多次关上过箱子，我花了那么多时间无目的地整理行李，以至于上周四那天充满了皮带和阴影。我看到箱子上的皮带，就如同看到皮带投下的阴影，它们像鞭子那样，间接地、十分轻微却又十分可怕地落在我身上。不过，我还是理好箱子，通知用人过去帮忙，走进电梯。就在一楼和二楼间，我感觉要吐出一只兔子。之前，我没跟您提过，您别认为我不坦诚，谁也不会告诉别人自己时不时会吐出一只兔子。每次吐出的时候我都是一个人，和许多发生在（或人为安排发生在）绝对隐私时刻的事一样，我选择

①阿梅蒂·奥尚方（Amedee Ozenfant, 1886 – 1966），法国立体主义画家，和勒·柯布西耶合作，推动了现代建筑风格的建立。

闭口不提。别怪我，安德烈娅，您别怪我。时不时地，我会突然吐出一只兔子。这不是无法随意选择住处的理由，不是让人自惭形秽、离群索居、沉默寡言的理由。

我感觉要吐出一只兔子时，就把两指张开，呈夹子状，放入嘴中，期待暖暖的茸毛如水果味泡腾片一般从喉咙里冒出来，卫生、迅捷、干净利落。我拿出手指，指上夹着小白兔的一双耳朵。小兔看上去很高兴，正常得很，没有缺胳膊少腿，只是个头小，非常小，和兔形巧克力一般大，不过是白的，一只完整无缺的小白兔。我把它放在掌心，手指轻轻扶起它的茸毛。小兔似乎对降临人间十分满意，动个不停。嘴巴贴着我，静静的，痒痒的，在掌心里蹭来蹭去。它在找吃的。于是，我——当时我还住在郊外，说的是那时的情况——带它来到阳台，把它放进特意种植的三叶草大花盆。小兔竖直耳朵，以迅雷不及掩耳之势一头扑进柔嫩的三叶草丛。这时，我知道可以扔下它，走开，继续过一段与众多去农场购买小兔的人没有差别的日子。

在一楼和二楼间，安德烈娅，似乎在预告我在您家的生活状况，我知道自己要吐出一只兔子，当时我就害怕了（或者，是吃惊了？不，也许是又害怕又吃惊）。搬家前，短短两天前，我刚刚吐出过一只兔子，以为一个月、五周，运气好也许六周内会平安无事。您瞧，小兔子的问题我处理得妥妥当当。我在那个家的阳台上种三叶草，吐出一只兔子，放在三叶草上；一个月之后，当我估摸着没准什么时候……我就把长大的兔子送给莫利纳夫人。她相信人各有癖好，从不乱发议论。这时，另一个花盆里柔嫩的三叶草又渐渐长到合适的大小；而我，不慌不忙地等着早上毛茸茸痒酥酥的小家伙顺着嗓子眼往外冒，新来的小兔重复以前那只小兔的生活和习惯。安德烈娅，习惯是节奏的具体表现形式，是节奏的一部分，帮助我们生活。一旦进入固定不变的循环周期，一切条理化，吐出兔子就没那么可怕。您也许想知道为什么要费这么大的事儿，种三叶草，还要送给莫利纳夫人，立马杀掉不是更省事……唉！您也应该吐只兔子，就一只，两个指头夹着，放在掌心。它是那么的弱不禁风，带着难以言表的光彩霎时俘获您的心。一个月对它而言天差地别。一个月意味着个头大了，毛长了，会跳了，眼神野了，天差地别呀！安德烈娅，一个月意味着一只大兔子，意味着兔子真正长大了。可是，开始一分钟，它是温热蠕动的一团雪，包裹的是一个无可替代的小生命……开始几分钟，它是一首诗，以土买[①]一夜的灵感：生于我，融于我……之后，不再是我，茕茕独立，拒人于千里之外，置身于白色、平坦、信封大小的世界里。

无论如何，我当时决意将小兔扼杀在摇篮里。我要在您家里住四个月呢，运气好一点，也许三个月。喂几勺酒就成。（您知道要想慈悲为怀，只需喂小兔一勺酒，便可立刻置它于死地吗？据说，这样一来，兔肉会更香，尽管我……三勺或四勺酒，之后扔进厕所或包起来扔进垃圾箱。）

电梯通过三楼时，小兔在我掌心里动来动去。萨拉在楼上等我，准备帮我把箱子拿进屋……怎么跟她解释才好？个人癖好？动物商店？我用手帕包住小兔，放入大衣口袋，把大衣松开，免得挤着它。它几乎一动不动。微小的意识恐怕在向它传递着重要的事实：生命是

①古地名，位于犹太山地与死海的南方。

向上移动的过程，以“咔嗒”一声结束；生命是在一口温热的井底望见的白色、环绕的低空，散发着薰衣草气味。

萨拉什么也没看见。面对一道超级难题：如何将她的秩序意识贯彻到我的衣箱和纸张上，她简直无从下手。她深思熟虑的解释里充斥了“比如”之类的字眼，而我对此丝毫提不起兴趣，找着机会就把自己锁进卫生间：现在动手，干掉它。手绢周围一片温热，小兔雪白无瑕，看起来比过去任何一只都美丽百倍。它没看我，只是愉快而满足地微微起伏，堪称最可怕的注视方式。我把它关进空药箱，回头接着拆行李，脑子有些茫然，但至少不用痛苦，不用负疚，不用打肥皂从我手上洗去小兔的最后一阵抽搐。

我明白：杀它我下不了手。可就在那天晚上，我吐出了一只小黑兔。两天后，一只小白兔。第四天晚上，一只小灰兔。

您应该很喜欢卧室里那只漂亮的衣柜。衣柜的门很大，打开门，一切尽收眼底，木板上空空如也，等待的是我的衣服。如今，我把它们放在那里，那里面。看起来完全不可能，就算跟萨拉说了，她也绝不会相信。萨拉一点也没怀疑，她不起疑心，是因为我的准备工作做到家了。就这么一件事，让我搭进去多少白天黑夜。它时时灼烧着我，让我的内心日益坚强，好比您放在浴缸里的那只海星，每次洗澡，都让人感受到充足的盐分、阳光的灼射和海底的喧嚣。

白天，它们睡觉。一共十只。白天，它们睡觉。门关着，衣柜对它们而言是白夜。在那里，它们乖乖地安然入眠。我出门上班，把卧室钥匙随身带走。萨拉恐怕以为我对她缺乏信任，向我投来狐疑的目光，每天早上我都见她欲言又止，最后选择闭口不言，而我心花怒放。（九点至十点，萨拉打扫卧室，我在客厅里制造声响，放一张班尼·卡特[①] 的唱片，声音传遍每个角落。萨拉也爱听宗教短歌和斗牛舞曲。衣柜看上去一片寂静，也许，它确实没有发出任何声响，对于小兔们来说，那是夜晚，应该休息。）

小兔们的一天从晚饭后开始。伴随着方糖钳的叮当作响，萨拉撤去晚餐托盘，向我道了声晚安，没错，她向我道晚安。安德烈娅，最苦恼的是她居然向我道晚安。然后，她就走进了自己的房间。突然，我孤身一人，独自面对可恶的衣柜，独自面对我的责任和我的悲哀。

我把它们放出来，让它们轻盈地跳进客厅，它们兴奋地闻到了原本藏在我口袋中三叶草的味道。现在，三叶草星星点点地铺在地毯上，被它们搅乱、移动、霎时消灭在肚子里。它们吃得很好，规规矩矩，不声不响，那一刻，我无话可说，只是徒劳地拿着一本书——安德烈娅，我很想读完您家里所有季洛杜[②] 的作品，还有您放在书架最底层洛佩斯[③] 的阿根廷史——坐在沙发上看它们，看它们吃三叶草。

一共十只兔子，几乎全是白的，抬起暖暖的小脑袋，看着客厅的吊灯，“白天”三盏永远不动的太阳。它们热爱光线，因为它们的“夜晚”没有月亮，没有星星，没有路灯。它们看着三轮太阳，满心欢喜，在地毯上、椅子上蹦来跳去。十个不起眼的小斑点如时刻转动的星座动个不停，我希望看到它们一动不动地伏在我脚边——有点像造

---

①班尼·卡特（Benny Carter, 1908 – 2003），美国爵士乐大师。

②让·季洛杜（Jean Giraudoux, 1882 – 1944），法国著名小说家、剧作家。

③文森特·菲德尔·洛佩斯（Vicente Fidel López, 1815 – 1903），阿根廷历史学家、律师、政治家。

物主做的梦，安德烈娅，造物主们无法实现的梦—— 而不是在米盖尔·乌纳穆诺[①] 的照片后面、淡绿色的花瓶旁边、黑洞洞的写字台下面躲躲闪闪。总是不到十只，是六只或八只，我问自己，少的那两只究竟躲在哪儿，萨拉会不会因为什么事起床，还惦记着洛佩斯的阿根廷史我想读里瓦达维亚[②] 统治的那一段。

我不知道这样的日子该怎么熬，安德烈娅。您应该记得我是来您家休息的，如果搬家也扰乱了我的生物钟，时不时吐只兔子可不是我的错。不是唯名论，也不是巫术，只是事情不能说变就变。有时，您等着别人扇您右脸一个巴掌，谁知道突然间变了方向。就是这样，安德烈娅，具体情况会有出入，可道理就是这样。

我在晚上给您写信。现在是下午三点，我在它们的晚上给您写信。白天，它们睡觉。办公室里一片大喊大叫的声音、发号施令的声音、皇家打字机的声音、副社长们的声音和油印机的声音，多放松，安德烈娅！多放松！多太平！多恐怖！现在，有人给我打电话，是那些奇怪我晚上太安分没活动的朋友们，是路易斯邀我散步，是豪尔赫约我听音乐会。我几乎不敢回绝他们，只好编些又长又假的借口，身体不好啦，赶翻译稿啦，胡乱搪塞过去。等我回到家，进了电梯那一段，一楼和二楼之间，便夜复一夜、于事无补、徒劳无功地希望这一切不是真的。

我尽量不让它们损坏您的物品。它们咬坏了一点点书架底层的

①米盖尔·乌纳穆诺（Miguel Unamuno, 1864－1936），西班牙著名作家、哲学家，“98年一代”代表作家。

②贝纳尔蒂诺·里瓦达维亚（Bernardino Rivadavia, 1780－1845），1826－1827年间任阿根廷总统。

书，您会发现遮得很好，免得萨拉察觉。那盏画满蝴蝶和古代骑士的大肚子瓷灯想必您很喜欢吧？碰坏的地方基本看不出，我用英国商店买来的特殊水泥修补了一晚上，您知道的，英国商店里有最好的水泥卖。现在，我就坐在灯旁，免得哪只兔子又对灯伸爪子。（它们喜欢一动不动，看上去几乎是一幅美景。它们也许在怀念遥远的人类，也许在模仿它们的造物主。造物主走来走去，严密注视着它们的一举一动。还有，您恐怕注意过，也许小时候注意过：可以罚小兔子面壁，前爪靠墙，一动不动好几个小时。）

凌晨五点（我躺在绿沙发上，只睡了一小会儿。毛茸茸的脚爪一跑动，发出一丁点声响，都会把我惊醒），我把它们放进衣柜，打扫卫生。所以，萨拉会发现一切如常。尽管有时我会见她暗自吃惊，盯着什么东西看，发现地毯微微有些褪色，又想开口问我点什么，可是我吹着弗兰克[①]的交响乐变奏，不予理睬。安德烈娅，大清早的，不声不响地清扫植物，这些琐事并不光彩，干吗非要说给她听？半梦半醒地捡起三叶草的茎、散落的叶子和白毛，磕磕绊绊地撞着家具，迷迷糊糊困得要命。纪德的翻译拖了，特罗亚的翻译还没弄，要给远方的一位女士回信，她恐怕已经在猜测是不是……干吗还要接着做这个？干吗还要在电话和采访之间接着写这封信？

安德烈娅，亲爱的安德烈娅，让我宽慰的是只有十只，不再增加了。十五天前，我在手掌上放下最后一只小兔，之后再也没有了，只有十只。在我的白天，它们的黑夜，渐渐长大，变丑了，毛长了，进入少年期了，急不可耐了，花样百出了，跳上安提诺乌斯的半身

---

①塞萨尔·弗兰克（Cesar Franck, 1822－1890），法国作曲家、管风琴家。

塑像（是安提诺乌斯吧？那个瞎了眼盯着人看的小伙子？），消失在起居室里，弄出很大的声响，我赶紧把它们赶出来，担心萨拉听见，惊恐万分地出现在我面前，没准还穿着睡衣——萨拉一定是这副打扮，穿着睡衣——那样一来……只有十只，您可以想象置身其中的我所能感受到的一丝快乐，还有回家穿越一楼和二楼僵硬而精确的空间时心头越来越多的踏实。

我要出门办事，只好把信放下。微亮的晨曦中，安德烈娅，我在家里接着给你写。真的是第二天了吗，安德烈娅？信纸上空一行对您而言意味着间隔，对我而言意味着一座连接昨日书信和今日书信的桥梁。告诉您，在这段间隔里，一切都乱了套。在您看到的这座桥上，我毫不费力地听到水流中断的声音。对我来说，纸的这一边、信的这一边，不再有搁笔办事前的踏实和镇定。十一只小兔子在没有悲伤的、立方体形状的夜里沉睡着，也许就是现在，不，不要现在，过一会儿在电梯里，或者，进门时。无所谓地点了，无所谓是不是现在，无所谓是我残生的哪一刻。

好了，我写这么多是想告诉您糟蹋了您的家并不全是我的错。我把信留在这里，等您回来看，让邮差在巴黎哪个明朗的早晨把信直接交到您手里不太像话。昨天晚上，我把第二个书架的书倒了个方向，它们能够得着了，站着或跳着啃书脊磨牙——不是饿的，我给它们买了足够的三叶草，就放在写字台抽屉里。它们咬破了窗帘、椅垫、奥古斯都·托雷斯[①] 自画像的边缘，地毯上到处是兔毛，它们

---

①奥古斯都·托雷斯（Augusto Torres, 1913 – 1992），乌拉圭著名画家。

还叫唤起来，在灯光下围成圈，崇拜我似的围成圈，突然叫唤起来，我还以为兔子是不会叫的。

我想把地毯上的兔毛收拾干净，把咬破的椅垫边弄平整，把它们重新关进衣柜，可是我做不到。天要亮了，也许萨拉一会儿就要起床。真奇怪，我不在乎萨拉了。真奇怪，我不在乎看着它们蹦蹦跳跳地去找玩具了。并不全是我的错。等您回来，您会看到许多破损我已经用英国商店买来的水泥修补好了。我尽力了，不想惹您发火……而我，从十只到十一只是一道不可逾越的坎。您瞧：原本十只挺好，有衣柜，有三叶草，有希望，多少事儿都能做成。可是十一只不行，因为，安德烈娅，有十一只就有十二只，有十二只就有十三只。天亮了，寒冷的孤独中有欣喜，有回忆，有您，还有很多很多。苏伊帕恰街上的这座阳台洒满晨曦，迎来都市的第一阵喧嚣。我觉得收拾散落在路面上的十一只死兔子没什么难的。也许根本没有人会注意到兔子，他们要赶在第一批学生经过之前，运走另一具尸体。

远方的女人

阿丽娜·雷耶斯的日记

一月十二日

昨天晚上又是这样。我厌倦了手镯、空谈、粉红香槟[①] 和雷纳多·维涅斯的脸。哦！那张脸，像一只口齿不清的海豹，一幅穷途末路的道林·格雷画像。伴着薄荷糖的味道、布吉舞曲、哈欠连天筋疲力尽的母亲（她跳完舞回家睡觉，筋疲力尽、昏昏欲睡、迟钝痴呆，和平日的她迥然不同），我睡了。

诺拉说，即使开着灯，吵吵嚷嚷，衣服脱了一半的妹妹喋喋不休地通报时事新闻，她一样睡得着。真幸福！告别白天的走动和喧闹，我关上灯，停下忙碌的手，脱衣服。我想睡觉，我是一口轰鸣的钟、一阵浪、一根把小狗拴在女贞树上的链子，整夜哗啦哗啦响个不停。

①原文为英语。

现在，我躺下睡觉[①]……我要背诗，或者想有 a 的单词，有 a 和 e 的，有五个元音的，有四个元音的。两个元音一个辅音的（ala, ola），三个辅音一个元音的（tras, gris），继续背诗：月亮穿着晚香玉的裙撑来到锻炉旁，小男孩看着它，小男孩眼睛盯着它看。三个元音三个辅音交替出现，cábala, laguna, animal；Ulises, ráfaga, reposo.

时间就这样过去。四个、三个、两个，再后来是回文。简单一点的：salta Lenin el atlas 和 amigo, no gima。复杂优美一点的：Átale, demoníaco Caín, o me delata 和 Anás usó tu auto, Susana[②]。要么就玩有趣的拆拼词：Salvador Dalí, Avida Dollars[③]；Alina Reyes, es la reina y...[④] 后面这句真美，因为它没说完，它意犹未尽。是王后和……

不，太可怕了。可怕的是句意指向并非王后的人，指向晚上我会再次痛恨的人。那个叫阿丽娜 · 雷耶斯的人，她不是拆拼词游戏中的王后，她也许是任何人：布达佩斯的乞丐，胡胡伊[⑤] 家境贫寒的学生，克萨尔特南戈[⑥] 的女佣，她可能在任何遥远的地方，她不是王后。可她的确叫阿丽娜 · 雷耶斯。所以，昨天晚上又是这样，我感觉到她，我恨她。

---

①原文为英语。

②以上四个句子为回文，是一种文字游戏，无论正读或倒读，句子完全一样。以上四句含义分别为“莱宁跳过地图”“朋友，不要悲叹”“捆住他，恶魔似的该隐，否则他会出卖我”“安娜斯用了你的车，苏珊娜”。

③ Salvador Dalí（萨尔瓦多 · 达利），西班牙著名超现实主义画家。Avida Dollars 是法国诗人和评论家布勒东通过拆拼词（一种文字游戏，指改换字母顺序组成新词）给达利起的绰号，可大致译为“渴望金钱”，以讽刺他的作品日益商业化。

④意思是“阿丽娜·雷耶斯，是王后和……”。其中，姓氏“雷耶斯”的意思是“国王们”、“国王夫妇”。

⑤阿根廷城市。

⑥危地马拉城市。

一月二十日

有时候，我知道她冷，她在受苦，有人打她。我只能恨她入骨，痛恨把她打倒在地的那些手，也痛恨她，更痛恨她，因为有人打她，因为有人打她，她就是我。唉！我睡觉、裁剪衣服、招待妈妈、给雷古莱斯夫人或里瓦斯家的小子倒茶时没那么绝望。于是，我不那么在意了，不过是我和我之间个人的事。她的不幸，我越发感同身受。她在千里之外，孤身一人，可我的感觉如此真切。让她受着吧，让她冻着吧。我在这儿忍着，相信能帮到她一点儿。好比为尚未负伤的士兵包扎绷带，提前帮他缓解伤痛，也是一件愉快的事。

让她受着吧。我亲了亲雷古莱斯夫人，给里瓦斯家的小子倒了杯茶。我闭口不言，内心默默忍受。我对自己说："我正走过一座结冰的桥，鞋破了，雪往里渗。"我并非什么也感受不到。我只知道确实如此。就在里瓦斯家的小子接过我给他倒的茶，摆出完美傻帽表情的这一刻（不过，我不知道是否是这一刻），我正在某地走过一座桥。我忍得很好，置身于这群毫无意义的人中间，我孤独，我没那么绝望。诺拉昨晚傻瓜似的问我："你怎么了？"是她怎么了，远方的我怎么了。我坐在钢琴前，诺拉准备演唱福雷[1]时，她一定遇到了可怕的事，有人打她，或是她病了。路易斯·马利亚把肘撑在三角钢琴的末端，琴盖开着，我无比幸福地看着他，他小狗似的脸也高兴地看着我，希望听见琶音。我们俩近在咫尺，彼此相爱。如果我正在和路易斯·马利亚跳舞，正在吻他，或正在他身边，却又感受到正发生

①加布里埃尔·福雷（Gabriel Fauré,1845－1924），法国作曲家、管风琴家、钢琴家及音乐教育家，代表作为《安魂曲》。

在她身上的事，那会更糟。因为那个我，远方的我，并不招人喜欢，那是我不招人喜欢的一部分。路易斯·马利亚和我跳舞，他的手扶着我的腰，像正午的热气、浓浓的橙味、细竹的清香那样一点点往上挪。与此同时，有人打她，我觉得挨打的是我，雪渗进我的鞋子，我怎能不心碎！我受不了，非得跟路易斯·马利亚说自己不舒服。湿，雪天的湿。我感觉不到雪，雪正渗进我的鞋子。

一月二十五日

当然，诺拉来看我了。于是，有了下面这一幕。“亲爱的，我最后一次求你替我钢琴伴奏。上次我们可出了大丑。”我怎么会知道出了大丑？我尽己所能给她伴奏，我记得悄悄地听她唱。您的灵魂是精心挑选的风景……[1] 我看见自己的手在键盘上，似乎弹得挺好，老老实实地替诺拉伴奏。路易斯·马利亚也在看我的手，可怜的路易斯·马利亚，我觉得他看我的手，是因为他不敢看我的脸。我看上去一定很怪。

可怜的小诺拉，请别人给她伴奏吧。（这越来越像是一种惩罚。如今，我只有自己临近幸福或正当幸福时，才会感受到远方的我。当诺拉唱起福雷，我却感受到远方的我，心中只剩下厌恶。）

晚上

有时是柔情，对并非王后的远方的她一种突如其来、必须涌出的柔情。我想给她发份电报，寄份邮包，知道她的孩子们一切都好，

---

①原文为法语。

或者，知道她根本没有孩子（我觉得远方的我没有孩子），知道她需要安慰、怜悯、糖果。昨天晚上，我想着电报发什么内容，定什么接头地点，就这样睡了过去。我周四到，空格，在桥上等我。什么桥？思绪转啊转，转到布达佩斯，认为自己是那个布达佩斯的乞丐，布达佩斯应该既有桥，又有雪。于是，我在床上挺得笔直，差点放声号叫，差点跑去叫醒妈妈，差点把妈妈咬醒。想想而已，这件事还不易说出口。想想而已，如果我心血来潮，可以即刻动身前往布达佩斯。或者，去胡胡伊，去克萨尔特南戈。（我翻到前面，把这些名字找了出来。）不行，去三溪市[①]，神户市，佛罗里达同样不行。只有布达佩斯，只有那里天气寒冷。在那里，他们打我，羞辱我。在那里（我梦见了他，只是个梦，可它暗示着失眠，和失眠如此之近），有个人叫罗德，或埃罗德，或罗多，他打我，我爱他。我不知道是不是爱他，可是我由着他打，日复一日地由着他打。这么说，可以肯定，我爱他。

更晚一些

全是假话。是我想出了罗德，或用哪个过去的梦中形象塑造出了罗德。没有什么罗德。在那儿，确实有人打我，可谁知道动手的是男人，是生气的母亲，还是孤独。

我要去找寻我自己。我要对路易斯·马利亚说：“我们结婚吧，带我去布达佩斯，去一座白雪覆盖、有个人站在上面的桥。”我说：如果我在那儿呢？（我想象一切，却不愿彻底相信这一切。还好，我私底下心态不错。如果我在那儿呢？）嗯，如果我在那儿……看

①阿根廷布宜诺斯艾利斯省的一个城市。

来我是疯了，看来……多可怕的蜜月啊！

一月二十八日

我想起一件怪事。三天了，远方的我没有发来任何讯息。也许她不挨打了，也许她弄到大衣了。给她发封电报，寄几双长袜……我想起一件怪事。我来到一座可怕的城市，正值下午，绿色的、水一样的下午。如果不努力地想，下午绝不可能是这样。在多布里纳斯塔纳这边，从斯柯达的角度，看见毛发直竖的马、严厉的警察、热腾腾的黑面包、尽显窗口华丽气派的风中流苏。我迈着游客的脚步漫步在多瑙河畔，穿着蓝毛衣（天这么冷，我还把大衣留在柏尔格罗斯了），口袋里揣着地图，一直走到沿河的一个广场，广场几乎就在水流声震天响的河面上。河面有碎冰、驳船，还有一只在当地被称为斯布奈亚·特赫诺或更糟糕的名字的翠鸟。

广场那边应该就是桥了。我这么想，却不愿继续往前走。下午音乐厅有艾尔莎·皮亚基奥·德塔莱伊[①]的音乐会，我无精打采地穿上衣服，担心过后自己会失眠。晚上这样胡思乱想，这么晚……谁知道我会不会迷失方向。我一路想，一路走，一路编着名字。我全想起来了：多布里纳斯塔纳，斯布奈亚·特赫诺，柏尔格罗斯。可我不知道广场叫什么，好比果真去了布达佩斯的一个广场，因为不知道它叫什么名字迷了路。那儿，一个名字就是一座广场。

我去了，妈妈。我们一定会听到你的巴赫和你的勃拉姆斯。这条路很好走，没有广场，没有柏尔格罗斯。我们在这边，艾尔莎·皮

①艾尔莎·皮亚基奥·德塔莱伊（Elsa Piaggio de Tarelli, 1906－1991），阿根廷著名钢琴家。

亚基奥在那边。停下来真让人伤心。要知道我在一座广场（可这不是真的，我只是想想，什么也没有），广场的尽头就是桥。

晚上

开始，继续。音乐会的末尾和第一首返场曲之间，我找到了广场的名字，也找到了路。乌拉达斯广场，市场桥。从乌拉达斯广场一直走到桥头，走着走着，想停一停，看看房子或橱窗，看看裹得严严实实的孩子，看看立在喷泉中戴着发白披肩的的英雄雕像：塔迪奥·阿兰科和乌拉斯洛·内罗伊，看看酒鬼和敲钹手。我看见艾尔莎·皮亚基奥在一首肖邦曲和另一首肖邦曲之间向观众致意，可怜的钢琴家。音乐厅直通广场，直通两侧大柱林立的桥头。可我确实在想这些，注意，它相当于在拆拼词游戏中把 Alina Reyes 替换成 es la reina y... 或想象妈妈在苏亚雷斯家，不在我身旁。最好不说蠢话：这是我的事，只要我高兴就行，只要我真的高兴。是真的，因为咱们瞧，阿丽娜，不是别的，不是感到她冷或她挨打。我心血来潮，饶有兴致地接着往下想，想知道去哪儿，想知道路易斯·马利亚会不会带我去布达佩斯，我们会不会结婚，我会不会让他带我去布达佩斯。出门找寻那座桥、出门找寻我自己更容易，我会发现自己正站在桥中间，身边是叫声和鼓掌声，叫着“来一曲阿尔贝尼兹[①]”，掌声更热烈了，还有人叫着“来一曲肖邦大波兰舞曲”，似乎风从背后吹来，海绵毛巾似的手揽着我的腰，将陷入深雪中的我往桥中央推时，这些都有意义。

①伊萨克·阿尔贝尼兹（Isaac Albeniz,1860－1909），西班牙著名作曲家，创作了许多舒伯特、肖邦及勃拉姆斯风格的短小钢琴作品。

（用现在时叙述更方便些。现在是八点，艾尔莎·皮亚基奥正在演奏第三首返场曲，一首胡利安·阿吉雷[①]或卡洛斯·瓜斯塔维诺[②]，与草地和小鸟有关的曲子。）我开始和时间耍无赖，我不再尊重它。我记得，有一天，我想："在那儿，有人打我。在那儿，雪渗进鞋子。这些，我当时就知道。那儿的我有什么事，我可以同一时间知晓。可为什么是同一时间？也许，我知道得晚一些，也许，我知道的时候，事情还没发生。也许，她会在十四年后挨打，也许，她已经变成了圣乌苏拉墓地的十字架和数字。"我觉得很美、很有可能、很愚蠢。可是，这之后，我总会掉入成对的时间里。如果她现在果真上了桥，我一定此时此刻从这里感受得到。我记得自己停下脚步，欣赏着河水像稀释的蛋黄酱，怒不可遏地冲向桥墩，水声隆隆。（我是这样想象的。）从桥栏杆探出身去，耳边传来桥下冰面破裂的声响。需要驻足一会儿，因为眼前的景象，因为心头的恐惧：穿得不够多，落地即融的小雪，丢在饭店的大衣。我为人谦和，毫无气焰。可是，如果有人告诉我，也是这样一个姑娘，音乐会期间神游匈牙利，谁都会倒吸一口凉气，呵，无论是在这儿还是在法国。

可是，妈妈在扯我的袖子，音乐厅里人基本全走光了。就写到这儿，不想继续回忆想到过什么。再回忆下去，对自己不好。可那是真的，真的。我想到一件怪事。

---

①胡利安·阿吉雷（Julián Aguirre, 1868－1924），阿根廷作曲家，大胆地将阿根廷民间传统音乐和高雅音乐相结合。

②卡洛斯·瓜斯塔维诺（Carlos Guastavino, 1912－2000），阿根廷作曲家，浪漫主义音乐的集大成者。

一月三十日

可怜的路易斯·马利亚，和我结婚是多么愚蠢！他不明白婚姻给自己带来了什么，或像诺拉说的那样不明白婚姻让自己失去了什么，她说这话时俨然一副思想解放的知识分子的架势。

一月三十一日

我们要去那儿了。他完全同意，我几乎叫了起来。我害怕，他那么轻易地进入了这场游戏。他毫不知情，如国际象棋中的王后派去解决战斗的小卒，走得义无反顾。小卒路易斯·马利亚，在他的王后身边。王后和……

二月七日

要自我治愈。我不会写下音乐会上最后想到的事。昨天晚上，我又感到她在受苦。我知道在那边，又有人打她了。我无法不知道这些，别再这么一条条记下来了。如果我只是出于乐意，出于舒心，才记下这些……那会更糟。重温日记，我会更想知道、更想找到那么多天晚上写在纸上的每个字究竟是什么意思。当我想到广场、融冰的河流、水声，还有……我不写了，我再也不写了。

去那儿，证明单身对我有害，没错，二十七岁了，还没有男人。我会有孩子的，傻乎乎的孩子。别想了，去做，做到底。为自己好。

不过，我会合上这本日记。一个女人，要么嫁人，要么写日记，两者不可得兼。我不想在离开日记本前，不曾带着希望的喜悦、喜悦的希望说这句话。我们会去那儿，不过，不一定要用音乐会那晚想到的方式。（我把这些写下来，日记到此为止，为自己好。）我会在桥上找到她，我们会四目相对。音乐会那晚，耳边响起桥下冰面破裂的声音。打击不怀好意的攀附无声的篡权，将是王后的胜利。如果她真的是我，她会屈服，她会投身到更光明、更美丽、更真实的我这边。只要走到她身边，把手放在她肩上就足够。

阿丽娜·雷耶斯·德阿拉奥兹和丈夫于四月六日抵达布达佩斯，下榻于里兹酒店。时间为离婚前两个月。次日下午，阿丽娜出门观赏城市和融冰美景。她喜欢一个人走，她走得快，好奇心重。她走了二十处地方，模模糊糊地在找寻什么，可似乎又并没有特别的目标，一味地跟着感觉走，突然从一扇玻璃门转到另一扇玻璃门，一条人行道转到另一条人行道，一扇橱窗转到另一扇橱窗。

她来到桥边，走到桥中央。踏着雪走，很费劲。桥下的多瑙河吹起一阵风，人被风困住，不胜其烦。她感到裙子紧紧地贴着大腿（她穿得不够暖），突然，她想转身回到熟悉的城市。空荡荡的桥中央，有位衣裳褴褛、黑色直发的女人，从她凹凸不平的脸上、皱褶重重的手上——拳头稍稍握起，现在又伸开了——能看出她在执着、贪婪地等待着什么。阿丽娜现在知道了，她如同经历过临场彩排，重复着表情和动作，慢慢地向她走去。她相信自己终于解脱了，从此不用再恐惧。她狼狈地跳了一下，一半是高兴，一半是冷。她已经来到她身旁，不假思索地也将双手伸出。桥上的女人扑进她怀里，两人在桥上无言地紧紧相拥，河水拍打着桥墩，摔得粉碎。

拥抱时，皮包的开关卡进她的胸口，一阵剧痛，很甜蜜，久久不能散去。她紧紧搂住骨瘦如柴的女人，感到她完全置身于自己的怀抱中，幸福感像奏响赞美诗、放飞鸽子、河流欢唱那样越来越强。

当两者完全融为一体时，她闭上双眼，隔绝了对外界的感受和黄昏的光。突然，她疲倦极了。可她确定自己获得了胜利，胜利是自己的，不需要庆祝，终于胜利了。

她发觉其中一个幸福地哭了。应该是她自己，脸颊上湿湿的，颧骨很痛，似乎被人打了一拳，脖子也是。突然，肩膀在无尽的疲惫中，也痛了起来。再睁开眼（也许，她已经叫出声了），她看见两人已经分开。她确实叫出了声。因为冷；因为鞋破了，雪往里渗；因为阿丽娜·雷耶斯正离开桥走向广场，穿着灰色套装，头发被风吹得有些凌乱，美不可言。她走了，头也不回地走了。

公共汽车

“方便的话，麻烦您回来给我带本《家庭》。”罗伯塔夫人一边靠在沙发椅上准备午休，一边说道。克拉拉将滚轮小桌上的药品整理完毕，干净利索地扫了一眼房间。没什么要做的了，女佣玛蒂尔德会留下照顾罗伯塔夫人，该做什么她都明白。好了，她可以走了，周六整整一下午的时间都是自己的，好友安娜在等她聊天，五点半甜到极点的下午茶，广播，还有巧克力。

两点钟，保姆佣工潮水般地跨出门槛，四散一空，公园村[①]一片空旷亮堂。克拉拉沿着提诺加斯塔街走，再转萨姆迪奥街往南，伴着清脆的高跟鞋声，品味农学院路旁从树荫之间漏下的十一月的点点阳光。她站在圣马丁大街和诺戈雅街的拐角等168路公共汽车，一群麻雀在头顶上空打架。万里无云，圣胡安·马利亚·维阿奈伊主

①布宜诺斯艾利斯市的48个城区之一，位于西北部。

教堂的弗洛伦蒂娜塔显得更红了，高得让人目眩。钟表匠堂路易斯走过，赞赏地向她问好，似乎在称道她精致的身材、凸显苗条的高跟鞋和奶油色衬衫上白皙的纤细脖子。168 路沿着无人的街道慵懒地开了过来，车门不满地嘎吱一声打开。午后静谧的街道拐角，只上了克拉拉一位乘客。

她在装得满满的手提包里找硬币，买票前耽搁了一会儿。售票员矮胖，脸板着，像个爱找碴打架的主儿，双腿老练地微微弯曲，好对付刹车和拐弯。克拉拉对他说了两次“十五分钱的”，那家伙都没把眼睛从她身上挪开，好像对什么感到奇怪。随后，他把粉红色的票递给她，克拉拉想起一首童谣，大意是：“撕呀，撕呀，售票员，一张蓝色票，或一张粉色票；唱呀，唱呀，唱点什么，边数钞票边唱歌。”她笑了，往后走想找个座位。紧急出口边上的位子空着，她带着窗边乘客常有的满足感坐了下去。这时，她发现售票员还在盯着她看。车行至圣马丁大街桥口，拐弯前，司机转过头来，也看了她一眼。虽然隔了不短的距离，但他还是找了找，看到她窝在座位上才肯罢休。司机一头金发，一脸饿相，一把骨头。他和售票员说了几句，两人看一眼克拉拉，又互相看了一眼。公共汽车跳了一下，全速拐入丘罗阿林大街。

“一对傻瓜。”克拉拉又得意又紧张地想。她把车票放进钱包，斜过眼，看着前排手捧一大束康乃馨的女士。那位女士也转过头，从花上探出头来看她，如母牛探出栅栏，目光温柔。克拉拉取出化妆镜，很快专心研究起嘴唇和眉毛来。她觉得脖子后面有些异样，怀疑有人非礼，气急败坏地迅速转过头去。离脸两厘米处，赫然一双老人的眼。老人直着脖子，手捧一束雏菊，香气几乎令人作呕。

最后一排的绿色长椅上，所有乘客都望着克拉拉，似乎在谴责什么。克拉拉也将目光迎了上去，越迎越吃力，越迎越困难。不是因为乘客的目光不约而同地落在她身上，也不是因为乘客手上不约而同地拿着一束花，而是她原本期望结局圆满，行为善意，比如大家扑哧一声笑了，因为她鼻子有点黑（可是她鼻子没有黑）。她笑了笑，投在她身上的目光专注持久，好像是花在看她。她的笑容僵硬了。

突然，她不安地把身子往下蹭了蹭，盯着前方磨损的椅背，检查紧急出口的操作杆，阅读上面的文字："紧急出口，拉下手柄，站起逃生。"她一个字一个字地读，怎么也连不成句。就这样，她找到一处心理安全岛，可以停下来好好想想。乘客们盯着刚上车的人看是正常行为；去恰卡利塔墓园拿着花也对；全车人都拿着花也能凑合说得过去。公共汽车从阿莱维阿医院门前经过，克拉拉这边延伸出一大片荒地，最远处是遍地脏水洼的艾斯特雷亚区，一匹匹黄马的脖子上挂着一段段缰绳。耀眼的阳光没有晒活窗外的风景，克拉拉不敢把眼神收回来，只敢往车内偷偷瞟上两眼。红玫瑰和马蹄莲，远一点是模样可怕的菖蒲，揉皱了，弄脏了，旧旧的玫瑰红缀着白色的斑点。第三排靠窗的先生（原先看着她，现在没看，现在又看了）捧着一束近乎黑色的康乃馨，花儿密密地挤在一起，连绵成一张皱曲粗糙的皮。两位坐在前方侧排座椅上的小女孩，鼻子恶狠狠的，拿着一束穷人才会买的菊花和大丽花，穿的倒不像穷人：裁剪考究的小上衣，百褶裙，白色长袜，不可一世地盯着克拉拉看。死没规矩的黄毛丫头，她想叫她们低下头别看了。可是，四只瞳孔直直地望向她，还有售票员、康乃馨先生、后面所有人喷在后颈上的热气、紧挨着的直脖子老人、后座上的年轻人。帕特纳尔区，昆卡站到了。

没有人下车。男子轻盈地跳上车，面对售票员。售票员站在车中央等他，盯着他手看。男子右手握着二十分钱，另一只手整整上衣。男子等待。“十五分钱的。”克拉拉听男子说。和她一样，也是十五分钱的。售票员没撕下票，继续盯着他看。男子终于有所察觉，友善地冲他做了个不耐烦的手势：“我跟您说了，十五分钱的。”他接过票，等着找钱，趁势滑到康乃馨先生身旁的空位上坐下。售票员找给他五分钱，又居高临下地看了他一会儿，似乎在检查他的脑袋。他压根没留意，专心欣赏黑色康乃馨。康乃馨先生观察着他，瞟了他一两眼，他也瞟了瞟康乃馨先生。两人几乎同时转头，没有挑衅的意思，只是互相看了看。克拉拉还在恼火前排那两个女孩，她们盯了她好长时间，又去盯新来的乘客。168 路开始贴着恰卡利塔墓园的围墙行驶，有一阵，所有乘客都盯着男子看，也盯着她看，只不过他们对新上来的人更感兴趣，没对她直视，不过也把她收在视线中，将两人视为同一个观察目标。这帮人真蠢！就算那两个黄毛丫头也不小了。一个个捧着花，等着去办事儿，居然还这么无聊，没教养。克拉拉的心头萌生了一种说不清道不明的惺惺相惜，她很想提醒另一位乘客，对他说：“您和我都买了十五分钱的票。”似乎这样可以拉近两人的距离。她想碰碰他手臂，建议他：“别太在意。尽是些没教养的家伙，就知道躲在花后头，无聊。”她想叫他坐到她身边来，可是小伙子——其实他挺年轻的，尽管脸上有些沧桑的痕迹——选择了就近的第一个空位。她摆出娱乐大众兼惶恐不安的神情，坚守以看对看的策略，盯着售票员看，盯着两个女孩看，盯着菖蒲女人看。现在，手捧红色康乃馨的先生转过头来面无表情地看着克拉拉，眼神中带着泡沫岩般晦暗飘浮的软弱。克拉拉也执着地看着他，感觉自己被掏空了。她想下车（可在那条街，那个地段，不为什么，就因为手上少了一束花）。她注意到小伙子也不安起来，左看看，右看看，又往后看看，诧异地看到后座上的四位乘客和手捧雏菊、直着脖子的老人。他的眼神掠过克拉拉的脸，在她的嘴巴和下巴上停留了一秒，牵动着前方售票员、两个女孩、菖蒲女士的目光一起移动，直到他回过头去，看着他们，目光才又松弛下来。克拉拉比较了几分钟前自己遭遇的视觉骚扰和如今困惑小伙子的视觉骚扰。“可怜的小伙子，两手空空。”想法简直荒谬。她发现他有些无助，只有一双眼睛可以阻挡四处投来的冰冷火焰。

168路车没停下，拐了两个弯，径直开入墓园柱廊前的空地。两个女孩穿过走道，到车门前，后面依次是雏菊、菖蒲、马蹄莲，再后面的一堆人看不清楚。花香浓烈，看来坐在车另一头鼻子会舒服不少。克拉拉静静地坐在窗边，欣慰地看到这么多人下车。黑色康乃馨出现在高处，小伙子站起来，让黑色康乃馨过去。他身体歪着，一半卡在克拉拉前排的空位上。小伙子帅气，质朴，坦诚，也许是药店伙计，也许是会计，也许是建筑工人。公共汽车缓缓停下，车门嘎吱一声打开。小伙子等大家下车后尽情选个好位子坐，克拉拉也和他一起耐心地等，希望菖蒲和玫瑰一块儿下去。车门开着，所有人一路纵队，看着她，看着他，这两个没往外走的乘客。花儿晃来晃去，似乎有风，从地面升起，吹动植物根茎，吹动所有花束。马蹄莲、红色康乃馨、后座上捧花的男人、两个女孩、雏菊老人都下车了。只剩下他们俩，168路公共汽车似乎一下子变小、变灰、变美了。克拉拉认为他最好、也基本应该坐到她身边来，尽管他有整整一车的位置可以选。他坐了过来。两人低下头去，看着自己的手。

手在那里，不过是手而已，没别的。

“恰卡利塔墓园到了！”售票员喊道。

看着他催促的目光，克拉拉和男乘客回答得中规中矩：“我们买的是十五分钱的票。”他们只想到这一句，足够了。

车门还是开着，售票员走了过来。

“恰卡利塔墓园到了。”他几乎在一个字一个字地解释。

小伙子看都没看他一眼，克拉拉反倒心生同情。

“我到莱蒂罗。”她把票拿给售票员看。撕呀，撕呀，售票员，一张蓝色票，或一张粉色票。司机望着他们，几乎离开了驾驶座。售票员迟疑地转过身，冲他做了个手势。前门没人上车。后车门嘎吱一声关上了。168路盛怒之中猛晃几下，起步加速，发足狂奔，克拉拉的胃里一阵不适。售票员靠在司机身旁的镀铬栏杆上，用深邃的眼神凝视着他们。他们也回视过去，直到汽车拐入多莱戈街。之后，克拉拉感觉小伙子趁前面的人看不见他们，慢慢地把手放在她手上。手很软，很暖。她没抽手，沿大腿缓缓将手挪至膝盖附近。公共汽车风驰电掣，全速行驶。

“好多人啊，”他开了口，声音几不可闻，“一股脑儿全下去了。”

“他们带花去恰卡利塔墓园。”克拉拉说，“每到周六，好多人去墓园扫墓。”

“没错，可是……”

“不错，有点怪。您注意到……”

“注意到了。”他几乎打断了她的话头，“我注意到了，您也有同样的遭遇。”

“奇怪，现在又没人上车了。”

一个急刹车：火车挡道。车狠狠晃了一下，两人心头一惊，身子直往前冲，又松了一口气。汽车像一具庞然大物，抖个不停。

“我到莱蒂罗。”克拉拉说。

“我也是。”

售票员没动弹，怒气冲冲地和司机说了什么。他们看见（他们都在密切关注车内的动向，只不过不愿意承认）司机离开座位，正沿走道向他们走来，售票员紧随其后。克拉拉发现司机和售票员盯着小伙子，小伙子浑身绷紧，似乎在积聚全部的力量。她腿发抖，和他肩靠着肩。这时，火车头呼啸而过，黑烟蔽日。司机正在说些什么，被快车的轰鸣声完全淹没。他在距离他们两个座位前停下，弯下身，像是要跳起来。售票员按住他一边肩膀，拦住他，急不可耐地指给他看：最后一节车厢叮叮当当地撞着铁轨开过去了，挡道栏杆正在升起。司机双唇紧闭，转身跑回驾驶座。168 路暴跳一下，对准铁轨，冲上斜坡。

小伙子放松了身体，在座位上缓缓滑下。

“我可从来没遇上过这种事。”他似乎在自言自语。

克拉拉想哭。眼泪等在那儿，随时候命，可哭也没用。不用想，她明白一切正常，空荡荡的 168 路公共汽车上，除了她，只有另一位乘客。要想抗议车内的秩序，打铃，在第一个拐角下车就是。可目前一切正常。唯一不该出现的想法就是跳下车去，挪开重新握紧她的那只手。

“我害怕，”她只说了这么一句，“哪怕衬衫上别着几朵紫罗兰也好啊！”

他看着她，看着她毫无装饰的衬衫。

“我有时会在口袋上插朵茉莉，”他说，“今天出门匆忙，没顾得上。”

“真可惜！不过，我们要去的是莱蒂罗。”

“当然，我们要去的是莱蒂罗。”

这是对话，一段对话。要留心，要接住话头。

“能开点窗吗？这里头闷得我喘不过气来。”

他惊讶地看着她，他几乎有点冷。售票员一边和司机说话，一边斜眼看着他们。经过铁道后，168 路没再停下，已经拐入卡宁和圣塔菲大街。

“这个位子的窗户是死的。”他说，“您瞧，汽车里就这一个挨着紧急出口的位子是这样。”

“啊。”克拉拉回答。

“我们可以换个位子坐。”

“别，不用了。”她握紧他的手，不让他站起身，“我们动得越少越好。”

“那好吧。不过，前面一排窗户可以打开。”

“不用了，真的不用。”

他等了一会儿，以为克拉拉还要说点什么。可她在座位上越缩越小，目光完全投在他身上，逃避前方传到他们身上的、如沉默、如热量的怒火。小伙子把另一只手放在克拉拉膝上，克拉拉也把自己的另一只手放了上去。两人暗暗用地手指交流，温暖地抚摸对方的手掌。

“人有的时候就是这么粗心大意。”克拉拉不好意思地说，“以为都带全了，还是忘了点什么。”

“问题是我们不知道会遇上这事儿。”

“算了，结果都一样。他们都盯着我看，尤其是那两个女孩子，我感觉糟透了。”

“完全无法忍受。”他抗议道，“您注意到她们怎么商量好，盯着我们看的吗？”

“说到底，拿的不过是菊花和大丽花，”克拉拉说，“居然还那么自大。”

“因为有其他人撑腰。”他怒气冲冲地断言，“我位子上那个一脸鸟样、捧着半蔫康乃馨的老头，还有后座上那几个人，我没看清。您认为他们所有人都……”

“他们所有人。”克拉拉说，“我一上车就看见他们了。我在诺戈雅街和圣马丁大街的拐角上的车，刚一转过头去，就看到他们所有人，所有人……”

“幸好都下车了。”

行至普埃伊莱顿大街，一个急刹车。皮肤黝黑的警察站在高高的岗亭里，手臂张开在训斥着什么。司机滑下驾驶座，售票员想拉住他袖子，他挣开了，沿过道走来，缩着身子，眨着眼睛，嘴唇湿湿的，望望他，又望望她。“放行了！”售票员叫了起来，嗓门很怪。公共汽车后面排成长队，十个喇叭齐鸣。司机悲痛欲绝地跑回驾驶座。售票员对他耳语了几句，不时地回头看看他们俩。

“如果不是您在这儿……”克拉拉低声说道，“我觉得，如果不是您在这儿，我早就下车了。”

“可您要去的是莱蒂罗。”他诧异地说。

“没错，我去串个门。不过，无所谓，没准儿我还是会下车。”

“我买了十五分钱的票，”他说，“到莱蒂罗。”

“我也是。坏就坏在下了车，还要等另一辆车来……”

“那是。而且，来的那辆也许没空位子。”

“也许。现如今，坐车真不舒服。您见识过地铁上什么样吗？”

“简直让人不敢相信。上班路上的折腾比上班本身还累。”

公共汽车里漂浮着清朗的绿色空气。他们看见博物馆泛旧的粉红色外墙，还有崭新的法学院大楼。168 路在莱昂德罗 · N. 阿莱姆大街上开得更快，似乎因为即将抵达目的地而发疯发狂。交通警拦下它两次，司机两次都想扑到他们身上去。第二次，售票员拦在前面，压抑着怒火，好像很心痛。克拉拉感觉自己把膝盖抬高到胸前，同伴的手突然从她身上拿开，指骨突出，青筋暴露。克拉拉之前从未见过男子手掌握拳的过程，她瞪着那两个实心拳头，惊恐之下，可怜的信任感所剩无几。一路上，他们谈旅途时光，谈五月广场的堵车，谈人类的卑鄙行为，谈耐心。后来，看到火车站外墙，两人都停住了话头。小伙子拿出钱包，手指微微发抖，神情严肃地翻看着。

“就要到了，”克拉拉直起身子，说道，“我们就要到了。”

“是的。听好：汽车一在莱蒂罗拐弯，我们马上站起来下车。”

“好的，趁汽车在广场边上。”

“没错。车站在英国塔[①] 那边。您先下车。”

“哦，无所谓先后。”

“不行。我殿后，以防不测。车一拐弯，我站起来，让您过去。您必须马上起身，到车门口下一级台阶，我会紧随其后。”

---

①布宜诺斯艾利斯市的英国居民所建，纪念 1810 年结束西班牙殖民统治的五月革命一百周年。

"好吧，谢谢。"克拉拉感动地看着他。他们投入到计划中，研究腿所在的位置和要跨越的距离。他们看到 168 路公共汽车畅行无阻地开到广场拐角处。车窗抖动，车差点撞上广场边沿，全速转弯。小伙子从座位上跳起来往前走，克拉拉飞快地越过他下台阶，而他转过身，用身体挡住她。克拉拉看着车门，黑色的橡胶封条，脏兮兮的方形玻璃。她不想看其他东西，浑身抖得厉害，头发上感受到小伙子的呼吸。急刹车把他们甩向一边，与此同时，车门开了，司机张开手沿走道跑来。克拉拉跳到广场上，回头一看，小伙子也跳了下来，车门嘎吱一声关上了。黑色橡胶封条卡着司机的一只手，手指苍白僵硬。透过车窗，克拉拉看见是售票员冲到方向盘边上，够到了关闭车门的手闸。

广场上到处都是孩子和卖冷饮的小贩。他抓着她的手臂，走得飞快。两人没有交谈，没有对视，浑身幸福地颤抖。克拉拉任由他拖着，模模糊糊地看见了草坪和花坛。河流的气息扑面而来，越来越浓。卖花的人站在广场一边，摆花的筐子系在木架上。他停住脚，选了两束三色堇，递给克拉拉一束，又让她把两束都拿着，自己掏钱包付钱。两人重新迈步时（他没有再抓着她的手臂），各人拿着自己的花，各人走着自己的路，非常开心。

剧烈头痛

感谢玛格丽特·L. 泰勒医生给本文提供了最美妙的画面。她的美文《眩晕和剧烈头痛的指导性症状及常用治疗对策》发表在《顺势疗法》杂志（阿根廷顺势疗法协会主办）一九四六年（创刊第十四年）四月第三十二期上（自三十三页始）。一并感谢伊雷内奥·费尔南多·克鲁斯，在前往圣胡安的旅行中让我们第一次了解到芒库斯比亚[①]。

我们照顾芒库斯比亚到很晚。炎炎夏日里，它们一个个顽皮任性，反复无常。发育滞后的要特别补充营养，我们用大号陶瓷碗盛上发芽的燕麦喂它们。大的正在换背脊上的毛，须单独放置，裹上毛毯，注意晚上不能和那些睡在笼子里、八小时进食一次的芒库斯比亚混在一起。

我们感觉不舒服，早上就不舒服了，也许是大清早吹了热风，

①作者虚构的一种需要悉心呵护方能成活的动物，这个词取自作者在大学任教时的同事伊雷内奥·费尔南多·克鲁斯使用的意义不明的口头禅。

当时，对房子全天候眷顾的似火骄阳尚未升起。十一点钟照顾生病的动物和午睡后对新生儿的身体检查将我们折磨得奄奄一息，维持现状越来越难。我们担心，只要一晚上照顾不周，芒库斯比亚就会万劫不复，性命不保，而我们也会倾家荡产，遭灭顶之灾。于是，我们不动脑筋地干活，一项接一项地做事，只稍稍歇会儿吃点东西（面包在起居室的桌上和搁板上）或照照镜子（镜子把卧室的视觉面积扩大了一倍）。晚上，我们一头倒在床上，累得睡前都不想去刷牙，只是就着灯，把药吃了，听见成年芒库斯比亚在外面绕着屋子打转。

我们感觉不舒服。我们中的一个得了乌头症。打个比方，如果恐惧导致眩晕，应该服用大量稀释的乌头。乌头症是场强风暴，来得快，去得快。因为任何一件微不足道的小事，甚至不为什么事便焦虑不安，还有什么更好的办法来描述其治疗方式呢！一个女人突然面对一只狗，头一下子晕了，晕得厉害。那好，服用乌头。过了一会儿，只剩下一种甜美的眩晕。晕得舒服了，还一个劲地想后退。（这种情况我们有过，不过是泻根症，感觉人和床一起，或者穿过床板，往下坠。）

我们中的另一个得的是典型的马钱子症。给芒库斯比亚喂完发芽的燕麦后，也许因为弯腰时间过长，突然感觉脑子在转，不是周围东西转，那是眩晕；是视线在转。意识在脑子里像陀螺仪一般环绕着旋转，外面的世界纹丝不动，只是一味地逃逸，捕捉不住。我们想，也许只是缺磷症。一来怕花香（或是小芒库斯比亚的香味，它们闻上去有股淡淡的丁香花味），二来体质也和缺磷症完全吻合：人又高又瘦，老想要冰饮料、冰激凌和盐。

晚上会感觉舒服些。芒库斯比亚的走动与大草原的寂静完美地融合在一起，疲倦和寂静对我们帮助不少。有时，我们一觉睡到大天亮，在大有好转的希望中醒来。如果我们中的一个比另一个更早跳下床，两人会悲痛欲绝地目睹溴樟脑症再次发作：以为在朝一个方向走，实际上南辕北辙。太可怕了，明明确信无疑地往卫生间去，突然，脸却贴上了光滑的大镜子。我们只当这是笑话，毕竟还有许多活儿在等着，这么早气馁无济于事。我们找出小药丸，不吭声不气馁地执行阿尔宾医生的医嘱。（也许，私下里我们有轻微的氯化钠症。典型的钠会哭，可没人注意得到。它悲伤，却内敛。它喜欢盐。）

畜栏、温室、奶牛场都有活儿在等着，谁还能尽想些没用的事呢？莱昂诺尔和常格在外头闹闹哄哄。我们拿着体温表、提着洗澡盆出门的时候，他们赶紧扑到工作上，似乎想把劲一下子使完，准备下午偷懒。我们对此心知肚明，庆幸自己身体依然健康，凡事还能亲力亲为。只要目前状况不继续恶化，不出现剧烈头痛，我们就可以工作下去。现在是二月，等五月把芒库斯比亚卖掉，整个冬天就不用愁了。还撑得下去。

芒库斯比亚花去我们许多时间。一方面，它们头脑精明，心术不正；另一方面，照顾幼崽是个细活，需要细致入微，坚持不懈。完全没必要多产多养，举个例子：早上六点半，我们中的一个把芒库斯比亚妈妈从温室笼里放出，集中到畜栏的干草上，让它们尽情地蹦跶二十分钟。与此同时，另一个把孩子从编了号、放着各自病历的小笼子里抱出来，麻利地测出肛温，将超过 37.1 摄氏度的放回笼子，其余的从马口铁管道输送到妈妈那儿喂奶。也许，这是早上最美的时刻。小芒库斯比亚和妈妈吵吵嚷嚷，说个不停，让人感动。靠在畜栏边上，我们忘记了即将临近的中午和刻不容缓、无比艰难的下午。

突然，我们有些怕看畜栏的地面，这是再明显不过的紫草症。还好，过去了。阳光晒走了其他症状，头痛在暗处会发作得更厉害些。

八点是洗澡时间。我们中的一个往澡盆里放整把整把的沐浴盐和麦麸，另一个吩咐常格打来几桶温水。芒库斯比亚妈妈们不爱洗澡，需要小心地抓着它们的耳朵和腿，像抓兔子那样，把它们无数次地浸在水里。芒库斯比亚会绝望地毛发直竖，这正是我们所希望的，盐趁机直接渗入娇嫩的皮肤。

接下来，轮到莱昂诺尔给芒库斯比亚妈妈们喂食，她做得非常出色，食物分配上也从没出过差错。她给它们吃发芽的燕麦，每周再喂两次牛奶加白葡萄酒。常格就让人有些信不过，我们觉得他会把葡萄酒喝光。最好把酒收进屋里，可惜房子太小，日头高照时，葡萄酒会渗出甜得发腻的味道。

如果日子只是机械重复，毫无变化，也许，我说的这些也就千篇一律，毫无用处。最近几天正赶上它们断奶的关键期，我们中的一个必须承认，痛苦地承认：缺硅症越来越显著。它从控制我们的睡眠入手，发动内部攻击，打破稳定性，眩晕的感觉沿着脊椎爬入脑中，好比小芒库斯比亚沿着畜栏的杆子往上爬（没有其他描述方式）。于是，落入梦境这口漆黑深井的我们，突然变成芒库斯比亚玩耍攀爬的那根又酸又硬的杆。闭上眼睛情况更糟。睡意就这样离我们而去，谁也不能睁着眼睛睡觉。我们累得要死，可稍微一迷糊，眩晕的感觉又开始爬，脑子里晃荡来晃荡去，似乎装的全是活物，围着脑袋打转。好像芒库斯比亚。

太讽刺了。据研究证明，缺硅症患者缺硅，缺沙。而我们蜗居在沙丘间的小山谷，时刻感受到巨型沙丘的威胁。我们要睡觉，居然会缺沙。

为了防止病情进一步恶化，我们花了些时间严格规定服用剂量，十二点时，我们发现药物反应良好，下午的工作得以顺利进行。也许只会稍稍有些不适，似乎所有物体突然停在面前，竖在那里，一动不动，艺术家的逼真感受。我们怀疑病症变了，是白英症，不过，要想拿准，可不太容易。

空气中微微飘浮着成年芒库斯比亚的毛。午睡过后，我们拿着剪刀和橡胶口袋去铁丝网围成的畜栏，常格把成年芒库斯比亚聚在那里，准备剪毛。现在是二月，夜里天气凉爽。芒库斯比亚舒展开睡觉，靠长毛取暖，不像蜷成一团的动物懂得自我保护，可背脊上却在掉毛，新毛长得很慢。毛落在畜栏外面，风一吹，扬在空中，浮起一片薄雾，弄得鼻子直痒痒，还穷追不舍地跟着我们进屋。于是，我们把芒库斯比亚聚在一起，将背脊上的毛剪到半高，注意不影响到它们保暖。毛剪下之后，太短，飞不起来，渐渐落成一层黄色的尘土。莱昂诺尔用水管一浇，每天扫出湿乎乎的一团，扔掉了事。

我们中的一个同时还要安排雄芒库斯比亚和年轻的雌芒库斯比亚交配，给每只幼崽称体重。常格高声念出头一天的重量，逐个确认体重增加情况。发育滞后的被放在一边，需要特别补充营养。我们一直忙到天黑，只剩下喂第二顿燕麦——莱昂诺尔一会儿就分完了——和把芒库斯比亚妈妈关起来。小宝宝们尖叫着，执意要留在妈妈身边。母子分离的工作由常格完成，我们站在门廊上监督。八点钟，关门关窗。八点钟，屋里只剩下我们俩。

过去，这是一段甜蜜的时光，可以回忆过去，憧憬未来。可是，自从身体不适以来，独处变得痛苦异常。我们用整理药箱的方式欺骗自己，药品按字母排序，会不小心弄乱。没有用。到头来，我们会坐在桌旁，阅读阿尔瓦雷斯·德·托莱多的作品（《研究你自己》）或汉弗莱的作品（《顺势疗法指南》）。我们中的一个曾患上间歇性白头翁症：反复无常、好掉眼泪、苛刻暴躁，这病总在晚上发作。另一个也是晚上发病，患的是原油症：物品、声音、回忆，一切都游离于他之上，浑身僵硬麻木。两种病痛毫无冲突，平行发展，可以忍受。之后，也许，睡意就降临了。

我们也不想越来越强调这些笔记的重要性，好比让声音越来越响，直到乐队在悲伤中爆发，再让声音渐渐小下去，索然无味地重归平静。记录下来的状况有些在我们身上发生过（如第二窝芒库斯比亚出生时剧烈的硝化甘油症），有些发生在现在，有些发生在早上。我们认为，有必要将这些阶段记录下来，等回到布宜诺斯艾利斯，就可以请阿尔宾医生帮我们添进病历。我们并不能干，记着记着会突然跑题。可是，阿尔宾医生希望了解所有相关细节。我们晚上听见的刮浴室窗户的声音也许就很重要，也许是印度大麻症。要知道，印度大麻会产生兴奋感，夸大时间和空间。也许是一只出逃的芒库斯比亚，它像所有同类那样趋光而来。

一开始，我们很乐观，没有丧失卖幼崽发大财的美好愿望。我们很早起床，越到后期，时间越发珍贵。一开始，常格和莱昂诺尔的逃跑几乎没有对我们产生任何影响。这两个狗娘养的，没打招呼，没履行合约，那天晚上就这么跑了，还顺手牵走一匹马、一辆双轮马车、我们中的她的一床毯子、一盏乙炔灯和最新一期《阿根廷世界》。畜栏里悄无声息，我们猜到他们跑了，得赶紧放幼崽出来喂奶，准备洗澡用具和发芽的燕麦。我们一直在想：别去想发生的事，埋头工作。别去管现在只剩下我们俩，没有马可以骑去六里外的普安，粮食只够吃一星期了，愚蠢透顶的谣言已经在其他村子散播开来，说我们在养芒库斯比亚，大家怕染上病，不敢靠近，周围转悠的是无所事事的流浪汉，而我们只管埋头工作。只有不断工作，身体健康，我们才能忍受中午时分、午餐休息（我们中的她草草开一听口条罐头，开一听豌豆罐头，再煎些鸡蛋火腿卷）时困扰我们的不适。我们无法不睡午觉，身体不适比双道锁的门还要无情，把我们锁进阴凉的卧室。就在刚才，我们清晰地回忆起夜间不安稳的睡眠，那种奇怪的、透明的——如果允许我们造出这种表达法——眩晕。早晨起床，直视前方，任何物体，比如衣柜，都在做变速旋转，时不时地偏向一边（右边）。与此同时，在旋涡中，同一个衣柜却又好好地停在那儿，静止不动。用不着多想，是仙客来症。治疗几分钟就见效了，身体恢复了平衡，可以正常工作和走动。更糟糕的是，午觉睡得正香（每件物品放得安安稳稳，阳光毫不留情地钉住它们的棱角），我们听到大芒库斯比亚畜栏里传来骚动和低语。它们突然不安起来，拒绝静养，静养能帮它们长肉呀！我们不想出去。烈日当空，极易引发剧烈头痛。如今，什么活儿都指着我们，怎么能允许自己冒险发病呢？可是，我们不得不出去。芒库斯比亚越来越不安分，畜栏里的骚动声前所未闻，实在没办法继续待在屋里。于是，我们在软木头盔的保护下冲出门去，快速商议之后，分头行动。我们中的她往芒库斯比亚妈妈笼子那边跑，另一个检查大门关没关好，澳式水塘的水位如何，狐狸或山猫会不会钻进来。我们刚赶到畜栏门口，就被太阳晃得睁不开眼，如白化病患者在白色火焰中摇晃不定。我们想接着干活，可惜为时已晚。颠茄症袭来，我们赶紧疲惫不堪地躲进工棚最里面背阴处。面部充血，发红发烫，瞳孔放大。大脑和颈动脉怦怦直跳。矛戳锥刺般的剧痛。晃动般的剧痛。走一步，坠一下，后脑像系着一块秤砣。刀戳锥刺般的痛。爆裂般的痛，似乎要把脑子挤出去。弯下身子更糟，脑子似乎要往外掉，人似乎被往前推，眼睛似乎要蹦出来（似乎这个，似乎那个，怎么也形容不出真正的感受）。声音、晃动、移动、光线，都会加重病情。突然，症状消失了。阴凉霎时带走了病痛。我们心怀感激，想跑动跑动，晃晃脑袋，奇怪一分钟前……可活儿还在那儿。现在，我们怀疑芒库斯比亚的躁动不安是因为没有凉水喝，没有莱昂诺尔和常格的照顾：它们敏感得很，一定是通过某种方式注意到了他们不在。另外，上午的工作变了也让它们有些奇怪，我们那么笨手笨脚，那么慌慌张张。

这一天不用剪毛，我们中的他负责事先定好的雌雄交配和控制体重，很容易看出从昨天到今天，幼崽的身体状况急剧恶化。妈妈们吃得不好，总要把发芽的燕麦闻上好久，才不情愿地将温热的食物放入口中。我们默默地做完剩下的工作，如今，夜幕降临有了另一层不愿面对的含义。我们无法像过去那样告别一个既定的、依然正常运转的秩序，告别莱昂诺尔和常格，告别各归各位的芒库斯比亚。关上家门意味着让无法无天的世界自生自灭，对夜间到凌晨的一切听之任之。我们拖延了很久，直到无法再拖，才偷偷摸摸、互相回避、心惊胆战、忧心忡忡地走进家门。夜晚像一只眼睛在等待着我们。

幸好我们困了，中暑和劳累战胜了无言的不安。我们艰难地咽下残羹剩饭：一点煎鸡蛋，牛奶泡面包。什么东西又在刮浴室窗户，屋顶上也有蹑手蹑脚跑动的声音。没有风，是月圆夜。有公鸡的话，半夜前就会打鸣。我们摸索着服下最后一剂药丸，二话不说，上床睡觉。灯关着。说得不对，灯不是关着，压根就没有灯，屋子在深深的阴影里，屋外圆月高悬。我们想说点什么，问出口的却只是明天怎么办，怎么弄吃的，怎么去镇上。后来，我们睡着了。一小时，就一个小时，窗下那根灰色的光线还没有向床边移动。突然，我们在黑暗中坐了起来，在黑暗中竖起耳朵，黑暗中听得更真切。芒库斯比亚出事了，我们听到的是怒吼或惊叫，听得出雌的嗓门尖，雄的嗓门粗。突然，叫声消失了，房里似乎掠过一阵寂静的风。紧接着，叫声又一次划破夜空，越来越高，传得很远。我们不想出去，听听就够受的了。我们中的他怀疑惨叫声究竟来自屋内还是来自屋外，有时候，声音听起来就在屋内。这个小时里，我们患上了乌头症，思维混乱，对错不分。的确，头痛来势凶猛，几乎无法形容。脑袋里，汗毛丛生的皮肤上，有撕裂感、灼烧感。恐惧、发热、苦闷。额头又涨又沉，似乎有股力量在向外拉扯，将一切掏空。乌头症会突然爆发，疼痛难忍，遇冷风则病情加剧，伴有不安、苦闷和恐惧。芒库斯比亚围着房子转来转去，此刻再说它们还待在畜栏里、锁很结实之类的话，无异于自欺欺人。

我们没注意天亮。一晚上没睡好，只记得定点伸手将小药丸放入口中。五点左右，睡意终于将我们打倒。刚才，有人敲起居室的门，越敲越响，气势汹汹。我们中的他只好把拖鞋套在脚上，拖着身子去开门。是警察。警察带来了常格被捕的消息，送回了马车，并怀疑常格擅离雇主，犯偷窃罪。得在证供上签个字。一切正常，太阳升得高高的，畜栏里一片寂静。警察看了看畜栏，其中一个用手帕捂住鼻子，假装咳嗽。我们赶紧说了他们想让我们说的话，签了字。他们几乎一溜烟地跑了，远远地绕过畜栏，盯着它看，也盯着我们看，甚至冒险往屋里看了一眼（屋里空气闭塞，屋前闻得到），几乎一溜烟地跑了。真怪，这些混蛋居然不愿意多看一眼，逃瘟疫似的从侧路上疾驰而去。

我们中的她单方面决定，利用早上干活儿的时间，另一个即刻动身，驾车去找吃的。人和马都挺不情愿，马被拖回来，一口气没歇，有些疲倦。不一会儿，人和马上了路，回头看看，什么都好好的。这么说，晚上在房里吵的不是芒库斯比亚，得用烟熏死屋顶上的老鼠。一只老鼠居然能闹出这么大的动静，真让人意外。打开畜栏，把芒库斯比亚妈妈们聚在一起，可是，发芽的燕麦眼看就要没了，它们争抢得厉害，互相撕下对方背脊和脖子上的肉，还见了血。又是呵斥又是鞭打，我们好不容易才把它们给分开。这么一弄，奶根本喂不好。幼崽们嗷嗷待哺，有的跑起来晃晃荡荡，有的干脆靠在铁丝网上休息。一只雄芒库斯比亚莫名其妙地死在笼子门前。马儿不愿小跑，离家十个街区了，还耷拉着脑袋，大口大口地喘气，慢吞吞地前行。一人一马泄了气，只好回头，刚好看见最后一点食物被一抢而光。

我们不再坚持前行，回到门廊。一只幼崽在第一级台阶上奄奄一息，我们抱它起来，放在铺着干草的篮子里，想知道它得了什么病，可它和动物一样，不明病因地死了。锁好好的，搞不懂这只芒库斯比亚怎么跑出来的，是逃跑才会死，还是快死了才会逃跑。我们喂了它十粒马钱子，药丸在嘴里，像十粒小珍珠，它咽不下去。从我们站的位置，能看见一只雄芒库斯比亚前腿一软摔倒了，它晃了晃想站起来，可还是像祈祷似的跪了下去。

似乎有叫声传来，声音很近，我们甚至朝门廊的草椅子下望了望。

虽然阿尔宾医生叫我们提防早晨的动物性反应，可头痛至此，还是出乎我们的意料。后脑痛，时不时听到一声喊叫：蜜蜂症，像被蜇过那样痛。我们脑袋后仰，要不，埋进枕头（什么时候爬上了床）。不口渴，出汗，小便少，叫声刺耳。身体似乎被压伤，一碰就痛，握过一次手，痛得钻心。等到渐渐地不痛了，我们开始担心会不会再来一种不同的动物，先是蜜蜂，再是蛇。时间是两点半。

我们想趁光线好、精神好把笔记写完。我们中的他应该去镇上，要是午睡后再去，会太晚导致赶不回来，一个人在屋里过夜，也许会不好好吃药……静归静，午觉还是睡不着，房里蒸笼般的热，走到门厅，也会被地上、工棚里、屋顶上白花花的热气吓回来。芒库斯比亚又死了几只，剩下的闷声不响，走近了，才听得到它们在喘气。我们中的她认为还能卖，应该去镇上。另一个记下了这话，心里却不以为然。等热气散去，等天黑再说。我们差不多七点出门，工棚里还剩几把吃的。晃晃口袋，掉了些燕麦渣下来，被我们如获至宝地聚在一起。它们闻到香味，在笼子里蹦得厉害。我们不敢放它们出来，每个笼里放一勺，更公平，它们也更满意。我们搞不懂：没把死去的芒库斯比亚弄出来，怎么会有十个空笼子？怎么会有些幼崽在畜栏里和雄芒库斯比亚混在一起？不太看得见了，天一下子黑了，常格偷走了我们的乙炔灯。

山上种的是柳树，山道上似乎有人。应该叫个人去镇里一趟，还有时间，还来得及。有时，我们会想：我们到底有没有被人监视？人们有没有那么无知，那么讨厌我们？我们宁可不去想，高高兴兴地关上门，待在完全属于自己的房子里。我们想查阅资料，提防蜜蜂症，或者某种更可怕的动物。我们放下晚饭，高声朗读，可几乎入不了耳。一些句子爬到另一些句子上面。外面还是那样，一些芒库斯比亚比另一些叫得响，嗥叫声划破夜空，不绝于耳。“Crotalus cascavella 症会制造出特别的幻觉……”我们中的他将句子又念了一遍，很高兴居然能如此正确地理解拉丁文，响尾蛇症。啰唆了点，crotalus 和 cascavella 都是“响尾蛇”的意思。也许，书上不想直接说出动物的名字，免得吓着普通患者。可名字终究还是说出来了，这种可怕的蛇……“其毒素会以惊人的速度蔓延”。我们要抬高声音，才能彼此听见，芒库斯比亚叫得太响。我们又一次感到它们就在房子附近，在屋顶上，在刮浴室的窗户，在顶窗楣。从某种意义上说，这已经不奇怪了。下午，我们就看见许多笼门开着，房门倒是锁得好好的，厨房的灯光照在身上，像一层冰冷的保护膜。我们声嘶力竭地传授着知识，书上写得非常清楚，语言直接，毫无成见。患者症状描述如下：剧烈头痛，极度兴奋，入睡时病发（还好，我们不困）。脑壳像钢盔一样挤压大脑——说得一点没错。某种生物在脑袋里绕圈游走。（这么说，房子就是我们的脑袋，我们感觉到有人在绕着它走，每扇窗户都是抵御屋外芒库斯比亚嗥叫的一只耳朵。）脑袋和胸部被铁甲挤压，烧红的烙铁没入头顶，我们无法肯定是否是头顶。就在刚才，灯光抖了抖，越来越暗，下午我们忘了开磨发电。等完全看不见了，我们在书旁点了支蜡烛，将症状全部了解完毕。还是了解清楚比较好，免得待会儿——右侧太阳穴尖刺般的痛，这种可怕的蛇，其毒素会以惊人的速度蔓延（这段已经读过了，单靠一支蜡烛，很难把书照亮），某种生物在脑袋里绕圈游走，这段也读过了，的确是这样，某种生物在绕圈游走。我们没有不安，外面更糟，如果有外面的话。我们把书放下，面面相觑。如果我们中的一个用表情示意越来越高的嗥叫，我们会回到书本，坚信目前的问题就在那儿。某种生物在那儿绕圈游走，对着窗户嗥叫，对着我们的耳朵嗥叫，快要饿死的芒库斯比亚在嗥叫。

奸诈的女人[①]

我从她手中接过苹果，趁机在她唇上吻了一下。
没想到一咬下去，头晕脚软，觉得自己从她脚下纠结的枝条间
重重摔下，看见了那些在深洞里迎着我的僵白脸孔。
——但丁·加百利·罗塞蒂[②]
《果园深洞》[③]

他不该在乎这些了。可这次不同，大家全都鬼鬼祟祟地说上了闲话，让他心神不宁。塞莱斯特妈妈告诉贝蓓姨妈时一脸谄媚，父亲一

①原题为 Circe。Circe 是古希腊神话中的女神，通常译为“喀耳刻”，赫利俄斯和珀耳塞的女儿，艾尤岛上的女巫。在古希腊文学作品中，她善于用药，并经常以此使她的敌人变成牲畜或怪物。《奥德赛》中，奥德修斯一行人来到艾尤岛，她邀请船员们到岛上饱餐一顿，在食物中放了药水，船员们饭后全都变成了猪。同行的赫尔墨斯建议奥德修斯用草药抵抗喀耳刻的魔法，获得成功。

②但丁·加百利·罗塞蒂（Dante Gabriel Rossetti, 1828 – 1882），英国诗人、画家及译者，是拉斐尔前派的创始人之一。

③引文原文为英语。

脸的不信与不安。先是那个住两层小楼的女人，她像牛一样缓缓地转过头，像牛吃草一样津津有味地反刍闲话。药店女孩在说——“不是我信，可要是真的，那就太可怕了！”连一向为人谨慎的堂埃米利奥（他卖的铅笔和塑料皮本儿一直让人信赖）也在说。说起黛利娅·马尼亚拉，所有人都似乎羞于启齿，不敢相信她居然是这种人。只有马里奥将一腔怒火明明白白地写在脸上。他突然对全家充满仇恨，想自立，却不能。他从来没有爱过家人，是血缘纽带和对孤独的恐惧将他和妈妈、和兄弟姐妹拴在了一起。对邻居可以简单粗暴：堂埃米利奥头一次嚼舌根，就被他骂了个狗血淋头；住两层小楼的女人跟他打招呼，他视而不见，似乎这样会让她心里不好受。下班回来，他公然跨进马尼亚拉家的大门，向马尼亚拉夫妇问好，有时拿着糖或拿本书，向杀害两位男友的女孩走去。

黛利娅的模样我记得不太清楚，只记得她优雅不俗，一头金发，动作很慢（当年我十二岁，对我而言，日子过得慢，什么都慢），浅色上衣，大摆裙。有一阵子，马里奥认为黛利娅之所以招人恨，是因为她的衣着和气质。他对塞莱斯特妈妈说：“你们恨她，是因为她不像你们那么俗，也不像我这么俗。”妈妈作势要用毛巾抽他一个耳刮子，他眼睛眨都没眨。此后，他和家里公开决裂：他们把他晾在一边，极不情愿地替他洗衣服，周日去巴勒莫区[①] 散步或野餐都不叫他。于是，马里奥总是去黛利娅的窗边，往里扔小石子。有时候，她会出来；有时候，他听见她在屋里笑，坏坏地笑，让他绝望。

①布宜诺斯艾利斯市的一个区，风景宜人，以绿化和建筑见长。

弗波大战登普西[①]，家家户户都在哭泣，人人义愤填膺，带着几乎亡国的屈辱和忧伤。马尼亚拉一家搬到四个街区外的阿尔马格罗，搬得够远的了。新邻居们开始和黛利娅交往，维多利亚街和卡斯特罗·巴罗斯街的人家忘记了那档子事。马里奥从银行下班，照例每周去见她两次。夏天到了，黛利娅有时愿意出门走走，他们一同去里瓦达维亚街上的咖啡馆，或者在十一广场坐坐。马里奥年满十九岁，黛利娅即将迎来二十二岁的生日。不会庆祝的，她还在服丧。

黛利娅为男友服丧，马尼亚拉夫妇认为说不通，就连马里奥，也希望她只把悲痛藏在心里。黛利娅对着镜子戴上帽子，黑色的丧服把她的头发衬得格外金黄，她在面纱后的微笑看着委实叫人心酸。马里奥和马尼亚拉夫妇宠她，带她散步、购物、天黑回家、周日下午会客，她半推半就，任他们摆布。有时，她一个人走回原来居住的街区，赫克托和她在这儿谈过恋爱。一天下午，塞莱斯特妈妈见她从门前走过，鄙夷地当众拉上百叶窗。一只猫跟在黛利娅身后，所有动物都对她服服帖帖，不知道是喜欢她还是受了她的控制，她不看它们，它们也会挨着她走。马里奥注意到：有一次，黛利娅想去摸一条狗，那狗走开了，她唤了狗一声（下午，在十一广场），狗便听话地过来让她摸，似乎还挺高兴。她妈妈说黛利娅很小的时候玩过蜘蛛，大家都吓了一跳，包括马里奥在内，他有些怕蜘蛛。蝴蝶会飞到她头发上。在圣伊西德罗，马里奥一下午见到两只蝴蝶飞上她的发梢，可黛利娅随便挥挥手，把它们赶跑了。赫克托送过她

①路易斯·安赫尔·弗波（Luis Angel Firpo, 1894 – 1960）和杰克·登普西（Jack Dempsey, 1895 – 1983）分别为阿根廷和美国重量级拳击运动员，1923 年两人的对决被称为“世纪大战”，最终弗波落败。

一只白兔，没几天就死了，死在他前头。周日凌晨，赫克托从新港一跃而下。从那时候起，马里奥开始听见人们说闲话。罗洛·梅迪西斯的死并没有引起大家的关注，毕竟，大批大批的人死于昏厥。赫克托自杀身亡让左邻右舍看到了太多巧合，马里奥的眼前又浮现出塞莱斯特妈妈告诉贝蓓姨妈时的一脸谄媚，父亲一脸的不信与不安。最糟糕的是颅骨破裂，罗洛刚走出马尼亚拉家的门厅，便一头栽倒在地。尽管他已经死了，可狠狠撞在台阶上的声音毕竟是场梦魇。黛利娅当时在屋里。很奇怪，他们没在门口分手。不管怎样，她当时离他很近，第一个惊叫起来。相反，赫克托和平常一样，周六去黛利娅家，离开她家后五小时，在一个结着白霜的夜晚，孤零零地死去。

马里奥的模样我记得不太清楚，大家都说他和黛利娅是天造地设的一对。尽管她还在为赫克托服丧（她从来没为罗洛服过丧，鬼知道揣的什么心思），但她同意让马里奥陪着在阿尔马格罗区散散步或是去看场电影。直到那时，马里奥感觉对黛利娅、她的生活、甚至她的房子而言，自己是个外人。他不过是个“客人”。在我们的字典里，“客人”的含义精确严格，边界分明。他拉着她的胳膊过街，或者登上梅德拉诺站的台阶时，偶尔会看着自己的手攥着黛利娅黑色的丝绸上衣，揣摩着黑白之间的距离。等到黛利娅脱下重孝，换上灰色的半丧服，周日上午可以戴上浅色的帽子，她会离自己近一点。

流言蜚语尽管并非无中生有，但让马里奥难过的是人们往往将无关紧要的事情联系起来，人为地赋予其一定的含义。布宜诺斯艾利斯有许多人死于心脏病或水下窒息；许多兔子在家里、在院子里日渐羸弱，一命呜呼；许多条狗不让人摸，或让人摸；赫克托留给母亲几行字；罗洛去世的那天晚上（一头栽倒之前），住两层小楼的女人听见从马尼亚拉家的门厅传来哭泣声；事发后头几天黛利娅的表情……人们在这些事上倾注了无尽的智慧，这么多结打在一起，终于织成一块壁毯。当失眠侵入他的体内，将他的夜晚征服，马里奥有时会恶心或恐惧地看见那块壁毯。

“原谅我选择了死，你是不可能明白的，请原谅我，妈妈。”从《评论报》上撕下的一角，压在外套边的一块石头下，仿佛为清晨出现的第一位水手设计了一处路标。直到那天晚上，赫克托一直那么幸福。当然，最后几周有些怪。也不是怪，只是有些心不在焉，望着空气，若有所思。也许，他想在空气中写点什么，想破解一个谜。红宝石咖啡馆的小伙子们都能作证。罗洛可不一样，心脏突然出了问题。罗洛是个独来独往、不声不响的小伙子，有钱，开一辆雪佛兰双排座敞篷车。因此，在他生命的最后日子里，很少有人能见证他的所作所为，只有门厅那一刻不同凡响。住两层小楼的女人日复一日地诉说着罗洛的哭声是压在嗓子里的惨叫，有双手掐着他的脖子，将叫声分割得支离破碎，想置他于死地。随即，“咚”的一声，脑袋撞上台阶，黛利娅惊叫着跑了出来，乱成一团，无济于事。

马里奥也在不自觉地将事情联系起来，设计合理的解释，应对邻里的攻击。他从来没有问过黛利娅，一直隐隐地希望她能对自己说点什么。他有时会想，黛利娅知道别人在嘀咕些什么吗？马尼亚拉夫妇也怪，说起罗洛与赫克托心平气和，好像他们俩只是出远门去了。黛利娅被小心谨慎、无条件地保护着，绝口不提往事。马里奥和他们一样谨慎，也加入到保护者的行列中。他们三个将黛利娅裹在一圈薄薄的、无时不在的保护层里。周二或周四，保护层几乎透明；周六到周一，保护层被细心呵护，触手可及。黛利娅的生活也稍稍恢复了一丝生气。有一天，她弹起了钢琴；还有一天，她玩起了跳棋。她对马里奥更温柔了，请他坐在客厅窗边，跟他解释要做哪些针线活或绣花活。她从不跟他说起饭后甜点或夹心糖，让马里奥觉得很奇怪。不过，他认为是黛利娅考虑周全，担心这些话题会闷着他。马尼亚拉夫妇对黛利娅的酿酒手艺赞不绝口。有天晚上，他们想给马里奥倒一小杯，黛利娅却突然粗暴地说她酿的酒是女人喝的，酿的那几瓶几乎全倒掉了。“可是给赫克托……”黛利娅的母亲哭丧着脸，打住没往下说，免得马里奥难过。不过后来他们发现，提起黛利娅的两位前男友，马里奥并不介意。他们没再提酒这个话题，直到黛利娅又高兴起来，说想尝试尝试新的酿造方法。马里奥记得那天下午，是因为他刚刚升职，升职后做的第一件事就是给黛利娅买了盒夹心糖。马尼亚拉夫妇正在耐心地讲电话，请他在饭厅听一会儿罗西塔·基罗加[①]的歌。电话讲完以后，他告诉他们自己升职了，还给黛利娅买了盒夹心糖。

“这个，你可买得不对。算了，给她拿过去吧，她在客厅。”他们看他走出饭厅，又互相看了一眼，直到马尼亚拉先生像取下桂冠一样地放下电话，马尼亚拉夫人叹了口气，看着别处。突然间，两人似乎陷入了不幸与失落。马尼亚拉先生表情含糊地将话筒挂了上去[②]。

黛利娅盯着盒子看，没太理会盒里的夹心糖。可是，吃到第二颗薄荷味、带核桃尖的糖果时，她跟马里奥说这玩意儿她也会做。她以前从没告诉过他。仿佛是在为自己开脱，她生动地描述起如何

①罗西塔·基罗加（Rosita Quiroga, 1896 – 1984），阿根廷著名探戈歌手。

②这里的电话是 20 年代的电话，听筒和话筒分离。

做夹心糖，如何放馅，如何裹上一层巧克力或摩卡。她最拿手的是香橙味酒心巧克力。她用针在马里奥带来的夹心糖上戳了个洞，告诉他具体怎么做。马里奥看着她的手指，在夹心糖的衬托下越发白皙；看她解释，似乎在看一位外科医生在手术的关键处停顿下来。夹心糖在黛利娅的手指上像只小老鼠，小小的被针戳伤的活老鼠。马里奥感到奇怪的不适，甜腻的恶心。“把那块夹心糖扔掉，”他很想对黛利娅说，“扔得远远的，别把它放进嘴里，它是活的，是只活生生的老鼠。”后来，升职的喜悦涌上心头。他听黛利娅不停地解释如何做茶味酒心，如何做玫瑰酒心……他把手伸进盒子，接连吃了两三颗。黛利娅笑了，像在笑他。他想象着，感觉自己幸福得可怕。“第三任男友，”他奇怪地想，“这么跟她说：她的第三任男友，还活着。”

现在说这个更难一些。小事会忘，记忆的背后不断编织着细小的谎言，这段往事和其他往事混杂在了一起。那时候，他和马尼亚拉一家走得很近，处处关注黛利娅，投其所好，由她任性。马尼亚拉夫妇将信将疑，请他帮黛利娅振作起来。他买了酿酒材料、过滤器和漏斗，她郑重其事、心满意足地收下了。马里奥想：这其中包含了一点点爱，至少，包含了对死者的一点点遗忘。

周日，他饭后留下与家人闲聊，塞莱斯特妈妈脸上没笑，却给他端上了最好的饭后甜点和热乎乎的咖啡，以表达内心的感激之情。终于，流言不再满天飞，至少没人当着他的面对黛利娅说三道四了。天知道赏给卡密雷蒂家小儿子的耳光或是对塞莱斯特妈妈的大发雷霆是否起了点作用。马里奥认为他们再三斟酌后，决定赦免黛利娅，对她重新评价。他从不在马尼亚拉家谈自家事，周日饭后闲聊也从不对自家人谈黛利娅。他开始认为在四个街区的这头和那头过双重生活完全可能，里瓦达维亚街和卡斯特罗·巴罗斯街的拐角是一座充分必要、行之有效的桥。他甚至希望未来可以拉近两家人、两帮人之间的距离。独处时，他时常感到难以参透的隐秘隔阂与不祥，但对此不以为意。

没有其他人拜访马尼亚拉夫妇。他们既无亲戚又无朋友，让人有些惊讶。马里奥无须为自己设计一种特别的按铃方式，门铃一响，大家就知道来的是他。十二月，甜蜜的湿热。黛利娅酿出了浓缩橙汁酒，暴雨倾盆的下午，两人一起幸福地品尝。马尼亚拉夫妇不想喝，一口咬定饮酒伤身。黛利娅没有生气，可是，当马里奥端起紫色酒杯，品了一小口味道辛辣的橙色酒时，她的容貌几乎焕然一新。“辣得我快热死了，不过味道不错。”他说了一遍还是两遍。黛利娅高兴起来话不多，只说：“我是特地为你酿的。”马尼亚拉夫妇看着她，似乎想读出十五天精制炼丹术的配方。

罗洛爱喝黛利娅酿的酒。这是有一次马里奥去黛利娅家她却不在，他听马尼亚拉先生说的，“她为他酿制了许多不同口味的酒，可罗洛害怕心脏吃不消，喝酒对心脏不好。”她居然有过体质如此柔弱的男友，马里奥现在明白了黛利娅在表情手势和弹奏钢琴时所表现出的如释重负。他几乎脱口问马尼亚拉夫妇赫克托喜欢什么，黛利娅给他酿过酒、做过甜品吗？他想起黛利娅重新试做的夹心糖，在厨房前厅的隔板上晾成一行。马里奥预感黛利娅做的夹心糖一定美味无比，求了许多次后，终于让他尝到一粒。临走前，黛利娅用白色小金属碟给他拿来一小块白色的糖果。他细细品味：有一丁点苦，有点薄荷与核桃混杂起来的味道。黛利娅眉眼低垂，神情谦逊。她拒绝接受表扬，不过是试验品，离预期还差得远。可是，他下一次登门拜访时，也是晚上，临走前，在钢琴边的暗处，她又让他尝了一粒，得闭上眼睛猜味道。马里奥乖乖地把眼睛闭上，猜想巧克力味里有很淡很淡的柑橘味。牙齿咬碎了小块杏仁状的东西，弄不清味道，不过，在软软的、甜甜的巧克力糊中找到着力点，感觉还挺不错。

黛利娅对结果很满意，说马里奥对味道的描述和她设想的非常接近。还要试，有些小地方还需要调整。马尼亚拉夫妇告诉马里奥，黛利娅再也没坐回到钢琴前，只顾着几小时几小时地酿酒制糖。他们没有责怪的意思，可听上去也不大高兴。马里奥猜想是不是黛利娅花钱太多，让他们心疼。于是，他私下里请她列了一张所需香精和其他材料的清单。她破天荒地用手臂绕着他脖子，在他脸上亲了一口。她的嘴唇闻起来有股淡淡的薄荷味。马里奥听从了自己感受眼皮底下的香气和味道的渴望，闭上了眼。她又亲了一口，力气更大，带着呻吟。

马里奥不知道自己有没有吻她，也许，在昏暗的客厅里，他就那么静静地、被动地品尝黛利娅这杯美酒。她弹起钢琴，前所未有地美妙动听。她请他改日再来。他们从未用这种嗓音说过话，从未如此沉默不语。马尼亚拉夫妇猜到了点什么，挥舞着报纸走过来，通报飞行员在大西洋失踪的新闻。那些天里，许多飞行员永远留在了大西洋。有人开灯，黛利娅生气地从钢琴边走开。马里奥觉得，她面对灯光的那一刻酷似被晃了眼的蜈蚣沿着墙壁疯狂逃窜。她站在门边，手伸开又握紧，握紧又伸开。后来，她似乎害羞地回过头，斜着眼，望着马尼亚拉夫妇。她斜着眼望着他们，脸上露出了微笑。

不出马里奥所料，那天晚上，他几乎可以肯定黛利娅平静的背后是脆弱，两位男友的死无时无刻不压在她心头。罗洛就算了，过去了。赫克托的死打破了内心的平静，让她彻底崩溃。黛利娅的身上留下了一些恼人的怪癖：摆弄香精和动物，和简单灰暗的物质打交道，亲近蝴蝶和猫，呼吸困难，散发死亡的气息。马里奥发誓要付出无尽的爱，在明亮的房间或远离痛苦过去的公园，守护多年，将黛利娅的心病治愈。也许不必和她结婚，只要将这段平静的恋情持续下去，直到她认为死神不会一而再、再而三地与她纠缠，送下一位男友踏上死亡的征程。

马里奥开始给黛利娅带香精，原以为马尼亚拉夫妇会高兴，谁知两位老人很不开心，尽管到头来，他们还是妥协让步，一言不发地离开，尤其是在品尝时间：客厅，夜幕降临时，闭上双眼，仔细分辨一小块新品的味道，有些配料加得很少，让人怎么也拿不定主意。那是白色小金属碟里的小小奇迹。

马里奥品尝新品，作为交换，黛利娅答应和他看电影或去帕勒莫区散步。周六下午或周日上午来家里找她，马里奥总会见到马尼亚拉夫妇感激和会心的眼神。看起来老两口更乐意在家听广播或打扑克，可他担心黛利娅不喜欢自己出门，把老人留在家里。尽管和马里奥在一起时，她情绪还行，可带马尼亚拉夫妇出去的那几次，她更开心。她在农业博览会上玩得非常尽兴，买巧克力吃，买玩具玩，回家盯着玩具研究半天，玩够了才罢休。清新的空气对她的健康有益，马里奥见她脸色越来越红润，步伐越来越坚定。遗憾的是，她一到晚上就钻进实验室，对着天平、夹钳没完没了地冥思苦想。夹心糖吸引了她全部的注意力，让她完全顾不上酿酒；现在，她很少让人品尝她的试验成果，从来没请过马尼亚拉夫妇。马里奥没来由地瞎猜，也许马尼亚拉夫妇拒绝新品，更喜欢大众口味的糖果。如果黛利娅在桌上放一盒糖，不明说，却摆出请他们吃的架势，他们会挑最简单的、以前吃过的那种，甚至切开看看里头装的究竟是什么馅。黛利娅坐在钢琴边那种无声的落寞、佯装的心不在焉，让马里奥觉得很有意思。她总是把新品留给他，临走前，从厨房用白色小金属碟盛出来请他品尝。一次，黛利娅弹琴弹晚了，让马里奥陪她进厨房取新口味的糖果。灯一亮，他见猫咪蜷在角落睡觉，蟑螂在地砖上四处逃窜。他想起自家的厨房，塞莱斯特妈妈总会沿墙边洒下黄色的驱蟑螂粉末。那天晚上的夹心糖是摩卡味，带一丝奇怪的咸味（尝到最后的最后才会有），好像最里头藏着一滴泪。说起眼泪，他想到了罗洛在门厅落下的其中一滴，这么想真傻。

“金鱼很伤心。”黛利娅指着小石子和假水草装饰的鱼缸，对他说。一条半透明的粉红色小鱼嘴巴有节奏地一开一合，打着盹，冰冷的眼睛像一颗明亮的珍珠，看着马里奥。那只咸咸的眼睛让他想起夹心糖里滑落在齿间的一滴泪。

“要给它勤换水。”他建议。

“没用。它老了，病了，明天就要死了。”

这话听在马里奥的耳朵里，无异于病情再次恶化，回到最初那个身穿丧服、备受折磨的黛利娅。那些事、台阶、码头依然那么近；赫克托的照片会突然出现在长袜间或夏天穿的衬裙间；一朵干花——罗洛灵堂里的——插在衣橱门内的宗教圣像上。

离开前，他向她求婚，请她在秋天嫁给他。黛利娅一声不吭，盯着地面，似乎在客厅寻找一只蚂蚁。之前，他们没谈过这个话题，黛利娅似乎想习惯习惯，回答前好好考虑考虑。后来，她突然直起身，容光焕发地看着他，嘴唇微微发抖，美极了。她做了个手势，几乎神奇的手势，似乎在空气中打开了一扇小门。

“这么说，你是我未婚夫了。”她说，“我觉得你太不一样了！变化真大！”

塞莱斯特妈妈听到消息时没说话，熨斗一搁，在房里闷了一天。兄弟姐妹们一个个进去，又一个个拉长了脸出来，每人一小杯橘皮开胃酒。马里奥出门看球，晚上给黛利娅送玫瑰花。马尼亚拉夫妇在客厅等他，拥抱他，对他说了些话。大家开了瓶波尔图葡萄酒、吃了些蛋糕以示庆祝。如今相处起来，距离更近也更远了。少了朋友间的单纯，多了亲人间的了解，眼神里透出的是从小到大的了如指掌。马里奥亲了亲黛利娅，亲了亲马尼亚拉夫人，和未来岳父紧紧拥抱时，很想对他说请相信他，他一定会成为家里新的顶梁柱，可话到嘴边还是没说出口。看来马尼亚拉夫妇也想对他说点什么，也没勇气说出口。他们挥舞着报纸回到自己房间，马里奥留下，陪黛利娅和钢琴，陪黛利娅和他们印度式的爱情。

在约会的几个星期里，有那么一两次，马里奥差点把马尼亚拉先生约出门，跟他谈谈匿名信的事。后来他觉得，说出来不仅残忍，也于事无补。对那些骚扰他的卑鄙小人，他完全束手无策，无计可施。最糟糕的一封是周六中午寄到的，装在一只蓝色信封里。马里奥看着赫克托在《第一时间》上的照片和用蓝笔画了线的剪报：“据家人透露，只有最深的绝望才会让他自杀。”他奇怪地想到：赫克托的家人从来没有出现在马尼亚拉家的谈话中。也许，他和黛利娅交往的头几天里提到过一次。他想起那条金鱼，马尼亚拉夫妇说是赫克托妈妈送的。金鱼在黛利娅预言的那天死了，只有最深的绝望才会让它死亡。他烧掉信封，烧掉剪报，梳理了一遍嫌疑人名单，决定与黛利娅并肩作战，把她从口水战里，从那些无法忍受的流言蜚语中拯救出来。五天后（他没告诉黛利娅，也没告诉马尼亚拉夫妇），第二封匿名信到了。天蓝色的信纸上先画了颗小星星（不明白为什么），然后写着："如果我是你，我会小心门前的台阶。"信封散发出淡淡的杏仁皂味。马里奥思忖：住两层小楼的女人用的是不是杏仁皂？甚至他还壮着胆，搜查了塞莱斯特妈妈和妹妹的五斗橱。这封匿名信他也烧了，也没告诉黛利娅。正值十二月，二十年代的十二月酷热难当。晚饭后，他常去黛利娅家。两人一边聊天，一边在屋后的小花园里散步，或是绕着街区走一圈。天太热，夹心糖吃得少了。黛利娅并没有放弃试验，只不过拿到客厅来让他品尝的少了。她把夹心糖放进模子，盖一层薄薄的淡绿色茸纸，收在旧盒子里。马里奥留意到她有些不安，有些警觉。走到街角，她有时会往后看。一天晚上，快走到梅德拉诺街和里瓦达维亚街拐角的邮筒时，她摆明了不想过去。马里奥明白过来：远方也有人在折磨她。他们俩嘴上不说，心里一样苦。

他在坎加略大街和普埃伊莱顿大街拐角的慕尼黑酒吧与马尼亚拉先生会面，灌了他许多啤酒，让他吃了许多炸薯条。人倒是醉醺醺了，可警惕性还在，马尼亚拉先生对这次会面疑虑重重。马里奥笑言自己不找他借钱，直截了当地提起了匿名信、黛利娅的紧张、梅德拉诺街和里瓦达维亚街拐角的邮筒。

"我知道，只要我们一结婚，这些无聊的事就会自动消失。可是，你们要帮我，帮我保护她。这种事会伤害她，她那么敏感，那么脆弱。"

“你是说她会发疯，对吗？”

“嗯，不是这个意思。可是，如果她和我一样，收到匿名信不愿意说，久而久之……”

“你不了解黛利娅。匿名信的事会过去的……我的意思是她不会受到伤害，她比你想象的坚强。”

“可是，您瞧，她看上去吓坏了，心事重重。”马里奥无助地说道。

“不是因为这个。”他喝了几口啤酒，堵住自己的嘴，“她之前也是这样，我了解她。”

“什么之前？”

“他们死之前，傻瓜。最近我手头紧，账你付吧！”

他还想说点什么，马尼亚拉先生已经往门口走去，做了个含糊的手势向他告别，低着头，往十一广场的方向去了。马里奥没有勇气去追，甚至没有勇气去想刚刚听到的话。现在，他又像刚开始那样，只身对抗塞莱斯特妈妈、住两层小楼的女人和马尼亚拉夫妇，居然还包括马尼亚拉夫妇。

黛利娅猜到了点什么，迎接马里奥时有些异样，不仅健谈了，还会套话了。也许，马尼亚拉夫妇跟她说了慕尼黑酒吧的会面。马里奥希望她能谈起这个话题，别把话闷在心里。可她更愿意谈罗斯·玛丽[①]，谈一点舒曼[②]，谈帕乔[③]节奏明快、胆气十足的探戈，一直谈到马尼亚拉夫妇拿来饼干和马拉加葡萄酒，把灯全部打开。大家

---

①罗斯·玛丽（Rose Marie, 1923 – ），美国女演员、歌手。

②罗伯特·舒曼（Robert Schumann, 1810 – 1856），德国著名古典音乐家，代表作为《幻想曲》。

③胡安·马格里奥（Juan Maglio, 1880 – 1934），阿根廷著名探戈作曲家和手风琴手，朋友和歌迷们称其为“帕乔”。

聊起波拉·尼格里[①]、利涅尔斯区的案子、日偏食和猫咪腹泻。黛利娅认为猫咪把猫毛吞进了肚，引发消化不良，主张用水狸油治疗。马尼亚拉夫妇虽然默许，但并没有完全信服。他们想到一个兽医朋友曾用苦味草给动物治病，于是建议把猫放进小花园，让它自己去找药草。黛利娅说这样一来，猫咪会死，没准水狸油能让它多活几天。报贩在街角叫卖，马尼亚拉夫妇一起跑去买《第一时间》。马里奥用眼神询问黛利娅的意见，关上了客厅灯。角落里的台灯还亮着，将绣着未来主义花纹的桌布映得昏黄。钢琴周围，是一圈灯罩映出的光。

马里奥问起黛利娅的衣服，问她有没有准备嫁妆，三月结婚是不是比五月结婚好。他等待时机，想鼓足勇气提一提匿名信的事，又怕说了反而坏事，还是没说出口。黛利娅坐在深绿色的沙发上，就坐在他身旁。黑暗中，天蓝色的衣服微微显出她的身影。他刚想吻她，却感觉她身子一点点地往里缩。

“妈妈就要来道晚安了，你还是等他们都上床……”

马尼亚拉夫妇的声音从外面传来，翻报纸的声音，谈话的声音。这天晚上，他们不困，十一点半了，还在聊天。黛利娅回到钢琴边，一遍又一遍、从头到尾地弹奏克里奥尔华尔兹长曲，琶音和装饰音处理得有些做作，可马里奥喜欢。她不停地弹，弹到马尼亚拉夫妇过来向他们道晚安，吩咐他们别熬得太晚，说他是自家人了，更应该关心黛利娅的身体，别让她熬夜。两人似乎不太情愿离开，但到底困得不行了。他们走出去的时候，一股股热浪从大门和客厅窗户涌来，马里奥想喝杯凉水，去了厨房。黛利娅原本想替他去倒，看

①波拉 · 尼格里（Pola Negri, 1897 – 1987），波兰女演员，默片时代的代表人物之一。

他自己去了，有点不高兴。他从厨房回来，见黛利娅站在窗前，望着空荡荡的街道，罗洛与赫克托也是在这样的夜晚离开的。月光洒在黛利娅身旁的琴凳上，洒在黛利娅手中的白色小金属碟上，碟子像另一轮小月亮。她不想当着马尼亚拉夫妇的面请马里奥品尝新品，他应该知道马尼亚拉夫妇的责备她的耳朵早听出了茧子。他们总说她这样做，是成心欺负马里奥人好心肠好。当然，要是马里奥不愿意尝，没人更能信得过，马尼亚拉夫妇尝不出不同的味道。她把夹心糖递给他，有点求他的意思，马里奥明白她声音里带着怎样的渴望。如今，他将一切看得清清楚楚，不是月亮的功劳，也不是黛利娅的功劳。他把水放在钢琴上（他没在厨房喝），两个指头夹起糖。黛利娅在一旁等候裁决，呼吸急促，似乎成败在此一举。她没开口，只是用眼神催促他，眼睛睁得大大的，也许是因为客厅黑；她喘着粗气，身体微微晃动。马里奥把糖放到嘴边时，她几乎在大口大口地喘气。眼看就要张嘴咬了，他又把手拿开放下。黛利娅呻吟着，似乎在无尽的快感中突然跌入深谷。马里奥用另一只手轻轻捏住糖的两端，眼睛没看着糖，看的是黛利娅和她石膏般苍白的脸，黑暗中的丑恶嘴脸。糖碎了，手指分开。月光直射在蟑螂发白的身体上，去掉了皮，只剩下肉。在它周围，一小段一小段的蟑螂腿和蟑螂翅膀，还有蟑螂壳捣碎后的粉末混在薄荷和杏仁糖里。

他把捏碎的夹心糖扔在她脸上，黛利娅捂着眼哭了。她深深吸气，打着嗝，差点喘不上气来。哭声越来越凄厉，好像罗洛死去的那天夜里。马里奥用手指掐住她喉咙，堵住她心头涌上来的恐惧，哭泣和呻吟在她嗓子眼里咕噜咕噜响。马里奥手上用劲，她的笑声扭曲了。他只想让她闭嘴，手指捏紧，只是为了让她闭嘴。住两层小楼的女人恐怕又惊又喜，正竖着耳朵在听，因此，无论如何都要让她闭嘴。在身后的厨房里，他看见猫咪的眼睛被木刺戳瞎，匍匐着，准备死在家中。马尼亚拉夫妇从床上起来了，躲在饭厅窥视他们，他听得见他们的呼吸声。他能肯定，马尼亚拉夫妇全听见了，他们就躲在门后，躲在饭厅的暗处，听他如何让黛利娅闭嘴。他松开手指，让她跌落在沙发上。她浑身抽搐，脸发黑，不过还活着。他听见马尼亚拉夫妇在喘气，他可怜他们，因为发生了那么多事，因为黛利娅，因为他又把活着的黛利娅留给他们。像赫克托和罗洛那样，他也要走了，要把黛利娅留给他们。他很可怜马尼亚拉夫妇，他们刚才就躲在那儿，希望他，希望终于有个人，能让哭泣的黛利娅闭嘴，让黛利娅最终停止哭泣。

天堂之门

何塞·马利亚八点带来了消息。他基本没绕弯子，直截了当地告诉我塞丽娜刚刚过世。我记得自己顿时体会到话中深意。塞丽娜刚刚过世，有点她自行选择了何时了断的味道。天差不多黑了下来。何塞·马利亚说话时，嘴唇发抖。

“马洛根本接受不了，我走的时候，他简直已经疯了。咱们得赶紧过去。”

我有几条笔记必须做完，之前还约了个朋友吃饭。打了几通电话以后，我和何塞·马利亚一起出门打车。马洛和塞丽娜住在卡宁和圣塔菲大街，离我家十分钟车程。到了那儿，我们见一堆人茫然愧疚地站在门厅。我在路上得知塞丽娜六点开始吐血,马洛叫来了医生，她母亲也在。好像是医生正在落笔开出一张长长的处方单时，塞丽娜睁开眼睛，咳嗽一声——确切说来，是发出一股哨声——咽了气。

“马洛想扑过去找医生拼命，被我拉住了。医生只好逃走。您知道他发起火来是什么样子。”

我想起塞丽娜，想起她最后一次在家等我们的神情。老太太们大呼小叫、院子里一片嘈杂没有入我的耳，可我记得出租车费两比索六十分，司机戴一顶塔夫绸的帽子。我看见马洛的三两个酒吧朋友在门口翻阅《理性报》，看见一个蓝衣服小女孩抱着一只灰白色的猫，仔细地替猫梳理胡子。再往里，是哀哭声和空气不流通的味道。

“瞧马洛那样儿，”我对何塞·马利亚说，“该多给他灌点酒。”

厨房里在煮马黛茶。无人组织守灵，一切自然而然：无非是人群、酒水、热浪。塞丽娜刚刚过世，整个街区的人就聚在一起说长道短（顺带听别人飞短流长），简直不可思议。我从厨房边走过，在停尸房门前探头往里看时，一只灯泡响得厉害。玛蒂塔嬷嬷和另一个女人在昏暗的房间里看着我，灵床似乎漂浮在榅桲冻里。从她们高高在上的神情中，我意识到她们刚给塞丽娜擦过身，穿上寿衣，甚至还闻得到淡淡的醋味。

“可怜的塞丽娜。”玛蒂塔嬷嬷说，“请进，博士，进来看看她，她像是睡着了。”

我强忍住损她两句的欲望，走进火炉似的房间。刚才盯着她看，看不到，现在，我让自己凑过身去：浅浅的面庞白到极点，低低的前额如吉他珍珠母般闪闪发光，前额以上是黑色的直发。我在那儿根本无事可做，那屋子现在属于女人，属于晚上赶来的哭丧妇。连马洛也不能安安心心地进去，在塞丽娜身旁坐下。塞丽娜也没有躺在那里等他，那具黑白色的躯体完全倒向哭丧妇一边，与她们颠来倒去、亘古不变的号哭主题相契合。还是去找马洛的好，去找还站在我们这边的马洛。

从停尸房到餐厅，几位耳背的守卫在没有灯的走廊里吸烟。佩尼亚、疯子巴桑、马洛的两个弟弟和一位看不清相貌的老者礼貌地向我打招呼。

“博士，谢谢您能来。”其中一个对我说，“可怜的马洛，您一直和他那么要好。”

“关键时刻，朋友必到。”老者一边说，一边向我伸出手，那手像一条活蹦乱跳的沙丁鱼。

一切正在发生，而我的思绪又飘回到四二年的狂欢节，我和塞丽娜、马洛在月亮公园跳舞。塞丽娜穿着天蓝色的衣服，和她的混血身材搭配得糟糕透了；马洛的衣服上印着沙滩棕榈；而我喝了六瓶威士忌，烂醉如泥。我喜欢和马洛、塞丽娜一同外出，感受他们艰难火热的幸福。如此友情越是遭到质疑，我就越和他们黏在一起（许多天，许多小时），见证他们无从知晓的幸福。

我把思绪从舞会上拔出来。呻吟声爬过几扇门，从停尸间传出。

“应该是她妈妈。”疯子巴桑几乎有些满意。

“庸人之完美三段论。”我想，“塞丽娜去世，母亲到来，母亲哀号。”这么想让我恶心，我又在想那些有其他人想就足够的问题。马洛和塞丽娜不是供我观察、实验的小白鼠。我爱他们，现在依然非常爱。只是我永远无法理解他们的单纯，需要时时关注他们，几乎患上了关注强迫症。我是哈多伊博士，律师，不满足于布宜诺斯艾利斯的司法界、音乐界、赛马界，希望也能在其他领域有所发展。我知道背后有好奇心在驱使，笔记一点点装满了卡片箱。可塞丽娜和马洛不是我的小白鼠，塞丽娜和马洛不是。

“谁也没想到，”我听见佩尼亚在说话，“这么快就……”

“喂，你知道的，她的肺很不好。”

“我知道，可就这样……”

他们在没话找话。肺很不好，可就这样……塞丽娜应该也没料到自己这么快就一了百了，对她和马洛而言，肺结核不过是个“小毛病”。我又看见她激情四溢地在马洛怀里旋转，上头演奏的是卡纳罗乐队，空气中弥漫着廉价脂粉的味道。之后，她和我跳了一曲玛奇恰[①]。舞池里人头攒动，酷热难当。“马塞罗，您跳得真好。”她似乎对律师能跟上玛奇恰舞曲的节奏感到惊诧。她和马洛从不对我以“你”相称，我称马洛为“你”，可回敬塞丽娜为“您”。塞丽娜好容易才不称我为“博士”，也许当着其他人的面帮我把学位加上让她脸上有光：我朋友博士先生。我请了马洛跟她说说，让她别这么叫了。后来，她直呼我为“马塞罗”。这么一来，他们俩离我近了些，而我离他们还是那么远，哪怕一起去跳民间舞，一起去打拳击，甚至一起去踢球（马洛早年在拉辛踢过球），一起在厨房喝马黛茶喝到很晚也无济于事。当初官司结束，我帮马洛打赢了五千比索，是塞丽娜请我别一走了之，记得去看他们。那时候她就不太好了，嗓子一直有些沙哑，后来越来越坏。她晚上咳嗽，马洛给她买过补磷的药，什么用也没有；还买过补铁的药。杂志上登的东西，他信。

我们一起去跳舞，我看着他们生活。

“您最好陪马洛聊聊，”何塞·马利亚突然在我身边冒了出来，“他会好受些。”

---

①风靡于20世纪初的巴西民间舞蹈。

我去找马洛，可脑子里想的全是塞丽娜。确实有些难以启齿，其实，一直以来，我都在收集整理有关塞丽娜的卡片。虽然没落实到文字上，但资料大可信手拈来。马洛像这个世界上所有身心健康的动物那样，毫不羞耻地泪流满面。他抓住我的手，滚热的汗珠把我的手弄得湿乎乎的。何塞·马利亚逼他喝杯杜松子酒，两声抽泣间，他一饮而尽，酒精穿喉下肚的声音有些怪。接着他就蠢话连篇，一辈子的事全拿出来絮叨，还说什么塞丽娜的事无可挽回，只有他伤心只有他痛心之类的糊涂话。严重的自恋情结终于有理由全面释放，摆出来供大家欣赏。马洛让我恶心，我更让我恶心。我喝起了廉价威士忌，火辣辣的，全无快感可言。守灵仪式顺利进行，从马洛到其他人都表现完美，高温的夜晚也配合良好，众人正好安坐庭院，畅谈死者，在夜露中细数塞丽娜的生前种种，直到天明。

这些是周一的事。之后，我要去罗萨里奥参加一个律师研讨会，无非是互相鼓掌，拼命喝酒，别无他事；周末到家。火车上偶遇两位红磨坊舞女，我认出了年轻的那个，而她一个劲地装傻。那天早上，我一直在想塞丽娜。让我在意的并不是她的死，而是一种秩序、一种习惯就此中断。我看着两个舞女，想起了塞丽娜的经历，想起马洛带她离开希腊人卡西迪斯的米隆加[①] 舞厅。指望这个女人从良是需要勇气的，就在那段日子，我认识了马洛。他为了一桩官司来找我咨询，是他老妈在萨纳加斯塔的地产。第二次塞丽娜陪他一起来，当时的她几乎还化着职业妆，迈着大步，紧贴着马洛的胳膊。我一

①起源于阿根廷拉普拉塔河流域的一种民间歌舞，全盛于 19 世纪 70 年代，依然经久不衰。

眼就看穿了他们，看出马洛的简单粗暴和对塞丽娜的全心全意，虽然后者他从未明说。等到真正和他们交往，我觉得马洛成功了，至少表面看来，从日常行为看来，确实如此。后来，我看得更清楚更透彻。塞丽娜会借助一些小小的嗜好，稍稍逃出他的手掌心，比如她爱跳民间舞，再比如她爱守着广播，手上缝补编织，长时间地打盹发呆。内比奥罗和拉辛打成四比一的那天晚上，我听见她在唱歌，一下子明白过来她的心还在卡西迪斯那儿，离固定住所和阿巴斯托市场小贩马洛很远很远。了解她的我促成了她几桩小小的心愿。我们三个一同去高音喇叭震天响的地方，踩着满地油腻的小纸片，吃刚出炉的比萨饼。马洛喜欢的是院子、和邻居聊天、马黛茶。那些要求，他只是暂时应允，偶尔为之，毫不让步。塞丽娜假意顺从，也许她正在适应少出门、多居家的日子。是我拉了马洛去跳舞，她从一开始就感激我，这我知道。他们彼此相爱。塞丽娜的快乐是两个人的，有时，是三个人的。

我觉得该洗个澡，打个电话跟尼尔妲说周日顺路去赛马场找她，之后马上去见马洛。马洛正在院子里抽烟，大口大口地喝马黛茶，T恤上的两三个小洞看得人心酸。我拍了拍他的肩，打了个招呼。他的脸色和最后一次见面没什么分别。当时，他站在墓穴边，撒了一把土，醉醺醺地往后倒。不过，我在他眼里看到了亮光，手握上去也有了力气。

“谢谢您来看我。日子过得真慢，马塞罗。”

“你不用去阿巴斯托吗？还是有人替你？”

“让我那个瘸腿弟弟去了，我不想去，一天实在太长。”

“那是，你应该去散散心。换衣服，咱们去帕勒莫区逛一圈。”

“好吧，随你的便。”

他穿上蓝色西装，戴上绣花围巾，我还见他洒了点塞丽娜的香水。我喜欢看他整帽子，把帽檐翻起来，还有他走起路来悄无声息的样子，真是我的好兄弟。我无可奈何地听他说了句“关键时刻，朋友必到”，第二瓶吉尔梅斯啤酒下肚，他把心里话全掏出来说给我听。我们坐的是咖啡馆最里头一张桌子，咖啡馆里没别人，几乎就我们俩。我由着他说，时不时给他倒杯啤酒。他说了什么，我不太记得了，其实他翻来覆去，只说了一件事。有句话我记得：“她在我这儿。”食指顶着胸口中央，似乎在展示痛苦，或炫耀奖章。

“我想忘掉她，”他还说，“无论用什么方法：喝醉酒，去舞厅，随便找个女人上床。您明白我的意思，马塞罗，您……”食指谜一般往上走，突然如拆信刀一般折了起来。到这份上，说什么他都会答应。我看似无意地提到了圣塔菲舞厅，他说行，就去舞厅，比我先站起身来看时间。天热得要命，我们一路无言。我怀疑马洛的思绪又飘回了过去，正在惊讶胳膊上居然没有传来塞丽娜迈向舞场时火热的喜悦之情。

“我没带她去过圣塔菲舞厅。”他突然开口，“认识她之前，我倒去过。很低俗的米隆加舞厅，您常去？”

我的卡片里有对圣塔菲的详尽描述。它既不叫圣塔菲，也不在圣塔菲街上，不过确实在这条街旁边。遗憾的是，普普通通的大门、门上写满承诺的招牌、模糊不清的售票处、守着入口从头到脚挨个搜身的保安，文字无法把它们描述得活灵活现。接下来进门，不止糟糕，简直糟糕透顶。没有一样是清清楚楚的，一切都乱七八糟。

解决混乱的方式是子虚乌有的秩序：黑乎乎的地方，黑乎乎的舞池，与考究的日式公园相比，那里是天堂，这里是地狱。门票二元五角，女士五角。空间分隔得一塌糊涂，舞池一个接一个：第一个是经典米隆加音乐，第二个是特色米隆加音乐，第三个是北方米隆加音乐，歌手在唱马兰博①。站在中间过道上(我就是维吉尔②)，三边音乐都听得到，三边舞蹈都看得到。可以挑个最喜欢的，也可以三种风格一种接一种地跳过来，杜松子酒一杯接一杯地喝起来，找桌子坐，找女人玩。

“地方不坏，”马洛带着淡淡的忧伤，“可惜有点热，应该装上排风机。”

(可以做张卡片：仿效奥尔特加，研究乡下人接触技术后的反应。原以为会产生抵触情绪，谁知道技术被大力吸收和利用。马洛谈起制冷或超外差，完全是一幅布宜诺斯艾利斯人胸有成竹理所应当的口气。)他依然心不在焉，盯着地道米隆加的歌台，歌手双手握着麦克风，慢慢晃动。我抓着他的手臂，拖他往桌子走。我们俩胳膊肘撑在桌上，高高兴兴地对着两杯干啤。马洛将自己那杯一饮而尽。

“这地方喝啤酒正合适，米隆加舞厅真他妈的挤。”

他又叫了杯啤酒，把我晾在一边，自顾自地傻看。我们的桌子紧挨舞池，舞池对面靠墙放着长长的一排椅子，一大群舞女你来我往，串花灯似的换个不停，脸上是工作或消遣时的心不在焉。大家话不多，地道风格的米隆加音乐声声入耳，唱得起劲，弹得也起劲。

①阿根廷高乔人的歌曲。

②《神曲》中，维吉尔曾引领但丁游历地狱。此处，作者将圣塔菲舞厅比作地狱，哈多伊博士带马洛去地狱般的舞厅，故有此类比。

歌手执着地玩怀旧，奇迹般地将欢快无停顿的节奏演绎得感人肺腑。*我的中国女孩，我把她的辫子放在箱子里带来……*他带着疲惫的性欲，来自机体的渴求，死死抓住麦克风，好比呕吐的人死死抓住栏杆。有时，他把嘴唇贴在麦克风的镀铬网头上，话筒里传出黏得发腻的声音：*我是一个诚实的男人……*我思忖着肚子里塞上麦克风的橡胶娃娃一定热卖，歌手可以边唱歌，边把娃娃抱在怀里尽情温暖。不过，这种话筒不适合探戈，那个要镀铬落地话筒，顶上安一只闪闪发亮的小骷髅，话筒上方是破伤风患者式的微笑。

至此，我认为应该声明：之所以选择这家米隆加舞厅，是因为妖怪，是因为其他任何一家舞厅都不会同时出现这么多妖怪。他们于夜间十一点露面，一人独行或两人结伴，不慌不忙、信心十足地从城市里无法确知的地区赶来。女人们混血，个子矮小。男人们像爪哇人或莫科维人[①]，身子紧紧地裹在格子西装或黑色西装里，头发硬邦邦的，梳起来费劲，发蜡在蓝光和粉色光的照射下亮晶晶的。女人们梳着高高的发髻，越发显得矮小。发型难度高，不易散，打理完一定既骄傲又疲惫。男人们倒乐意披散着头发，中间高，刘海长，女里女气，和头发下面那张粗野的脸、随时候命等待时机的挑衅表情、硬身板细腰肢完全搭不上。他们互相能认出对方，默默无言，惺惺相惜。那是他们的舞厅，他们的聚会，属于他们的五彩夜晚。（可以做张卡片：他们是从哪儿冒出来的，白天靠什么职业掩饰，究竟是何种奴性心理作祟，叫他们各自扮演不同的社会角色。）他们来就是为了这个。妖怪们手脚互相缠绕，一曲接一曲，无言地缓缓转圈，许

①阿根廷北部土著。

多人闭着眼，终于享受到平等和完美。舞曲间歇，他们又缓过神来，在桌旁高谈阔论，自吹自擂。女人们尖声说话，吸引别人的注意力。男人们则越发凶悍，我亲眼看见一个巴掌飞过去，把一位喝着茴芹酒、一身白衣、斜眼中国女人的脸扇歪，她的一半头发都被扇乱。还有那味道，我根本无法想象如果妖怪们的皮肤上居然没有湿滑石粉和烂水果的味道是什么样子。也许他们洗得仓促，洗脸洗胳肢窝用的是湿湿的破毛巾。更要命的是，各种护肤品、睫毛膏、女人在脸上抹的粉，结成了一层苍白色的痂，掩盖着背后半透明的黑皮肤。粉也会氧化，黑人姑娘们从脸上洗去的是一层玉米色的壳。她们甚至学习金发姑娘的表情，穿她们爱穿的绿衣服，对自身的脱胎换骨确信无疑，对坚持原肤色的人不屑一顾。我斜着眼看马洛，研究他那张无黑人血统、无外省血统、典型意大利面庞、布宜诺斯艾利斯城郊居民的脸究竟有何不同。我突然想到，塞丽娜和妖怪们更亲近，亲近程度远甚于对马洛和我。我想，卡西迪斯选中她，是想取悦当时为数不多敢去舞厅的混血客人。塞丽娜做舞女时，我没去过卡西迪斯的舞厅。后来有个晚上我去了（想认出她被马洛带走前的工作场所），看到的都是白人舞女，皮肤白一点或黑一点，不过都是白人。

“我想跳支探戈。”马洛带着抱怨的口吻说道。第四杯啤酒下肚，他有些醉了。我在想塞丽娜，她在这儿会多么如鱼得水。她的心在这儿，从来没被马洛带走过。阿妮塔·罗萨诺从歌台上对观众挥手致意，掌声如潮。她身价高时我在新奇舞厅听过她唱歌，现在的她又老又瘦，好在还有一副唱探戈的好嗓子，听起来更有味道。她原本走的就是颓废路线，抨击谩骂的歌词需要更脏更哑的嗓音去衬托。塞丽娜喝完酒也是这副嗓音，我突然意识到圣塔菲舞厅和塞丽娜心意相通，她无处不在，几乎让人无法忍受。

和马洛走是个错误。她爱他，所以她忍了。他将她带出卡西迪斯的泥沼，远离鱼龙混杂的舞厅，远离客人动手动脚和粗重呼吸的间歇她喝下的那一杯杯甜水。可是，如果塞丽娜不必在舞厅谋生，她是愿意留下的。她的胯、她的唇道出了真相，她为探戈而生，从头到脚散发着玩乐的天性。所以，马洛必须带她去跳舞。我见过她一踏进舞厅，一呼吸到炽热的空气，一听到手风琴[1]的旋律，顿时像换了个人。如今，一头扎进圣塔菲舞厅，我在想塞丽娜的伟大，她需要多大的勇气，才能跟马洛过上好几年买菜做饭、庭院喝茶的日子。她放弃了最爱的米隆加，放弃了最爱的茴芹酒，放弃了最爱的克里奥尔华尔兹，仿佛故意惩罚自己，为了马洛，为了马洛式的生活，只是偶尔要求他带自己出门跳个舞。

马洛挽着一位高挑的黑人姑娘，她身材少有的标致，相貌一点也不丑。这种既出于直觉，又经过思虑的挑选，不禁让我哑然失笑。他挑的姑娘是最不像妖怪的一个。于是，我又一次发现从某种意义上说，塞丽娜和他们一样，是个妖怪，只是外表看不出，白天显不出。我自问：马洛有没有发现这一点？我有点担心他会责怪我带他来这样一个回忆无处不生的地方。

一曲结束，这次没有掌声。从探戈舞曲里浮上来，姑娘一下子有点懵。他带她走了过来。

"给您介绍一位朋友。"

我们按照布宜诺斯艾利斯人的方式互相说了声"很高兴认识您"，

①指阿根廷六角形或四角形手风琴，米隆加和探戈音乐中必不可少的乐器。

然后马洛和我直接请她喝东西。见马洛融入环境，甚至和这个叫艾玛的女孩（这名字对苗条的女孩不合适）聊上了，我很高兴。马洛完全放开了，谈起各支乐队，言简意赅，见解精辟，令我佩服。艾玛沉浸在歌手的名字里，沉浸在对克雷斯波区和艾尔·塔拉尔区的回忆中。那时，阿妮塔·罗萨诺宣布献上一首探戈老歌，妖怪们尖叫、鼓掌,普普通通的混血五官让她增色不少。马洛并非释然到忘却一切，随着一阵手风琴响，乐队开始演奏，他突然浑身绷紧，望着我，似乎想起了什么。我看见自己在拉辛，马洛和塞丽娜紧紧拥抱在一起，共舞这曲探戈。后来，她整晚哼唱，在回家的出租车上也没有停下。

“我们去跳舞？”艾玛咕噜一声喝下石榴汁，问他。

马洛看都没看她一眼。我感觉就在此时，我俩一同探入水底。现在（写文章这一会儿），我眼前没有其他景象，只有二十岁的我跳入巴郎卡斯体育馆泳池，在池底发现另一个泳者，两人同时探到水底，在绿色刺鼻的水中对视。马洛将椅子往后挪，胳膊肘撑在桌上，和我一样看着舞池。艾玛夹在我们中间，受了羞辱，心情失落。好在她掩饰得不错，自顾自地吃炸薯条。阿妮塔撕心裂肺地唱起来，一对对舞伴几乎原地起舞。看得出，他们充满渴望与忧伤，醉生梦死地聆听歌词。他们都面向歌台，即便转圈，也在用眼神追随着微微前倾、向麦克风娓娓歌唱的阿妮塔。一些人跟着唱，另一些人似乎被人扯着脸蛋，傻乎乎地笑。她在手风琴的合奏声中结束歌唱：过去，你是我的；今天，我找寻你，却找不到。旋即，舞池恢复强劲的节奏，两侧的人跑来跑去，舞池中央是纵横交错的八字形光影。许多人大汗淋漓，一位个头到我外套第二个扣子的中国女孩紧贴桌子跳了过去，我见她发根上渗出汗，顺着脖子往下流，白花花的一大片。烟从相邻大厅飘来，那里有人吃烧烤，跳兰切拉[1]舞。油烟和香烟汇成低低的一团雾，人脸和对面墙上的劣质油画扭曲变形。肚子里的四杯啤酒由内而外发力；马洛手背托着下巴，直勾勾地往前看。探戈的旋律依然飘荡在空中，我们没有在意。有那么一两次，我见马洛往歌台上看了一眼，阿妮塔像在舞指挥棒，随后，他又将目光转向跳舞的人群。我不知道该怎么形容。我觉得自己既顺着他的目光，又在给他指出方向。不必对视，我们明白（我认为马洛明白）两人的视线朝着同一个方向，留意同一对舞伴，同一个人的头发和同一条裤子。我听见艾玛说了点什么，大概是个离开的借口吧。马洛和我看也没看，感觉桌子空出不少。无比幸福的一刻似乎降临到舞池上，我做了个深呼吸，想定定神，听见马洛也深呼吸了一下。烟很浓，舞池那边的脸模糊不清。人影憧憧，烟雾重重，坐在椅子上的人完全看不见。过去，你是我的。真怪，阿妮塔的嗓音在话筒里噼啪作响，跳舞的人又停了下来。（他们总是动个不停。）塞丽娜走出迷雾，站在右手边，乖乖地在舞伴的引导下转圈，侧对着我，背对着我，另一侧对着我，抬头听音乐。我开口叫："塞丽娜。"可那时候，人既明白，也不明白；塞丽娜既在，也不在。当然了，当时怎么可能弄明白呢！桌子突然抖了起来，我知道是马洛的胳膊在抖，要么是我的胳膊。不过，我们并不害怕，那种感觉近于恐惧、喜悦和反胃，实际上愚蠢透顶，是另一种不让我们缓过神来、苏醒过来的感觉。塞丽娜一直在那儿，没看见我们，沉浸在探戈中，烟雾的黄色光破坏了她的容颜。任何一位黑人姑娘都比此时的她更像塞丽娜。幸福令她脱胎

①墨西哥民间歌舞。

换骨，我几乎无法忍受此时此刻、这曲探戈里的塞丽娜。我没糊涂，看得出幸福在她身上巨大的力量，她痴痴地沉迷在终于获得的天堂里。如果不用谋生，不用接客，她在卡西迪斯的舞厅里就该是这副模样。在只属于自己的天堂里，她无拘无束，每个毛孔洋溢着幸福，重新投入到马洛无法追随的生活状态。那是她占领的实实在在的天堂，为了她和她的同路人，探戈重新奏起，直到阿妮塔唱完最后一句，传来碎玻璃声和掌声。塞丽娜的背影，塞丽娜的侧影，其他舞伴和迷雾。

我不想看马洛。现在，我镇定下来，拿手的犬儒主义全面控制住我的言行。一切取决于他如何开口，我一动不动，注视着慢慢走空的舞池。

“看到了吗？”马洛问。

“看到了。”

“看到她怎么出现了吗？”

我没有回答，心头的轻松胜过遗憾。他在这边，可怜的他在这边，无法相信我们共同看到的事。我见他站起身，醉醺醺地步入舞池，寻找像塞丽娜的女孩。我一动不动，不紧不慢地抽着烟，见他走过来走过去，知道他在浪费时间，他会筋疲力尽、口干舌燥地走回来，找不到迷雾和人群中的天堂之门。

动物寓言集

吃着最后一口牛奶米饭（可惜桂皮放得有点少），没到上楼睡觉、亲吻家人、互道晚安的时间，电话房里的铃声响了。伊莎贝尔偷懒没挪窝，伊内斯接完电话，过来和妈妈耳语几句。她们俩互相看了看，又一起看了看伊莎贝尔。伊莎贝尔当时在想坏掉的鸟笼、除法题、放学路上按响了卢塞拉嬷嬷的门铃惹得她大发雷霆。她没有忐忑不安，妈妈和伊内斯在看她身后更远的地方，只不过朝着她这个方向，但不是看她；可她们看的就是她。

“要我说，我可不想让她去。”伊内斯说，“不关老虎的事，这方面他们一定会考虑周全。可是，那房子太凄凉，那男孩儿只不过想找她做个伴……”

“我也不想让她去。”妈妈说。伊莎贝尔似乎站在高高的滑梯上，看出她们会送她到富内斯家过暑假。她从滑梯上滑下来，滑进这个消息，滑进碧波巨浪，滑进富内斯家，滑进富内斯家，她们当然会送她去的。她们不想送，可送去毕竟更合适。敏感的支气管；贵得离谱的马德普拉塔[①]；孩子被宠坏了，傻乎乎的，不好管教；塔尼亚小姐人那么好，会让她守规矩；觉睡不安稳，玩具四处乱扔，没完没了的问题，没完没了的要缝回去的扣子，没完没了的脏兮兮的膝盖。她恐惧，她兴奋，她闻到柳树的味道，富内斯的“富”字混在牛奶米饭里。很晚了，去睡吧，现在就去。

她躺在床上，屋里黑着灯，伊内斯和妈妈眼神忧伤，左一个吻，右一个吻。主意不好，但决心已定，无论如何都要送她去。她遐想着坐四轮马车[②]抵达庄园、第一顿早餐、尼诺的喜悦——抓蟑螂的尼诺，抓蛤蟆的尼诺，抓鱼的尼诺。（回想三年前，尼诺给她看用糨糊粘在相册上的小玩意儿，郑重其事地对她说：“这是一只蛤蟆，这是一、条、鱼。”）现在，尼诺拿着捉蝴蝶的网在花园等她，还有雷玛软软的手，她见雷玛的手从黑暗中慢慢露了出来，她把眼睛睁得大大的，看不见尼诺的脸，刷地一下，出现的是富内斯家小女儿雷玛的手。“雷玛姑姑那么爱我。”尼诺的眼睛变大了，湿漉漉的，她见尼诺飘浮在卧室模糊的空气中，高兴地看着她，渐渐远去。抓鱼的尼诺。她睡着了，希望这天晚上就能时光流过一星期，接下来是告别，乘火车，再坐四轮马车走一里地，庄园大门，进门大道上的桉树。睡着前，有一刻她很恐惧，她想，也许自己在做梦。腿猛地一伸，撞上了床脚的铜栏杆，隔着被单还痛。听见妈妈和伊内斯在大饭厅里说话：行李、问医生万一发病怎么办、鳕鱼肝油和北美金缕梅花水。不是做梦，不是做梦。

---

①阿根廷地名，度假胜地。

②原文为英语。

不是做梦。一个刮风的早上，她们把她送到康斯蒂图西恩车站，广场上流动摊贩的小旗子，客货混合列车上吃的三明治，十四号站台宽敞的入口。伊内斯和妈妈一遍遍地吻她，弄得她整张脸似乎被人踩过，软塌塌的，一股唇膏和科蒂粉底的味道，嘴巴周围湿乎乎的，相当恶心，好在风一下子把它吹干了。她并不害怕一个人出门，大孩子了，钱包里还揣着二十比索。车窗里飘进桑西内纳公司的冷冻肉甜得发腻的味道，黄色的里阿丘埃尔河映入眼帘。伊莎贝尔从假哭的状态中恢复过来，心里既高兴，又害怕得要命，尽情捣鼓座位和车窗。作为这节车厢几乎唯一的乘客，她可以坐所有的位置，在所有的车窗上照出自己的模样。有那么一两次，她想起了妈妈和伊内斯：她们应该在97路公共汽车上了，正在驶离康斯蒂图西恩车站。她读着“禁止吸烟”、“禁止吐痰”、“限坐四十二名乘客”的公告牌。火车全速驶过班菲尔德，呜！！！田野连着田野连着田野，和雀巢白巧克力、薄荷醇的味道混在一起。伊内斯建议她一路上织那件绿色羊毛披肩，伊莎贝尔特地把毛线活儿压在了箱子底。可怜的伊内斯，出的总是馊主意！

到站了，她有些害怕，万一四轮马车……可四轮马车就在那儿，堂尼卡诺尔拿着花，毕恭毕敬。姑娘往这儿，姑娘往那儿，一路上好吗，堂娜艾莉萨还那么漂亮吗，是的，下过雨了。啊，坐在马车上，晃来晃去，上次来罗斯沃内洛斯的情景历历在目。那时候，什么都小，什么都那么美好，没有老虎，堂尼卡诺尔没有那么多白发，不过是三年前的事。抓蛤蟆的尼诺，抓鱼的尼诺；雷玛的手让人不由得落泪，那双手总是放在她头上，使劲地摸她，那双手散发着香草和奶油味，那是她生命中最美好的两件事。

她被安排住在楼上单间，屋子漂亮极了。大人住的那种（尼诺的主意。他的黑色卷发，他好看的眼睛，他穿着蓝色连体工装裤无比帅气。路易斯下午一定嘱咐他穿上了最体面的衣裳，灰色西装加红色领带），带个小间，里面种着一株巨大的野生天竺葵。卫生间在两扇门外（和房间通着，因此，不需要事先调查老虎在什么地方），装满了水龙头和金属管。伊莎贝尔可不好骗，单凭卫生间，就能看出这是农村，陈设远远比不上城里，闻起来有年头了。第二天早晨，她在洗脸池里看到一只被潮气引来的虫子。轻轻一碰，虫子胆小地缩成个球，失了重心，从噗噗冒泡的出水口滚落下去。

亲爱的妈妈：我拿起笔，想给你写——他们平时在落地窗餐厅里吃饭，那儿更凉快。内内一刻不停地抱怨天热，路易斯一句话不说，可额头和下巴上渐渐沁出了汗珠。只有雷玛异常平静，慢慢地递着盘子，场面有些隆重、有些感人，似乎是一场生日宴会。（伊莎贝尔从她那儿偷学到如何分菜，如何指派用人。）路易斯几乎总在看书，拳头顶着太阳穴，书顶着瓶子。雷玛把盘子递给他之前，总是先碰碰他胳膊。有时，内内会打断他看书，叫他哲学家。路易斯成了哲学家让伊莎贝尔感到痛心，倒不是因为哲学家的名头，而是因为内内有了如此称呼和取笑他的理由。

他们吃饭时这么坐：路易斯坐主位，雷玛和尼诺在一边，内内和伊莎贝尔在另一边。这样一来，桌首是大人，两边各一大一小。尼诺当真想跟她说点什么的时候，会用鞋踢她的腿。一次，伊莎贝尔被踢得叫了起来，内内火了，骂她没教养。雷玛看着她，伊莎贝尔在她的目光中得到宽慰，喝下了菜汤。

妈咪，跟其他时候一样，去吃饭前，先得注意能不能去——基本上是雷玛去看能不能走到落地窗餐厅。来的第二天，老虎跑进了大起居室，雷玛叫他们等等。等了好久好久，雇工过来说，老虎已经在三叶草花园了，雷玛才拉着孩子们的手，大家一起进餐厅吃饭。那天上午，土豆泥全干掉了，不过只有内内和尼诺抱怨。

你叫我别总是问这问那——雷玛总是一片好心地阻止我去问任何问题。一切都安排得妥妥当当，不用为房间的事操心。房子大得很，最坏的情况莫过于进不了某个房间，大不了一个，不会超过一个，所以根本没任何妨碍。两天后，伊莎贝尔就像尼诺那样完全适应了。他们从早到晚在柳林里玩。如果柳林不行，还有三叶草花园、吊床花园和小溪边。在家里也一样，他们有自己的卧室、中间的过道、楼下的图书室（除了有个周四不能进去）和落地窗餐厅。路易斯的书房他们不去，路易斯总在那儿看书。有时，他会叫儿子进去，递给他几本图画书。尼诺总是把书带出来，和伊莎贝尔一起到起居室或对面的花园里看。他们从不去内内的书房，怕他发火。雷玛说这样最好，似乎在警告他们，话里有话，他们听得出。

总之，日子过得凄惨。有天晚上，伊莎贝尔暗自思忖为什么富内斯家邀请自己来这儿消夏。她还太小，没法理解这不是为她而是为尼诺，是为了给尼诺找个夏天的玩伴、让他开心。她只注意到房子很凄凉，雷玛看上去很疲倦，几乎没下过雨，可东西都有潮气，似乎搁在那儿长期不用。几天后，她适应了家里的秩序，适应了那个夏天在罗斯沃内洛斯不难掌握的生活纪律。尼诺开始研究路易斯送他的显微镜。整整一周，他们愉快地在一桶放着马蹄莲叶子的死水里养虫子，在试片上滴几滴，好观察细菌。“那是蚊子的幼虫，用这台显微镜是看不到细菌的。”路易斯笑着对他们说，笑得有些恼火，有些遥远。他们简直无法相信那些蠕动着的、令人恶心的玩意儿居然不是细菌。雷玛给他们拿来一只收在她的衣柜里的万花筒，可他们对发现细菌、数细菌长几条腿更有兴趣。伊莎贝尔拿个小本子记录实验结果，将生物学和化学相结合，还备了只药箱。在房子里搜刮一阵儿后，他们在尼诺房里做了一只药箱。伊莎贝尔对路易斯说：“我们什么都要。”路易斯给他们提供了安德烈乌开的药、粉色棉球和一根试管。内内的贡献是一只橡皮包和一只装着绿色药丸的细口小瓶，标签被刮掉了。雷玛看了看药箱，读了读小本子上列出的清单，对他们说，他们正在学习有用的知识。不知是她还是尼诺（尼诺容易兴奋，总爱在雷玛面前显摆）突发奇想，要制作一套植物标本。那天上午，可以去三叶草花园。他们到处采集样本，晚上在房间地上铺开纸，纸上放着树叶和花，铺得满满当当，几乎连落脚的地方都没有。临睡前，伊莎贝尔写道：“74 号树叶：绿色，心形，带栗色小斑点。”几乎所有的叶子都是绿色的、光滑的、披针形的，让她有些烦恼。

出门捉蚂蚁那天，她见到了庄园里的雇工。工头和管家经常来家里送消息，她都认识。这些更年轻的雇工在工棚边，打打哈欠，看看孩子玩耍，像是在午休。其中一个问尼诺：“干啥要抓这许多虫子？”一边问，一边伸两个指头到尼诺的卷发里。伊莎贝尔希望尼诺发个火，表明自己是少爷，可他没这么做。瓶子里装满了蚂蚁，他们在小溪边捉到一只大甲虫，也扔进瓶里，一块儿观察。建蚂蚁王国他们是从《青年百科》里获取的灵感，路易斯借给他们一只又长又深的玻璃盒子。两人抬着盒子出门的时候，伊莎贝尔听见路易斯对雷玛说："他们这样比较好，不然就得安安静静地待在家里了。"雷玛好像叹了一口气。入睡前，黑暗中照例浮现出许多人的脸，她想起一件事。她又看见瘦瘦的内内哼着歌，到门廊下抽烟，看见雷玛给他端去一杯咖啡。内内笨手笨脚地接过杯子，错将手指压在了雷玛的手指上。伊莎贝尔在厨房见雷玛将手抽了回来，杯子险些掉地，内内好不容易才接住，惭愧地笑了笑。黑蚂蚁比红蚂蚁好：黑蚂蚁更大，更凶。他们后来放走了一大群红蚂蚁，安安全全地在玻璃盒外头欣赏蚂蚁打架。只是它们不打架。两窝蚂蚁，各自守着玻璃盒一角。他们互相安慰，研究起两窝蚂蚁不同的习性，分别用专门的本子记下来。可它们总归会打起来的，隔着玻璃观看它们之间的殊死搏斗，用一个本子记，够了。

雷玛不喜欢监视他们。有时她从卧室门前经过，看见他们站在窗边，郑重其事地沉迷在蚂蚁王国里。尼诺很快就能发现蚂蚁新挖的通道，伊莎贝尔负责扩充画在两页纸上的彩色地图。在路易斯的建议下，他们后来只抓黑蚂蚁。蚂蚁王国的队伍已经非常壮大，蚂蚁们看起来很疯狂，碰触角碰腿传递无数的指令，突然行动，突然聚拢，突然散开，挖呀，翻呀，看不出个究竟，一直忙活到深夜。伊莎贝尔已经不知道该记什么才好，渐渐地将本子扔在一边，几小时几小时地研究它们并且忘记之前的发现。尼诺开始想回到花园，提起了吊床和小马。伊莎贝尔有点鄙视他。蚂蚁王国比整个罗斯沃内洛斯还要珍贵。想到蚂蚁们来来往往，不惧怕任何老虎，她就满心欢喜。甚至，她想象着有一只橡皮大小的老虎在蚂蚁王国的通道中走来走去，也许正因为这样，它们才会散开，聚拢。现在，她有些被困的感觉，在接到雷玛通知前，不许去楼下餐厅，她想在玻璃盒里重现外面的世界。

她把鼻子凑到一面玻璃上，一下子十分专注，想让蚂蚁们也来观察她。她听见雷玛在门口停下，不说话，看着她。只要是雷玛的动静，她总是听得特别真切。

“怎么会一个人？”

“尼诺去吊床那儿了。我觉得这只是蚁后，个头超大。”

雷玛的围裙映在玻璃上。伊莎贝尔看见她一只手微微抬起，隔着玻璃看，手像在蚂蚁王国里。她突然想起这只手给内内递过咖啡。现在，是蚂蚁爬在她手指上，是蚂蚁，不是咖啡杯，不是紧握她手指的内内的手。

“把手拿开，雷玛。”她恳求道。

“手？什么手？”

“现在好了。手的影子会吓着蚂蚁。”

“噢，可以下楼去餐厅了。”

“一会儿就去。雷玛，内内生您的气了？”

手从玻璃上一晃而过，就好像是小鸟飞过窗前。伊莎贝尔觉得蚂蚁们真的被吓到了，对影子唯恐避之而不及。现在，什么也看不见。雷玛走了，走在过道上，像是在逃避什么。伊莎贝尔对自己提出的问题感到害怕，害怕得说不出话来，害怕得无意义可言。也许，让她害怕的不是问题，而是看见雷玛如此仓皇地离开。玻璃又一次澄净透明，蚂蚁的通道弯弯曲曲，好像土壤里抽搐的手指。

一天下午，他们睡完午觉，吃完西瓜，拿着球拍在小溪边打壁球。尼诺表现神勇，救起了好多不可思议的险球，还沿着紫藤爬上房顶把卡在瓦片中的球取了下来。一位雇工从柳林那边过来陪打，笨手笨脚的，把球全打飞了。伊莎贝尔闻着乳香树的味道，反手救起尼诺打过来的刁钻低球，发自内心地感受到夏天的幸福。她第一次明白了待在罗斯沃内洛斯、假期和尼诺的意义。她想到楼上的蚂蚁王国，那是一件了无生趣的东西：渗透着汁液、一大堆寻找出路的脚爪、污浊有毒的空气。她使劲地挥拍，兴奋地挥拍。她用牙齿咬下一根乳香树的树干，恶心地一口吐掉。终于置身在田野中，沐浴在阳光下，她感到无比幸福。

玻璃哗啦啦碎了一地。是内内书房的窗户玻璃。内内穿着衬衫，戴着宽宽的黑边眼镜，从窗口探出身来。

"该死的小混蛋！"

雇工跑了。尼诺站在伊莎贝尔身边，柳林吹过一阵风，她觉得他在发抖。

"叔叔，不是有意的。"

"内内，确实不是有意的。"

内内已经离开了。

她请雷玛把蚂蚁王国搬走扔掉，她答应了。雷玛一边帮她挂衣服、换睡衣，一边和她聊天，聊着聊着，两人把蚂蚁王国的事儿忘得干干净净。雷玛关上灯，她觉得蚂蚁们近在咫尺。雷玛穿过走廊，向还在痛哭的尼诺道了声晚安。伊莎贝尔不敢叫雷玛回来，要是叫了，雷玛准以为她是个胆小鬼。她想马上睡着，却怎么也睡不着。黑暗中，又浮现出许多人的脸。她看见妈妈和伊内斯会心一笑，看着对方，戴上黄色荧光手套；看见尼诺在哭；看见妈妈和伊内斯的手套变成了紫罗兰色的帽子，围着她们转，在她们头上转；看见尼诺的眼睛又大又空，也许是哭多了；她猜下面该看见雷玛和路易斯了，她想看见他们，不想看见内内，可她偏偏看见内内没戴眼镜，脸就像揍尼诺时那样缩成一团，尼诺一点点往后退，一直退到墙边，他看着内内，希望他就此罢手，内内又甩手一个耳光，声音软软的，有点湿，最后雷玛挺身而出，内内的脸几乎凑到雷玛脸上，笑了。这时，大家听见路易斯回来了，远远地叫他们进餐厅吃饭。不过是转瞬之间发生的事儿。尼诺在那儿，雷玛过来，叫他们在路易斯确定老虎位置前不要离开起居室。她说完没走，留下来看他们玩跳棋。尼诺赢了，雷玛夸他，他高兴地挽着雷玛的腰，想亲她一口。雷玛笑着弯下腰，尼诺亲了亲她的眼睛和鼻子。两个人都笑了，伊莎贝尔也笑了，玩得很开心。他们没看见内内走过来，他走到他们身边，一把拉开尼诺，跟他说什么球砸坏了他书房的窗户玻璃，动手就打，边打边看雷玛，似乎让他光火的是雷玛，雷玛也挑衅地和他对视了一会儿。伊莎贝尔惊恐地看见雷玛用身体护着尼诺，和内内脸对着脸，干上了。晚餐时，大家都在装模作样，尽量掩饰。路易斯以为尼诺哭是因为摔着碰着了。内内看着雷玛，不许她说出真相。伊莎贝尔发现他嘴绷得硬硬的，很美，嘴唇红得像火。夜晚的迷雾中，他的嘴唇更加猩红，几乎看不见牙齿的光亮。齿间飘出一朵蓬松的云，一只绿色的三角。伊莎贝尔眨眨眼，抹去了这些图像。伊内斯和妈妈戴着黄手套又出现了，她看了看她们，想起了蚂蚁王国。就在那边，但看不见。黄手套不在了，它们又出现在明媚的阳光下。她有些奇怪，没法把蚂蚁王国请走，那块密密匝匝的鲜活世界重重地压在心头，压得她喘不过气来。于是，她起床找火柴点蜡烛。摇曳的火苗中，蚂蚁王国一下子从黑暗中露出来。伊莎贝尔举着蜡烛走过去。可怜的蚂蚁们，它们还以为太阳出来了。她终于看清了一边的动静，觉得怕。沉沉黑夜中，蚂蚁们还在工作。盒子里的寂静几乎看得见摸得着，蚂蚁们熙熙攘攘，来来往往。它们在里面工作，似乎还未丧失逃生的希望。

几乎一直是工头向他们报告老虎的动向，路易斯最信任的人就是他。路易斯整天在书房里工作，不接到堂罗伯特的报告，就坚决不让楼上的人下来。不过，大家也应该互相信任。雷玛负责家务，对楼上楼下的事一清二楚。还有的时候，是孩子们把消息带给内内或路易斯，他们自己没看到，是堂罗伯特看见他们在外头，把老虎的位置告诉他们，他们才回来报告的。大人们信尼诺的话，对伊莎贝尔的话不怎么信，她毕竟是新来的，会说错。后来，她和尼诺整日形影不离，她的话大人们也就信了。上午和下午是这样，晚上内内负责去看狗拴好没有，房子附近还有没有余烬。伊莎贝尔见他带着左轮手枪，有时还提着一只银头拐杖。

她不想去问雷玛，雷玛似乎认为一切理所应当。问她，她会装傻，会在另一个女人面前维护自己的尊严。尼诺容易开口，有问必答，解释得清清楚楚，明明白白。可一到晚上，伊莎贝尔总是发现，这些清楚和明白的背后，依然缺乏令人信服的理由。她很快抓住了重点的重点：首先要弄清楚能不能出门、能不能去楼下落地窗餐厅、去路易斯的书房、去图书室。“要相信堂罗伯特。”雷玛说过。也要相信她和尼诺。她不去问路易斯，因为他很少知道。内内倒是什么都知道，不过她也从不去问。这样一来，一切都迎刃而解。对伊莎贝尔来说，生活中，行动方面的问题要考虑得多一点，衣食起居方面的问题要考虑得少一点。这才是真正的消夏，一整年都该这么过。

……很快见到你。他们都好。我和尼诺有个蚂蚁王国，我们一起玩，一起收集了许多植物标本。雷玛问你好，她很好。我发现她有些忧伤，路易斯倒是好得很。我觉得路易斯有些怪，总是不停地看书。雷玛送了我几条颜色非常漂亮的围巾，伊内斯一定会喜欢。妈妈，这儿真好，我和尼诺，还有堂罗伯特玩得很开心。堂罗伯特是工头，他告诉我们什么时候能出去，能去哪儿。有天下午，他差点弄错，让我们到溪边。这时，一位雇工赶来，对我们说不能去。堂罗伯特伤心死了，还有雷玛。她抱起尼诺，一个劲地吻他，还把我紧紧地搂在怀里。路易斯老说这个家不适合孩子住，尼诺问他谁是孩子，大家都笑了，连内内都笑了。堂罗伯特是工头。

要是你来接我，一定留下来住几天，陪陪雷玛，让她高兴高兴。我觉得她……

可是，告不告诉妈妈雷玛晚上在哭？她听见她在哭。伊莎贝尔迈着犹豫的脚步，穿过走廊，在尼诺房门前停了一下，继续往前走，下楼梯（估计雷玛在擦眼泪），远远传来路易斯的声音："你怎么了，雷玛？不舒服吗？"一片沉默，整个房子就像一只巨大的耳朵。细语过后，路易斯的声音又响了："卑鄙小人，卑鄙小人……"似乎在冷冷地证明一个事实，一层关系，也许，一种宿命。

……有点病了，你要是能来陪陪她，对她一定好。我要给你看植物标本和溪边的几块石头，是雇工们拿来给我的。告诉伊内斯……

这是她喜欢的一个晚上，有虫子，空气湿湿的，面包重新热过，粗面蛋糕上缀着紫红色的葡萄干。狗儿们在溪边吠个不停，一只硕大无比的薄翅螳螂飞了一圈，停在桌布上。尼诺去找放大镜，他们用宽口杯罩住它，让它在杯子里拼命扑腾，好展示出翅膀的颜色。

“把那只虫子扔掉！”雷玛叫了起来，“看见虫子，我就恶心。”

“它是只不错的螳螂，”路易斯承认，“瞧，它的眼睛会跟着我的手转，它是唯一能够进行头部旋转的昆虫。”

“这个晚上真见鬼。”内内的声音从报纸后面传了出来。

伊莎贝尔恨不得切下螳螂的头，给它一剪子，看看会怎么样。

“让它待在杯子里吧！”尼诺恳求道，“明天，我们把它扔进蚂蚁王国好好研究研究。”

天越来越热。十点半，天热得让人透不过气来。孩子们和雷玛待在里面的餐厅，大人们待在书房。尼诺第一个说困了。

“你自己上楼去吧，我一会儿去看你。上面都收拾好了。”雷玛搂紧他的腰，露出他特别喜欢的表情。

“不给我们讲个故事吗？雷玛姑姑？”

“改天再讲。”

只剩下她们俩，薄翅螳螂盯着她们。路易斯过来向她们道晚安，嘟囔了几句时候不早了，孩子们该上床睡觉了之类的话，雷玛亲了他一口，冲他笑了笑。

“真是只爱嘟囔的大狗熊。”她说。伊莎贝尔凑近扣下螳螂的杯子，心想：自己从来没见过雷玛亲内内，也从来没见过一只这么绿这么绿的螳螂。她动了动杯子，螳螂又在扑腾。雷玛走过来，让她去睡觉。

“把虫子扔了，真可怕。”

“雷玛，等明天吧。”

她叫雷玛一会儿上楼跟她道晚安。内内的书房门虚掩着，他穿着衬衫，脖子放松地踱来踱去。她经过书房门，内内冲她吹了声口哨。

“我去睡了，内内。”

“喂，叫雷玛给我做一杯清凉的柠檬汁送上来。然后，你直接上楼回房睡觉。”

她当然会上楼回房睡觉，内内没必要这么命令她。她回到厨房，把内内的吩咐告诉雷玛，发现她有些犹豫。

“先别上去，我把柠檬汁做好，你给他送去。”

“他说……”

“求求你。”

伊莎贝尔在桌边坐下。求求你。大片大片的虫子在乙炔灯下绕来绕去。她宁愿待上好几个小时，什么也不看，只重复这句：求求你，求求你。雷玛，雷玛。我是多么爱你啊！那么悲伤的声音，无尽的悲伤，无缘由的悲伤，就是那么悲伤的声音。求求你。雷玛，雷玛……她的脸上一阵发热，想扑到雷玛脚下，想投进雷玛怀里，想在她面前死去，想让雷玛为她遗憾，想让雷玛修长清凉的手指滑过她的头发，她的眼皮……

现在她拿着一只盛满切片柠檬和冰块的绿罐子。

“拿给他。”

“雷玛……”

她觉得雷玛的身子在发抖，她背过身去，不让伊莎贝尔看见她的眼睛。

“雷玛，我现在就把螳螂给扔了。”

天热得发黏，蚊子嗡嗡地叫，她睡得不好。有两次，她想从床上爬起来，去过道，或是去卫生间把手和脸打打湿，降降温。可是，她听见楼下有人在走动，从餐厅的一边走到另一边，走到楼梯下面，再转回去……不是路易斯在夜间走走歇歇的步伐；也不是雷玛的脚步声。那天晚上，内内该有多热啊！他会一口一口地把柠檬汁喝完。伊莎贝尔看见他两手捧着绿罐子直接喝，电灯下，黄色的柠檬片在水里晃来晃去。可是，她又肯定内内根本没喝柠檬汁，他还盯着她给他送到桌上的那瓶柠檬汁在看，好像盯着无尽的狠毒与邪恶。她不愿想起内内的微笑，不愿想起他走到书房门口，想探头看看餐厅，又慢慢地折了回去。

“应该她给我送来，我叫你上楼回房间。”

她只能想到这个愚蠢的回答：

“柠檬汁清凉极了，内内。”

罐子像薄翅螳螂那样绿。

尼诺第一个起床，提议去溪边捉蜗牛。伊莎贝尔几乎一夜没睡，想起了鲜花布置的大厅、小铃铛、诊所走廊、慈善会的姐妹、带水银柱的温度计、第一次领圣餐、伊内斯、坏掉的自行车、客货混合列车、八岁时戴的吉卜赛女郎假面具。其间，好似相册页与页之间夹着的薄薄的风，她睁着眼，想到了许多和花、铃铛、诊所走廊无关的事。她不情愿地起了床，狠狠地洗了洗耳朵。尼诺说，十点了，老虎在钢琴房，他们可以马上去溪边。他们一起下楼，草草地对开门看书的路易斯和内内问了声好。蜗牛在溪边麦田里。尼诺一个劲地抱怨伊莎贝尔注意力不集中，说她不是个好搭档，不能帮他捉一套花色齐全的蜗牛。她突然发现尼诺是那么的孩子气，是个只生活在蜗牛和树叶世界里的小男孩。

她先到的家，家里正在升通知吃午饭的旗子。堂罗伯特巡察归来，伊莎贝尔像往常那样向他打听老虎的行踪。尼诺扛着蜗牛和钉耙，慢吞吞地走过来。伊莎贝尔帮他把钉耙放在门廊，两人一起进了屋。雷玛在那儿，一身白衣，不言不语。尼诺把一只蓝色的蜗牛放在她手上。

“给你的，最漂亮的一只。”

内内已经吃上了，他把报纸放在一边，伊莎贝尔几乎没地方放胳膊。路易斯最后一个从房里出来，中午他总是很高兴。大家吃饭。尼诺一直在聊蜗牛，蜗牛在甘蔗田里下的蛋，不同个头不同颜色的蜗牛。他要一个人把蜗牛给杀了，因为伊莎贝尔下不了手，他还要把它们放在锌板上晒干。咖啡来了，路易斯看着他们，问起了老问题。于是，伊莎贝尔第一个站起身，去找堂罗伯特，尽管堂罗伯特早就跟她说过了。她在门廊转了一圈，再进去，见雷玛和尼诺头靠着头，在看蜗牛，好似一幅温馨的家庭照。只有路易斯看着她，她说：“在内内书房。”她见内内没好气地耸了耸肩。雷玛用指尖碰了碰蜗牛，轻轻地，手指都有些像蜗牛的样子。后来，雷玛站起身再去拿些糖来，伊莎贝尔陪她一起去。两人一路聊天，在厨房前厅说了个笑话，一直笑回来。路易斯没烟了，差尼诺去书房拿。伊莎贝尔向他挑战，看谁能第一个找到烟，两人一同出去。尼诺赢了，他们推推搡搡地跑了回来，差点和去图书室看报的内内撞个正着，内内在抱怨不能用自己的书房。伊莎贝尔过来看蜗牛，路易斯希望她像平常那样帮他把烟点上，可发现她魂不在身，只顾观察蜗牛慢慢地探头，慢慢地移动。突然，她看一眼雷玛，又闪电般地将目光移开，全神贯注地盯着蜗牛。内内的第一声惨叫传来，她没有动弹。所有人都在跑，她的心思还在蜗牛上面，似乎根本没听见内内又发出一声惨叫、路易斯去敲图书室的门、堂罗伯特带着狗进来。路易斯反反复复地说："不是在他书房吗！她说老虎在他书房！"她弯着身子凑近蜗牛，蜗牛细细的，像手指头，也许像雷玛的手指头。或者，是雷玛把手放在她肩上，让她把头抬起来，看着她，看了很久很久。伊莎贝尔扑到雷玛的裙子上，厉声痛哭，痛哭她不安的喜悦。雷玛把手放在她头发上，手指轻轻用力，让她平静下来。雷玛在她耳边喃喃地说了几句，说得结结巴巴，似乎是感谢，是无名的许可。

游戏的终结

莫娅妮 / 译

I

公园续幕

他几天前便开始看那本小说了，后来因为生意上有急事，就暂时搁下。乘火车回庄园时，他又打开了那本书，不禁被小说情节、人物形象慢慢吸引住。那天下午，他写了封信给他的代表律师，跟管家谈了谈有关田契的问题，之后，他便在书房中又读起了那本书。书房一片静谧,面朝着栎树公园。他惬意地靠坐在最喜欢的扶手椅上，背对着门，因为看着门就似乎意味着会有什么东西突然闯进来，这会让他不痛快。他读起了最后几章，左手不自觉地一次次抚过扶手的绿色天鹅绒。他还牢牢地记得主人公们的姓名和形象。小说的情境几乎立刻就征服了他。一行又一行，他享受着这种几近变态的快感，渐渐抽离于周遭的一切，却又同时感到自己的头正舒服地靠在高靠背的绿色天鹅绒上，感到香烟仍然触手可及，感到落地窗外晚风正在栎树间轻舞；一字接一字，他被主人公的下流勾当所蛊惑，被那些逐渐眉眼鲜活、栩栩如生的形象所吸引；他仿佛亲眼看见了山上茅屋中最后的会面。首先，女人走进来，满面惊惶；然后，情夫到来，脸被树枝刮伤了。她试图用亲吻魔法般地止住流血，但他却拒绝这般爱抚，他这次来可不是为了躲在枯叶和密径中重玩这偷情的把戏。抵在胸前的匕首已热，其下悸动的是被羁绊住的自由。热烈的言语在书页间如毒蛇般疾速地穿行交错，一切都仿佛早已注定。就连牵绊着情夫身体的万种缠绵，似乎想挽留他、劝阻他的千般爱抚，都可恨地勾勒出那另一个必须毁灭的人的轮廓。一切尽在盘算之中：不在场证明、意外的情况、可能的错误。从那一刻开始，每一秒都有精确的用场。两人无情地进行着最后的查对，只偶尔停下来轻抚彼此的脸颊。天开始黑了。

两人各有任务缠身，于是不再两两相望，在茅屋门口分开了。她应该走上往北去的小径，他在反方向的小路上回头看了一眼，看见她长发飞扬地跑远。然后，他也在树丛、篱笆的掩隐下跑了起来，直到在迷蒙的绛色晚霞中看见通向大屋的杨树林荫道。狗不应该吠叫。确实没叫。管家这时候应该不在。确实不在。他走上门廊的三级台阶，进了屋。血流仿佛在耳边奔腾，女人的话萦回其中：进门是一座蓝色前厅、一条走廊、一道铺着地毯的楼梯。上完楼梯，有两扇门，第一个房间里没有人，第二个房间里也一样。接着，是书房的门，他手握匕首，看到落地窗外的光线，看到绿色天鹅绒扶手椅的高靠背，看到扶手椅上那正读着小说的男人的头颅。

怪不得别人

冷天总是特别麻烦。在夏天，世界触手可及，人也亲密直接。但是现在，六点半了，他老婆在一家店里等着他去挑选一份结婚礼物，时间已晚了，他却发现天凉下来，应该穿上那件蓝色的套头衫，或者随便什么能跟灰色外套配的衣服。秋天就是将套头衫穿穿脱脱，把自己裹严实，与人相互隔离、彼此疏远。他一边不怎么起劲地吹着一首探戈曲，一边从打开的窗边走开，在衣橱里找套头衫，然后在镜子前开始穿上它。这并不容易，也许是因为衬衫跟套头衫的羊毛吸住了，要将胳膊伸进去确实费力。他慢慢地将手往前伸，终于从蓝色羊毛衫的袖口处冒出了一根手指头，在傍晚的光线下，那手指头似乎有点皱巴巴的，向里弯着，尖尖的指甲还是黑的。他一把将套头衫的袖子扯下，倍感陌生地看看自己的手。但是这会儿，手已在套头衫外面，就看得出那还是他原来的手。他任胳膊无力地垂下，手也滑落。他想着，也许最好把另一只胳膊伸进另一只袖子，看看这样是不是更容易。但似乎并不是这样。套头衫的毛线再次贴上衬衫的布料时，由于不习惯从另一只袖子开始穿，这个动作甚至变得更加困难了。为了提提劲儿，他又吹起了口哨；但是，他感觉到自己的手几乎没怎么往前，如果没有其他法子，他是永远没法把手伸出去的。也许最好三管齐下：低下头套进套头衫的领口，同时把还在外面的手伸进另一只袖子将它顺直，再同时将双手和脑袋从袖子和领子里往外钻。在突然笼罩而来的蓝色暗影下，继续吹口哨似乎挺荒唐的。他开始觉得脸上好像热乎乎的，虽然他的一部分脑袋应该已经露出来了，但是，额头和整个脸还被蒙着。两只手大概也才刚伸到袖子的一半。他再用力，也无法多伸出去半分。现在，他想到，他第二次埋头苦钻时那种带点轻蔑的愤怒也许让他犯了个错，他蠢得把头伸进了一只袖子里，却把一只手伸进了套头衫的领口。但如果是这样，他的手肯定能很容易地伸出来呀；可现在，虽然他用尽力气，却没能将任何一只手伸出去。倒是他的脑袋似乎正要挣出生天，因为蓝色的毛线现在正箍着他的鼻子和嘴巴，紧得简直让人恼火。他完全没想到这竟会让他这么喘不过气来，逼得他必须深呼吸。箍在嘴上的毛线渐渐润湿，它也许会掉色，会给他的脸洇上蓝色。幸好，就在这个时候，他的右手探了出去，探到了外面寒冷的空气。至少，已经有一只手在外面了，虽然另一只仍然困在袖管里。也许他的右手确实伸进了套头衫的领口，所以，他以为是领口的东西才会把他的脸箍得这么紧，让他越来越喘不过气，而手却轻易地伸了出去。不管怎样，要搞清楚，他唯一能做的就只有继续努力往外钻，继续深深吸气再慢慢呼气。这其实很荒唐，因为并没有什么东西不让他好好呼吸，只不过是他吞进去的空气混着套头衫袖口或领口的羊毛絮。而且，还有套头衫的味道，羊毛线那种蓝色的气息。现在，他呼出的湿气越来越渗进毛线中，毛线的这股蓝意应该正渐渐洇上他的脸庞。他看不见东西，因为如果他睁开双眼，眼睫毛就会扎上毛线，很疼。但是他肯定，蓝色正在包围他湿乎乎的嘴和鼻孔，攻占他的面颊，而这一切都让他渐渐焦躁起来。他只希望能一下子把套头衫穿上，更别提时间应该已经晚了，他老婆大概已在店门口等得不耐烦了。他心想，把精神集中在右手上才是上上策呀，因为那只已在套头衫外面的手接触到了房间里的寒冷空气，它就像在说，已经胜利在望了；而且，右手还可以帮他，它可以从背后往上抬，拉住套头衫的下摆，做出用力往下拉这个能帮着穿上任何套头衫的经典动作。但糟糕的是，虽然手在摸着脊背寻找羊毛衫的下摆，这衣服却好像完全缠在了脖子附近似的。手唯一能碰到的只有越来越皱巴的衬衣，衬衣的一部分甚至已经被拉出了裤子。把手移过来扯套头衫的前襟也没什么用，因为他在胸前除了衬衣什么也感觉不到，套头衫应该才刚刚过了肩膀，也许它就紧绷绷地缠在那里，就好像他的肩膀对套头衫来说太宽了似的。这完全证明他确实穿错了，错把一只手塞进了领子、另一只伸进了袖子，而领子到一只袖子的距离正好只有一只袖子到另一只袖子距离的一半。这就解释了为什么他的头会微微偏向左边，就是手还困在袖子里的那一边，如果那真是只袖子的话；这也解释了为什么已经伸出去的右手能够在空中活动自如，虽然它无法把似乎仍然缠在身体上部的套头衫拉下来。他讽刺地想着，要是近旁有把椅子，他还可以休息一下、顺顺气，再将套头衫完全穿好，可惜，在转了这么多圈以后，他都已经辨不清方向了。穿衣服这个动作总会引人来上这么一段“韵律体操”，还隐隐带着点舞步的意味。但谁都不能怪他呀，因为这可是出于一种实际的目的，而不是因为他没事就爱手舞足蹈。其实，他既然没能把套头衫穿上，那么，脱下重来一遍，确保每只手都正确地伸进袖子里、头伸进领子里才是真正的解决方法。但是他的右手还在胡乱地摆来荡去，就好像在说事情都这样了才放弃太荒唐了。有一刻，这只手竟顺从地举到了脑袋的高度，向上拉套头衫，但是，他没能及时意识到，套头衫已经因为呼吸间渗透进蓝色毛线中的黏湿气息而紧贴在他的脸上。因此，当手往上拉时，他疼得就好像耳朵要被撕裂、睫毛要被扒掉似的。那么，就慢一点；用还塞在左边袖子里的手，如果那真是只袖子而非领子的话；还得用右手帮帮左手，要么再往袖子里伸，要么退出、挣脱出来。不过，他简直没办法协调两只手的活动：左手像一只困在笼子里的老鼠，而另外一只老鼠想从外面帮助它逃跑；但也可能，笼外的老鼠并不是想帮忙，而是在咬它，因为他被困住的那只手猛地一疼，而同时，另一只手狠狠掐住了大概是左手的这个部位。他的手觉得好疼，疼得放弃了脱套头衫的举动。他宁愿再试最后一次把脑袋脱出领口、把左边的老鼠拽出笼子。他全身都使上了劲儿，往前一晃，再往后一摆，在房间中央转着圈儿，如果他确实在房间中央的话——他这会儿倒想起来，窗户是开着的，盲目地继续转圈很危险。他想停下来，但他的右手还在来回摆荡，没有去拉套头衫，他的左手也越来越疼，好像手指被咬了或是烫了似的。不过，那只左手还是听从他的意志的。他一点点将受伤的手指握紧，终于隔着袖子抓到了还缠在肩膀上的套头衫衣摆。他往下扯，却几乎用不上力，他的左手太疼了，需要右手来帮帮忙，而不是毫无益处地顺着双腿溜上溜下，也不是掐他的大腿，就像它现在正在做的一样，隔着衣服用指甲对他的大腿又挠又掐，而他却无力阻止，因为他所有的心力都耗在左手上了。也许他已经跪倒在地，他觉得自己好像挂在左手上似的。左手又扯了一下套头衫，突然，他的眉毛和额头一凉，眼睛也是。他荒谬地不想睁开双眼，但是他知道他已经出来了，这种沁凉的质感、这般醉人的妙物就是自由的空气。他不想睁开双眼，他等着，一秒、两秒，任自己享受一段凉沁沁的、不一样的时光，套头衫外的时光。他双膝跪地，这么待着就很美妙啦。然后，他慢慢地、满怀感恩地微微睁开双眼，他的眼睛已不再沾着衣服内里毛线上的蓝色口水。他微微睁开双眼，看见五片黑色的指甲正悬在空中直指他的眼睛，指甲在空中颤动，眼看就要向他的眼睛袭来。但他还来得及垂下眼皮，往后一倒，用左手护住自己。只有左手才会听他使唤，只有左手才能从袖子里面护住他，把套头衫的领子往上拎，让蓝色的口水再次淹没他的脸庞。与此同时，他直起身子逃向另一边，逃向一个没有手、没有套头衫的地方，那里只有呼呼作响的风包围着他、陪伴着他、爱抚着他，还有十二层楼。

河

是的，好像就是这样，你好像是走了。你说着不知道什么东西，说你要去跳塞纳河，就是那一类的话，那种夜半时的呓语，渗进被单，黏在嘴里，几乎总在黑暗中响起，或者伴着手或脚的动作，掠过这个勉强听着你说话的男人的身体。是的，当你说这样的话时，我已经有好长时间不怎么听了。那些话从我紧闭的双眼的另一边传来，从我转头再次沉入的梦乡中传来。那么，好，我可不在乎你是走了、是淹死了，还是依然在码头上游荡，望着水流。再说，这也不是真的，因为你就睡在这里，气息不稳地呼吸着。如果是这样，那么当你在夜里的某个时刻、在我沉入梦乡之前离开时，你并没有真的走，但你确实离开过呀，还说了句什么，说你要淹死在塞纳河中。也许你害怕了，退缩了，然后你就突然出现在那里，几乎要触碰到我。你像波浪般摆动着，就好像有什么东西在你的梦里轻柔地波动，你好像真的梦见自己出了门，梦见你最终还是到了码头上、跳进了水中。就这样，带着一张浸透了愚蠢泪水的脸，你再次睡去，直到上午十一点，报纸送到，带来有关那些真正的溺死者的消息。

你让我想笑，可怜虫。你那些故作悲怆的最后通牒，那种像外省巡演剧团女演员一样到处摔门的样子，我问自己，你是不是真的相信你的那些威胁，那些讨厌的欺哄，那些一把鼻涕一把泪、又臭又长、翻来覆去上演的悲情戏码。你应该有一个比我更有天分去回应你的人，这样，你们两个就能升格成为完美伴侣，带着互相凝视、彼此毁灭的痴男怨女所特有的恶俗气息，只愿撑得一时是一时。只为了继续下去、从头再来，只为了不知疲倦地追求那镜花水月、海市蜃楼般的真爱。但是，你也看见了，我选择沉默，我点上一支香烟，听你说话，听你抱怨；(你说的都有理，但是，我有什么办法呢？）或者，还有更妙的——我就这么慢慢睡着了。我被你那老一套的恶言恶语弄得昏昏欲睡，有一刻，我半闭着双眼，将梦中初现的闪光与灯光下穿着可笑睡衣的你的表情混淆了起来，那盏枝形吊灯还是我们结婚时别人送的。我觉得我最后睡着了，并且，我必须向你承认，我几乎是怀着爱意将你的举动和抱怨中最有用的部分——你气得发白的双唇咧开时的咂巴声——带入了梦乡。我的梦会因此更丰富，因为那里面还从来没人想到过要去跳河，相信我。

但如果是这样的话，我问自己，如果你已经决定要选择另一张更广阔无垠、更触手即逝的床了，那你还在我这张床上干什么。现在，你倒睡着了，时不时地还挪挪腿，扯动被单的形状。你似乎在为什么事情而生气，但不是非常生气，而像是一种苦涩的疲惫。你的嘴唇咧成轻蔑的怪相，匆促地呼气，再小口地吸气。我觉得，如果我没有因为你那些假意威胁而这么恼火，我会承认现在的你又变得美丽了。梦境仿佛让你再次回到了我身边，我们可能燃起欲望，甚至可能和好如初、再有未来，可能拥有一些不像这个清晨这么混沌不清的东西。现在，路上开始有车辆来往，该死的公鸡也开始鞠躬尽瘁，扰人不已。我不知道，已经不必再问你是不是曾经离开过，或者在我滑入虚无梦乡的那一瞬间摔门而去的人是不是你。也许，就因为这样，我才想碰你，不是因为我怀疑你不在那里，也许你从来就不曾离开这个房间，也许是一阵风将门关上了，我梦见你走了，而那时的你却以为我还醒着，在床脚大吼着威胁我。我碰你不是因为那个。在清晨青绿的暗影中，将一只手拂过那颤抖着抗拒我的肩膀，几乎是甜蜜的。你让被单半遮着，我的手开始顺着你喉咙的光滑线条往下移动，我倾下身，呼吸着你带着夜晚和糖浆味道的鼻息。我不知道我的双臂是怎么将你环住的，当你弓起腰挣扎时我听见一声呻吟，但是，我们俩对这游戏都太过熟悉、不再疑虑。你那喘息出破碎字句的嘴一定会对我投降，你那昏沉沉、软绵绵的身体想挣脱也是徒劳。我们像黑白毛线般交织成球，如瓮中蜘蛛般彼此纠缠，无比紧密地合为一体。在勉强盖住你的被单上，我隐约看见划空而来的闪光瞬间消失在暗影中。现在，我俩裸裎相见，晨光笼罩着我们，我们在其中融为一体，兀自颤抖。但是，你还在固执地抵抗，你缩起身子，将手臂挥过我头顶，将大腿闪电般张开，再像可怕的夹钳般合上，仿佛想把我生生切开。我必须慢慢地控制住你（这件事，你知道，我总是做得很优雅、很庄重），我将你灯芯草般的胳膊弯过来，小心别伤着你；我紧缠向你抽搐的双手和大睁的双眼中的快感。现在，你的节奏终于沉缓下来，变成织在丝绸上的波纹，变成直冒上来袭上我脸颊的气泡，慢慢移动着。我好像抚摸着你倾泻在枕头上的头发，在青绿的暗影中，我惊讶地看着自己的手正淌着水。在滑到你身边之前，我知道你刚刚被人从水中捞出来，当然，已经太迟了；我知道你躺在码头的石块上面，四周是众人的鞋子和嘈杂的声音。你裸着身子，仰面躺着，头发湿湿的，双眼圆睁。

毒药

星期六中午，卡洛斯叔叔带着灭蚁器来了。前一天吃饭的时候，他就说过会把它带来。我和妹妹盼着看见这机器,我们想它一定很大、很吓人。我们很熟悉班菲尔德[1]的蚂蚁，那些黑黑的蚂蚁见什么吃什么，还会挖洞，田里、院子里，还有房子陷入地下的那个神秘角落里，挖得到处都是。它们的洞很隐蔽，但是它们藏不住自己来来往往运送小叶子的黑色队伍。那些小叶子就是花园中的花草，所以，妈妈和卡洛斯叔叔决心买下那台机器，来消灭蚂蚁。

我记得，是我妹妹看见卡洛斯叔叔顺着罗德里格兹·佩涅街来的。她远远看见他坐着车站里的轻便双轮马车，便从旁边的巷子跑进来，喊着卡洛斯叔叔带来了那机器。我当时正在挨着莉拉家的女贞树丛中，隔着铁丝网跟莉拉说话，跟她讲我们下午要试那台机器。莉拉

①布宜诺斯艾利斯省的一座城市。作者曾在这里度过童年。

有点感兴趣，但兴致不高，因为女孩子都不在乎机器，也不在乎蚂蚁。唯一吸引她的就是那机器会喷烟，而这烟会杀死家里的所有蚂蚁。

听到我妹妹的喊声，我就跟莉拉说我得去帮忙卸机器了。我像坐牛[①] 一样怒吼着沿巷子跑去。跑步的姿势是我那时候自创的，不弯膝盖，就像踢球一样。这样很省力，好像在飞，虽然还不像我那时候常做的那个飞翔的梦。在梦里，我从地上抬起双脚，微微动动腰，便能在离地面二十厘米处飞行，真是妙不可言。我飞过长街，有时候高一点，有时候则贴着地面。我无比清楚地感觉到自己是醒着的，而那个梦坏就坏在，我总是梦见自己是醒着的，梦见自己是真的在飞，梦见以前是做梦但这一次是真的。从那样的梦里醒来，就像摔回了地上。无论是走是跑，我的脚步都那么沉，我每一次起跳，都以坠落告终，真让人伤心。唯一跟梦境有点相像的就是我自创的这种跑步姿势，再穿上凯兹冠军系列[②] 橡胶包头帆布鞋，就有点儿做梦时的感觉了，当然，跟真正在梦里还是没法儿比的。

妈妈和奶奶已经在门口跟卡洛斯叔叔和车夫说着话了。我慢慢地走过去，因为有时候我喜欢让人等我。我跟妹妹看着那个用麻绳绑着、用牛皮纸包着的东西，车夫和卡洛斯叔叔正把它卸到小路上。我一开始以为那是机器的一部分，但我马上就发现，那就是整台机器。它看起来那么小，我的心一下子跌到谷底。但把机器搬进来时，感觉就好了些：帮卡洛斯叔叔的时候，我发现这机器很重，所以我对它又有了信心。我亲手拆掉了细绳和纸。因为妈妈和卡洛斯叔叔得打

---

①坐牛（Sitting Bull, 1831－1890），美国印第安人苏族部落首领。

②凯兹（Keds）是 1916 年创立的美国运动鞋品牌，冠军（Champion）是其中的一个系列。

开一个小包裹，里面装着毒药罐。早就有人跟我们说过那个是不可以碰的，已经有不少人就因为碰了那药罐而痛苦惨死。我妹妹退到了一个角落里，因为她对这一切已经不感兴趣了，也有一点点是因为害怕。但是我看看妈妈，我们俩笑了起来。那些话都是说给我妹妹听的，我可是有权使用那台装着毒药的机器的。

那台机器并不好看。它不像一个真家伙，连个会转圈的轮子或是喷气儿的汽笛都没有。它就像只黑铁炉，有三条弯腿儿，一个点火的小门，一个放药的小门。顶上伸出一根金属软管（就像蠕虫的身体一样），那上面还接了一根带喷嘴的橡胶管。吃午饭的时候，妈妈给我们念了使用手册，一念到有关毒药的部分，我们大家就都看看我妹妹，奶奶又跟她说起在弗洛雷斯有三个小孩因为碰了药罐而死掉了。我们都看见了盖子上的骷髅头标志。卡洛斯叔叔找了一把旧勺，说那把勺就拿来舀药用，还说那机器所带的东西都要收在工具房高处的柜子里。屋外很热，因为已是一月初了。西瓜很冰，黑黑的瓜子让我想起蚂蚁。

睡完午觉以后——大人才睡午觉，我妹妹在读《比利肯》杂志[①]，而我则在四面环墙的院子里给邮票分类——我们去了花园，卡洛斯叔叔把机器搁在放秋千的圆亭中，那里老是冒出蚂蚁洞来。奶奶准备好了炭火来点旺那炉子。我用镘刀在一个旧木盆里搅出了一个超棒的泥团。妈妈和妹妹坐在藤椅上看着，莉拉隔着女贞树看着。我们喊她过来，她说她母亲不让，但是她一样能看见。花园的另一边，内格利家的姑娘们已经在探头探脑了，她们可怪了，所以我们不跟

①阿根廷著名儿童周刊，是历史最悠久的青少年西语杂志，1919年创刊，名字取自美国流行人偶尖头福神比利肯。

她们来往。她们三个分别叫俏拉、二拉和加菲拉，可怜呀。她们人不错，但是都呆头呆脑的，跟她们没法一起玩。奶奶觉得她们挺可怜，但是妈妈从来不邀请她们到家里玩，因为她们老是跟我和妹妹闹得很凶。她们三个想称王称霸，但是既不懂跳房子也不懂打弹子，既不会玩官兵强盗也不会玩沉船游戏。她们只会傻笑，还有没完没了地说些天知道谁会感兴趣的东西。她们的父亲是市政府官员，她们养棕黄色的奥品顿鸡。我们养罗德鸡，因为它更会下蛋。

在花园和果树的一片绿荫中，那机器更显得一身漆黑，看起来就更大了。卡洛斯叔叔把炭火倒入机器里。在机器加热的同时，卡洛斯叔叔选了一个蚂蚁洞，把管子的喷嘴对准了它。我在周围抹上泥并踩了踩，但没有很用力，就像手册上说的一样，不能让蚁道倒塌。然后，叔叔打开灌药用的小门，并取来了药罐和勺子。毒药是紫色的，很漂亮。要放上一大勺，然后立刻关上小门。我们刚关上门，就听见一声像是牲口打响鼻的声音，机器开始工作了。真是绝了，喷嘴四周都溢出一股白烟，必须再抹些泥，然后用手拍实。“蚂蚁会全死光。”叔叔说，他很满意机器的运转情况。我站在他身边，手上、胳膊上全是泥，一直到胳膊肘。显然，这是个男人才能干的活儿。

“要熏到每个蚂蚁洞得多长时间？”妈妈问。

“至少半个钟头。”卡洛斯叔叔说，“有些洞很长，长得超乎想象。”

我明白他是指两到三米，因为家里有这么多蚂蚁洞，这些洞不可能太长。但是，就在这个时候，我们听见加菲拉开始尖叫，她那声音在车站都能听得到。内格利一家人都到了花园，说有一块莴苣地冒烟了。一开始，我还不愿意相信，但他们说的是真的，因为就在这时候，莉拉也隔着女贞树告诉我说，她家的一棵桃树旁边也冒烟了。卡洛斯叔叔想了想，然后走到内格利家的铁丝网前，请俏拉往冒烟的地方盖上泥，她比较不会推三阻四。我跳到莉拉家，堵住了那个蚂蚁洞。现在，家里的其他一些地方：鸡舍、白色大门后面和侧面墙壁下，也冒烟了。妈妈和妹妹帮着盖上泥。我想着地底下有这么多烟在寻找出口，而蚂蚁就在那烟中像弗洛雷斯的那三个小孩一样痛苦地扭动，这真是棒透了。

那天，我们一直忙到晚上。妹妹被派去打听其他邻居家是不是也在冒烟。天快黑的时候，我们关了机器。把喷嘴拔出蚂蚁洞后，我就用镘刀往里挖了挖，洞里全是死蚂蚁，一片紫色，有股硫磺味。我在上面盖上泥，就像在葬礼上撒土那样。我估计至少死了五千只蚂蚁。大家都进屋了，因为是时候洗澡、摆桌子了，但是卡洛斯叔叔和我留了下来，我们要清理机器、把它收好。我问他可不可以由我把东西带到工具房去，他说可以。以防万一，我在碰了药罐和药勺以后还洗了手，虽然那勺我们已经洗过了。

第二天是星期天，罗莎姨妈和我的表兄弟们来了。那一天，莉拉的母亲准她过来，我们跟我妹妹和莉拉玩了一整天官兵强盗。到了晚上，罗莎姨妈问我妈妈，我表哥雨果可不可以在班菲尔德多待一个星期，因为他得了胸膜炎，身子有点弱，需要晒晒太阳。妈妈说可以，我们大家都很高兴。他们在我房里搭了个床给雨果。星期一，女佣去拿来了他一个星期的换洗衣服。我们一起洗澡，雨果知道的故事比我多，但是跳远不如我，真是个典型的布宜诺斯艾利斯人。和衣服一起送来的还有两本萨格瑞[①]的书和一本植物学书，因为他得

①埃米里奥·萨格瑞（Emilio Salgari, 1862 – 1911），意大利冒险小说、科幻小说作家。

准备一年级入学试。书里有一片孔雀羽毛，我是第一次见，他拿它当书签用。羽毛是绿色的，有一个蓝紫色的翎眼，整片羽毛都泛着金色。我妹妹问他要这片羽毛，他不给，因为那是他母亲送给他的，他连碰都不让她碰一下。但我是可以碰的，因为他相信我，我总是握着羽柄。

头几天，由于卡洛斯叔叔要上班，我们没有再发动机器。我跟妈妈说如果她愿意，我也能发动起来，但是妈妈说我们最好还是等到星期六，反正那个星期没有整很多苗圃，蚂蚁也不像以前那么多了。

“少了五千只左右。”我对她说。她笑了，但还是承认我说得对。妈妈不让我开机器反倒更好，这样雨果就不会掺和进来，因为他是那种什么事都懂、什么事都管的人。尤其是事关毒药，他最好还是别帮忙。

睡午觉的时候，大人们叫我们安分些，因为怕我们中暑。自从雨果跟我一起玩以后，我妹妹就一直跟着我们，她总想跟雨果搭档。打弹子我能赢他们两个，但是，玩抛接球的时候，不知怎么雨果玩得特别好，总是赢我。妹妹一直夸他，我发现她是想找他当男朋友。我应该把这件事告诉妈妈，让她打妹妹几巴掌，只是我想不出该怎么告诉妈妈。而且，他们也没做什么坏事。雨果不动声色地瞧不起她，每当这时候，我就想拥抱他一下，但这总是发生在我们玩耍的时候，这时只论输赢，可不能拥抱。

午觉时间从两点到五点，这是最适合安静下来、干点自己喜欢干的事的时候。我们和雨果一起看邮票，我把重复的邮票给他，还教他按照国家分类。雨果希望一年后能跟我一样集成一套，不过，只集美洲国家。这样他会错过喀麦隆的邮票，那都是有动物的，但是雨果说这样的邮票集才更有分量。妹妹同意他的话，虽然她连邮票的正反都分不清。她就是要跟我唱反调。而莉拉——她大约三点钟时会跳过女贞树丛过来——则站在我这边，她喜欢欧洲的邮票。我曾经送给莉拉一个贴满了各式各样邮票的信封，她总是跟我说起它。她父亲会帮她集邮，但是她母亲却觉得这不适合女孩子，而且还有细菌，信封就被收进了衣柜里。

为了不让家里人被吵得发火，莉拉来了以后，我们就会去花园尽头，躺到果树下。内格利家的姑娘们也在她们的花园里玩。我知道她们为雨果发狂，她们大声地聊天，声音像是从鼻子里发出来的一样。尤其是加菲拉，她一直问："针线盒在哪里呢？"二拉答了句什么，然后她们就吵起来。但是，这都是故意的，为了引人注意。幸好，那边的女贞树很密，看不大清楚。我们和莉拉听见她们说话都要笑死了，雨果捏住鼻子说："马黛茶壶在哪里呢？"然后，年纪最大的俏拉就说："姑娘们，看见今年出了多少粗鲁鬼了吗？"我们则把草叶含在嘴里，让自己别笑得太大声，因为最好是别睬她们，让她们憋着去。这样一来，当她们后来听见我们玩逮人游戏时，她们闹得更凶了。最后她们自己吵了起来，直到她们的姨妈出来，揪着她们的头发教训了一顿，三人才哭着进了屋。

玩游戏时，我喜欢跟莉拉搭档，因为只要还有别人，你就不会喜欢跟兄弟姐妹玩。我妹妹就直接找上了雨果当搭档。莉拉和我打弹子赢了他们，但是雨果更喜欢玩官兵强盗，还有捉迷藏，我们总是得听他的玩那个。其实这游戏也很棒，只不过，玩的时候没法大喊大叫。玩游戏却不能喊叫，就不那么有劲了。玩捉迷藏时，几乎总是轮到我数数，我不知道他们为什么要一轮轮地捉弄我，然后一个个地都安全到埠。五点的时候，奶奶总会出来骂我们，因为我们浑身大汗，还晒了太长时间的太阳，但是我们总会逗她笑、亲吻她，连不是自家人的雨果和莉拉都是。我发现那些天里奶奶总是看着工具柜，我明白她是害怕我们会去乱翻跟机器一起的那些东西。但是，出了弗洛雷斯那三个孩子的事以后，谁也不会想到干这种蠢事的，何况，这还会招来一顿好打。

有时候，我喜欢一个人待着。这样的时候，我甚至不愿意莉拉在旁边。尤其是天快黑时，在奶奶穿着白色罩袍出来浇花园之前的片刻。这时的土地已经不那么滚烫，但是，有浓浓的忍冬花香气，还有番茄地的气味，那地里有引水管和跟其他地方不一样的虫子。我喜欢趴着闻闻土地，感觉它就在我的身下，热热的，有一股非常特别的夏日气息。我会想很多东西，但主要是那些蚂蚁。自从见到了蚂蚁窝是什么样子，我就一直在想那些四通八达却没有人看得见的蚁道。它们就像我双腿皮肤下隐现的血管一样，只不过里面全是来来往往的蚂蚁，充满了神秘。如果人吃了一点点毒药，那毒药就会变得好像那机器喷出的烟一样，走遍全身血管，就和烟熏遍地底似的，没什么两样。

过了一会儿，我就厌烦了一个人待着研究番茄上的虫子。我会去白色大门那边，先助跑，像"水牛比尔"[①] 一样狂奔，然后，跑到莴苣地旁时就干净利落地一跃而过，连边上的雀稗都不会碰到。我和雨果常常用戴安娜牌气枪打靶，或是在秋千上玩。我妹妹和莉拉有时洗完澡也会穿着干净衣服来秋千这儿坐坐。雨果和我也会去洗澡，最后，

---

①威廉·弗雷德里克·"水牛比尔"·科迪（William Frederick "Buffalo Bill" Cody, 1846－1917），南北战争军人、驿马快递骑士、边境拓垦人、美洲野牛猎手。他是美国西部开拓时期最具传奇色彩的人物之一。

我们大家会一起到小径上溜达，或者我妹妹会在厅里弹钢琴，我们就坐在栏杆上，看着人们下班回家。我们会一直等到卡洛斯叔叔回来，然后向他问好，再顺便看看他有没有带回个系着粉红细绳的包裹或是《比利肯》杂志。就在那几天，莉拉跑向门口时被一块石板绊到，碰伤了膝盖。可怜的莉拉，她不想哭，但是眼泪却一直流。我想到莉拉的母亲，她那么凶，要是看见莉拉受了伤，肯定会说她是疯丫头，乱骂一通。雨果和我手搭手抬起莉拉，抬着她从白门那边走，我妹妹偷偷去找了块碎布和酒精。雨果想充绅士，而我妹妹想跟雨果在一起，也很殷勤，但是，我把他们通通推走，对莉拉说只要忍一秒钟，还说如果她愿意可以把眼睛闭上。但是她不愿意，当我给她搽酒精时，她一直盯着雨果，就像在向他证明她有多勇敢似的。我用力吹了吹她的伤口，绷带把伤口绑得很好，也不疼。

“你最好立刻回家去。”我妹妹对她说，“这样你妈妈就不会发飙。”

莉拉走后，我就开始觉得无聊了，因为雨果和我妹妹谈起了国内的探戈乐队。雨果在某家影院里见到过德卡罗[1]，他还会用口哨吹出探戈曲子，让妹妹用钢琴弹出来。我到自己房间里去找集邮册，一直在想着莉拉的母亲会骂她，也许她正在哭，也许她的伤口感染了，这是常有的事。莉拉面对酒精时那么勇敢，真是不可思议，而她盯着雨果，既不哭泣也不低头，那样子也让人惊讶。

床头柜上放着雨果的植物学书，露出了孔雀毛的柄。雨果是允许我看这羽毛的，所以我小心地把它取出来，走到灯旁将它看个清楚。我觉得没有比这更漂亮的羽毛了。上面的斑点仿佛池中的水珠般漾

---

①胡里奥·德卡罗（Julio de Caro, 1899 – 1980），阿根廷著名探戈作曲家、乐队指挥家、小提琴家。

着光，但是，那也是没法比的，这羽毛要漂亮多了。它有一种闪亮的绿色，就像生长在杏树上的虫子一样，那种虫子有两根长长的触角，顶上有一个小毛球。在羽毛最宽、最绿的部位中心，开着一个蓝紫色的眼儿，缀满了金色，真是个稀罕东西，我突然明白了它为什么是鸟中之王。每多看这羽毛一眼，我就越会想入非非，就像是小说里那样。最后，我不得不把这羽毛放下，要不然，我会把它从雨果这儿偷走，这可不行。也许，莉拉正独自待在家里想着我们（她家很黑，她的父母都很严厉），而我却拿着羽毛和邮票在玩。我最好把东西都收好，想想可怜的莉拉，她是那么勇敢。

晚上，我睡不着觉，不知道为什么。莉拉正在发烧、生病的念头在我脑子里赖着不走。我真想求妈妈去问问莉拉的母亲，但是不行。首先，雨果会笑的；其次，如果妈妈知道莉拉受伤、我们却没告诉她，她会生气的。我想尽了办法，却怎么也睡不着。最后，我想最好上午去莉拉家看看她怎么样，或者隔着女贞树喊她。终于，我睡着了，心里想着莉拉、“水牛比尔”还有灭蚊器，但主要是莉拉。

第二天，我第一个起床，去我的花园里，它离紫藤丛很近。我的花园是专属于我的一畦地，奶奶把它给了我，任我使用。我曾经种过金丝雀虉草，后来还种过甘薯，但是现在我喜欢花，尤其是我的海角茉莉[①]，它的香味最浓郁，尤其是晚上。妈妈总说我的茉莉花是家里最美的。我用锹慢慢在茉莉四周挖着，这花是我最好的东西了。最后，我把茉莉连同粘在根上的土全都取了出来。然后，我去叫莉拉，她也已经起床了，她的膝盖几乎没事了。

①即栀子花，因欧洲人相信该花产自好望角而得名。

“雨果是明天走吗？”她问我，我说是的，因为他得回布宜诺斯艾利斯继续准备一年级入学试。我对莉拉说，我给她带了一样东西来，她问我是什么，我隔着女贞树把我的茉莉给她看，对她说我把花送给她，如果她愿意的话，我可以帮她建一个她自己的花园。莉拉说茉莉花很美，她征得了她母亲的同意，我便跳过女贞树帮她栽花。我们选了一小块地，拔掉了地里几株半枯的菊花，然后我开始铲土，让那块地大变样。然后，莉拉告诉我她希望茉莉种在哪里，就在正中央。我把花栽上，我们用喷壶浇上水，花园看上去很不错。现在，我必须搞到一点儿雀稗，但是这不用急。莉拉很高兴，她的伤一点都不疼了。真希望雨果和我妹妹能立刻看看我们做的这一切。我正要去找他们，妈妈叫我去喝牛奶咖啡。内格利姐妹在花园里吵架，加菲拉像往常一样在尖叫。我不知道在一个这么美妙的早晨她们怎么能吵得起来的。

星期六下午，雨果得回布宜诺斯艾利斯了，虽然如此，我还是很高兴的，因为卡洛斯叔叔不想在这一天开灭蚁器，他要等到星期天。最好是只有他跟我在，不然，一不走运，雨果可能会中毒或发生什么其他事。那天下午，我有一点点想他，因为我已经习惯了他待在我房间里，他知道那么多故事和奇闻。但是，我妹妹更难过，她像梦游似的在家里到处走。妈妈问她怎么了，她回答说没事，但是她的表情让妈妈看了她好一会儿，最后还边走边说有些小女孩自以为是个大姑娘了，虽然她们连自个儿擤鼻涕都不会。我觉得我妹妹表现得像个笨蛋，尤其是当我看见她用彩色粉笔在院子里的黑板上写下雨果的名字的时候。她写上，擦掉，再写上，每次都用不同颜色、不同字体，还一边斜眼睨着我。然后，她画了一颗插着箭的心，我就走开了，因为我不想扇她几耳光，也不想告诉妈妈。更糟糕的是，那天下午，莉拉很早就回了家，她说因为伤口的缘故她母亲不让她多待。雨果对她说，五点的时候，会有人从布宜诺斯艾利斯来接他，她为什么不等到他离开的时候再走呢，但是莉拉说不行，便跑开了，招呼都没打。因此，当有人来接雨果时，雨果必须去向莉拉和她母亲告别，然后，他向我们告别，他走时非常高兴，说他下个周末会再来。那天晚上，我待在自己的房间里，觉得有点孤单，但是，另一方面，我感到所有的东西又都是我一个人的了，而且我高兴什么时候关灯都行，这也挺好。

星期天，我一起床就听见妈妈在隔着铁丝网跟内格利先生说话。我走过去道早安，内格利先生正跟妈妈说，我们试机器那天冒过烟的莴苣地里，莴苣全都在发蔫。妈妈对他说这很奇怪，因为机器的说明书里说那烟对植物是无害的。内格利先生回答道，说明书是不能信的，就跟药物一样，你看说明书里写它包治百病，最后倒可能叫你一命呜呼。妈妈说，也许是内格利姐妹中的哪一个不小心把肥皂水倒在了地里（但是，我觉得妈妈想说她们是故意的，她们就是那么调皮、那么爱惹事）。内格利先生则说，他得查一查，但是，说真的，如果那机器会杀死植物，这样折腾就得不偿失了。妈妈说，她可不能拿几根要死不活的莴苣跟花园里的蚁灾来相提并论，她还说我们下午就要再开机，如果他们看见有烟，就通知我们去堵住蚂蚁洞，这样，他们就不用麻烦了。这时，奶奶叫我去喝咖啡，我不知道他们还说了些什么，但是我很激动地想着我们又要跟蚂蚁开战了，我整个上午都在读莱佛士[1]的故事，虽然我并不像喜欢“水牛比尔”

①托马斯·斯坦福·宾利·莱佛士爵士（Sir Thomas Stamford Bingley Raffles, 1781－1826），英国殖民时期重要的政治家。

和其他许多小说一样喜欢它。

我妹妹的疯劲儿已经过去了,她正在家里到处唱歌。有一会儿，她突然想用彩色铅笔画画，就来到我旁边，然后趁我不注意便凑过来看我在干什么。非常凑巧地，我刚刚写完我自己的名字，我很喜欢到处写上自己的名字，然后非常凑巧地，我在旁边写下了莉拉的名字。我合上书，但是她已经看到了，开始哈哈大笑，还好像挺同情地看着我。我朝她扑过去，但是她叫了起来，我听见妈妈过来了，便怒气冲天地去了花园。午饭的时候，她一直带着嘲弄的神情看着我，我很想在桌子底下踢她一脚，但是她可能会大声尖叫，那天下午我们还得开动那机器，所以我忍了下来，什么也没说。到睡午觉的时候，我爬到柳树上去看书、想事情。到了四点半，卡洛斯叔叔睡完觉到屋外来了，我们泡上马黛茶，然后把机器备好。我和好了两脸盆泥。女人们都在屋里。天很热，机器旁更热，因为它是烧炭的，但是，马黛茶若是在又烫又苦的时候喝下去，是很消暑的。

我们选了在花园尽头、靠近鸡舍的地方开动机器，因为，蚂蚁似乎都躲在那块地方，对苗圃大加破坏。我们刚把喷嘴放进最大的蚂蚁洞里，就开始到处冒烟，连鸡舍地板的砖缝里都是。我在各处都堵上泥。我喜欢往上抹泥，再用手拍实，直到烟不再往外冒。卡洛斯叔叔把身子探过内格利家的铁丝网，问俏拉她家的花园有没有冒烟，因为她比较有脑子。加菲拉咋咋呼呼地到处查看，因为她们都很尊敬卡洛斯叔叔，但是，她们那边并没有冒烟。我倒是听见莉拉正在叫我，我跑向女贞树丛，看见她穿着那件我最喜欢的橘色圆点的衣服，膝盖上缠着绷带。她叫喊着对我说她的花园里冒烟了，就是那个专属于她的花园。我拿起一盆泥跳过铁丝网，而莉拉还在伤心地对我说，她去看她的花园时听见我们正在跟内格利姐妹说话，然后烟就在我们种下的茉莉花旁边冒出来了。我跪在地上，倾尽全力地抹上泥。茉莉花才刚刚移植过来，现在却离毒药这么近，这是很危险的，虽然使用手册上说不会有事。我想着是不是可以在离这块地几米的地方截断蚁道，但是，首先，我还是抹上泥，尽力将洞口堵严实。莉拉已经拿着一本书坐在荫处，看着我忙活。我喜欢她看着我，我抹上了很多泥，那边肯定不会再冒烟了。然后，我走过去问她哪里有锹可以试着把蚁道截断，免得它把剧毒传到茉莉花那里。莉拉起身去找锹。她找了很久，所以我就看了看她的书，那是一本带插图的故事书。我惊讶地看见莉拉的书里也有一根漂亮的孔雀毛，她可从没说起过。卡洛斯叔叔在叫我去堵其他的洞，但是我却看着那根羽毛。那不可能是雨果的那根，但是它看起来一模一样，就像是出自同一只孔雀：绿色的羽毛，有蓝紫色的翎眼和金色的斑点。当莉拉拿着锹过来时，我问她羽毛是哪里来的，我想着要告诉她雨果有一根一模一样的。她满脸通红，回答说是雨果在告别时送给她的，我却几乎没注意到她都说了些什么。

“他对我说他家里有很多。”她加了一句，好像在辩解什么，但是她并没有看着我。在女贞树丛的另一边，卡洛斯叔叔更加大声地叫我，我扔掉莉拉给我的锹，转身走向铁丝网，虽然莉拉正在叫我，对我说她的花园里又冒烟了。我跳过铁丝网。透过女贞树丛，我从家里看着莉拉，她在哭，手里还拿着那本书，那根羽毛从里面露出了一点点。我看见烟现在就从茉莉花旁边冒出来，毒药全都跟根茎混成一气。我走到机器旁，趁着卡洛斯叔叔又在跟内格利姐妹说话，打开毒药罐,往机器里倒上满满的两勺、三勺,然后将小门关上。这样,毒烟会彻底地熏遍蚂蚁洞,杀掉所有的蚂蚁,家里的花园中一只活口都不留。

暗门

塞万提斯宾馆让佩特隆喜欢的理由也许正是其他人讨厌它的原因。那是一家阴暗、宁静、几乎没什么人的宾馆。当佩特隆乘着轮船过河时，当时认识的一个人向他推荐了这家宾馆，说它就在蒙得维的亚[①] 的中心地区。佩特隆要了二楼的一个房间，带卫生间，正对着大堂。从门房的钥匙板上，他看得出宾馆里没住什么人。每把钥匙都跟一个沉甸甸的铜盘串在一起，盘上有房间号，这是管理部门为了不让客人把钥匙忘在口袋里而想出的小花招。

电梯就在大堂对面，大堂里有一个柜台，里面是当天的各类报纸和电话台。佩特隆只需要走几米就到房间了。龙头里的水很烫，这弥补了阳光的不足和空气的闭塞。房间里有一扇小窗户，对着隔壁电影院的天台，时不时地，会有一只鸽子在那里散步。卫生间的窗户更大

---

①乌拉圭首都。

一些，但很遗憾，它朝着一堵墙和一小块遥远的天空，几乎没什么用。家具不错，抽屉和柜子多得用不过来。还有很多衣架，挺奇怪的。

经理是个高瘦的男人，完全秃了顶，戴着金丝边眼镜，声音有着乌拉圭人的那种响亮、有力。他告诉佩特隆说二楼很安静，只在他唯一的隔壁房间里住着一位单身的女士，她不知在哪里上班，总到入夜才回宾馆。第二天，佩特隆就在电梯里遇见了她。他知道是她，是因为看见了她的钥匙牌号，她就像托着一块硕大的金币似的，把钥匙牌握在手里。门房拿起她和佩特隆的钥匙，把它们挂在钥匙板上，然后跟那个女人谈起了几封信的事情，因此，佩特隆有时间看清楚她还挺年轻，但挺不起眼，而且，就像所有的乌拉圭女人一样，穿衣服品位很差。

与马赛克生产商签好合同大概得花一个星期左右。下午，佩特隆把衣服都放到衣橱里，把资料都理好放在桌子上，洗完澡以后，他到市中心转了一圈，等着到时间去合伙人的办公室。那一天就在几场会谈中度过，接着他在波西托斯酒店参加了一场鸡尾酒会，还在主要合伙人家里吃了顿晚饭。当他被送回宾馆时，已经过了凌晨一点。他疲惫地躺上床，立刻就睡着了。他醒来时，已经快九点了。初初醒来的那几分钟里，在残留的睡意和困倦中，他觉得不知道什么时候曾有小孩的哭声吵到了他。

出门前，他与有德国口音的前台职员聊了聊。他一面打听着公交车线路和街道名称，一边心不在焉地看着宽敞的大堂。大堂尽头就是他和那位单身女士的房间。在这两扇房门之间，有一尊《米罗的维纳斯》[①]

①即断臂的维纳斯，创作于约公元前 2 世纪，1820 年在爱琴海米罗岛被发现，因而得名。

的仿作，仿得很糟糕。侧面墙上还开有一扇门通向外面，门口照例摆着沙发椅，放着杂志。当职员和佩特隆不说话时，宾馆中的寂静仿佛凝结成形，灰烬般落在家具和瓷砖上。电梯的声响仿佛轰鸣，报纸翻页或划火柴的声音也似乎震耳欲聋。

会议在天黑的时候结束，佩特隆在七月十八日大道上转了一圈，然后在独立广场上的一家小饭店里吃了晚饭。一切都很顺利，也许他可以比他原来设想的更早地回布宜诺斯艾利斯去。他买了一份阿根廷报纸和一包生烟①，然后慢慢走回了宾馆。旁边的电影院里在放两部电影，但他都已经看过了，而且，他其实也没有兴致要到哪儿逛逛。遇见宾馆经理时，经理跟他打了个招呼，还问他床上是否需要添什么。他们聊了一会儿，抽了根烟，就分开了。

睡觉前，佩特隆把白天用过的文件整理好，然后看了看报纸，但也没怎么用心。宾馆里的寂静太过沉重，偶尔一辆顺着索利亚纳街而下的电车声响也只不过能将这寂静暂时打破，再任它变本加厉、卷土重来。他并不焦躁，只是有些不耐烦，便把报纸往垃圾篓里一扔，一边心不在焉地照着衣橱上的镜子，一边脱衣服。衣橱已经很旧了，背后隐着一扇通向隔壁房间的门。佩特隆第一次查看这房间时竟然没注意到这扇门，现在才惊讶地发现它。他先前以为这栋楼就是建来当宾馆的，但是，现在他发现这栋楼和许多中档宾馆一样，是旧办公楼或住宅楼改成的。仔细一想，他这一生住过的几乎所有宾馆中——他可住过不少宾馆——房间里总会有一扇封死的门，有时候一眼就看得见，但通常都有一个衣柜、一张桌子或是一个衣帽

①烟叶晒干直接制成的烟卷。

架挡在前面，就像现在的这间一样，可以掩人耳目，含羞带愧地想遮掩住这扇门的存在，就像一个女人用手挡在小腹或乳房前，就以为遮了羞。但是，无论如何，门就在那里，从衣橱顶冒出了头。曾经有人从门里进出过，有人敲过它、虚掩过它，赋予它生命力，这种生命力仍蕴藏在它与墙壁大不相同的木材中。佩特隆猜想，门的另一边大概也立着个衣柜，而房里的女士可能也对这门有着同样的看法。

他并不倦，但还是美美地睡着了。他大概睡了三四个钟头，然后，一种不舒服的感觉把他弄醒了，就好像发生了什么让人厌恶、恼火的事。他打开床头柜上的灯，发现才两点半，他又把灯关了。这时，他听见隔壁房间里有孩子的哭声。

一开始，他并没怎么在意。他的第一反应是放下心来：这么说，前一天晚上确实有个孩子让他没休息好。一切都解释清楚了，这就更容易睡得着觉了。但之后，他转念一想，便从床上慢慢地坐起来，摸黑听着。他没听错，哭声是从隔壁房间里传来的。透过暗门，可以听得见那声音，听得出是从那房间里床尾所在的位置发出的。但是，隔壁房间不可能有个小孩儿呀，经理说得清清楚楚，那位女士是一个人住的，她几乎整天都在上班。佩特隆蓦地想到，也许她这天晚上是在照顾某个亲戚或朋友的孩子，但他随即想到了前一天晚上。现在，他很肯定他先前听到的就是这样的哭声，因为这哭声与众不同，倒像是一连串长短不一的轻轻呻吟和哽咽的轻嗝，再跟着一声抽泣，声音一直断断续续的、低低的，就好像孩子正生着病似的。这应该是个几个月大的婴儿，虽然他哭起来不像新生儿一样刺耳，也没有突然发出咯咯声或是噎住。佩特隆想象着那婴儿——是个男孩吧，但他也不知道为什么这么想——很虚弱，生着病，脸颊消瘦，动作无力。那小东西在晚上呻吟着，腼腆地哭着，没有闹出大动静。如果没有那扇暗门，哭声也许都穿不透厚实的墙壁，谁也不会知道隔壁房间里有个小孩在哭。

第二天上午，佩特隆一边吃着早饭、抽着香烟，一边想着这事儿。睡不好觉对他白天的工作可没好处。他已经在深夜被吵醒了两次。两次都是因为那哭声，而第二次更糟，因为除了哭声，还能听见那女人试图安抚孩子的声音。她的声音很低，但是其中有种渴切的腔调，听起来有点像在做戏，那低语声强有力地穿门而过，仿佛声声尖叫。孩子有时候会被这种哄弄、呵求安抚下去，但是不久就会再次发出断断续续的轻声呻吟和无法抚慰的悲咽，女人就会再次嘟囔着一些低不可闻的言语，施展出母性的魔力来安抚她的孩子：他可能是身染病痛或者伤心难过，也许是痛不欲生，也许是害怕死亡。

“这一切都很凄美，但是那经理可耍了我一回。”佩特隆走出房门时这么想着。他很讨厌谎言，便明白提出了这件事。经理定定地看着他。

“孩子？您大概搞错了。这层楼没有小孩。您的房间隔壁住着一位单身女士，我相信我已经跟您说过了。”

佩特隆迟疑了一会儿才开口。要么是这男人在很愚蠢地撒谎，要么是这宾馆的传声效果摆了他一道。经理微微斜过眼去看着他，好像他倒被这投诉给惹恼了似的。“也许他觉得我是在找借口搬出去，只是不好意思直说。”他想。面对这样的矢口否认，要再反驳什么挺困难的，甚至有点荒唐。他耸耸肩，转而要了份报纸。

“我大概做梦来着。”他说，心里因为必须这么解释——或者作出其他任何解释——而觉得难受。

夜总会闷得要死，做东的两个人也显得不怎么来劲，所以，佩特隆很轻易地借口白天太累，便被送回了宾馆。他们约好第二天下午签合同，生意实际上已经谈成了。

宾馆大堂安静极了，佩特隆不自觉地踮起了脚尖走路。床边放着一份晚报，还有一封从布宜诺斯艾利斯来的信。他认出是他妻子的字迹。

上床睡觉之前，他一直在盯着衣橱和那扇门露出的部分看。也许，如果他把自己的两只手提箱放到衣橱上面堵住那扇门，隔壁房间的声音就会小一些。跟平常一样，这个时候是听不到一点声音的。整个宾馆都在沉睡，物件如此，人也如此。但是，心情本就不好的佩特隆却觉得正好相反，他觉得一切都是醒着的，都在沉默之中警醒着、渴盼着。他心底的焦躁大概也传染给了这栋房子和房子里的人，它们因此也仿佛在监视着、窥伺着什么。一堆蠢话。

当孩子的哭声在凌晨三点把他吵醒时，他几乎没把它当回事儿。他从床上坐起来，心想是不是最好把巡更的叫来，让他证明这个房间确实是没法睡觉的。孩子哭得很轻，有时都听不见他的声音，佩特隆却觉得，这哭声就在那里，一直不停，而且很快就会越来越响。十秒或二十秒极其缓慢地熬过去了。然后，传来一声短促的抽泣，一声几不可闻的呜咽，可怜兮兮的，嘤嘤不止，直到最后爆发成真正的啼哭。

他点燃一根香烟，心想自己是不是应该在墙上轻轻敲几下，让那女人哄那孩子安静下来。但一想到他们两个，想到那女人和孩子，他发现自己并不是真的相信他们俩的存在，他发现自己很荒唐地相信经理并没有骗他。现在，那女人的声音传过来，她的抚慰焦急殷切，虽然也是那么小心翼翼，彻底盖住了小孩的声音。女人正在哄着那孩子、安抚着他。佩特隆想象她坐在床尾，摇着孩子的摇篮或是把他抱在怀中。但是，他怎么也想象不出那孩子的模样，酒店经理的话好像比他正亲耳听见的情况更加真切。慢慢地，随着时间的推移，那微弱的呜咽声在轻声抚慰中时高时低，佩特隆开始怀疑这一切都是一出戏，一场毫无道理的、可怕的、荒唐的游戏。他想起那些关于没有孩子的女人的老故事，她们虔诚而狂热地偷偷收藏各种玩偶，她们私底下幻想自己做了母亲，这比宠猫猫狗狗、宠子侄晚辈要糟糕一千倍。那女人正在模仿着她那求而不得的孩子的哭声，抚慰着用双臂虚抱住的一团空气，也许她的脸上满是泪水，因为她的哭泣已假戏真做，透出她那俗气的苦痛：在宾馆房间里的孤单寂寞中，在这无人理会的黎明时分，她哭得肆无忌惮。

佩特隆无法再睡着，便打开床头柜上的灯，心想着自己该怎么办。身在这样的环境里，他的心情越来越糟糕。因为，他突然觉得周围的一切都是假的、空的、装出来的：这寂静、这哭声、这安慰，这是在这日夜交替时分唯一真实的东西，却用令人无法忍受的谎言来欺骗他。他觉得，就在墙上敲一敲太轻描淡写了。他没有完全清醒，但是他也睡不着，不知怎么，他不觉一点点挪动那衣橱，直到露出那扇落满灰尘的、脏脏的门。他穿着睡衣，光着脚，像蜈蚣似的贴在门上，把嘴靠近松木板，用假嗓子几不可闻地模仿起另一边传来的那种呜咽。他提高声调，呻吟，抽泣。门的另一边陷入一片沉寂，也许会静上一整夜；但是，下一秒，佩特隆就听见那女人在房间里跑动，拖鞋噼啪作响。她突然发出一声短促的尖叫，这声痛呼刚出口便戛然而断，仿佛一根绷紧的弦。

当他经过经理柜台时，是十点多。八点过后，他曾经迷迷糊糊地听见宾馆职员和那女人的声音。有人在隔壁房间里走来走去、搬东西。他看见电梯旁边有一只衣箱和两只大手提箱。佩特隆觉得，经理似乎手足无措。

“您昨晚睡得好吗？”他问道，职业性的语调，却难掩他的漠不关心。

佩特隆耸了耸肩。他不想多说，反正他只需要在宾馆里再过一夜了。

“不管怎么样，您现在会过得更舒心了。”经理看着那些箱子说道，“那位女士中午就要离开我们这里了。”

他等着佩特隆说点什么，佩特隆则只用眼神来回应。

“她在这里住了很长时间了，现在突然要走。女人从来就摸不清楚。”

“是的，”佩特隆说，“摸不清楚。”

到了街上，他觉得晕乎乎的，但并不是真的头晕。他一边灌着一杯苦咖啡，一边开始想这件事，他忘记了生意，也无视四周灿烂的阳光。那个女人离开宾馆，是因为被恐惧、羞愧或气愤给逼疯了，而这都得怪他。“她在这里住了很长时间了……”她也许有病，但是她并没害人。应该离开塞万提斯宾馆的是他而不是她。他应该去跟她谈谈，向她道歉，请求她留下来，并发誓不会对人乱说。他往回走了几步，半路又停了下来。他不敢出这个洋相，他害怕那女人会有什么意想不到的反应。已经该去跟两位合伙人会面了，他不想让他们久等。好吧，算她倒霉。她不过是个歇斯底里的女人，她会找到另一家宾馆来照顾她那个假想中的孩子的。

但是，到了晚上，他又觉得难过了。他觉得房间的那片寂静更沉重了。进宾馆时，他不禁一直盯着钥匙板看，隔壁房间的钥匙已经不在了。他跟正打着呵欠等下班的职员聊了几句，然后进了自己的房间，并不怎么奢望能睡着。他有晚报和一本侦探小说。他慢吞吞地整箱子、理文件。天挺热，他把那扇小窗户大开着。床铺得很好，他却觉得又硬又不舒服。他好容易有了足够的安静来睡个好觉，却只觉得难受。他踱了一圈又一圈，心里想着，自己施诡计讨求来的安静如今是完全回来了，却报复似的将他打败了。讽刺的是，他觉得自己在想念那孩子的哭声。眼下这种绝对的安宁不足以让他安睡，更无法让他清醒。他想念那孩子的哭声。过了好一阵，他听见那哭声透过暗门传来，虽然微弱，却是不可能听错的。虽然他很害怕，虽然他因此深夜逃离，他却也明白：没事了，那女人并没有说谎，她轻声安慰那孩子，她希望孩子安静下来让他们睡个好觉，她并不是在惺惺作态。

迈那得斯[①]之夜

堂佩雷斯递给我一份印在铜版纸上的节目单，然后将我引到座位上。第九排，稍稍偏右：完美的声学平衡。我对皇冠剧院很熟悉，知道它像歇斯底里的女人一样难以捉摸。我总是建议我的朋友们千万别要第十三排，因为那里仿佛有某种气流旋涡，乐音传不进去；左边的上层楼座也不行，因为从那里听来，就像在佛罗伦萨市立剧院里一样，有些乐器似乎会脱离乐团，在空气中浮游，比如说，一支笛子会在离人三米的地方吹响，而其他乐器却还是规规矩矩地待在台上，这很奇妙，但让人很不舒服。

我瞅了一眼节目单。我们会听到《仲夏夜之梦》[②]《唐璜》[③]

---

①希腊神话中追随和崇拜酒神的信女，现常用来比喻狂热到神智沦丧的崇拜者。

②德国浪漫主义作曲家门德尔松为同名戏剧作的标题音乐，其中的《序曲》被认为是其代表作品之一。

③浪漫主义晚期德国作曲家、指挥家理查·施特劳斯创作的交响诗，作于1888年。

《大海》[1] 和《第五交响曲》[2]。想到大师，我不禁笑了。这只老狐狸定下的演奏会节目单蛮横地无视美学规则，却隐含着对观众心理的敏锐洞察力，这是戏剧导演、钢琴大师、自由搏击主持人的共同特点。一场在施特劳斯和德彪西之后立马接上贝多芬的演奏会，直教人神共愤，我只是出于纯粹的无聊才会来听。但是，大师了解他的观众群，他组织的演奏会都是为了皇冠剧院的常客。他们都是些平和的人，很有参与精神，但宁愿将就也不想尝鲜；他们最注重的是对消化系统的深切体恤和对平静心情的绝对尊重。听门德尔松，他们会觉得很自在。然后是豪迈、坚决的《唐璜》，其中有很多可以跟着吹口哨的小调。德彪西会让他们自觉是个艺术家，因为可不是谁都能懂得他的音乐的。接着是重头戏，贝多芬的震撼之作，那就像是命运的敲门声，胜利的 V 字形，那个天才的聋子。然后，他们会各自飞奔回家，因为明天办公室里会忙疯。

其实，我很喜欢大师，他给我们的城市带来了好音乐。我们这座城市没有艺术，远离中心，十年前，也就晓得有《茶花女》和《〈瓜拉尼人〉序幕》。大师受一位果敢的企业家雇用来到这座城市，组建起了这个堪称一流的乐团。慢慢地，他向我们推出勃拉姆斯[3]、马勒[4]、印象派[5] 作曲家、施特劳斯和穆索尔斯基[6]。一开始，老观众们对他颇有

①法国作曲家德彪西的管弦乐作品，作于 1905 年。

②德国作曲家贝多芬 1804 年至 1808 年间创作的四乐章交响曲，又名《命运交响曲》。

③约翰内斯·勃拉姆斯（Johannes Brahms, 1833 – 1897），浪漫主义中期德国作曲家。

④古斯塔夫·马勒（Gustav Mahler, 1860 – 1911），浪漫主义晚期奥地利作曲家。

⑤ 19 世纪末诞生的一个音乐流派，旨在捕捉微妙的意象。德彪西是这一流派的代表作曲家之一。

⑥莫杰斯特·穆索尔斯基（Modest Mussorgsky, 1839 – 1881），俄国作曲家。

微词，因此，大师不得不收敛锋芒，在演出中放了很多“歌剧选段”；然后，观众们开始为他向我们展现的强劲坚定的贝多芬而鼓掌欢迎；最后，他给什么，人们都会叫好，只因为看见了他。就比如说现在，他的入场掀起了一股非同一般的热情。不过，演出季才开始，人们的双手还没进入审美疲劳，他们很乐意鼓掌，而且，大家都热爱大师。大师正在鞠躬，举止生硬，不怎么热情，然后，他带着他那种枭雄般的气度转向乐手们。我左边坐着赫纳坦夫人，我跟她不熟，但她是公认的音乐迷。她脸红彤彤地对我说：

“就在那儿，那儿有一位男人，他可是干成了件少有的大事呢。他不是组建了一个乐团，而是培养出了一群观众。这难道不让人钦佩吗？”

“是的。”我说，如往常一般随和。

“有时候，我在想他应该面向音乐厅来指挥，因为我们也有点像是他的乐手。”

“您可别算上我，拜托。”我说，“说到音乐，我可是一脑袋糨糊。比方说，今天的节目安排，我就觉得很恐怖。不过，肯定是我搞错了。”

赫纳坦夫人严厉地看看我，然后别开了脸，但是，她的好心肠压倒了一切，促使她对我解释了一番。

“这节目单里的全是大师级作品，每一部都是热心观众来信要求的。您难道不知道今晚是大师与音乐结缘二十五周年纪念？也不知道乐团在庆祝成立五周年？您看看节目单的背面，有帕拉辛博士写的一篇文章，动人极了。”

我在中场休息时拜读了帕拉辛博士的文章，之前演奏的门德尔松和施特劳斯都为大师博得了喝彩。我一边在入口大堂中踱步，一边问了自己一两次：这次的演奏是否值得观众如此痴狂呢？而且，据我所知，这些观众并不是十分慷慨的。但是，逢上周年纪念，傻气也登堂入室了，我猜大师的崇拜者们就是无法抑制自己的激动之情。在吧台，我碰见了埃佩法尼亚博士一家，便跟他们聊了几分钟。姑娘们脸红红的，都很激动。她们就像咯咯叫的小母鸡一样把我团团围住（她们让人想起各种各样的飞禽），告诉我说门德尔松真是绝了，他的音乐就像天鹅绒般柔美、薄纱般轻盈，浪漫到极致。她们一辈子都听不厌夜曲，而谐谑曲更是天籁之作。贝芭则更喜欢施特劳斯，因为他很强劲，是个真正的德国式唐璜，他的双簧管和长号让她直起鸡皮疙瘩——这形容让我觉得惊人地贴切。埃佩法尼亚博士带着宽容的微笑听我们说话。

“啊，年轻人！很明显，你们没听过李斯勒[①]弹琴，也没见过冯·彪罗[②]做指挥。那才是辉煌的岁月啊。”

姑娘们很生气地看着他。小罗莎里奥说现在的乐团比五十年前指挥得好，而贝芭则完全不许她父亲贬低大师的高超技艺。

“当然，当然。”埃佩法尼亚博士说，“我认为大师今晚棒极了。多么火热！多有激情！我自己也已经很多年没这么鼓过掌了。”

他把两只手摊给我看，手红得就像刚刚拍扁过一根糖萝卜。但有趣的是，到那时为止，我一直都有正相反的感受：我觉得大师那晚好像肝又疼了，所以他选择了一种简单、直接的风格，没怎么卖力。不过，我大概是唯一有这种想法的人，因为卡略·罗德里格兹一看

①爱德华·李斯勒（Édouard Risler, 1873 – 1929），法国钢琴家。

②汉斯·吉多·冯·彪罗男爵（Hans Guido Freiherr von Bülow, 1830 – 1894），德国指挥家、作曲家。

见我就几乎跳过来搂住了我的脖子，他对我说《唐璜》真是棒透了，还说大师是一位不可思议的指挥。

“你没觉得有一刻，门德尔松的谐谑曲已不是乐团在演奏，而更像是精灵的低吟吗？”

“事实上，”我说，“我得先搞搞清楚精灵的声音是什么样的。”

“别这么蠢。”卡略涨红着脸说，我发现他说这话时是真的怒气冲冲。“你怎么会感觉不到呢？大师很棒，嘿，他从没指挥得这么好过。真不敢相信你会这么不开窍。”

吉列米娜·方坦快步向我们走来。她把埃佩法尼亚家的姑娘们说过的溢美之词又重复了一遍。卡略和她互相凝视，热泪盈眶，被彼此的惺惺相惜所打动，这种情感能让人们在一瞬间无比向善。我看着他们俩，心里挺吃惊，因为我搞不太懂这种激情。不过，我确实不像他们一样每晚都去听音乐会，有时候还会把勃拉姆斯和布鲁克纳[①]颠来倒去分不清，这在他们那一群人中间大概会被看成是蠢到家了。不管怎么说，那些红扑扑的脸庞、汗津津的脖子、那种即使身处入口大堂甚至大街上也想继续鼓掌的强烈愿望，都让我想到大气变化啦、湿气啦或是太阳黑子，这些东西总是会影响人们的行为。我记得，那时候我在想，是不是有哪个机灵鬼正在重做牛博士[②]的经典实验，令观众们激情炽烈。吉列米娜用力地摇着我的胳膊，把我从浮想联翩中拉了回来（我们可不怎么熟）。

①安东·布鲁克纳（Anton Brückner, 1824－1896），奥地利作曲家、管风琴家。

②儒勒·凡尔纳小说《牛博士》中的主人公，他以为基康东镇建新式的氧气发电站为名，向镇上的植物、动物和人输送纯氧气，以观察摄入纯氧对生物的作用。植物因此而加速生长，动物和人则变得易于激动、充满攻击性。故事以牛博士的氧气工厂爆炸而告终。

“接下来是德彪西了。”她无比激动地呢喃，“那一滴小水珠，《大海》[1]。”

“它一定会很动听的。”我顺着她的思绪之潮说道。

“您能想象大师会怎么指挥这曲子吗？”

“肯定是无懈可击。”我估摸着回答，一边看向她，看她觉得我的回答如何。但是，吉列米娜显然期待着更火热的答案，因为她向卡略转过身去，他正像口渴的骆驼一样狂饮苏打水。两人开始如痴如醉地预想第二场的德彪西会是什么样子，猜测第三场的贝多芬该有多么宏伟、强劲。我自去走廊上四处晃荡了一阵，然后回到入口大堂。到处都能发现，观众对刚刚听到的演奏激动万分，这教人又感动又恼火。一种捅了蜂窝似的巨大嗡嗡声慢慢钻进我脑子里，我自己也觉得有点头脑发热，我喝了比平时多一倍的贝尔格拉诺苏打水。我没能完全投入其中，只能像昆虫学家观察昆虫一样在一旁看着这些人，这让我有点痛苦。但是，我能怎么办呢？我这辈子常常碰到这种情况，我几乎已经学会了用这种能力来为自己避免一切牵扯。

我回到座位上时，大家都已经坐好了。我麻烦了一整排的人起身才回到自己的座位上。乐手们无精打采地回到台上。急着听音乐的观众倒比乐手们更早就位，这让我觉得很有趣。我看看最上头的两层楼座，那里黑压压一片人，就像苍蝇哄着一罐糖；再下一层的楼座稀一些，那里的男人们一身礼服，看起来就像是一群群乌鸦；有几支手电筒亮了又灭了，那是带着乐谱的音乐迷们正在试用他们的照

①原文为法语。

明设备。中间大吊灯的灯光渐渐暗下去，黑暗中，我听见掌声响起，迎接大师的入场。光线与声音这样渐进交替，我的一种感官开始休息，另一种感官则立刻开始工作，我觉得这很有趣。在我左边，赫纳坦夫人用力地拍着手，整排的人都无比热烈地鼓着掌；但是，在我右边，隔着两三个位子，我看见有一个男人一动不动地低头坐着。那人是个瞎子，毫无疑问。我依稀看见白色盲杖和毫无用处的眼镜的反光。只有他和我拒绝鼓掌，他的态度吸引了我。我真想坐在他旁边，跟他聊聊：那天晚上能忍住不鼓掌的人就很值得关注。往前两排，埃佩法尼亚家的姑娘们手都要拍断了，她们的父亲也不甘落后。大师简短地致过意，往上面看了一两眼，掌声如流星雨般飞溅而下，与来自池座和楼上包厢的掌声汇成一片。我似乎在大师脸上看到一种介于好奇与疑惑之间的表情，他听到的声音应该正在向他展示一场普通的音乐会与一场二十五周年纪念音乐会之间的差别：还别说，大师靠《大海》得到的掌声可不比施特劳斯少多少，不过，这也很好理解。我自己也被最后一个乐章的响亮与大起大落所打动，鼓掌鼓得手疼。赫纳坦夫人都哭了。

“真是太难以形容了。”她嘟囔着，将一张梨花带雨的脸转向我，“难以形容得不可思议。”

大师退场，又入场，优雅而灵巧，他走上指挥台的样子就像是要做最后一击。他示意乐团起立，掌声和喝彩声更加猛烈。在我右边，那个瞎子在轻轻地鼓掌，小心不把手给拍疼。看着他不紧不慢地低头随观众一起致敬，仿佛入了定，对一切都不加理会，这可别有乐趣。叫好声向来只是偶尔几声的，就像是个人心情的表达，现在却正从四面八方渐次响起。掌声一开始并没有音乐会前半段时那么响。但现在，音乐已经被人遗忘，人们鼓掌不再是因为《唐璜》或《大海》（更确切地说，是它们所造成的震撼），而纯粹是为了大师，以及大厅里洋溢着的共同的情感，所以，喝彩已不再需要外在刺激，欢呼声因此越来越大，变得有些难以忍受。我生气地看向左边，看见一个红衣女人一边鼓掌一边跑过池座的中心，停在指挥台下，就在大师的脚边。当大师再次鞠躬致意时，他惊觉红衣女人靠得太近，吓得直起了身子。接着，从顶层楼座里传来一声巨响，大师不由得抬起了头，举起左胳膊挥手致意，他可不常这样做。这动作让群情更加汹涌。现在，掌声里还夹杂进了鞋子跺着楼座和包厢地板的轰响。这真是太夸张了。

没有设中场休息，但大师还是退场休息了两分钟。我站起身来想把音乐厅看看清楚。湿热的环境和激动的心情已经让大部分观众狼狈得就像一只只冒着汗的对虾。几百条手帕像海浪一样翻动着，仿佛正蹩脚地延续着我们刚刚听过的《大海》。很多人都跑去了大堂，想飞快地灌上一杯啤酒或橘子汁。因为害怕错过什么，他们跑回来时差点与往外走的人撞上。池座的出入口相当混乱，但是并没有人起争执，人们都感觉到一种无可比拟的善意，或者更确切地说，他们都怀着一种强烈的感动之情，这让大家能惺惺相惜、心心相印。赫纳坦夫人因为太胖而无法在她的座位上活动自如，她把那张酷似萝卜的脸凑到我旁边，我一直是站着的。"难以形容，"她一直说，"太难以形容了。"

当大师回来时，我几乎有点高兴起来，因为眼前这一群人让我觉得既可怜又恶心，而我却还是其中的一员，这一点可无法推脱。在所有人中，只有大师和乐手们还算得上体面。跟我隔了几个座位的那个瞎子也是，他僵直着身子，没有鼓掌，优雅专注，不卑不亢。

“《第五交响曲》，”赫纳坦夫人在我耳边呵着气说，“极致的悲怆。”

我觉得那倒像是一部电影的名字。我闭上眼睛，也许，在那一刻，我在试图模仿那个瞎子，他是我身边这一堆黏糊糊、软绵绵的蠢物中唯一有灵性的个体。当我已能看见绿色微光像燕子一样掠过我的眼皮时，《第五交响曲》的第一段就像一把掘土锹一样砸到了我头上，让我不得不睁开眼睛。大师神情优雅，目光锐利，几乎称得上英俊。他让乐团全力奏鸣，乐音腾空而来。掌声之后，观众刹那间陷入一片沉寂。我简直确信大师早在人们向他致意时就开始发动这趟音乐航班了。第一乐章在我们头顶飞过，挑起火热的记忆，再现其中深意，奏出朗朗上口的旋律。第二乐章，指挥得精彩万分，在音乐厅里回响。音乐厅里的空气仿佛已被点燃，但那是一团无形的冰火，从内而外燃烧着。第一声尖叫响起时，几乎没人听到，因为那是一声短促的闷哼，但是那女孩就坐在我前面，她的抽搐还是吓了我一跳。就在这时，在一片管弦和鸣声中，我听到了她尖叫。一声短促而沙哑的尖叫，仿佛爱意迸发或癔症发作。她的头向后仰倒，靠在皇冠剧院那仿佛独角兽青铜器般的池座座位上。同时，她的双脚发疯似的跺着地板，她身边的人则紧紧抓住她的双臂。从上面，从上层楼座的第一排，我听到另一声尖叫、另一下跺脚声。大师结束了第二乐章，直接开始了第三章。我问自己，近距离沉浸在乐团高声演奏中的指挥，能不能听见观众席上这声尖叫？前排的女孩正渐渐地折起身体，有人（也许是她母亲）一直拉着她的胳膊。我本想帮忙的，但是，在演奏会中，多管前排陌生人的闲事可麻烦得很呢。我又想跟赫纳坦夫人说说，因为女人都特别适合处理这种突发情况，但是，她正两眼紧盯着大师的脊背，陶醉在音乐之中。我觉得她的嘴下面、下巴上有什么东西闪闪发光。然后，我就突然看不见大师了，因为前排一位穿着无尾礼服的先生挺起了他那胖乎乎的背脊。竟有人在乐章奏到一半时起身，这是很奇怪的，但是，那几声尖叫，还有人们毫不理会那歇斯底里的女孩，这些事也很奇怪。有什么东西像一块红色斑渍似的，引得我看向池座的中央，我再次看见了中场休息时跑到指挥台下去鼓掌的那位女士。她慢慢地往前走着，身子笔直，我却觉得她是弯着腰走的，也许是因为她走路的姿态，那是一种缓步的前进，勾人心魄，好像是要准备起跳似的。她紧盯着大师，有一瞬间，我看见了她眼中激动的神采。有一个男人从座位中走出，开始跟着她走。现在，他们已走到了第五排，又有三个人加入了他们的队伍。音乐快结束了，大师带着无比的冷硬甩出最后一段的头几个和弦，一声声乐音就像雕塑般同时拔地而起，高高的、或雪白或翠绿的柱子，一幢用声音铸成的卡纳克神庙[①]，那红衣女子与她的追随者正一步步走过它的中殿。

在乐团发出的两声锐响中，我又听到了一声尖叫，但是，这一次，喊声来自右边的一间包厢。随之而来的是起头的几下掌声，它已再也无法自抑，盖过了乐音，仿佛在雄浑、阳刚的乐团与婉转承欢的音乐厅之间持续不断的激情喘息中，音乐厅已不再愿意等着乐团享受，转而陶醉于自身的欢愉，她呻吟着、扭动着，因无法承受的快感而尖叫。我无法在自己座位上移动，只感觉到在我身后似乎起了阵阵骚动，感觉到有人正与池座中央的红衣女子及其追随者平

①位于埃及，是底比斯最为古老的庙宇。

行前进着。红衣女子一行已经到了指挥台下，就在这时，大师把指挥棒插入了最后一道音乐之墙，像斗牛士将整把剑刺进公牛的身体。然后他筋疲力尽地向前弯腰，就好像颤动的空气已用最后一顶将他抵住。当他直起身来的时候，整个音乐厅的人都已起立，我也一样。整个空间就像是一块被如林的尖利长矛瞬间捅碎的玻璃，掌声、尖叫声混成了一体，粗野异常，溢满了音乐厅，但同时又透着些许恢宏，就像狂奔的公牛群或者类似的东西。观众从四面八方汇集到池座区，我毫不惊讶地看见两个男人从楼上包厢跳到地上。赫纳坦夫人在尖叫，就像被踩了一脚的老鼠。她已经从座位上挪了出来，正大张着嘴、将双臂伸向舞台，嚷叫出她的激动之情。到那一刻为止，大师一直都是背对着大厅的，几乎不屑一顾，只是看着他的乐手们，也许还带着赞许吧。但现在，他慢慢地转过身来，低下头第一次致意。他的脸很苍白，好像累坏了似的。我心想（面对着周遭这一片群魔乱舞、光怪陆离，我正百感交集、千头万绪），他可能要晕倒了。他第二次致意，然后看向右边，那里有一个穿无尾礼服的金发男子刚刚跳上舞台，他后面还跟着另外两个人。我觉得大师好像作势要走下指挥台，但是我随后发现他的那个动作有点像是一阵痉挛，就像他想甩脱什么似的。红衣女子的双手攥住他的右脚踝，脸抬向大师。她在尖叫，至少我看见她大张着嘴，我估计她在尖叫，就和其他人一样，也许我也一样。大师垂下指挥棒，用力地挣脱，他在说着什么，但是听不清楚。那女子的一位追随者已经抱住了大师的另一条小腿，大师转向他的乐团，好像在寻求帮助。乐手们都站在那里，站在一片东倒西歪的乐器中，站在舞台耀眼的灯光下。池座中的男男女女都从舞台两边爬上来，乐谱架随之如麦浪般倒下，再分不清谁是乐手而谁不是。因此，大师看到一个男人爬到指挥台后时，立刻抓住他，让他帮自己摆脱红衣女子和她的追随者，他们的双手已经爬满了他的双腿。就在这时，他发现那个男人并不是他的乐手之一，便想推开他，但是这人却抱住了他的腰。我看见红衣女子张开双臂，像是在祈求着什么。大师的身影已经消失在围绕着他、簇拥着他的人流之中。到这一刻为止，我一直带着一种又惊恐又好笑的心情看着这一切，我对现在的情况是彻底找不着北了。但是，就在这一刻，我右边一声极尖利的叫声吸引了我的注意力，我看见那个瞎子已经站起身来，正把双臂舞得像风车，呼唤着、恳求着、哀求着什么。这太过分了，我再也看不下去了，我觉得自己也是这情绪大决堤中的一分子，便也跑向了舞台，从边上跳了上去。就在这时，一群人正如痴如狂地围着小提琴手们，抢过他们的乐器（可以听见乐器就像巨大的棕色蟑螂一样咯吱作响、被踩爆的声音），开始把他们从舞台上拖向池座区，那里有其他人在等着拥抱乐手、再将他们淹没在混乱的人流中。这很有意思，但是我一点也不愿意投入这样的激情表达，我只想待在一旁，看着发生的一切，因为我已经被这场前所未有的献礼行动震住了。不过，我还有足够的理智来问自己，乐手们为什么没有掀开横幕飞快地逃开，但我立刻明白那是不可能的，因为观众已经成群结队地堵住舞台的两翼，形成了一道移动的包围圈，他们踩过乐器、踢飞乐谱架，不断地前进，一边鼓掌一边叫嚷，那巨大的喧哗声震耳欲聋。我看见一个胖子向我跑来，手里拿着他的单簧管。我有点想等他过来时把他拽住或者绊倒，让观众能够抓住他。我还没决定好，一个脸色发黄、低领口上成堆珍珠乱颤的夫人经过我身边，怨恨而愤懑地看了我一眼。她抓住了那个单簧管手，他低低地叫着，试图护住他的乐器。两个男人合力抢过他的乐器，乐手不得不被带到池座区的一边，那里已乱到了极点。

现在，叫喊声已盖过了掌声，人们都忙着拥抱和拍打乐手们，没法鼓掌。因此，喧哗声就变得越来越尖利，时不时还会爆出一声声货真价实的号叫，其中有几声，我仿佛还听出了只有疼痛才能带出的极特殊的音色。这让我怀疑是不是有人在乱跑乱跳时摔断了胳膊或腿脚。我也冲回池座区，因为舞台现在已经空了，乐手们被他们的崇拜者抓着带向四面八方：有的去往楼上包厢，那里隐约现出一片混乱、骚动；有的去往通向大堂的狭窄走廊。最激烈的呼号是从楼上包厢区传来的，乐手们仿佛抵不住这么多双手臂的推挤和勒压，只能绝望地哀求观众让自己喘口气。池座区的人们都挤在阳台式包厢的入口处，我也穿过成排的座位跑向一个阳台式包厢，这时的场面更加混乱了，灯光突然暗了下去，只余下一丝红色微光，让人连彼此的脸都看不大清，身体更是变成了癫狂的暗影、模糊的轮廓，彼此推挤着，或是试图分开，或是努力汇合。我好像在我这一边的二楼包厢上瞥见了大师的银发，但他立刻消失了，就好像有人拖着他跪了下去似的。我听到近旁传来一声喑哑但暴烈的叫喊声，看见赫纳坦夫人和埃佩法尼亚家的一个姑娘正跑向大师所在的包厢。我现在已经很肯定，大师就在那个包厢里，正被红衣女子和她的追随者团团围住。埃佩法尼亚小姐十指交叠，做成个镫子，赫纳坦夫人无比灵巧地把一只脚踩上去，一头扑进了包厢中。埃佩法尼亚小姐看了我一眼，她认出了我，冲我喊了句什么，也许是要我帮她爬上去，但是我没理她，只是离那包厢远远的，不想去跟那些激动得发狂、彼此猛力推挤的人争这块香饽饽。卡略·罗德里格兹之前将乐手们拖到池座里的那股猛劲儿让他在舞台上十分扎眼，但他也刚被人用圆号一挥磕破了鼻子，满脸是血，正摇摇晃晃地乱撞。我可一点也不替他难过，就连看见那瞎子在地上乱爬，到处撞上座位，迷失在这片难辨东西的密林中，我也不难过。我已经不在乎任何事，只想知道这一片叫喊声能不能快点停下来，因为包厢那边还在发出刺耳的叫声，而池座的观众则不知疲倦地齐声应和着，与此同时，每个人都想把别人挤开，试图从什么地方钻进包厢里。很明显，外面的走廊已经水泄不通，因为最猛烈的攻击都是从池座发起的，人们都想跟赫纳坦夫人一样跳上去。我看着这一切，感受着这一切，但与此同时，我却没有半点一起发狂的意愿。因此，我的无动于衷让我有种奇怪的负疚感，好像我的行为才是那天晚上绝对的、终极的放肆行为。我在一处空座位上坐下，任时间分分秒秒过去；与此同时，虽然我不言不动，却仍然注意到巨大的绝望呼号声正逐渐降低，注意到尖叫声正逐渐减弱、终于消失，注意到有一部分观众正惶惑地嘟囔着退场。当我觉得已经能出得去时，便离开池座的中心，穿过通向大堂的走廊。有几个人走起路来像是喝醉了酒，一边用手帕擦着手或嘴，一边把礼服拉拉平，把衣领理理好。在入口大堂里，我看见几个女人正在找镜子、在钱包里乱翻。其中有一位肯定是受了伤，因为她的手帕上有血。我看见埃佩法尼亚家的姑娘们跑了出去，她们似乎还因为没能爬上包厢而怒气冲天，她们看看我，好像那是我的错似的。我估计她们应该已经在外面了，这才开始往出口的台阶走。就在这时,红衣女子和她的追随者们出现在大堂中。跟先前一样，男人们走在女子后面，他们好像是在遮掩着彼此，好让别人看不见他们破破烂烂的衣服。但是那红衣女子却走在前头，目光倨傲。当她经过我身边时，我看见她用舌头舔过双唇，她用舌头慢慢地、贪婪地舔过噙着笑意的双唇。

II

基克拉泽斯群岛[①]的偶像

“你听不听，我都无所谓。”索摩萨说，“事实就是这样，我觉得应该让你知道。”

莫朗一惊，就好像他刚刚从很远的地方回来似的。他记得，在他神游太虚之前，他正在想索摩萨肯定是发疯了。

“不好意思，我走了会儿神。”他说，“你得承认，这一切……总之，到这里来，见到你在这种……”

不过，理所当然地认为索摩萨发了疯也太轻率了。

“是啊，说都说不清楚。”索摩萨说，“至少我们说不清楚。”

他们对视了一秒钟，莫朗首先别开了目光。与此同时，索摩萨的声音再一次响起，语调里不带一点起伏，就像那种听过就忘的枯燥讲解。莫朗不愿意看他，但这样就不得不盯着柱子上的小雕像看了。

---

①位于爱琴海南部。基克拉泽斯（Kyklades）意为“环状”。

这就像再次回到了那个伴着知了鸣唱声、染着青草气息的金色午后，那时，索摩萨和他意外在岛上挖到了那个小雕像。他记得，几米之外，在那块可以远远望见帕罗斯岛海岸线的巨石上，特蕾丝一听到索摩萨的喊声就转过头来。她犹豫了一秒钟，便向他们跑了过去，忘记了她还把她的红色比基尼[①] 胸罩拿在手上。她在井边弯下腰，索摩萨的双手举着被霉斑和腐烂物糊得几乎面目全非的小雕像伸出井口。莫朗又好气又好笑地冲她嚷嚷，叫她穿上衣服。特蕾丝直起身子看向莫朗，好像不明白他的意思，然后，她突然背过身去，用双手挡住胸口。与此同时，索摩萨把小雕像递给莫朗，跳出了井外。莫朗几乎立马就回忆起了接下去的那几个钟头，想到了河边露营帐篷中的那一晚，想到了在月光下的橄榄树间行走的特蕾丝的身影。如今，索摩萨单调的声音回荡在几乎空无一物的雕刻工作室中，却好像是从那一晚传来的，也成了他记忆的一部分。那一晚，索摩萨含糊地暗示了他的荒唐愿望，而他莫朗，则在两杯浓稠的葡萄酒下肚以后，开心地笑着说索摩萨是伪考古学家，是无可救药的诗人。

"说都说不清楚。"索摩萨刚刚说，"至少我们说不清楚。"

在斯克罗斯谷底的露营帐篷中，他们的手曾经握住那座小雕像，不停地拂拭，直到它被时间与遗忘遮去的真容完完全全地露了出来（特蕾丝还在橄榄树林里为莫朗的责骂和他愚蠢的偏见而发脾气）。长夜漫漫，索摩萨向他吐露了那个荒唐的念头：他想通过除了双手、双眼和科学以外的途径来接触那座小雕像。他们的谈话，有美酒相陪，有香烟缭绕，蛐蛐儿的叫声和潺潺的水声也交织其中，混成了一种

①原文为法语。

仿佛无法沟通的模糊感觉。之后，索摩萨拿着小雕像回了他的帐篷，特蕾丝也一个人待烦了，回来睡觉。莫朗便跟她讲了索摩萨那个异想天开的念头，两人带着巴黎式的打趣口吻猜测，是不是从拉普拉塔河[①]来的人想象力都这么丰富。睡觉之前，他们俩低声谈了谈那天下午发生的事情，最后，特蕾丝接受了莫朗的道歉，吻了吻他，然后，一切就像平常在岛上或是其他任何地方一样了。只有他和她、上方的夜空，以及悠长的模糊时光。

“还有谁知道吗？”莫朗问。

“没了。就你跟我。这样才对，我觉得。”索摩萨说，“最近这几个月，我几乎没离开过这里。一开始，有个老太太来收拾工作室、替我洗洗衣服，但是她让我不自在。”

“能就这样住在巴黎的郊外，看上去挺不可思议的。这么安静……嘿，可你至少还要到镇上去买粮食呀。”

“像我刚才说的，以前是的。但现在已经没这必要。那里，一切应有尽有。”

莫朗看看索摩萨手指的方向，就在小雕像和弃置在架子上的众多复制品再过去一点的地方。他看到木材、石膏、石材、锤子、灰尘，还有玻璃上的树影。手指似乎指向了工作室中的一个角落，那里空空的，地上只有一块脏抹布。

但是，其实一切都没怎么改变，他们分开后的那两年也是时间中一片空空的角落，他们之间应该说却没有说过的一切就好比是一块脏抹布。群岛上的探险，那场在圣米歇尔大道上的一家露天咖啡

①位于阿根廷与乌拉圭之间，实际是巴拉那河与乌拉圭河汇集后形成的一个河口湾。其流域面积为南美洲第二大，仅次于亚马孙河。

座里萌生的浪漫疯狂之旅，在他们于谷中废墟里找到那具雕像后立刻结束了。也许是对被人发现的恐惧磨掉了最初那几星期的快乐心情。有一天，三人去沙滩时，莫朗无意中看见了索摩萨的一个眼神。那天晚上，他跟特蕾丝商量了一下，两人决定尽快回去，因为他们很敬重索摩萨，而他现在——这么毫无预兆地——难过起来，两人觉得不该这样。回到巴黎，他们还是偶尔见面，几乎都是因为公事，不过，莫朗总是一个人去赴约。第一次见面时，索摩萨问起过特蕾丝，之后，他似乎就无所谓了。他们之间没有说出口的一切让两人，也许是三人，倍感沉重。莫朗同意由索摩萨保管那小雕像一段时间。几年内都不能将这雕像卖掉。一个叫马克斯的男人认识一位上校，这位上校认识一位雅典海关人员，马克斯就把这个期限定为收受贿赂的附加条件。索摩萨把雕像带回了他的公寓，莫朗每次跟他见面时都会看见它。他们从来没说起过邀索摩萨去拜访莫朗夫妇，就像很多其他的事情他们也不再提起一样，说到底，就是所有跟特蕾丝有关的事。索摩萨似乎只关心他的执着想法，他就算有时请莫朗到他的公寓喝杯白兰地，也只是为了旧话重提。这一点也不稀奇，毕竟，莫朗太了解索摩萨对于某些边缘文学的喜好了，并不会觉得他对此念念不忘很奇怪。在这种几乎是自动自发的剖白过程中，莫朗觉得自己其实可有可无。只是，看着索摩萨的双手一遍遍抚摸着虽面无表情却仍十分美丽的雕像那具小小的身体，听着他用单调的声音不厌其烦地重复着千篇一律的神神道道，莫朗惊讶于那股愿望竟如此狂热。在莫朗看来，索摩萨的执迷不悟不是毫无缘由的：在某种意义上，考古学家都会对他所探索、所发现的过去有认同感。因此，他会相信接近一道那样的时光留痕可以让时空扭曲、改变，能打开一条裂缝通向……索摩萨其实从没这么说过，他所说的都很模棱两可，是一种不着边际的影射、毫无根据的谋划。那个时候，他已经开始笨手笨脚地制作小雕像的复制品了。莫朗在索摩萨离开巴黎之前看到了第一件，他出于友情，礼貌地听索摩萨执着地老调重弹——他要通过反复描摹那些表情和姿态来返璞归真，自己不懈的尝试一定会让他与原初的世界合为一体，达到一种质的飞跃，因为到时就不再有二元相对，而是完全融合：本真的感应。（这不是他的原话，但是，当莫朗稍后为特蕾丝重新组织这些话时，他总得用某种方式将它表达出来。）而这种感应，就像索摩萨刚刚告诉他的那样，已经在四十八个小时之前、夏至的晚上形成了。

“好的。”莫朗一边点燃另一根香烟一边同意道，“但我还是希望你能解释一下，为什么你会这么确信……呃，确信你已经到了顶点。”

“解释……你难道看不出来吗？”

他再次把手凌空一挥，伸向工作室的一个角落，在天花板和小雕像之间画出一道弧线。那小雕像就放在一根大理石细柱上，聚光灯的三角光区笼罩着它。莫朗没来由地想起，特蕾丝把小雕像带过边境时曾把它藏在一只玩具狗里，那是马克斯在布拉卡区的一个地下室里做成的。

“不可能不是这样。”索摩萨天真地说，“每做一尊新的复制品，我就更加接近一些。那些形态逐渐向我袒露出内中神髓。我的意思是……啊，跟你解释这个得花上好几天……荒唐的是，在那里，一切都会进入一种……但是，如果是这个的话……”

他的手来回挥动，强调着“那里”和“这个”。

“事实上，你已经成了个雕塑家啦。”莫朗说，他听到自己说话，觉得自己真蠢，“最新的两件复制品很完美。你要是哪天把雕像给我，我永远也不会知道你给我的是不是真品。”

“我永远都不会把它给你的。”索摩萨答得简洁，“你别以为我已经忘记了它是属于我们两个人的。但是，我永远都不会把它给你的。我唯一盼望的只是特蕾丝和你能跟着我，和我在一起。是的，我希望我到达那里的那一晚，你们俩能跟我在一起。”

这是将近两年来莫朗第一次听见他说起特蕾丝，就好像在此之前，她对他而言已经死了。但是，他提到特蕾丝的那种方式还是怀旧得无可救药，还像是在希腊的那个早上，当他们下到沙滩上时一样。可怜的索摩萨。他仍然……可怜的疯子。但是，更奇怪的是，他自己竟在琢磨，为什么到了最后一刻，在他接到索摩萨的电话上车以前，他会觉得好像必须给特蕾丝的办公室打个电话，让她迟一些过来工作室这边跟他们见面。他一定得问问她，在听到他教她怎么来到小山上这座僻静的小楼时，她都想了些什么。要让特蕾丝一字不差地把她听到自己所说的话复述出来。莫朗暗自痛骂自己这种偏要像修复博物馆中的希腊陶瓶一样重现生活轨迹的条理癖，他必须细致地将小小的碎片都拼凑起来。而索摩萨的声音就在那里，还有他的双手，来回挥动着，好像也想拼贴空气的碎片，做成一只透明的瓶子。他的双手指着小雕像，莫朗不由再一次看向那只史前小东西的月白色身躯，它是在难以想象的环境中被遥远得不可思议的某人雕琢而成的，距今几千年，也许更久远。在那让人目眩的远古，有鸟兽奔跳、吼叫，有无须生祭的仪式，也有潮汐、星宿、发情期，以及朴拙的生祭。他看向那张毫无表情的脸庞，它如同一面空洞的镜子，紧绷到极点，只有鼻梁的线条将那镜面打破；他看向那对不怎么明显的乳房、三角形的私处、环抱着小腹的双臂。这是最初的偶像，她代表着祭神时节那些仪式底下隐藏的第一波恐惧，她高举着山中祭台上宰杀祭品的石斧。这真的让人觉得他自己也变蠢了，好像当个考古学家还不够糟糕似的。

“求你了，”莫朗说，“就算你认为这一切都无法解释，但你就不能努把力给我解释一下吗？说到底，我只知道你这几个月一直都在刻复制品，还有两天前的晚上……”

“这太简单了。”索摩萨说，“我一直感觉那另一个世界仍然鲜活地存在着。但是，首先得纠正五千年来走过的错路。有趣的是，就是他们自己，爱琴海人的后代们犯下了这个错误。但是，现在一切都不重要了。看，就是这样。”

在那尊偶像旁边，他抬起一只手，轻轻地放在她的乳房和腹部，另一只手抚着脖颈，再往上摸到雕像那并未描出的嘴。莫朗听见索摩萨在用一种低沉、喑哑的声音说话，有点像是他的双手——或者也许是那张并不存在的嘴巴——在诉说着那烟雾弥漫的洞穴中的狩猎、那奔逃无路的鹿群、那不能直呼的名字、那些蓝色油脂画成的圆圈、两河并行的嬉戏交错、波赫克文明的伊始，以及去往西方石阶和不祥暗影中的高地的远征。他心想，若是趁索摩萨不注意时打个电话，是否还来得及叫特蕾丝把佛内特医生带过来。但特蕾丝应该已经在路上，而在岩石边，女神在吼，牧民首领割下最壮美的公牛的左边犄角，将它递给盐民首领，以此重修与哈伊莎女神的契约。

“嘿，让我喘口气。”莫朗说，他站起身，往前跨了一步，“这令人难以置信。而且我渴得要死。我们喝点什么吧，我可以去找一点……”

“威士忌就在那里。”索摩萨说，一边慢慢地把手从雕像身上收回来，“我不喝，我在献祭之前得斋戒。”

“真遗憾。”莫朗一边找酒瓶一边说，“我一点也不喜欢一个人喝酒。什么献祭？”

他将威士忌一直倒满至杯沿。

“按你的话来说，就是为融合而做的献祭。你听不见吗？那是双笛，就跟我们在雅典博物馆看见的那个小雕像上的那支一样。生命之音在左边，不和之音在右边。对哈伊莎而言，不和也是生命，但是，献祭一旦完成，笛手们就不会再在右边笛管里吹奏了，从此只听见新生命的笛声，这生命饮下了流淌出来的鲜血。笛手们会满嘴都是血，再用左边笛管吹奏。而我会用血涂上她的脸，你看，就这样，在鲜血下，她的双眼和嘴就会出现。”

“别再说傻话了。”莫朗灌下一大口酒，说道，“血可不适合我们的大理石小玩偶。是的，很热。”

索摩萨已经不紧不慢地脱下了衬衫。当莫朗看见他解着裤子纽扣时，他心想自己就不应该由着他这么兴奋，不该容他的狂热发作。干瘦、黝黑的索摩萨赤裸裸地站在聚光灯下，他似乎很陶醉地注视着空间中的某一点。从他微张的嘴里，滴出一线口水。莫朗猛地将酒杯往地上一放，他估计，要走到门口，就必须想个法子骗过索摩萨。他一点也不清楚索摩萨手中晃动着的石斧是从哪里冒出来的。他蓦地明白了。

“早该看出来。”他说，一面慢慢后退，“与哈伊莎的契约，嗯？那鲜血就由可怜的莫朗来提供，对吗？”

索摩萨并不看他，而是开始绕着圈向他靠近，好像在踏着一条既定的路线。

“你要是真的想杀我，”莫朗冲他大叫，一边向暗处退，“何必弄这些玄虚？我们俩都很清楚，这是因为特蕾丝。但是，她没爱过你，也永远不会爱你，你这又何苦呢？”

赤裸的身体已经从聚光灯下的光圈中走了出来。莫朗躲到角落的暗影中，踩着地上湿漉漉的抹布，他明白自己已经退无可退。他看见斧子高举，便像流[1]在岱纳广场的体育馆里教过他的那样跳了起来。索摩萨大腿中部中了一脚，脖子左侧挨了一劈。斧子斜飞出去老远。莫朗灵活地挡开倒向他的身体，抓住了那尊再无人护卫的玩偶。当斧刃落到索摩萨额头中央时，他还在低哑、惊恐地尖叫。

再次看向索摩萨之前，莫朗在工作室的角落里吐了出来，就吐在那块脏抹布上。他觉得像被掏空了似的，吐一下让他感觉好了些。他从地上把杯子拿起来，喝掉了剩下的威士忌，想着特蕾丝随时都可能来，他得做点什么，通知警察，解释清楚。他抓起索摩萨的一只脚拖着尸体，让它完全暴露在聚光灯光下，一面想着，他要证明自己是正当防卫并不困难。索摩萨古里古怪，与世隔绝，明显是疯了。他弯下腰，将双手放在死者脸上和头发上流淌的鲜血中浸湿，同时看看手表，七点四十了。特蕾丝不会耽搁太久的，也许最好是出门到花园里或街上去等她，不让她看到偶像的脸上流着鲜血的一幕，那些顺着脖子往下滑的细红线，沿着乳房的边缘，在阴部那小小的三角区汇合，再顺着大腿滴下。斧子深深地嵌入祭品的头颅，莫朗将它拔出来，用黏糊糊的双手掂了掂。他用一只脚把尸体再推过去

①流（Nagashi），日语人名。

一点，让它抵着柱子。他在空中嗅嗅，然后向门口走去。也许最好把门打开，让特蕾丝能够进来。他把斧子倚在门边，开始脱衣服，因为很热，而且这股味道让人喘不过气，仿佛屋子里挤满了人。他已全身赤裸，这时他听到出租车的声音，听到特蕾丝的声音引领着笛子的乐音，他关上灯，拿着斧子在门后等着，他一边舔着斧刃一边想着，特蕾丝真是准时极了。

一朵黄花

听着像玩笑话，但我们确实是永生不死的。我是通过反向推理知道这一点的，因为，我认识那个唯一难逃一死的人。他在康布罗纳路上的一家风味餐馆里跟我讲了他的故事。他喝得很醉，所以，虽然店老板和吧台旁的食客们都笑得快把酒从眼睛里喷出来了，他仍能轻松地吐露真情。他应该看到了我脸上印着某种好奇，因为他坚定地坐到了我旁边，我们后来甚至还要了角落里的一张桌子，可以安静地喝喝酒、聊聊天。他对我说，他从市政府退休了，老婆去她父母家住了有一阵子，这是用来表示她已经抛弃他的众多说法之一。他一点也不老，也不蠢，脸庞干瘦，眼睛像是得了结核病似的。他是真的在借酒消愁，五杯红葡萄酒下肚，他便一直大声地这样宣称。在他身上，我没有闻到巴黎人特有的那种气味，但是，那似乎只有我们外国人闻得到。他的指甲保养得很好，也没有一点头皮屑。

他说，他曾在 95 路公交车上见到过一个大约十三岁的男孩儿。

见到那男孩儿的一瞬间，他就发现这个男孩跟他很相像，至少跟他对自己在那个年龄时的记忆很像。渐渐地，他意识到他们俩在所有方面都很相像：脸、手、落在额头上的那绺头发、分得很开的双眼，尤其是那股羞怯、那副把自己藏在一本漫画杂志后面的样子、那个把头发往后抹的动作，还有行动时的那种笨拙。两人相像得让他直想笑。当男孩在雷恩路下车时，他也跟了下去，把一个还在蒙帕纳斯等着他的朋友晾在了一边。他找了个理由跟男孩攀谈起来，他跟男孩打听了一条街，然后，毫不意外地，他听到的声音就是他自己童年时的声音。男孩正往这条街走，两人很不好意思地一起走了几个街区。突然，他恍然大悟。一切都没有解释，但是这种事本就不用解释，若是试图解释它，就像现在，它反倒会变得含糊，显得愚蠢。

长话短说，他千方百计进入了那男孩的家，借着曾经做过童子军指导员给他带来的权威感，他打入了这座固若金汤的堡垒：一个法国家庭。他看见的是一户虽贫寒却还体面的人家、一位挺显老的母亲、一位退休的舅舅和两只猫。然后，他毫不费力地让他的一个兄弟把自己十四岁上下的儿子交给他管。两个男孩成了朋友。他开始每个星期都去卢克的家，卢克的母亲用煮过头的咖啡来招待他，他们聊战争，聊军事占领，也聊卢克。原先的顿悟渐渐完整、明确起来，有了一种分明的轮廓，人们喜欢称之为命运。这甚至可以说得更通俗一点：卢克就是他重生的模样，不存在必死的天命，我们都是不死之身。

“全都是不死的，老伙计。您看看，从来没人能证明这一点，却让我给撞上了，在一辆 95 路车上。一个运转上的小错误、一个时间的褶皱，重生体与前世之身竟同时在世，而不是接续出现。卢克本应该在我死后再出生的，但是……更别提我竟在公共汽车上遇见他这惊人的巧合了。我相信我已经跟您说过，那是一种无需言语的、完全的笃定。就这么回事，结了。可是，疑虑却也随之产生，因为在那种情况下，人都会以为自己傻掉了，也许会吃些安眠药了事。但随疑虑而生的，是在将疑虑逐个消除的过程中出现的种种证据，证明我没有搞错，证明不必再有疑虑。有时候我也会想跟那些蠢货聊聊，而我现在要跟您说的正是让那些蠢货笑得最厉害的地方。卢克不仅仅是我的重生体，他的未来也会跟我——这个正在跟您说话的可怜虫——一模一样。看看他玩耍的样子，看看他每次摔跤都伤得很重，会扭到一只脚或是锁骨移位，看看他那些明摆在脸上的心思和有人问他随便什么事情时那股涌上他脸庞的红晕吧。他的母亲却不同，他们多喜欢聊天，即使那男孩就在那里羞得要死，他们也会口无遮拦地乱说，说他最不可思议的隐私，说他长第一颗牙时的趣事，说他八岁时的画作和生过的各种疾病……那好心的夫人一点也没有怀疑，这是当然，他舅舅也常跟我下国际象棋，我就像是家里的一分子，我甚至垫钱帮他们撑到月末。我毫不费力地了解了卢克的过去，只需要把问题穿插在大人们感兴趣的话题上：舅舅的风湿、女门房的坏心眼儿、政治。就这样，我在象棋将军和思考肉价的空隙中逐步了解了卢克的童年；就这样，证据更加完备、确凿了。但是，请您理解，我们也再要一杯酒：卢克就是我，就是我的小时候，但是您别把他想象成一模一样的复制品，倒不如说他是一个相似的镜像，明白吧，就是说，我七岁时手腕脱臼，卢克却是锁骨脱臼；九岁时，我们分别得了麻疹和猩红热；而且时代也会有影响，老伙计，我的麻疹持续了十五天，而卢克才四天就被治好了，医学的进步，诸如此类。一切都很相似，所以说，打个比方，街角面包店的老板很有可能就是拿破仑的一个重生体，他对此一无所知，因为这个顺序并没有被打乱，因为他永远不可能会在一辆公交车上撞破真相；但是，如果他不知怎么发现了这个真相，就会明白他是在重蹈覆辙，是在重走拿破仑的老路，他会明白从洗碗工变成蒙帕纳斯一家上好的面包店的老板就是从科西嘉一跃坐上法兰西王位的写照，若是在他一生的过往中慢慢淘，他就会发现那些可以与埃及之战[①]、执政府时期[②]和在奥斯特里茨[③]的时候对应起来的那些时刻，最后，他会明白在几年内他的面包店就会遇上不测，他最后会流落到圣赫勒拿岛[④]，不过到他这儿就可能是六层楼上的一间小屋，但同样是一败涂地，同样被孤独淹没，同样为他那曾经宏图大展的面包店而骄傲。您明白了，对吧。”

我明白了。但是，我提出，我们小时候都会在某个固定时期得些特有的病，我们踢足球时几乎人人都会跌破什么地方的。

“我知道，我之前只跟您谈了谈表面的相似之处。比如说，卢克

①拿破仑于1798年受命远征埃及，5月，在金字塔战役中以少胜多，这是他一生中的重大胜利之一。8月，在尼罗河河口与英军决战时惨败，舰队被完全摧毁，困在埃及，次年回国之时，四百艘军舰只剩下两艘。

② 1799年11月9日，拿破仑发动雾月政变，成为法兰西第一执政。执政府，是指1799年督政府被拿破仑政变推翻后至1804年拿破仑成为法兰西皇帝前的政府，虽有三名执政，但实权掌握在第一执政拿破仑手上。

③位于今捷克境内。1805年，法军在奥斯特里茨战役中取得胜利，瓦解了第三次反法同盟，并且迫使奥地利取消了神圣罗马帝国的称号。

④ 1815年6月18日，拿破仑遭遇滑铁卢战役的失败，之后便被流放到大西洋上的圣赫勒拿岛。

跟我长得像，这本身并不重要，但对于公共汽车上的顿悟它就很重要了。而真正重要的是生活的经历，这很难解释，因为其中包括了性格、模糊的记忆和童年的轶事。那时候，我是说当我在卢克那个年纪的时候，我已经度过了一个病痛缠身的痛苦时期，之后，我还在恢复期中，就跟朋友们去玩，摔断了一只胳膊，刚刚过了这一关，我又爱上了一个同学的姐妹，很受煎熬，面对不停奚落自己的女孩时不敢直视她眼睛的人都受过这种苦。卢克也生过病，他刚好，就有人请他去看马戏，下台阶时他滑了一跤，一个脚踝脱臼了。没多久后的一天下午，他母亲撞见他在窗边哭泣，手里攥着一条蓝色的小手帕，那条手帕可不是家里人的。”

在这个世上总得有人当反方，因此我说，小的时候总会受伤、生病，恋爱更是必不可少。但是，我也承认，飞机的事情就不一样了。那是一架带弹簧螺旋桨的飞机，是他送给男孩的生日礼物。

“把飞机送给他时，我想起了我十四岁时母亲送给我的麦卡诺[①]和我的遭遇。当时，虽然一场夏日的风暴就要来临，已经听得到雷声滚滚，但我正在花园里，就在临街的大门旁，正在凉亭的桌子上组装一台起重机。家里有人叫我，我不得不进去了一会儿。当我回来的时候，麦卡诺的盒子不见了，而大门敞开着。我绝望地叫嚷着跑向大街，但是已经一个人都看不见了，就在同一时刻，一道闪电砸在对面的房子上。这都是一瞬间的事，我把飞机给卢克的时候就在回想着这一切，而卢克盯着飞机，表情跟我当时看着我的麦卡诺时一样幸福。他母亲过来给我一杯咖啡，我们拉了会儿家常，这时，

①一款法国产创意金属拼装玩具。

我们听见一声尖叫。卢克跑到窗户旁，就好像他想跳出去似的。他脸色苍白，泪水在眼里打转，结结巴巴地说飞机飞偏了，正好飞出了半开着的窗口。'再也看不见了，再也看不见了。'他哭着一遍遍地说着。我们又听到下面有人嚷嚷，舅舅跑进来说对面房子着火了。您现在明白了吗？是的，我们最好再喝一杯。"

接着，因为我没说话，那男人又说，他从那时起开始只想着卢克，想着卢克的命运。他母亲想把他送进一间技术学校，这样他就能兢兢业业地打拼出她所谓的人生道路，但是，这条道路已经打拼过了，只是他不能这么说，否则会被人当成疯子，人们会把他跟卢克永远分开，所以，他只是跟男孩的母亲和舅舅说一切都是没有用的，不管他们怎么做，结果都是一样：卑躬屈膝、苟延残喘的单调生活，磨破衣衫、啃噬灵魂的一次次挫败，躲在街头小餐馆里的自怨自艾。但最糟糕的并不是卢克的命运，最糟糕的是卢克也会死，然后会有另一个人重复卢克和他自己的老样子，这个人死了，又会有下一个人接续这个轮回。对他而言，卢克已经不再重要，到了晚上，他难以入眠，只想着下一个卢克，想着那一个个也许叫罗伯特、也许叫克劳德、也许叫米切尔的后继者，想着那无数的可怜虫懵懵懂懂地重蹈前人覆辙，还自以为海阔天高，自以为人定胜天。这男人越喝越伤心，但谁也没法劝。

"后来，当我告诉他们卢克几个月以后死了的时候，他们都笑我，他们太愚蠢了，无法明白……是的，您可别也用这种眼神看着我。他几个月以后死了，一开始是得了一种支气管炎，同样的，我在这年纪也染过肝炎。我被送去了医院，但是卢克的母亲坚持要在家里照顾他，我几乎每天都过去，有时候，我还会把我侄儿带去跟卢克玩。

那一家子太过悲苦，因此，我的到访成了一种绝对的慰藉：卢克有人陪，还会有一包鲱鱼或杏仁糕。我向他们说起一家药店能给我特殊折扣，之后，他们也习惯了让我负责买药。他们最后还允许我当起了卢克的护理员，您可以想象，在一个那样的家庭里，医生来去都是漫不经心的，没有人会很在意后来的症状是不是完全符合一开始的诊断。您为什么这样看着我？我说错什么了吗？”

不，他没说错什么，尤其是考虑到他已经喝了这么多酒。正相反，只要不自己吓自己，可怜的卢克的死不过可以证明，任何一个喜欢幻想的人都可能在一辆95路车上异想天开，最后却在一个默默死去的孩子病床前眼见幻想支离破碎。为了安抚他，我把这想法告诉了他。他呆住了一会儿，然后又开口了：

“好吧，随您怎么说吧。事实上，在葬礼后的几个星期里，我第一次感觉到某种有点像是幸福感的东西。我仍然时不时地去拜访卢克的母亲，给她带去一包松饼，但是我对她或是那户人家已经不怎么关心了。我好像还沉浸在一股惊喜中，因为我确信自己是第一个必死之人，我确切地感觉着自己的生命正一天接一天、一杯酒接一杯酒地流逝，最后可能在任何地方、任何时候结束，一丝不差地重复着天知道什么时候、什么地方的某个不知名的死人的命运，但是，我是真的会死掉，再没有一个卢克来接续这场轮回，愚蠢地重复这种愚蠢的生活。您要理解这种完满感，老伙计，您该羡慕我这种今朝有酒的幸福感。”

因为，看上去，今朝很是苦短。证明这一点的，是小餐馆和廉价的葡萄酒，还有那双闪烁出心头燥热的眼睛。不过，几个月来，他一直在品味着他平庸日子的每分每秒，细细回想着他失败的婚姻、他一事无成的中年，当然，还有他没人能抢去的必死天命。直到有一天下午，在穿过卢森堡公园时，他看见了一朵花。

“它就开在路边上，一朵普通的黄花。我本来是停下来点根香烟的，却看它看得出了神。有点像是那朵花也在看我，那种触动，有时候……您知道，谁都会有这种感觉，所谓的美。就是那个，那朵花很美，那是一朵美极了的花。而我却死定了，我会在某一天永远地死去。那朵花很漂亮，永远都会有漂亮的花给将来的人们看。突然，我明白了什么是虚无，我曾经以为那就是平静，是苦难的终结。我会死去，而卢克已经死了，再不会有一朵花留给像我们一样的人了，什么也不会有了，绝对不会有了。虚无就是这样，就是再也不会有一朵花。点燃的火柴烧痛了我的手指。在广场上，我跳上一辆不知开往哪里的公共汽车，开始荒唐地四处看，看尽了街上能看到的所有东西，看尽了公共汽车上的一切。到达终点站时，我下了车，又上了另一辆开往郊区的公共汽车。一整个下午，直到深夜，我不停地上车、下车，想着那朵花，想着卢克。我在乘客中寻找着某个长得像卢克的人，某个长得像我或像卢克的人，某个可能是我的重生体的人，某个一看就知道那就是我的人，然后任他离去，什么也不告诉他，这几乎就是保护他了，让他能继续他那愚昧可悲的生活，他那蠢笨失败的人生，直到下一次蠢笨失败的人生，直到再下一次蠢笨失败的人生，直到再下一次……”

我付了账。

饭后

时间，是个孩子，
在对弈中移动棋子。
——赫拉克利特[①]，《残篇 59 号》

费德里科 · 莫莱斯博士的来信：

布宜诺斯艾利斯，一九五八年七月十五日 星期二

致阿尔韦托 · 罗哈斯先生
洛沃斯城，F. C. N. G. R.[②]

---

①赫拉克利特（前 540－前 480），古希腊哲学家。他曾写过一部总称为《论自然》的书，但我们现在只能看到其中流传下来的 130 多个残篇。

②罗卡将军国有铁路线（Ferrocarril Nacional General Roca），于 1948 年阿根廷铁路国有化运动中建成，其名得自阿根廷总统胡里奥 · 阿根蒂诺 · 罗卡（Julio Argentino Roca, 1843－1914）。

我亲爱的朋友：

像往常一样，每年的这个时候，就会有一种想再见见老朋友的强烈愿望涌上我心头。人生难测，造化弄人，令朋友四散，天各一方。我相信，您也同样殷殷渴盼着来上一次会餐小聚，我们可以幻想彼此没有如此历经坎坷，共同的回忆仿佛能让我们短暂地重拾逝去的韶华。

很自然地，我最先就想到了您，我提早给您寄出这封信，让它能促使您离开您在洛沃斯的庄园几个钟头，虽然那里的蔷薇花园和图书室比整个布宜诺斯艾利斯都更吸引您。但是，请鼓起劲儿来，接受这又得坐火车又得忍受首都喧嚣的双倍牺牲吧。我们会在家里吃晚餐，就像往年一样，都是些老朋友，除了……但是，我首先想定好日期，好让您心里有个数；您会看见，我很了解您，我已经摆好了阵势。那么，我们说好……

阿尔韦托 · 罗哈斯博士的来信：

洛沃斯，一九五八年七月十四日

致费德里科 · 莫莱斯先生

布宜诺斯艾利斯

亲爱的朋友：

在您家里那令人愉快的聚会之后才几个钟头就收到这封信，您大概会吃一惊，但是，聚会上发生的一件事让我的情绪深受影响，我必须向您坦承我的忧虑。您知道我不喜欢电话，也没有兴致写信，但是，我一独自思忖方才发生的事情，就觉得给您写这封信是最合情理的，甚至是最起码的反应。老实说，要不是洛沃斯离首都这么远（一个老病壳子计算路程的方法是不一样的），我相信我今天就会回到布宜诺斯艾利斯跟您谈谈这件事情。好了，闲话不提，我们说正事。不过，在此之前，亲爱的费德里科，我还要再次感谢您为我们准备的绝妙晚餐，只有您才做得到。路易斯·富内斯、巴里奥斯、罗维罗萨都跟我一样，认为您真是个妙人儿（巴里奥斯如是说[①]），是个无可比拟的东道主。那么，如果说虽然出了那样的事，我却还是对这次聚会十分满意，甚至有些留恋，这大概不会让您觉得奇怪，因为这次聚会让我得以再次与老朋友们相聚，重温那许许多多被孤独岁月渐渐消磨的记忆。

不过，我要说的事情，对您来说真的是件新闻吗？我一边给您写信，一边不住地想，也许是因为您身为主人，昨夜您才不得不掩饰住了罗维罗萨和路易斯·富内斯之间的不愉快可能给您造成的不安。至于巴里奥斯，他像往常一样大大咧咧，什么也没发觉，只是无比惬意地品尝他的咖啡，聆听各种趣事和笑话，随时准备来点儿他那种让我们大家都非常喜欢的漫不经心的幽默。总之，费德里科，如果这封信没有给您带来任何新闻，非常抱歉。但无论如何，我认为我还是应该写这封信的。

一到您家，我就发现，总是跟大家都很亲热的罗维罗萨却总在

①原文为拉丁文。

富内斯想跟他说话的时候避开他。同时，我注意到富内斯也感觉到了这种冷淡，找了好几次机会要跟罗维罗萨谈，好像想确认他的态度并不只是因为一时的走神。跟像巴里奥斯、富内斯和您这样妙语连珠的人一起吃饭，其他人即便相对沉默，也不容易为人注意。因此，我觉得很难留意到罗维罗萨只跟您、巴里奥斯和我说话——当我难得地不光聆听而更愿倾谈的时候。

到了图书室以后，我们正准备坐在炉火旁（此时，您正对您忠实的奥尔多涅兹吩咐着什么），这时，罗维罗萨离开我们，走到一扇窗户旁边，开始有节奏地敲击窗玻璃。我跟巴里奥斯聊了两句以后——他很固执地为那些该死的核试验辩护——正准备舒舒服服地坐到壁炉旁边，这时，我无心地转了一下头，看见富内斯也走开去了窗户那边，罗维罗萨还站在那里。巴里奥斯已经词穷理亏，心不在焉地看着一期《时尚先生》杂志，对那边发生的事情一无所知。由于您图书室一种奇怪的传音效果，我意外地将他们俩在窗边的低声交谈听得清清楚楚。言犹在耳，因此，我可以一字不漏地重复一遍。富内斯问道："哎，能告诉我你怎么了吗？"罗维罗萨立刻回答说："你去打听打听在那个大使馆里他们给你安了个什么样的绰号。我倒知道有句话很可以描尽你的丑态，但是我不愿意在别人的家里这么做。"

这番对话很不寻常，尤其是其中的语气，让我非常疑惑，我觉得自己像在探人隐私，便别开了目光。这时，您跟奥尔多涅兹谈完了，正打发他下去；巴里奥斯则在欣赏一幅巴尔加女郎[①]的画。我没有再看

①指秘鲁著名海报女郎绘画家阿尔韦托·巴尔加斯于20世纪40年代为《时尚先生》杂志所绘制的一系列海报女郎。

向窗户那一边，却还是听见富内斯的声音：“千万拜托，我求你……”然后，是罗维罗萨的声音，像鞭子一样打断了他的话：“唉，这已经不是几句话就可以解决的了。”您亲切地拍拍手，请我们坐到壁炉旁。您抢走巴里奥斯的杂志，他还在欣赏其中特别吸引人的一页。在欢声笑语中，我还听见富内斯在说：“求求你，别让玛蒂尔德知道了。”我隐约望见罗维罗萨耸了耸肩，背过了身子。您已经走到他们身边了，我猜想您也许听到了谈话的末尾。然后，奥尔多涅兹拿着雪茄和白兰地出现了，富内斯过来坐到了我旁边，我们大家接着聊天，一直聊到很晚。

亲爱的费德里科，我必须得再说一句，这件事让我心中一场如此美妙的聚会结束得不尽如人意，否则，我就是在撒谎。在如今这个充满了步步逼人的战祸、互不相通的国界和令人垂涎的石油钻井的时代，这样的指责是很严重的，从前的好日子里可不会这样。况且，它还来自像罗维罗萨这样步步为营坐上高位的人，这更加重了它的分量，要否认这一点就太天真了。更别提——您也得承认这一点——被指责者的沉默与哀求就透露出了默认的意味。

严格地说，无论我们的朋友们之间发生了什么事，都只会间接地影响到我们。在这个意义上，这封信只不过代替了我的一番闲谈，因为当时的情况不允许我多说。我非常敬重路易斯·富内斯，因此，我很希望是我搞错了。我想，我的深居简出和孤僻常常遭到你们亲切的怪责，这次它更可能让我捕风捉影，产生了您几句话就能消除的误解。但愿是这样，但愿您会一笑而过，我从现在起就盼着您的来信，向我证明我这次真是头发越白、见识越浅。

拥抱您

阿尔韦托·罗哈斯

布宜诺斯艾利斯，一九五八年七月十六日 星期三

致阿尔韦托·罗哈斯先生

亲爱的罗哈斯：

您要是想吓我，那您该高兴了：您大获全胜。虽然我不愿意相信，因为我老了，又是个怀疑论者，但是我必须承认您会通灵术，否则，我就得把您的胜利归功于凑巧，但这更吓人。总之，我愿赌服输，因此，我觉得应该完全坦承我的惊讶和不知所措，让您高兴一下。因为，是的，我的朋友，您的信寄到时，我正好在潦草地写下几行字，像往年一样邀请您在一两个星期内来家里吃晚饭。我才刚开始写一段，奥尔多涅兹就拿着一个信封进来了。我立刻就认出了您从我们刚认识时就一直用的灰色信封，这种巧合让我一下子将钢笔松开了，好像我手里抓的是条蜈蚣。伙计，这可真是无巧不成书啊！

不过，撇开巧合不谈，我得向您承认，您的玩笑让我不知所措。一开始，我很是惊叹于您竟然猜中了所有的细节：首先，您猜到我不久就会向您发出到家里共进晚餐的邀请；其次（这一点已经让我惊呆了），您断定我今年不会邀请卡洛斯·弗雷尔斯。您是怎么猜到我的

心思的？我本想，大概是俱乐部里的什么人跟您说过弗雷尔斯和我在农业条约的问题之后就疏远了，但是，话说回来，您可是住得很远、不跟任何人来往的呀。总之，我对您的分析天才佩服得五体投地，如果能称之为分析的话。我倒觉得这更像是魔法，而我就在给您写信的当口收到了您的信，这正神奇地为我的这种印象添上了形象的注释。

不管怎么说，亲爱的阿尔韦托，您高超至极的创造力也有让我担忧的另一面。您对路易斯·富内斯这么含沙射影的指责有什么目的？据我所知，你们一直是很好的朋友，即使生活让我们大家都走上了不同的道路。如果您有什么想责备富内斯的，您为什么要写信给我，而不是给他呢？最后，您的指责中为什么没包括罗维罗萨？毕竟，作为他最亲密的朋友，我们都知道他在外交部有特别职务。但您没有这么做，倒是来了个大杀三方的复杂把戏，其中的目的我这会儿不愿意深究。我无比真诚地向您坦承，面对这样的行径我非常不安，我无法相信这纯粹是个玩笑，因为这关乎我们一位挚友的名誉。我一直认为您是一位正直、忠诚的人，正是您的这些品质让您在腐败横行、贿赂当道的时候躲到了一个偏僻的庄园中，躲到了比我们更加纯洁的书籍和花朵之中。因此，虽然我很佩服，甚至很享受您信中玩的巧合或是猜谜游戏，我每次重读这封信时还是会不由自主地有一种不安的感觉，我们之间友谊的定义本身似乎都因此受到了威胁。请您原谅我的直率，如果您不原谅我，那就请您为我澄清这个误解，我们来把这个问题解决掉。

不用说，这一切完全不影响我希望我们能在本月三十号在我家聚一聚的本意，我本就要写信通知您的，是您的信到了才令我停了笔。

我已经写过信给巴里奥斯和富内斯了，他们人都在外地。罗维罗萨已经打过电话来接受了邀请。杰作不能无人欣赏，因此您应该不会奇怪，我对罗维罗萨说起了您信中的大玩笑。我可很少听到他笑得这么开心呢。不过，您的来信逗乐了我们的朋友，我却高兴不起来。我甚至希望，您能给我写来几行字，消去这种被人称之为心头重担的感觉。

下次来信再叙，或者说，下次我家再见。

您真诚的

费德里科·莫莱斯

洛沃斯，一九五八年七月十八日

致费德里科·莫莱斯先生

亲爱的朋友：

您说到惊吓，说到巧合，说到写信的胜利。非常感谢，但是，这种纯粹为了掩饰住欺瞒与哄骗的恭维我可不喜欢。如果您觉得我说得有些过分，请设身处地地听听您的那些犀利抨击，您就是靠它在法庭和政界成名的。然后，您就会承认，这种说法并不夸张。或者，这玩笑开过就算了吧，如果能称之为玩笑的话，我倒情愿这样。出于巧合，一场已让我万分后悔的巧合，我听到了一些事，而您，也许还有当时在您家吃晚饭的其他人，想把这些事掩盖过去，这我可以理解。我也可以明白，您与路易斯·富内斯的老交情迫使您假装我的信纯粹是个玩笑，希望我能就此上钩，从此闭口不提。我不明白的是，在您和我这样的人之间，为什么需要这么拐弯抹角。您原本只需要请我忘记自己在您图书室里听到的话就足够了。你们应该知道，我忘事儿的本领是很强的，只要我确信这样对人有益。

总之，我们就当作是孤僻的生活让这封信变了味儿吧；抛开这些，亲爱的费德里科，我还是您永远的朋友。确实，我有些困惑，因为我不明白为什么您还想让我们再聚一次。而且，为什么要把事情弄得这样可笑至极，说什么正要写邀请，却似乎被我的来信打断了？要不是我习惯把收到的所有信件都扔掉，我可是很乐意随信附上您的便条，上面说……

我之前搁下笔吃晚饭去了。我刚刚从广播短报里听说路易斯·富内斯自杀了。现在，不用多说，您也应该明白为什么我宁愿自己没有一不小心亲眼看见这件事了吧，因为它可以很清楚地解释这一次也许会让许多人震惊的死亡。不过，我相信我们的朋友罗维罗萨不在这许多人之列，虽然，据您所说，我的来信内容让他哈哈大笑。您已经看得出来，罗维罗萨大可以对自己的工作感到满意了，我估计，在这场悲剧的倒数第二幕竟有一位目击证人，这会让他更是开心。我们都有各自的虚荣心，也许，罗维罗萨有时候会觉得难过，因为他对国家的忠心效力只能体现在极其无关痛痒的小秘密上，但除此之外，他也很清楚，在这件事情上，他可以确信我们会保持沉默。

难道富内斯的自杀还不能让他完全放心吗?

但是，您和我都没有必要分享他的万般喜悦。我不知道富内斯有什么错，我只记得在过去更加美好、开心的岁月里的那个好朋友、好伙伴。我虽在隐居——也许我本就不应该出去的——仍为可怜的玛蒂尔德的不幸感到悲痛，您一定要向她转达我的哀思。

此致

罗哈斯

布宜诺斯艾利斯，一九五八年七月二十一日 星期一

阿尔韦托·罗哈斯先生台鉴：

您本月十八日的来信已敬悉。谨向您通知：为哀悼我的朋友路易斯·富内斯的过世，我已经决定取消原定于本月三十日举行的聚会。

敬祝

近安

费德里科·莫莱斯

乐队

纪念勒内·克雷维尔[①]，
他也是因为这样的事情而死。

一九四七年二月，卢西奥向我说了他不久前遇到的一件奇事。同年九月，我听说他辞职出了国，便不由觉得这两件事之间有点关联。我不知道他是不是也曾想过这其中的联系。要是这对远方的他有帮助，要是他还在罗马或是伯明翰活着，我便尽量原原本本地把他这个简单的故事说一说。

卢西奥瞟见海报栏里说奥佩拉大影院正在放一部阿纳托尔·利特瓦克[②]的电影，他以前常去市中心这些电影院时，错过了这一部。像奥佩拉这样的电影院会重放这个片子，让他很是惊讶，但是，四七年的布宜诺斯艾利斯已经少有新片了。六点钟，他结束了在萨米恩

①勒内·克雷维尔（René Crevel, 1900 – 1935），法国超现实主义作家，因病重而自杀。
②阿纳托尔·利特瓦克（Anatole Litvak, 1902 – 1974），俄罗斯导演。

托街和佛罗里达街路口的工作，便带着地道的布宜诺斯艾利斯式的气派去了市中心。他到达电影院时，演出刚要开始。节目单上写着会有一段新闻短片、一部动画片和利特瓦克的那部电影。卢西奥要了第十二排的一个座位，买了份《评论报》，这样他就不用盯着大厅里的装饰和边上的阳台式包厢了，那会让他觉得实在头晕眼花。就在这时，新闻短片开始了，迈阿密海滩上游水嬉戏的俊男靓女堪比美人鱼，突尼斯落成了一座硕大的堤坝，很多人在这时进了大厅。卢西奥的右边坐了个大胖子，身上有一股亚特金逊牌“俄罗斯皮革”[①]的味道，那味道真够呛的。那大胖子带着两个小胖子，两个小的不安分地闹腾了一会儿，直到唐老鸭出来才消停。这一切在布宜诺斯艾利斯的电影院中都很平常，尤其是在下午场的时候。

灯亮起来了，那天花板本来仿佛布满繁星，又像乌云盖顶，难以形容，如今也清晰起来。我的朋友在开始读《评论报》之前打量了一下大厅。那里有什么东西不大对劲，某种说不清楚的东西。池座区的各个角落都站满了女士，她们大都胖乎乎的，而且，和他身边的那位女士一样，她们身边都跟着一群儿女，队伍都挺庞大。他很奇怪，这样的人怎么会买奥佩拉电影院的座位票。有好几位女士的皮肤和服饰就像是可敬的厨娘盛装打扮了一番，她们说话时带着许多纯意大利式的手势动作，她们教小孩靠的是东掐西拧、求神告佛。先生们则都把帽子放在大腿上（还用两只手抓着），在这么一个让卢西奥茫然无措的观众群中，他们就代表了男性一方。卢西奥看了看印好的节目单，见里面只提到了播放的电影和之后的节目。表面上

①一款皮革香调的香水。

看来，一切正常。

他不去管它，开始读起报纸来。他草草地看完了海外快讯。社论看到一半，他的时间观念提醒他，这中场休息长得过分了。他又扫了大厅一眼。有几对情侣进来了，还有三两成群的女士，她们的穿着若放到克雷斯波镇[①]和莱萨玛公园[②]倒还称得上雅致。在池座区的各个角落，都有人相见甚欢、彼此引见，人人激动万分。卢西奥开始纳闷，自己是不是搞错了，虽然他很难弄清楚自己错在哪里。就在这时，灯光暗了下去，但是，舞台上耀眼的聚光灯即时亮起，幕布升起，卢西奥难以置信地看见一个庞大的女子乐队在舞台上排好了队形，还有一张条幅上写着“麻鞋乐队”。当他（我还记得他讲给我听时的表情）还在惊喘的时候，指挥已举起了指挥棒，一片震耳噪声假借军队进行曲之名横扫池座区。

“你明白，那太不可思议了，我过了好一会儿才回过神来。”卢西奥说，“我的理智，如果你允许我这么称呼的话，立即将所有的蛛丝马迹总结出来，由此明白了真相：这是一场为‘麻鞋’乐队的家人和职员举行的演出，奥佩拉的那些机灵鬼没把它写在节目单里，是为了卖出剩下的票。他们很清楚，如果我们这些外面的人知道了有这么个乐队，就是被枪指着也不会进场的。这一切我都看得很清楚，但是，你别以为我受的惊吓就这么过去了。首先，我从来没有想象过在布宜诺斯艾利斯还有一支这么惊人的女子乐队（我是指就人数而言）。其次，她们正在演奏的音乐太可怕了，我耳朵受的罪让我无法协调地思考或做出反应。我既想大声嗤笑，又想破口大骂，还想

①位于布宜诺斯艾利斯市中心的一个城区，历史悠久。

②位于布宜诺斯艾利斯市的一座公园，十分古老。

立马走人。但是，我更不愿意错过老阿纳托尔的这部电影，唉，所以，我没有挪窝。”

乐队奏完了第一支进行曲，女士们争先恐后地鼓掌、欢呼。在演奏第二个节目时（一块小布景板完成了报幕），卢西奥开始了新一轮的观察。首先，这乐队就是个绣花枕头。在它那一百多名成员中，只有三分之一是真的在演奏。其他的人纯粹是在充数，这些女孩子跟真正的乐手们一样提着小号和军号，但是，她们唯一赏心悦目的地方却是她们那漂亮极了的大腿，卢西奥觉得那大腿才值得大力赞美、多加培养，尤其是他在美波剧院有过几次可怕的经历以后。总之，那个庞大的乐队只有四十来个管乐手和鼓手，其他人则凭借极其漂亮的制服和浓妆艳抹来充当养眼的花瓶。指挥是个非常莫名其妙的年轻人，想想看，在乐队大金大红的背景下，他套着一件燕尾服，就像皮影戏人物一样轮廓分明，这衣服让他有一种鞘翅目昆虫的感觉，而且与整个场景的颜色完全不搭。这个年轻人四面挥舞着一根极长的指挥棒，他似乎急切地努力着要让乐队的音乐奏出点韵律来，不过，在卢西奥看来，他离成功还远着呢。就演出质量而言，这是他这辈子听过的最糟糕的乐队之一。一支又一支进行曲，音乐会依然让大家听得陶陶醉醉、晕晕乎乎的（我是复述他满是叠字的挖苦话）；每奏完一首曲子，他就再次萌生出希望：那一百多个小甜心们终于闭嘴了，而奥佩拉星光熠熠的穹顶之下将陷入沉静。幕布降下来，卢西奥登时高兴不已，但随即他注意到聚光灯并没有熄灭，这让他满心疑虑地在座位上坐直身子。就在此时，幕布再次升起，但这次有一块新的布景板：列队行进中的乐队。姑娘们都侧身站着，铜管中吹出一片呜里哇啦、乱七八糟的声音，隐约有点像《塔拉进行曲》[1]。整个乐队都在舞台上有节奏地原地踏步，好像在列队游行似的。其中随便哪个姑娘的母亲都可以完美地想象出这场游行，尤其是前面还有八名美艳无双的姑娘转着圈挥舞着那种带流苏的仪仗，它们盘旋着，飞向空中，再被接住。年轻的鞘翅目昆虫引领着行进的队伍，假装很用心地走着。而卢西奥则不得不听着那没完没了的"da capo al fine"[2]，他估计他们大概走了五到八个街区。结束时，人们适度地喝了一声彩，幕布就像一片宽宽的眼睑一样合上了，捍卫着人们惨遭蹂躏的享受黑暗与安宁的权利。

"我受的惊吓已经过去了，"卢西奥对我说，"但是，就算是在看电影时（电影很棒）我还是止不住地觉得自己待错了地方。我到了街上，感受到黏糊糊的热气，看见晚上八点的人群。我走进大帆船酒吧，想喝杯金菲士[3]。我一下子完全忘记了利特瓦克的电影，那乐队倒是占满了我的脑子，好像我就是奥佩拉的舞台似的。我很想笑，但是，我其实很愤怒，你明白吧。我真该走到电影院的售票处，好好说他们几句。我没有这么做，因为我是布宜诺斯艾利斯人，我心里很明白。反正，你能有什么办法呢？你不觉得吗？但是，让我愤怒的并不是这个，而是另外一种更深层次的东西。第二杯酒喝到一半的时候，我开始明白了。"

到这里，卢西奥的叙述就挺难准确记录了。要点（不过，要点恰恰总是抓不住的）大概是这样：直到那一刻为止，他一直都想着那

① 1855 年由何塞 · P. 吉里博内上校为在塔拉河战役中作战的军队鼓舞士气而作，因此得名。

②意大利语，音乐术语，"从头再奏至结尾"。

③由杜松子酒、柠檬酒、苏打水等调制成的鸡尾酒。

些零碎的反常因素：谎话连篇的节目单、不合时宜的观众、大部分成员都是充数的假乐队、荒腔走板的指挥、装模作样的列队行进，还有格格不入的他自己。但突然，他仿佛福至心灵，竟然莫名地明白了这一切。他觉得他似乎是最终撞见了现实。他对现实惊鸿一瞥，却以为那是假象，其实那才是真切的，是他现在已经看不到的真实。他刚刚目睹的就是真相，是对假象的揭露。他再不会因为自觉被一堆格格不入的东西所包围而尴尬了，因为，这是对那另一个世界的感知，他明白这种感觉能一直延续到大街上、大帆船酒吧里、他的蓝色西装上、他晚上的安排、第二天早晨要去的办公室、他的省钱计划、他三月份的避暑之旅、他的红颜知己、他的不惑中年，直到他死的那一天。走运的是他不会再看到这个了，走运的是他又回归平凡了。但，仅仅是走运而已。

有时候，我想过，要是卢西奥回到电影院调查一番，却发现那次演出从来不曾存在过，那才是真的有趣呢。但是，那个乐队那天下午在奥佩拉演出过，这事是可以证实的。事实上，没必要把事情说得那么夸张。卢西奥改变了自己的生活，他出国，都只是一时冲动，或是因为某个女人。而且，也不应该再说乐队的坏话了，可怜的姑娘们。

朋友

在那个游戏里，一切都要快。一号决定必须解决掉罗梅洛，而三号应该担任这个工作，贝尔特兰在几分钟后就得到了消息。他离开了科连特斯街与利维尔塔德街的街角咖啡馆，上了一辆出租车，并不慌张，但也毫不耽搁。在自己的公寓里，他一面洗澡，一面听着新闻播报，记起自己最后一次见到罗梅洛是在圣伊西德罗，赛马场上倒运的一天。那个时候，生活还没将他们逼上迥异的道路，罗梅洛只是罗梅洛，他也只是贝尔特兰，他们一直是好朋友。他勉强笑了笑，想着罗梅洛再次看见他会有什么表情，但罗梅洛的表情一点也不重要，他倒是该仔细想想咖啡馆的问题，想想那辆车。一号竟然想在科恰班巴街和彼德拉斯街的街角咖啡馆杀掉罗梅洛，还是在这个时间，这倒挺有意思。也许，如果某些传言可靠的话，一号已经有点老了。无论如何，这个愚蠢的命令倒给了他一个方便：他可以把车从车库取出来，停在科恰班巴街旁，但不熄火，然后等着罗梅洛跟往常一样在晚上七点左右来跟朋友聚会。如果一切进展顺利、他可以阻止罗梅洛进入咖啡馆，咖啡馆里的人就不会看见，也不会猜到他参与其中。这关乎运气，关乎算计，只消一个表情（罗梅洛肯定能看见，因为他眼贼尖），他就会一踩油门，飞驰而去。如果两人都不出差错（贝尔特兰像相信自己一样相信罗梅洛），一切就会在一眨眼的工夫解决掉。在这之后，在很久之后，他用某个公用电话向一号报告情况时，一号会有什么表情？他想着这些，再一次微笑了。

他慢慢穿好衣服，抽完那包香烟，照了一会儿镜子，然后从抽屉再拿出一包烟。关灯前，他确认一切都已安排就绪。修理厂的西班牙人修过后，他的福特车开起来如丝般流畅。他沿着查卡布科街慢慢开着，绕着街区兜了两圈，徒劳地等着一辆送货卡车给他让出个停车位来。七点差十分，他把车停在了离咖啡馆门口几米的地方。待在这里，咖啡馆里的人绝不会看见他。他时不时地踩一下油门踏板，不让引擎熄火。他不想抽烟，但又觉得嘴发干，这让他很恼火。

七点差五分，他看见罗梅洛沿着对面的小路来了。凭着罗梅洛那顶灰色的单翘沿帽和双排扣外套，贝尔特兰立刻就认出了他。他扫了一眼咖啡馆的玻璃窗，估计了一下穿过街、走到那里需要的时间。但是，离咖啡馆这么远，罗梅洛是不会有事的，最好还是让他穿过大街，上到小路上。就在这个时候，贝尔特兰发动车子，并把胳膊伸出了窗外。就像他预计的一样，罗梅洛看见他，惊讶地停住了。第一颗子弹打在他双眼之间，然后，贝尔特兰朝那具渐渐倒下的身体又开了枪。福特车斜开出去，利落地超过一辆有轨电车，然后在塔夸里街上拐了弯。三号不紧不慢地开着车，他心想，罗梅洛最后见到的是一个叫贝尔特兰的赛马场上的老朋友。

动机

你们不会相信的，但这就好像是在电影院里看片子一样，事情就是那样了，你们就得接受它。你要是不喜欢，你就走，但钱是没人会退给你的。一不留神，已经二十年过去了，那件事老早就过了风头了，因此，我要把它说出来，谁要是觉得我在胡扯，他可以趁早滚开。

八月的一天晚上，蒙特斯在河滩被杀了。也许，蒙特斯确实跟个女人乱来，那女人的男人就连本带利地讨了回来。但我只知道，蒙特斯是从背后被杀死的，一枪打在头上，这是不可原谅的。蒙特斯和我是好兄弟，我们总是一起去赌场和黑人帕蒂利亚的咖啡馆。不过，你们应该不记得那个黑人了。他也被杀了，哪天你们要是愿意，我就给你们讲讲。

就这么回事，有人通知我说蒙特斯翘辫子了，我连滚带爬地赶过去，却只看见他妹妹发了狂似的扑到他身上。我看了蒙特斯一会儿，他还睁着双眼，我向他发誓那凶手不会就这么讨了好去。那天晚上，我跟巴罗斯谈了谈。在这一段，你们会觉得这故事是扯淡，因为巴罗斯是听到枪声后第一个到现场的，他发现蒙特斯已经就剩一口气儿了。巴罗斯是个机灵人，他想办法让蒙特斯告诉他是谁干的。蒙特斯是很想说话的，但是，他脑子里有颗铅弹，这就一点也不容易了。因此，巴罗斯没能问出多少东西。但无论如何，蒙特斯——你们听听这快死的人怎么胡言乱语——还是对他说了句类似“蓝色胳膊的人”的话。然后，他又说了一个词，应该是“文身”。我们由此推断出那人是个海员，非常感谢。你们看看，说个“洛佩兹”、“费尔南德兹”多容易啊，但是，他脑瓜子里挨了颗枪子儿，我也就不能怪他了。可能蒙特斯也不知道那人叫什么名字，文身是看得见的，但是，名字就得调查一番了，有时候，那还只是个诨名。

现在，我们要是告诉你们说八天以后我和巴罗斯就找到了那个家伙，而警界精英们都还在港口和其他地方瞎忙活，你们肯定要笑了。我们有我们的门路，我就不拿细枝末节来烦你们了。不过，你们会笑的并不是这个，你们会笑的是那个线人也不能告诉我们那个家伙的身家资料，他倒是告诉我们说那人要坐一艘法国船逃走，但是，他不是海员，而是乘客，你们看看，多奢侈。我们由此推断出那人是辞了职，但仍靠着这层关系来跑路。我们只知道，他坐三等舱，是个阿根廷人。这没有什么好奇怪的，一个美国佬也对付不了蒙特斯，但是，这件事情最奇怪的地方是那个线人不能帮我们查出那人姓什么。更确切地说，他打听到的姓结果并不在旅客名单中。人们有时候会怕事的，伙计，也许那个为了三十个比索把资料泄露给我们线人的家伙给了他一个假名，以防万一。或者，天知道是不是那人在最后一刻弄到了别的证件。现在，电影继续演，我和巴罗斯谈了一整个晚上，第二天上午，我就去了外交部，开始办材料。那个时候，办个护照不怎么麻烦。好吧，长话短说，办事处的人通融了一下，那天晚上十点钟，我本人就已经上船了，船开往马赛，那是法国佬的落脚点。我已经看到你们的表情了，但是，耐心点。你们要是愿意，我就不继续说了。好吧，那么再倒点甜烧酒，就当作你们是在读《基督山伯爵》吧。我老早就提醒过你们，这种事可不是谁都碰得上的，再说，时代也不同了。

船几乎是空的，他们给了我一个人一间带四张床的客舱，你们看看，多奢侈。我可以把衣服全摊开来放，地方还多得是。你们去过欧洲吗，小伙子们？我就是开玩笑问问。看，是这样的：客舱都对着一条走廊，走廊则通往一间位于顶头的小咖啡厅；从另一边，你可以爬上一个楼梯，上到船头。头一天晚上，我就一直待在甲板上，看着渐渐消失不见的布宜诺斯艾利斯。但是，第二天，我就开始四处打探了。在蒙得维的亚，没有人下船，船甚至都没靠岸。当我们进到外海时，我强忍住了反胃、恶心，希望你们不用这样。事情应该很容易办妥，因为在咖啡厅里什么都能立马就打听到。原来，在三等舱的二十多个乘客中，有差不多十五个娘儿们，其他的几乎都是西班牙人和意大利人。不算我，只有三个阿根廷人，没多久，我们四个人就一起玩玩摸三张、喝喝啤酒了。

这三个人中，有一个已经上年纪了，不过，论到精明，谁都比不过他。另外两个人都是三十多岁，跟我一样。我跟佩雷拉立刻就臭味相投了，而拉玛斯却不大说话，他似乎还有点忧郁。我支起耳朵，听听三个人中谁会说海员的切口。然后，我再对他们大谈这艘船，看看是不是会有人上钩。没多久，我就发现我走错路了，那个有心的人将自己防得滴水不漏。关于这艘船他们乱说一通，连我都听出来了。更糟糕的是，天已很冷了，因此谁也不会脱掉外套或羊毛背心。

三个人都跟我说过他们要去马赛，因此，到巴西时，我就特别留心，但是，没错，谁也没有异动。天热起来后，我便穿起了T恤，想带个头，但他们还是穿着衬衫，只把袖子卷到手肘处。老头费罗看见我向女侍应献殷勤就笑我，还为我客舱里有那么多床垫可用而恭喜我。佩雷拉也展开了攻势。而佩特罗娜这个热情的西班牙妞儿，把我们俩折腾得好苦。至于这船是怎么开的，还有他们给我们吃的那种猪食，我们就不谈了。

当我觉得佩雷拉已经向佩特罗娜发起进攻的时候，我就开始进行部署了。我在走廊上碰见她，就立刻对她说我的客舱进水了。她相信了我，我等她一进舱就把门关上了。她一甩手给了我一个耳光，但是她在笑。然后，她就像绵羊一样温顺了。你们就算算吧，每张床都用上了，就像费罗讲的一样。实际上，那天晚上，我们也没干什么特别的，第二天，我才又真正跟她来了一回。说实话，西班牙妞儿那一套真是值。真他妈的值。

我顺口跟拉玛斯和佩雷拉说了这事，一开始他们还不愿意相信，或者他们是假装吃惊。拉玛斯就像往常一样一言不发，佩雷拉则听得入了迷，我看得出他在想什么。我装傻充愣，他自以为得逞。那天晚上，佩特罗娜没来我的客舱，我先前就看见他们俩在厕所那一边聊天。你们肯定会觉得奇怪，这西班牙妞儿这么快就甩了我，所以我最好把一切都讲清楚。我给了她一百比索，并答应她，如果她给我弄到我需要的信息，我就再给她一百，佩特罗娜就飞也似的行动了。你们能想象得到，我没有告诉她我为什么想知道佩雷拉的胳膊上有没有记号，我跟她说是打了个赌，随便胡诌了一下。我们都笑疯了。

第二天上午，我跟拉玛斯坐在船头的一卷粗麻绳上，聊了很长时间。他告诉我，他去法国是要在使馆里当收发员或者做类似的职务。他是个沉默的家伙，有点忧郁，但是，他跟我还是很坦诚的。我看着他的眼睛，脑子里突然闪过死去的蒙特斯的脸、他妹妹的哭喊，以及尸检之后他被送回来时的守灵仪式。我很想逼着拉玛斯，直接问是不是他干的。但是，这有什么用呢，这样会把一切搞砸的。最好等着佩特罗娜来我客舱再说。

差不多五点的时候，她敲响了我的房门，她狂笑着进门，一上来就告诉我说佩雷拉胳膊上什么都没有。“我多的是时间把他看了个遍。”她说，一边疯了似的笑着。我想到了拉玛斯，我一直对他最有好感。我觉得自己这样被人牵着鼻子走真是太蠢了。什么好感，什么狗屁。如果费罗和佩雷拉都被排除在外，那就没什么好说的了。我完全是泄愤般地就地扑倒了佩特罗娜。她不愿意，我给她几下，便开始扒她的衣服。我一直到吃饭的时候才放她走，这还是为了替她省些麻烦，因为船上的人大概已经在到处找她了。我们约好她第二天下午再来，我就去吃饭了。我们四个阿根廷人被安排在同一桌，离那些西班牙人和意大利人远远的。我对面坐着拉玛斯。你们不知道我心里想着蒙特斯却要若无其事地看着他有多难。他竟能胜过蒙特斯，现在这已经不会让人纳闷了，有了他那种能博人信任的深沉劲儿，他想害谁都绰绰有余。对佩雷拉，我早已不放在心上，但是，最后，我到底注意到他对于佩特罗娜的事什么也没说，他以前可是不住口地说着他要怎么把那个西班牙妞儿弄上床呢。我突然想到，除了告诉我那条重要的信息，她也没怎么跟我说过他。以防万一，我把门虚掩起来守着，大概半夜的时候，我看见她钻进了佩雷拉的客舱。我躺到床上，琢磨着这件事。

第二天，佩特罗娜没来。我在一间厕所里堵住她，问她怎么回事。她说没什么，说她正忙着。

“昨晚你又跟佩雷拉在一起了？”我突然问她。

“我？为什么？我没有。”她撒谎。

被人抢了女人，这可一点也不好笑，尤其是这事还是你自己惹出来的，你们可以想见，我有多恼火。我逼她当天晚上来见我，她就开始哭，说船上的班长还是工长什么的看她不顺眼，说他起了疑心，说她可不想丢了这份工作，还有一些类似的鬼话。我认为，我就是在那一刻明白过来的，然后我就开始琢磨。对这西班牙妞儿我并不怎么在意，虽然受伤的自尊让我很不爽。不过，还有其他事情更加重要，我整个晚上都在想这些事。那天晚上，我又趁黑偷看到佩特罗娜再次溜进了佩雷拉的客舱。

第二天，我设法跟老头费罗聊了会儿天。我一直都没怀疑过他，但是我想更彻底地确认一下。他再次很详细地对我说他去法国是去看他女儿，她嫁了个法国佬，有一堆孩子。老头想在翘辫子之前看看孙子，他的钱包里放满了家里人的照片。佩雷拉来得很晚，还一副没睡醒的样子。而且……拉玛斯则在鼓捣一种学法语的方法。瞧瞧，都是些什么伴儿呀，嘁。

情况就是这样，直到到达马赛的前一天晚上。除了在走廊里堵到佩特罗娜一两次以外，我再没能让她回到我的客舱里来。她也已经不记得我答应要给她的钱，我可是每次都跟她提的。她一听到我说要给她钱，就一脸厌恶的表情，所以，我更肯定了自己的想法，一切我都看得很明白了。在到达的前一晚，我看见她在甲板上乘凉。佩雷拉就在旁边，他看见我经过，就假装若无其事。我等着机会。去睡觉的时候，我拦住了正忙得不可开交的西班牙小妞。

“你不来吗？”我问她，一边抚摸着她的屁股。

她往后一退，好像见了鬼似的，但之后，她就掩饰过去了。

“我去不了，”她说，“我跟你说过他们盯着我呢。”

我很想反手一下打烂她的嘴，让她再也没法把我耍着玩，但是，我忍住了。已经没时间犯傻了。

“告诉我，”我问道，“你对自己跟我说的佩雷拉的事很有把握吗？你看，这很重要，也许你没看清楚呢？”

我在她眼睛里看出来她想笑，同时又有点害怕。

“就是真的，我已经跟你说过了，什么也没有。你想怎么样，叫我再跟他来一次好确认一下吗？”

她在微笑，这贱货，她还以为我被蒙在鼓里。我轻轻地打了她一下，就回到了自己客舱里。现在，我已经没兴趣监视佩特罗娜是不是会溜进佩雷拉房间里了。

第二天上午，我的箱子已经理好了，需要的东西也放到了腰间。开咖啡厅的那个法国佬能结结巴巴地说点西班牙语，他跟我说过，一到马赛，警察就会上船检查证件，然后立刻发放下船许可。我们大家都排好队，一个个地过去出示证件。我让佩雷拉先走，等我们都通过了以后，我抓住他的胳膊，请他去我的客舱里喝一杯甜烧酒作别。他以前尝过那酒，还很喜欢，所以，他立刻就过来了。我关上门，插上插销，看着他。

“甜烧酒呢？”他说，但当他看到我手里拿着的东西时，他脸一白，往后退去，“别这么蠢……为了那么个女人……”他只来得及对我说出这些话。

客舱还挺窄，我必须从尸体上跳过去才能把刀丢进水里。我弯下腰看了看佩特罗娜有没有骗我，虽然我知道这已没什么意义了。我抓起手提箱，用钥匙锁上客舱，离开了。费罗已经站在跳板上了，他大声地跟我打着招呼。拉玛斯还在等，像往常一样一言不发。我走到他身边，在他耳边说了几句话。我以为他会就地瘫下去，但是，那只是我的感觉而已。他想了一会儿，就同意了。我早就知道他会同意。我们为彼此保守秘密，谁也不吃亏。他把我托付给他的法国佬朋友，之后我就再没听说过他的消息。三年以后，我就可以回去了。我有一点点想看到布宜诺斯艾利斯了……

小公牛

献给哈辛托·库卡洛先生
在三〇年的马里亚诺·亚科斯塔师范学院的教育学课上，
他跟我讲起过苏亚雷斯[①]的拳击赛。

你能怎么办，伙计，你倒了，人人都会踩你。谁都会的，伙计，再窝囊的人也一样。他们会把你顶在擂台围绳边狠揍，对你一通暴扁。得了，得了，你还想来安慰我。我可了解你，还装呢。每次我一想到这个，滚出去，滚。你以为我是绝望了，其实是我整天躺着觉得自己十分无能。冬天的夜真他妈的长，你还记得仓库里的那个小子怎么唱来着。真他妈的长……真的，伙计。长得让人绝望哪。你看看，我都没怎么见识过晚上的光景，现在却老是……我上床总是很早，

①胡斯托·苏亚雷斯（Justo Suárez, 1909－1938），阿根廷著名轻量级拳击手，本篇故事便是受其生平启发而作，标题“小公牛（Torito）”即其外号。苏亚雷斯出生于玛塔德罗斯（Mataderos），在文中也会提到。

九点，或十点。以前，老板总对我说："小子，上床睡觉去，明天还得接着干呢。"要有一个晚上能避开他，那真是运气。老板……现在，却一直得这样，望着天花板。你看，又是一件我不会做的事情：仰面看天。大家都说过，这会对我有好处的，他们说我在两秒钟时就起身，真是蠢透了，赶什么赶。他们说得有道理，如果我等到八秒钟的时候，那金发佬就不会把我打得那么狠了。

好吧，确实是。不过，咳嗽起来更糟，因为之后就会有人拿着糖浆和针头来找你。可怜的小妹妹，我可麻烦她了。我连自己撒尿都做不到。小妹妹真是好人，她给我喝热牛奶，还跟我说话。谁能料到呢，小子。老板总是叫我小子。给他点厉害，小子。到厨房去，小子。当我在纽约跟那个黑人对上的时候，老板一直很担心。我走之前到酒店里去见他来着。"你会在六个回合以内打倒他的，小子。"但是，他抽烟都抽疯了。那个黑人，那个黑人叫什么名字来着，弗罗雷斯[①]之类的。哎呀，很难对付啊。拳风很漂亮，一圈圈地跟我拉开距离。去呀，小子，给他点厉害。那老家伙说得对，到第三回合，他就像块破布似的瘫在地上了。脸都白了，那个黑人弗罗雷斯，我想，或者是类似的名字吧。你看看我有多昏头，一开始，我还以为那个金发佬会更容易解决。这就叫自以为是，伙计。他一把将我掀开，该死的。那个猪头趁我不备，将我打趴下了。可怜的老板，他都不愿相信。我起来的时候多火大呀，我都感觉不到自己的双腿了，只想就地把他生吞了。运气不好啊，小子。到最后，谁都是要挨揍的。打塔尼[②]的那一晚，你还记得可怜的塔尼吗？那场狠揍呀。看得

①指美国拳击手布鲁斯·弗劳尔斯（Bruce Flowers, 1905 – 1970）。

②指智利拳击手埃斯塔尼斯劳·洛艾萨（Estanislao Loayza, 1905 – 1981）。

出，塔尼的状态回归了。那印第安人真帅，他可是全力出击，来呀，上面，下面，但他奈何不了我，可怜的塔尼。不过，我去角上跟他打招呼时，我的脸还是很疼的，他到底还是给了我一顿好揍。可怜的塔尼，你知道，他看了我一眼，我把手套放到他头上，高兴地笑了，我不是在嘲笑，你想象得到，我不是笑他，可怜的小子。他都没怎么看我，但我也不知怎么了，一下子，谁都能打到我了，漂亮的小子，结实的小子，啊，美洲小子。塔尼静静地待在他的人中间，他们的鼻子比五分钱的奶酪还扁。可怜的塔尼。我为什么会记起他，你跟我说说。也许，那天晚上，我也是这么看着那金发佬的。我怎么知道呢，我当时还会记得这个。一顿狠揍啊，兄弟。现在，你就不能再装了。他揍了你，结了。糟糕的是，我当时还不愿意相信。我躺在酒店里，老板抽着烟，抽啊抽，房里挺暗的。我记得当时很热。然后，有人给我敷上冰，你听着点，给我敷上冰呢。那老家伙什么也没说，这才糟呢，他什么也没说。我跟你发誓，我很想哭，就好像当她……但是，你干吗要白白难过呢。如果我能一个人待着，我发誓我会哭鼻子的。“点儿背呀，老板。”我对他说。我还能说什么呢。他就一直抽啊抽。我能睡着真是运气。就像现在，我每次能睡着，就是中了奖了。白天，还有小妹妹拿过来的收音机，那收音机……听着像是瞎掰，伙计。不过，还能听听它放几首探戈曲，播几出戏剧，你喜欢卡纳罗[①]吗？我喜欢弗雷瑟多[②]，伙计，还有彼德罗·马菲亚[③]。

---

①弗朗西斯科·卡纳罗（Francisco Canaro, 1888－1964），乌拉圭小提琴手、探戈作曲家、乐队指挥。

②奥斯瓦尔多·弗雷瑟多（Oswaldo Fresedo, 1897－1984），阿根廷探戈作曲家、乐队指挥。

③彼德罗·马菲亚（Pedro Maffia, 1899－1967），阿根廷指挥家、作曲家、六角风琴手。

我大概在擂台边见过他们，他们每次都来看我的。你可以想着这些事，时间走得就会快些。但是，到了晚上，多无聊啊，老伙计。没有收音机，没有小妹妹。然后，你突然就咳嗽起来，咳呀咳。然后，睡其他床的人就嘲你几句，吼上一声。想想从前……你看看，我现在比以前更容易上火了。报纸上说我少年时在火焰街[①]跟车把式们打。纯粹胡说，嘿，我从来没在街上干过架。也许有个一两次，但不怪我，我发誓。你可以相信我。那是常有的事，你坐在吧台边，有人撞过来，有时候，就闹起事来了。我本来不喜欢那样的，但是，第一次卷进去的时候，我发现那滋味其实很妙。当然了，如果挨揍的是对手，怎么会不妙呢。少年时，我是用左手打拳的，你不知道我有多喜欢用左手揍人。我老妈第一次看见我跟一个三十来岁的人打架的时候，脸都变色了。她还以为我会被人灭了，可怜的老妈。看见那家伙倒在地上，她都不敢相信。我跟你说，我也不敢相信。你相信我，头几次，我都觉得是因为走运。到后来，老头的朋友去俱乐部里见我，跟我说我应该继续打。你还记得那些时候，小子。多狠的拳赛呀。场场难打，我都没法儿跟你说[②]。“你就扁他。”老板的朋友说。之后，他说起了那些职业拳手，说起罗马公园，说起河床[③]。我知道什么呀，我从来就没有半分钱去看什么比赛。就在那天晚上，他给了我二十比索，我都高兴坏了。那一架是跟塔拉还是那个瘦瘦的左撇子，我都不记得了。我两个回合就把他打趴下了，他都没碰到我。你知

①即帕特里西奥斯公园，布宜诺斯艾利斯的一个区。这里在 19 世纪末、20 世纪初曾是垃圾焚化场，因此得名“火焰街”。

②原文为意大利语。

③“罗马公园”和“河床”均为阿根廷体育场馆名称。

道我总是会把脸避过去。我要是能猜到金发佬的把戏……你还以为自己有个铁打的下巴，却立马被揍得哭爹叫娘。什么无敌什么鬼呀。二十比索，小子，你想想！我拿了五比索给老妈，我跟你发誓，就是为了让她瞧瞧。老妈想给我受了伤的手腕上弄点儿柑橘花精。老妈就这样，可怜的老妈。你要是留心，就会发现她是唯一会这么上心的女人，因为另一个女人她……你看见了，我一想到那女人，就好像回到了纽约。我已经不怎么记得拉努斯了，什么都模糊了。一件细格子的衣服，这倒是清楚的，现在我想起来了，还有福尔西奥先生家的门厅，还有那些马黛茶会。他们家对我多客气呀，小孩子围在一起隔着栅栏看我。而她，总在往她攒的剪报册里贴着《评论报》或《即时快讯》上的剪报，或是给我看《体育画报》上的照片。你从来没看过照片里的自己吗？第一次看会让你印象深刻，你会想，那人难道就是我吗，那么一张脸。然后，你就会发现，那照片拍得很漂亮，几乎总是你在打拳的时候，或者是打完了举起胳膊。我总是坐我的格拉汉姆·佩奇老爷车来，你想象一下，我去见她总要打扮一番，整个街区也要乱上一阵。在院子里喝马黛茶是很美妙的，大家都问我些不知道什么事情。有时候，我都不敢相信那是真的，到了晚上，睡觉之前，我都对自己说我是在做梦呢。当我给老妈买下那块地的时候，大家都大吃一惊。老头是唯一保持住了平静的人。“你做得对，小子。”他说，又拿着烟抽啊抽。我觉得就像是第一次看见他时一样，在利马街的俱乐部里。不，是在查卡布科，你等等，我不记得了，就是在利马街，没用的东西，你不记得那全绿的更衣室啦，脏得赛过……那天晚上，教练把我介绍给老板，他们原来是朋友，当他跟我说出他的名字时，我差点就要去扶擂台围绳了，我一看见他在看着我，我就在想："他是来看我打拳的。"当教练把我介绍给他时，我好想去死。他一直没对我说过什么，真是老奸巨猾，但是他做得很对，这样我才能慢慢来，不会放纵得过了头。就像可怜的左撇子一样，他只用了一年就进了河床，但才两个月就垮了，真吓人。那时候，那可不是唬人的，小子。意大利佬都来打你，吓死人的西班牙佬也是，我就不跟你说那些金发佬了。当然，有时候你也会觉得挺美，就像王子[①]来看的那一次，那可真叫人回味无穷呢，我发誓。王子就坐在擂台边上，老板到更衣室对我说："你不要拖上好几个回合，别让他掌握主动，那些家伙可会玩这一手了。"你记得吧，人们说他是英国冠军，还是天知道什么头衔。可怜的金发佬，漂亮的小子。当我们彼此致意时，他莫名其妙的，天知道那家伙嘟囔了句什么，他好像是说他要正正经经地跟你打一场。而老板，你别以为他很镇静，我跟你说，他从来不知道我对他可一清二楚。可怜的老头，他还以为我什么都不知道。嘁，王子就在那下面，可是不得了呢。金发佬对我发出第一下佯攻，我就给了他一记右勾拳，打个正着。我跟你发誓，看见他摔了个四脚朝天，我可吓了一跳。躺的那叫什么样子呀，可怜的家伙。那一次，我赢得并不开心，一场漂亮的对打也许会更精彩，打上四五个来回，就像打塔尼或是那个小崽子，叫赫尔曼[②]的那个，他来时总是坐着一辆颜色鲜艳的汽车，模样挺唬人。他被海扁了一顿，但那场很精彩。多狠啊，我的妈呀。他不想松劲儿，而

①指英国国王爱德华八世（Edward VIII, 1894 – 1972，即后来的温莎公爵），他曾到场观看 1931 年苏亚雷斯与塔尼之间的拳击赛。爱德华八世于 1936 年即位为王，所以苏亚雷斯仍称其为王子。

②贝比 · 赫尔曼（Babe Herman, 1902 – 1966），美国拳击手。

且，他的技巧好过……如今，要讲技巧，还得看“魔术师”[①]，伙计。他是从哪里给我冒出来的。他是乌拉圭人，你知道，他已经不行了，但还是比谁都难对付。他就像蚂蟥一样吸在你身上，你试试把他从身上甩下来看看。我们完全扭成了一团，那家伙瞎打一通，他妈的给了我一顿狠揍。最后，我也把他揍得惨兮兮的，他露了个空当，我就挺乐意地放倒了他。拳手倒地，小子。“拳手倒地，嘿呀……”你知道，甚至还有人为我作了一首探戈曲呢。我还记得一小段，“从玛塔德罗斯到中心，从中心到纽约……”在见面会上，在电台里，到处都有人对我唱这首歌，在广播里听到自己的名字是很美妙的，伙计，我老妈会听我的每一场比赛。你知道，她也听我说话，有一天，她对我说，她从广播里才真正认识了我，因为那哥们儿播了我跟一个意大利佬打的那场比赛……你还记得那些意大利佬吗？我不知道老板是从哪里把他们找出来的，他就直接从意大利把他们给我拉过来，在河床组了几场拳击。他甚至让我跟兄弟俩打过，跟第一个打时很爽，但到第四回合时下起了雨，伙计。可我们还是很想继续打，因为那意大利小伙很上道，我们打起来可带劲儿了。就在这时，我们俩都开始脚打滑。我啪地倒地，他也啪地倒地……那可真是滑稽，兄弟……比赛暂停了，真没劲。第二次，那意大利佬两回合下来就被打败了。老板又让我跟他兄弟打，也是一场好打……多好的日子呀，小子，那时候拳击确实精彩，有那些助威的观众，你记得那些海报和汽车的喇叭声，嘿，看台区弄得多吵多乱呀……我曾经看报道说拳击手在打拳时什么都听不到，什么屁话，小子。当

①指乌拉圭拳击手胡安·卡洛斯·卡萨拉（Juan Carlos Casalá）。

然听得见，不过，你以为我在美国佬中间能听得出个鸟来，幸好角上还有老板在。去呀，小子，给他点厉害。酒店里，咖啡馆里，多奇怪呀，嘿，你好像并不在那里似的。然后，在健身馆里，那些家伙跟你说话，你却半个字也听不明白。纯粹靠比画，小子，就像聋子一样。还好有她和老板可以唠上几句。我们可以在酒店里喝马黛茶，有时候会来个把美洲人，不停地签名、签名。看看你能不能好好教训一下那个美国佬，让他们看看什么才叫阿根廷人。他们满口不离冠军杯，你有什么办法，他们相信我，嘿。他们让我很想直闯出去，不拿冠军不罢休。但是，我也一直挂念着布宜诺斯艾利斯。老板放着小卡洛斯[①] 的唱片、彼德罗·马菲亚的唱片，还有为我而写的那首探戈。我不知道你是不是晓得有人为我作了一首探戈曲。莱基[②] 也一样，他也有一首。我记起来有一次，我跟她还有老板一起去一个海滩，一整天都泡在水里，真是棒极了。你别以为我经常能轻松一下。总是要训练，要注意饮食，一点办法也没有，老头一直盯着我。“你很快就能享受了，小子。”老头跟我说。我记得跟莫克洛亚[③] 打的那一场，那才叫拳击呢。你知道，两个月前，老板就老说，哎呀，那左拳不对，你别这样让人靠近身。他不停地给我换陪练选手，光叫我跳绳、吃多汁的牛肉……幸好，他还让我喝一点马黛茶，但我还是一直喝不够。每天都没完没了，你要小心右拳，你扯得太开，你看看，那家伙可不是闹着玩的。你以为我不知道，我去看过他不

①指卡洛斯·何塞·佩雷兹（Carlos José Pérez, 1907 – 1990，一般称之为“卡洛”），阿根廷探戈歌手、作曲家。为苏亚雷斯作的探戈曲《拳手倒地》便是由他演唱的。

②指伊利内奥·莱基萨玛（Irineo Leguisama, 1903 – 1985），乌拉圭赛马手。

③胡里奥·莫克洛亚（Julio Mocoroa, 1905 – 1931），阿根廷拳击手。

止一次了，我喜欢那小子，他从不畏缩，很有样子，嘿。你知道有样子是什么意思：该你上场、有活儿要干的时候，你就去立刻办好，不要像那些人似的没个章法，哎哟，三分钟全都在瞎比画。有一次，《体育画报》上有个家伙写文章说我没有样子。我大受打击，真的。我不会跟你说我就像"小闪电"[①]一样，那家伙可不是一般人啊，小子。莫克洛亚也一样。我能跟你说什么，开始没多久，我就红了眼，光顾着出拳，但是你不要以为我没发觉，只是我正顺手，如果我打得顺手，你又何必担心呢。你知道跟小闪电的那一场是什么样子，我并不比他强，这没关系，我还是赢了。对付莫克洛亚也一样，你还想怎样。一顿猛揍，老伙计，他把身子弯到了地上，从下往上猛朝我挥拳，他妈的。我就只打脸，我发誓，打到一半时，我们已经火了，只是疯打。那一次，我一点感觉都没有，老板抓住我的脑袋说，小子，你门户别张得这么开，打下面，小子，护住右边。我全都听见了，但是，之后上了场，我们两人还是乱打一气，直到最后，我们都打不动了，那可真是了不起。你知道，那天晚上打完拳后，我们都到一家小酒馆里会合，朋友们都在，我看着那小子笑，真是妙。他对我说真是棒极了，伙计，你打得真棒，我对他说，我虽然赢了你，但我觉得我们俩是打了个平手。所有人都举杯敬酒，乱糟糟的，我都没法儿跟你说……这么咳法真叫人难受，它冷不防来一下，叫你咳个半死。是啊，现在得照顾好自己，多喝牛奶，多休息，你能怎么办。就有一件事让我难受，那就是他们不让你起来，五点我就醒了，就只能仰面看着。你想啊想，想的都是些坏事情，当然。梦也一样。

---

①指路易斯·拉约（Luis Rayo, 1906－1930），阿根廷拳击手。

那天晚上，我梦到跟佩拉尔塔[①] 在打拳。为什么我要在那一晚想起这场比赛呢。想想发生过的那些事吧，小子，记不起来最好。你知道看见大家都在是什么感觉，一切又跟以前一样了，不像在纽约那样，不像跟那些美国佬在一起时那样……擂台边的长椅上，全是我的拳迷，好想赢啊，叫他们看看……得再赢一场，我要是不行呢，你知道维克多是怎么打拳的。我知道，我知道，我以前一只手也能赢他，但是，回来以后，就不一样了。我提不起劲儿，伙计，老板更是不行，你要是觉得难受还怎么好好训练。好吧，我在这里是冠军，他向我挑战，他有这个权利。我可不会躲他的，你不觉得吗。老板认为，我能靠得分高来赢他，你门户别张得这么开，别一上来就把力气用尽，你看看，那个人可是要跟你打满整个时段的。当然，他可是满场跑动，而且，我觉得不舒服，虽然大家全都在那里，我向你发誓，我的身体累得……就快睡着了，你明白吗，我没法跟你解释。打到一半，我就开始不舒服，之后，我就不怎么记得了。不记得最好，你不觉得吗。那些东西有什么可记的。我宁愿忘掉一切，睡着了最好，虽然你总是梦见打拳，有时候你还会打出漂亮的一击，又能爽上一回，就像王子来的那一场，多叫人念叨呀。但还是不做梦的时候最好，小子，你就这么睡着，那可真是舒服，你也不咳嗽，也不怎么样，只是睡着，睡一整晚，睡呀睡。

①维克多·佩拉尔塔（Víctor Peralta, 1908 – 1995），阿根廷拳击手。下文中的维克多也是指他。1932 年与佩拉尔塔的一场比赛是苏亚雷斯职业生涯中输掉的两场比赛之一。

III

水底故事

你别担心，原谅我这么不耐烦的表情。当你想起旧时光，当你为那些名为回忆的逝去之物而神伤，必须用言语和形象来填满那无底的空虚时，你会说出卢西奥的名字，你会记起他，这真是再正常不过了。而且，可能你也注意到了，这也是这座小屋招引的，你只需要在游廊上待一会儿，看看那条河和那些甜橙树，突然，你就仿佛奇迹般地远离了布宜诺斯艾利斯，迷失在一个更纯粹的世界中。我想起莱内兹对我们说，三角洲不该叫德尔塔，该叫阿尔法[1]。还有那次，在数学课上，你……但是，为什么要提卢西奥，你就非得说出卢西奥这名字吗？

白兰地就在那里，你自己倒吧。有时候，我心想你为什么还要

---

①“德尔塔”（大写为 Δ）、“阿尔法”（大写为 A）分别为希腊文第四和第一个字母。在西班牙语中，德尔塔也指河口三角洲。文中人物觉得阿尔法的书写形式更像三角洲，便有此玩笑。

费心来看我。你的鞋子会踩上泥，你还要忍受蚊子的叮咬和煤油灯的气味。我知道啦，你不要一脸好心当成驴肝肺的表情了。不是那样的，毛利西奥，但是，实际上，只有你还在了，那时候的那帮朋友，我已经一个都见不着了。而你，每过五六个月，你就会来信，然后，小艇就会载着你来，带着一包书和酒，还有不足五十公里以外的那个遥远世界的消息。也许，你是希望偶尔能将我拽出这座快烂掉的庄园。你可别生气，但你的这种朋友义气简直教我发狂。你明白，那有点像是一种指责。你走时，我就像个罪人一样坐在那里，我觉得自己的狠心决绝似乎都只是疑心病发作的症状，只要去城里逛一逛就能教这种病去见鬼。你是对我知根知底的好友，这种好友总是微笑着对我们紧追不舍，就连最糟糕的噩梦也不放过。既然我们说到了做梦，既然你提到了卢西奥，我何不跟你说说我的梦呢，就像那时候我跟他说那样。梦境就是在这里，但是在那时候——已经多少年了，老伙计？——你们大家都常来我父母留给我的小屋待些日子，我们常常去划船，念诗念到头晕，绝望地爱着那最脆弱、最易逝的东西，爱着那被没完没了的天真卖弄所遮盖、被一种傻兮兮的小狗般的温柔所包围住的一切。那时我们多年轻啊，毛利西奥，我们没事就无病呻吟一番，在爵士唱片和苦涩的马黛茶中间爱抚着死亡的意象，但想着还有五六十年好活，我们更坚信自己将永生不朽。而你是最孤僻的一个，你那时候就显得坦诚但不失礼，教人不能像回绝其他直言莽撞的人一样拒绝你。你有点像是局外人似的看着我们，那时候，我就在你身上看出了猫的特性。跟你说话，就好像是在自言自语似的，也许正是因为这样，别人才会像现在的我这样跟你说话。不过，那时候还有别人在，我们都玩着跟自己较真的游戏。你知道，年轻的那个时候，最可怕的就是，在一个难言的黑暗时刻，我们对一切都不再认真，一切都蜕变成假正经的肮脏面具，人人都必须把这面具戴在脸上。接着我成了某某医生，你成了某某工程师。我们一下子被青春抛在身后，开始用另一种方式看待自己，虽然，有一阵子，我们还是保持着老习惯，还是玩着共同的游戏，还是常聚餐，抓着在这一片四下离散、彼此抛弃之中最后的救生圈。这一切都寻常得可怕，毛利西奥，总有些人比另一些人更加难过，有些人像你一样年华老去也一无所感，看到一本自己少年时穿着短裤、戴着草帽或穿着入伍制服的相册也无动于衷……话说回来，我们刚刚在说我那时候做过的一个梦。那个梦一开始是在这里的游廊上，我看着芦苇丛上空的满月，听着青蛙叫得无比凶恶。然后，我顺着一条模糊的小路来到河边，沿着河岸慢慢地走着。我感觉自己打着赤脚，脚陷入泥里。在梦里，我是一个人在岛上，在那个时候这是很奇怪的。要是现在再做这个梦，我就不会像那时一样，觉得那种孤独本身就算得上是噩梦了。孤独，伴着堪堪爬上对岸天空的月亮，伴着潺潺的河流，伴着桃子掉到水里砸扁的声音。现在，连青蛙都不叫了，空气变得黏糊糊的，就像今晚，或者这里的每天晚上。好像应该继续走，走过码头，顺着海岸的大转弯拐进去，穿过甜橙树林，月光一直照在脸上。我可没有瞎编，毛利西奥，记忆知道哪些东西要记得一丝不差。我现在跟你讲的就和那时跟卢西奥讲的一样。我慢慢走着，灯芯草渐渐稀疏起来，一块狭长的岬地伸入河中。那里挺危险的，因为地是烂泥，而且，梦中的我知道那是一条深深的、满是暗流的运河。我一步步走近岬地尽头，陷入被月亮晒得金黄、滚烫的泥地里。就这样，我停在水边，看着对岸黑黑的芦苇丛，水到那里就莫名地消失了。而在这边，这么近的地方，河水阴险地拍着河岸，寻找可以抓附的地方，然后滑开，乐此不疲。整条运河都映着月色，无数模糊的剑光蛇影，直刺我的双眼。头顶，一方天空直压后颈和肩膀，让我不得不一直盯着河水。我往上游看去，看见了那溺死者的尸体，它慢慢摇晃着，好像要摆脱河对岸的灯芯草。这时，那一晚出现的原因、我会身处其中的原因，都在那片随波漂动的黑影中有了解答。那黑影几乎不怎么转得动，因为他的一只脚踝或一只手被扯住了，只能软绵绵地漂着，慢慢从灯芯草中挣出，漂入运河水流中，随着波浪靠近无遮无拦的河岸，这样，月亮会正照在他的脸上。

你脸都白了，毛利西奥。我们再喝点白兰地吧，如果你愿意的话。我跟卢西奥说起这个梦时,他脸色也有点苍白。他只跟我说了句："你怎么能记住那些细节的？"他跟你不一样，你总是彬彬有礼，而我跟他讲起这件事的时候，他却似乎总想抢着发言，好像害怕我会一下子忘记梦的其他部分。但是，还有一些东西没讲到。我刚刚跟你说，运河的水流让尸体打着转，要着它玩，迟迟不将它带到我旁边来。在岬地边，我等着尸体从我脚边漂过的那一刻，好看清他的脸。它又转了一圈，一只胳膊软软地摊着，好像还在游泳似的，月光钉在他胸前，咬住他的肚子和苍白的双腿，将仰面躺着的溺死者照了个一览无余。离得好近，我一弯腰就能抓住他的头发;离得好近，我认出了他是谁，毛利西奥，我看见他的脸，叫出了声。这声尖叫将我一把推出迷梦之外，让我猛地惊醒。这声尖叫让我喘息着喝下水罐中的水，我惊恐而迷茫地明白过来我已经不记得那张刚刚认出来的脸是什么样了，而他却还会顺流而下，我闭上眼，我想回到水边、回到梦境边缘。我努力回忆，想着某种自己内心深处在排斥的东西，但是，完全没用。总之，你也知道，人过后就会释然了。白天的生活无比润滑地连轴转，各种节目精彩纷呈，那个周末，你来了，卢西奥和其他人也来了，我们一整个夏天都过得开心惬意。我记得，你后来去了北方，河口三角洲下了很久的雨。最后，卢西奥在岛上待烦了，雨呀什么的让他失了活力。突然，我们看着彼此，我从来没想过我们会这样看着彼此。之后，下象棋或看书成了我们各自的避难所，我们开始厌倦了种种毫无益处的退让妥协。当卢西奥回到布宜诺斯艾利斯时，我发誓再也不会等他来了，我叫我的所有朋友，连同那个一天天封闭、一天天死去的青葱乐园，统统都去见他们的鬼。但是，虽然有些人察觉到了，在一句无可挑剔的“再见”以后就再也没出现过，卢西奥却总会心有不甘地回来，我也总是在码头等着他。我们总是看着彼此，却似乎时空远隔，仿佛真的还身处在那另一个越来越遥远的世界，那个他固执地回来寻找、而我几乎是不情不愿地坚守着的可怜的失乐园。你从来没太疑心过这些事，毛利西奥，你泰然自若地在北方某条涧溪中消暑，但是那年夏末……你看到那月亮了吗，在那边？它开始在灯芯草中升起来，马上就要照上你的脸了。在这个时候，河流的潺潺水声大了起来，很有意思，也不知是因为鸟儿都静下声来了，还是因为某些声音在黑暗中就是会更加响亮。你已经看见了，不把这刚刚跟你说的故事讲完就不对了。今天晚上，到了这个时候，一切都跟我把梦境讲给卢西奥听的那天晚上越来越一致了。连座位都是一样的，你现在坐的躺椅就是卢西奥那时的位子，那年夏末，他过来，也跟你一样一言不发。他以前可是说个不停的，当时却只是喝着酒任时间流逝。他也许是无病呻吟，也许是在怨恨着这种虚无。这满心满眼的虚无，它纠缠着我们，我们却无从抵抗。我认为我们之间并没有仇恨，那还称不上仇恨，但比仇恨更糟糕，那是一种腻味感：我们的过往岁月仿佛一场风暴或是一朵向日葵，或者，如果你愿意，也可以认为是一柄长剑，什么都可以，反正不是那种厌烦的情绪，不是那个阴沉、肮脏、像眼中的白翳一样蔓生的秋日，而那时，就在那过往情怀的中心，却生出了一种腻味感。我们在岛上走来走去，亲切而有礼，小心不要伤害彼此；我们在枯叶上走着，在河岸边那沉沉的、厚厚的枯叶上走着。有时候，是沉默让我产生的错觉，有时候，则是一句声调熟悉的话语。也许，卢西奥也常常跟我一起跌入旧时习惯铺就的陷阱中，那些陷阱毫无益处却狡猾诱人，直到一个眼神或是希望独处的强烈愿望让我们再次直面彼此，依然亲切有礼，依然格格不入。然后他对我说："今晚真美，我们走走吧。"就像你和我现在就可以做的那样，我们从游廊上下去，往那边走，那边的月光会直射入你眼中。我不太记得那条路了，卢西奥一直走在前面，我则踩着他的脚印，再次碾碎枯死的树叶。不过，我应该渐渐认得出甜橙树间的小路了。也许得再过去一点，在最后几座庄园和灯芯草地旁边。我知道，在那一刻，卢西奥的身影就成了和这场步步重合、夜夜相同的场景中唯一不吻合的地方。一切都没变，所以，当灯芯草退开去，月光下伸入运河中的岬地和在黄色烂泥上打滑的波浪映入眼帘，我却并不惊讶。在我们背后的某个地方，一颗烂熟的桃子掉下来，落地的声音有点像一记耳光，有股说不出的傻气。

在河边，卢西奥转过身，看了我一会儿。他说："就是这里，对吗？"我们没再说起过那个梦，但是，我回答道："是的，就是这里。"过了一会儿，他说："连这个，连我最隐秘的渴望，都被你偷走了。因为我正是渴望着一个这样的地方，我需要一个这样的地方。你做了一个属于别人的梦。"当他这么说时，毛利西奥，当他用一种平板的声音这么说着，并朝我跨出一步时，仿佛有些什么东西在我遗忘的记忆中炸开了锅，我闭上眼，知道我会记起来的，不用看河，我就知道我会看到梦境的结尾。我真的看到了，毛利西奥，我看见了那个溺死者，月光哀哀地扭曲在他胸前。溺死者的脸就是我的脸，毛利西奥，溺死者的脸就是我的脸。

你为什么要走？如果你需要，书桌抽屉里就有一把左轮手枪；如果你愿意，你可以向隔壁庄园的人报警。但是，请你留下，毛利西奥，请你再留片刻，听听潺潺水声，也许，你最终会感觉到，滚滚河流水波、丛丛灯芯草浪在泥地里起伏，碎成旋流。其中有一双手，在这个时候，正紧紧攥住草根，毫不放松，有什么东西正爬上码头，直起满是污秽和鱼齿印的身子，往这边走来找我。我还能扭转乾坤，我还能再杀他一次，但是，它不会放弃，还会再回来，总有一晚，它会把我带走。它会把我带走，我跟你说，梦会完成它真正的情境。我必须得去，那岬地和芦苇丛会看见我仰面漂过，被月光照得十分耀眼，梦最终会做完整，毛利西奥，梦最终会做完整。

午餐过后

午餐过后，我本想待在房间里看看书，但是爸妈几乎立刻就过来跟我说我那天下午得带那人出去散步。

我冲口回答说不要，叫别的人带他去，请让我在自己房间里学习。我本来还要说些别的，向他们解释为什么我不喜欢跟他出去，但是爸爸往前跨出一步看着我，那种样子我受不了。他的目光盯在我身上，我就觉得那目光越来越盯到我面孔里面，我都快喊出声来了，只好转过身，回答说好的，当然，马上。在这种情况下，妈妈从来都是一言不发，也不看我，但是她会合着手站得靠后一些，我看见她垂到额前的白发，就只能转过身，回答说好的，当然，马上。然后，他们再也没说什么，就走了。我开始穿好衣服，唯一的安慰就是我要穿上锃亮锃亮的黄色新鞋了。

我走出房门时，是两点钟。恩卡纳西翁姨妈说我可以到最里面的房间里去找他，他很喜欢下午钻到那里去。恩卡纳西翁姨妈应该察觉到了我因为必须要跟他出去而无比沮丧，因为她用手摸摸我的头，然后弯下腰吻了吻我的额头。我感觉到她往我兜里放了点东西。

“给自己买点儿什么，”她在我耳边说道，“别忘了也给他一点，那样才乖。”

我吻了吻她的脸颊，心里高兴了一些。我走过大厅门口，爸妈正在厅里下跳棋。我觉得，我跟他们说了声再见，或者类似的话吧，然后，我拿出那张五比索的纸币，把它抹平，放进钱包里，那里面只有一张一比索的纸币和一些钢镚儿了。

我在房间的一个角落里找到了他。我用力抓牢他，我们俩就从院子里走到了通向前面花园的门口。有一两次，我突然很想就这么放开他，回到屋里，跟爸妈说他不想跟我出去，但是，我很肯定，他们还是会把他带过来，逼着我带他去临街的大门口。他们以前从来没让我带他去市中心，而现在竟让我干这种事，太不公平了，因为他们很清楚，他们只逼我带他到路上散过一次步，那一次就发生了阿尔瓦雷兹家那只猫的惨剧。我觉得自己好像还能看见在门口跟爸爸说话的那个警察的脸，还能看见爸爸之后倒了两杯甜烧酒，妈妈则在她的房间里哭泣。他们竟叫我干这种事，太不公平了。

早上下过雨，布宜诺斯艾利斯的道路是越来越坑坑洼洼了，要是不想把脚陷进个把水坑里，就简直寸步难行。我想尽办法挑最干燥的地方走，努力不把我的新鞋打湿，但是，我立刻就看出来他很喜欢往水里踩，我必须使尽全力地猛拽才能逼着他跟着我走。虽然如此，他还是成功地走近了一块比其他地方更塌下去一点点的地砖，等我发现的时候，他已经全身湿透、到处沾着枯叶了。我只能停下脚步，把他弄干净，我一直觉得邻居们就在花园里看着，什么都没说，但是都在看着。我不想说谎，我并不介意他们看着我们、看着他和带他散步的我。最糟糕的是杵在那里，手上的手帕一点点被打湿，沾上泥点和枯叶片，而且我还必须抓着他，让他不能再次靠近那个水坑。再说，我已经习惯了双手插在裤子口袋里在街上逛，吹着口哨、嚼着口香糖，或者一边看着漫画，一边用眼角余光算着从我家到电车站的人行道上的地砖，我对那些路很熟悉，这样，我就能知道我什么时候会经过蒂塔家的门前，或者我什么时候会到达卡拉波波街角。现在，这些事我都不能做了，而那条手帕开始打湿我口袋的衬里，我的腿上感觉到潮潮的，叫人怎能不相信果然祸不单行。

在这个时间，电车总是很空的，我暗自祈求能让我们俩坐在同一个双人座位上，我会让他坐在靠窗的一边，他就不会那么惹人嫌。不是说他会乱动，但是，人们总会觉得他惹人嫌，我也能理解。因此，我一上车就很担心，因为电车几乎坐满了人，没有空着的双人座了。路太长了，我们不能一直站在车门口，售票员会叫我坐下，叫我把他安置在什么地方。因此，我立刻让他往里走，把他带到中间的一个双人座位上，靠窗的那一边有一位女士坐着。也许，最好是坐在他后面看着他，但是，电车坐满了人，我必须再往前走，坐在挺远的地方。乘客们并不怎么在意，在这个时候，人们还在消食，正随着电车的颠簸而半梦半醒。但倒霉的是，售票员停在了我让他坐的那个座位旁边，用一枚硬币敲着售票器的铁皮，我又得转过身，示意他来找我收钱，我得把钱亮给他看，让他明白他得给我两张票，但那售票员却是那种很没有眼力见儿的呆瓜，只管拿着硬币敲啊敲。我只能站起身来（现在，有两三个乘客正看着我），走到那个座位旁边。“两张票。”我对他说。他撕下一张，看了我一眼，然后把票递了给我，又往下看了看，带着些轻蔑。“请给我两张。”我又说了一遍，我很确定整个电车的人都察觉到了。那呆瓜又撕了一张票，递给了我，他要跟我说句什么，但是我把钱递给他后就转身三步并作两步回到了座位上，头也不回。但更要命的还是，我时时都得回头看看他是不是还老实地待在后面的座位上，这引起了几个乘客的注意。我一开始决心只在经过路口的时候回头，但是，每个街区似乎都漫长得可怕，我时时刻刻都害怕会听到一声惊呼或尖叫，就像发生阿尔瓦雷兹家的猫那件事时一样。然后，我开始数到十，就像拳击赛里一样，这大概是走半个街区的时间。一数到十，我就借故回头，比如理理衬衣的领子啊，或者把手伸进外衣口袋里，只要看起来像是一个下意识的动作或类似的举动，就都行。

大约走了八个街区后，我不知怎么就觉得靠窗边坐着的那位女士好像要下车了。这可要命了，因为她会对他说句什么，叫他让一让，而他若是不搭理，或者说不想搭理，那位女士可能会生气，想强行过去。不过，我对这种情况清楚得很，也一直处于高度紧张中，因此我开始在到达每个路口前都往后看看。有一次回头看时，我觉得那位女士就要起身了，我敢发誓她对他说了句什么，因为她看着他那一边，我觉得她动了动嘴。就在这个时候，有一位胖胖的老太太从我座位旁边的一个位子上站起身来，开始在过道上走。我走在她后面，很想推她一下，在她腿上踢一脚，叫她走快一点，让我赶到那位女士的座位那边，她已经抓起了地上的一个篮子或是什么东西，站起身来准备下车了。最后，我觉得我确实推了老太太一把，我听到她抱怨了一声。我不知道自己是怎么走到那个座位旁边的，但我总算及时把他拽出来，让那位女士能够在那个路口下车。然后，我让他靠窗坐好，自己坐到了他旁边，心里特美，虽然有四五个蠢货就坐在前面的座位上或是站在车门口看着我。也许，售票员那呆瓜已经在车门口跟他们说过些什么了。

我们已经开到十一街区了，车外是灿烂的阳光，街道都是干的。这时候，如果我是一个人坐车，我会走下电车，步行去市中心，对我来说，从十一街区走到五月广场并不算什么。有一次，我算过时间，正好用了三十二分钟，当然，有时候我会跑一跑，尤其是最后一段。但现在，我却必须顾着那扇窗户，因为曾经有人说过，他可能突然打开窗户往外跳，只为了找这么个乐子，就好像其他许多旁人无法理解的乐子一样。有一两次，我觉得他就要把窗户往上掀开了，我只得从后面把手伸过去，把窗户压在窗框上。也许这都是我的想象，不过，我并不能确定他是不是真打算打开窗户往外跳。比如说，当巡票员过来时，我就完全忘了这档子事，但他并没有往外跳。巡票员是一个又高又瘦的家伙，他在前面车门处出现，开始查票，他神情和蔼，有些巡票员就会这样。当他查到我的座位上时，我把两张票都递给他，他在一张上面打了孔，然后往下看看，再看了看另一张票。他本来都要打孔了，却拿着那张票停在了打孔钳的窄槽口。我一直暗自祈求他能快点打上孔，把票还给我，我觉得电车里的人越来越注意我们这边。最后，他耸耸肩，在票上打了个孔，把两张票都还给了我，我听到后面车门那边有人哈哈一笑，但是，我自然不愿意回头去看。我又把手伸过去，压住了车窗，假装我再也看不见巡票员和其他人了。在萨米恩托街和利维尔塔德街路口，开始有人下车了，当我们到达佛罗里达街，几乎已经没人了。我一直等到了圣马丁街才让他从前门下了车，因为我不愿意经过售票员那个呆瓜身边，他好像要对我说些什么。

我很喜欢五月广场，当别人跟我说起市中心时，我总是立马就想到五月广场。我喜欢那里的鸽子，喜欢那里的总统府[①]，因为它能给人带来那么多对历史的回忆，让人想起革命时期落下的炸弹，想起那些曾经扬言要拿金字塔[②]来拴马的军阀们。那里有卖花生和其他东西的小贩，很容易就能找到一张空椅子，要是愿意，可以再走一走，很快就能走到港口，看见船只和起货机。因此，我想最好是带他去五月广场，离汽车和小巴远一点，我们可以在那里坐一会儿，坐到该回家里去的时候。但是，当我们从电车上下来，开始顺着圣马丁街走时，我觉得好像有点头晕。我突然发觉，将近一个小时的车程里，我得一直往后看，还得假装没看见别人在盯着我们看，再加上那个售票员、那个要下车的女士和那个巡票员，这一切可把我累惨了。我多想能走进一家奶制品店，要一个冰激凌或是一杯牛奶，但是，我很清楚我不能这样做。我知道，只要一个地方能让人们坐着更从容地盯着我们看，我就一定会后悔随随便便带他进去。街上的人来来往往，每个人都在赶路，尤其是在圣马丁街，这里满是银行和事务所，大家的胳膊下都夹着公文包，行色匆匆。因此，我们一直走到了坎加约街的拐角。然后，当我们在比乌瑟出版社那摆满了墨水瓶和其他漂亮玩意儿的玻璃橱窗前走过时，我感觉他不愿意往前走了，他变得越来越难拖动，无论我再怎么拽（同时努力不引人注意），我们也几乎寸步难行，最后，我不得不停在最后一个玻璃橱窗前，假装望着那些有凸纹图案的皮制办公用具。也许他有点累；也

①阿根廷总统府，也被称为“玫瑰宫”。

②指“五月金字塔”，五月广场上矗立的金字塔形纪念碑。

许他不是乱发神经。反正，站在那里并没什么不好，但我还是不喜欢，因为过往的人群更有时间盯着看了，有两三次，我还发觉有人在跟别的人议论，或是碰碰胳膊肘叫别人看。最后，我再也忍不住了，我再次抓住他，假装走得若无其事，但是，我每一步都走得十分费力，就像在梦里似的，梦里的我穿着成吨重的鞋子，简直抬不起脚。终于，我总算让他那股杵在那里不动的劲头过去了，我们便继续沿着圣马丁街走，一直走到五月广场的那个街角。现在，难题变成了过马路，因为他不喜欢过马路。他能打开电车的车窗往外跳，但是他不喜欢过马路。糟糕的是，要到达五月广场，总得穿过一条车来人往的街道。在坎加约街和巴尔托洛梅·米特雷街的路口，没那么困难，但是，现在我就快要不行了，我手拖着他，觉得他重得要命。有两次，车流停了下来，站在人行道旁我们身边的人们开始过马路，我明白我们是不可能走得到另一边的，因为他会停在路的正中央，因此，我宁愿一直等到他下定决心。当然街角杂志摊老板已经越来越注意我们了，他跟一个我这么大年纪的少年说了句什么，这少年做了个鬼脸，回答了他一句天知道什么话。许多汽车开过来，停下，再启动，而我们，就杵在那里。迟早会有警察过来，这是我们可能遇到的最糟糕的情况，因为警察人都很好，所以，他们都会多管闲事，问好多问题，看看你是不是走丢了，而他可能会突然发起飙来，我就不知道最后会怎么收场了。我越想就越不安，最后，我真的害怕起来，简直有点想吐了，真的。因此，趁着车流停了下来，我紧紧抓住他，闭上双眼往前拽，身子几乎折成两段。当我们到达广场时，我松开了他，一个人往前走了几步，然后回过头去。我真希望他就这么死了，希望他已经死了，或者爸妈已经死了，我也终于死了，大家都死了，被埋了，只除了恩卡纳西翁姨妈。

但是，这些想法一下子就过去了。我们看到一张完全空着的、很漂亮的长椅。我轻轻地拉住他，我们俩坐在那张长椅上看着鸽子。幸好，它们不像猫那样不堪一击。我买了花生和糖果，把两样都喂他吃了一些。晒着五月广场上的午后阳光，看着来来往往的人群，我们感觉相当不错。我不知道我什么时候冒出了就把他丢在那里的念头，我唯一记得的是，我一边给他剥花生一边想着，如果我假装给远处的鸽子扔点什么过去，就可以很容易地绕到金字塔纪念碑后面，这样就看不见他了。我觉得，在那一刻，我没有想到回家，或是爸妈的表情，因为如果我想到了这些，我是不会干这么件蠢事的。要像智者或是历史学家一样考虑得面面俱到应该是很困难的吧，我只想着自己可以把他丢在那里，可以把手插在兜里独自在市中心逛逛，可以在回家之前买本杂志或是进什么店里吃个冰激凌。我接着喂了他一会儿花生米，但是，我已经下定了决心。我逮到机会就假装起来伸伸腿，我看到他并没注意我是待在他身边还是走开去喂鸽子吃花生。于是，我开始把我剩下的花生都扔给鸽子吃，鸽子围着我到处走，直到我的花生米喂完了，它们也累了。站在广场的另一头，那张长椅几乎都看不到了，从总有两个士兵看守的玫瑰宫前穿过也就是一眨眼的事。我从旁边一直走到科隆大道，妈妈常说小孩子不应该一个人去那条街。我习惯性地频频回头，但是，他是不可能跟着我的。他现在最有可能干的事情是在长椅周围打滚，直到某位好心的女士或是某个警察走过去。

科隆大道只是一条平淡无奇的路。我不怎么记得当我在那儿走着的时候，都发生了些什么事情。我坐在一家进出口商店的橱窗窗台上，然后，我的胃开始疼起来，不是像要立刻上厕所的那种疼，而是靠上面一点，真的是胃在疼，就好像我的胃在一点点绞动似的；我想呼吸，但是很困难。因此，我只得一动不动，等着这阵痉挛过去。我眼前只见一片绿色和许多飞舞的小斑点，还有爸爸的脸，最后，就只剩下爸爸的脸，因为我已经闭上了眼睛，我觉得我闭上了，而爸爸的脸就在那一片绿色中。过了一会儿，我能呼吸得更顺畅了，有几个男孩看了我一会儿，有一个对另一个说我是闹肚子了，我却摇摇头，说没什么，说我总是胃痉挛，但是很快就会过去。有一个说，如果我愿意，他就给我去找杯水来，另一个则建议我把额头擦擦干，因为我正在流汗。我笑了笑，说我已经没事了。我迈开脚步，只求他们离开，让我一个人待着。确实，我在流汗，汗水都顺着眉毛滴了下来，一滴咸咸的水流进了我一只眼睛里，因此，我拿出手帕，擦了擦脸，我感觉嘴唇破了点皮，一看，是一片粘在手帕上的枯树叶划破了我的嘴。

我不知道自己花了多长时间才回到五月广场。我在半路上摔了一跤，但在被人看见以前就爬了起来。一辆辆汽车在玫瑰宫前驶过，我狂奔着从车流中穿过。我远远地看见他没有离开过那条长椅，但我还是继续跑啊跑。跑到长椅那边，我累得一瘫，鸽子吓得四散飞离，人们纷纷侧目，带着那种看见了奔跑中的孩子时才有的神情，就像奔跑是一种罪过似的。然后，我把他弄得干净一点，说我们得回家了。我这么说，是要让自己听见这话，要让自己高兴一点，因为跟他在一起，唯一管用的就是紧紧抓住他、带着他。他不听人说话，或者是他假装不听。幸好，这一次，过马路时他没有胡来。刚上车时，电车也几乎是空的，因此，我把他放在第一个座位上，自己坐在旁边。

坐在车上时，我没有回过一次头，连下车的时候都没有：最后一个街区我们走得很慢，因为他老想跳进水坑里，我则为了从干的地砖上走而斗争。但是，我并不介意，我一点也不介意。我一直都在想："我丢下过他。"我看着他，心里想："我丢下过他。"虽然我并没有忘记科隆大道上的事，但是我感觉非常好，几乎有点自豪。也许下一次……这不容易，但也许……谁知道爸妈看见我手牵着他回家时会怎么看我。当然，他们会很高兴我把他带到市中心去散步了，父母们总是因为这种事情而高兴；但是我不知道为什么，在那一刻，我竟突然想到，有时候爸妈也会拿出手帕来擦擦脸，手帕上也有一片枯树叶会将他们划伤。

美西螈

曾经有一段时间，我总是想着美西螈。我常到巴黎植物园[①]的水族馆去看它们，一看就是好几个钟头，看它们纹丝不动，看它们诡秘来去。而现在，我就是一只美西螈。

我是在某个春日上午偶然来到美西螈那里的。那时的巴黎在漫长的冬季后如孔雀般绚烂开屏。我沿着皇家港大道往前走，走上圣马塞尔路，再转入医院大道，我看见一片阴沉灰涩中的点点绿意，便想到了狮子。我很喜欢狮子和金钱豹，却从来没有进过昏暗、潮湿的水族馆。我把自行车靠栅栏放好，接着去看了郁金香。那一天，狮子们一脸苦相，很难看，我的金钱豹则在睡觉。于是，我决定去水族馆。我避开那些毫无特点的鱼类，不期然见到了美西螈。我盯着它们看了一个钟头才离开，满脑子再想不到其他事。

①位于法国巴黎第五区，塞纳河左岸，紧邻法国国家自然博物馆。巴黎植物园不仅是一座世界闻名的植物园，其附设的动物园也享有盛誉。

在圣热纳维耶芙图书馆，我查了字典，看到美西螈原来是一种钝口螈属蛙类的幼虫体。我已知道它们来自墨西哥，那是因为它们本身的特色，它们那阿兹特克式[①]的玫瑰色小脸，还有水族槽高处的标牌。我看到字典里说在非洲发现了一些美西螈，它们旱季时可以生活在陆地上，到了雨季则又能栖息在水中。我找到了它们的西班牙语名称：ajolote。字典里面还提到它们是可以食用的，它们的油脂曾经（现在大概已经不这么用了）被当作鳕鱼肝油用。

我不想多查有关专著，不过，第二天，我又去了巴黎植物园。然后我开始每天上午去那里，有时候，上下午都去。水族馆的门卫接过门票时，总是摸不着头脑地微微一笑。我倚在水族槽周围的铁栏杆上，开始看着那些美西螈。这也全然不出奇，因为，从一开始，我就明白我们是息息相关的。我知道有某种东西，虽然完全失落了，虽然无比遥远，却仍然把我们联系在一起。在当初的那个早晨，我停在水中有气泡冒过的玻璃槽前，这一点于我就已足够明白了。美西螈都挤在水族槽底，那里布满石块和苔藓，既窄小又逼仄（只有我才知道有多窄小、有多逼仄）。美西螈一共有九只，大都将头靠在玻璃上，用金黄金黄的眼睛盯着走到近旁的人们。我慌了神，简直有点不好意思，觉得探头盯着这些安安静静、一动不动地堆挤在水族槽底的小东西看，好像挺不要脸的。我在心里把其中待在右侧、离其他美西螈有点远的一只分隔开来，好好地研究了一番。我看到它玫瑰色的、仿佛半透明的小小身躯（我想到了那些乳白色玻璃的中国小雕像），有点像一只十五厘米长的小蜥蜴，屁股上长着一

①阿兹特克文明为公元 14－16 世纪的墨西哥古文明，为拉丁美洲重要土著文明之一。

条极其娇嫩的鱼尾巴，这是我们身体上最敏感的部位。沿着脊背而下，长着一排透明的鳍，与尾巴连成一线。但是，最叫我着迷的却是它的腿，特别细致、轻盈，脚尖上是几个小脚趾，趾甲极小，但像极了人类。然后，我又看见了它的眼睛、它的脸。毫无表情的脸上，除了眼睛再无其他器官。那双眼睛，就是两个如大头针头般的孔洞，完全是一片透明的金黄色，恍若死物，却仍在瞪视着周遭。那眼睛任我的目光深入其中，我仿佛穿过了那金黄色的一点，迷失在那一片透明的内里谜境中。它眼睛的四周绕着一圈极细的黑色晕轮，将眼睛与玫瑰色的皮肉、与它那如玫瑰色石头一般的脑袋区别开来。它的脑袋微微呈三角形，但边缘是不规则的曲线，这些曲线让它像极了一尊被时间消磨腐蚀的雕像。它的嘴隐在三角形的脸下，只有从侧面看，才可以窥见它的嘴其实是很大的；从前面看，却只有一条细细的裂缝，浅浅划过那块没有生气、不见表情的石头。头的两边本该长耳朵的地方，长着三根珊瑚似的红色小芽，某种像植物似的赘生物，我猜那是鳃。那是它身上唯一活动的东西，每隔十到十五秒，那些小芽就会立起、绷直，再放松、下弯。有时候，它也会微微动一动腿，我看着那些细小的脚趾轻轻地停在苔藓上。我们确实不喜欢多动弹，水族槽太狭小，我们往前挪一点，就会碰到其他伙伴的尾巴或是脑袋，我们会因此争吵、打斗，累得很。如果我们一动不动，时间就不会这么难熬。

我第一次看见美西螈时，正是它们的静如止水吸引我着了迷似的弯腰观看。我莫名地自觉很明白它们内心的愿望，只希望自己就这么不动分毫、万事不惊，便能消弭时空。但之后，我知道不仅如此，因为鳃的收缩、细细的腿在石子上的轻踏、在水中的倏忽游动（有几只只需摆动一下身子就能游起来）都向我证明了，那种了无生气的倦态，它们可以保持好几个钟头，但也有能力摆脱。它们的眼睛尤其让我着迷。在它们旁边，其他的水族槽里，各种各样的鱼类有着漂亮的眼睛，与我们的很相似，但其中却只透着愚蠢。美西螈的眼睛则对我诉说着一种与众不同的生命体的存在，诠释着另一种视角。我把脸贴在玻璃上（有时候，门卫会不安地咳嗽一声），努力看清楚那些金黄色的斑点，那是个入口，通往这些玫瑰色生物无比缓慢而遥远的世界。用手指敲敲就在它们脸庞跟前的玻璃是没有用的，从来看不到它们有一点反应。那一双金色的眼眸不住地闪着那种甜蜜却可怕的光芒，不住地盯着我，从某个令我头晕眼花的不可见底的深处。

不过，它们其实与我们很接近。在这一切发生之前，在成为一只美西螈之前，我就知道这一点。我在第一次接近它们的那一天就知道了。与大多数人的认知相反，一只猴子那酷似人类的五官，恰恰显示出它们与我们之间的差别之大。美西螈与人类之间完全没有相似之处，这却正向我证明了我的感觉是对的，我没有光看表面。虽然那一只只小手一般的爪子……但是，壁虎也有那样的爪子，而壁虎跟我们可没有一点相像的地方。我觉得差别在于美西螈的脑袋，那个镶着金黄色小眼睛的玫瑰色三角形。那玩意儿对一切冷眼旁观，洞悉于心。那东西在抗议。它们可不是无知牲畜。

越想越玄乎似乎很容易，简直是必然的。在美西螈身上，我开始看到一种变异，但这种变异还没能将某种神秘的人类气息尽数祛除。我想象着它们是有自我意识的，却被这副躯壳所困，注定永远陷入无底的沉默、绝望的沉思。它们那种没有焦距的目光，那双虽然冷淡漠然却无比机敏的金色小圆球，深深地看着我，仿佛在传达一个讯号：“救救我们，救救我们。”我惊觉自己正低声呢喃着一些安慰的话语，传达出一些天真的希望。它们还是看着我，一动不动，只有玫瑰色小芽状的鳃不时蓦地绷直。在那一刻，我仿佛感到一阵隐痛，也许，它们看见了我，感觉到我正努力探入它们生命中最不容侵犯的部分。它们不是人类，但我从未找到过任何动物跟我自身有这么深切的关联。美西螈仿佛在为什么事情做着见证，有时候，又像是可怕的审判者。在它们面前，我自觉卑微、下贱，那透明的眼眸中有一种惊人的纯净。它们是幼虫，但是，“幼虫”也意味着伪装真我的面具，同时，这个词还可以表示凭空而生的幽灵[1]。那一张张阿兹特克式的脸庞，没有表情，却有种噬骨的残忍，在它们背后，是什么在等待着自己的时辰到来呢？

我怕它们。我觉得，要是感觉不到还有其他游客和门卫在旁边，我大概不敢一个人跟它们待在一起。“您要用目光把它们吃下去了。”门卫笑着对我说，他大概猜想着我有点儿不正常。他没发觉其实是它们在用目光慢慢吞噬我，带着一种金黄色的嗜血残忍。离开水族槽，我除了想着它们再不干其他事情，就像是它们在远方对我发出感应。我每天白天都去，晚上则幻想着它们就在黑暗中一动不动，慢慢往前伸出一只爪子，立马就会碰上另一只美西螈的爪子。也许，它们的眼睛在暗夜中也看得见，而白天，对它们而言，一样没有尽头。美西螈的眼睛是没有眼睑的。

现在，我已明白这没有什么好奇怪的，这一切都是注定要发生

①西班牙语里的“larva”一词，既可指“幼虫”，也可指“不得安宁的幽灵”。

的。每天上午，我每次在水族槽前弯下腰来，这种感觉就更强烈一些。它们在受苦，我身体里的每一根神经都能感受到这种无言的痛苦、水底的酷刑。它们在窥伺着什么东西，一片久已失去的领地、一段过去的自由时光，那时整个世界都归美西螈所有。这种表情如此可怕，它可以打破那张石头一样的脸上强装出的淡漠，它一定是传递着某种痛苦的讯息，证明它们在这水中地狱里经受着这种永生的刑罚。我徒劳地想要证明，我自己的感觉在美西螈身上投射出了某种并不真实的意识。它们和我都知道这一点。因此，发生的一切都没什么好奇怪的。我的脸贴在水族槽的玻璃上，我的眼睛正再次尝试进入那双没有虹膜、没有瞳孔的金黄眼眸中的秘境。我看着很近处一只美西螈的脸，它一动不动地待在玻璃旁。突然之间，毫不意外地，我看见我的脸顶在玻璃上，在水族槽外，在玻璃的另一边。然后，我的脸移开，我就明白了。

只有一件事很奇怪：我还像以前一样思考，能明白一切。发现这一点，在一开始就像是被活埋的人在坟墓中清醒时一样令人恐慌。槽外，我的脸又靠近了玻璃，我看见我抿着双唇的嘴，看见我正努力想弄懂美西螈。我就是一只美西螈，现在我立刻明白，要弄懂是完全不可能的。他站在水族槽外，他的思想是槽外的思想。我了解他，我就是他，但我也是一只美西螈，身在我的世界中。恐慌是因为——就在那一刻，我明白过来——我认为自己被囚禁在一只美西螈的身体里，我转生成螈，却带着人类的思想，被活埋在一只美西螈体内，不得不神志清醒地与这些毫无灵智的生物一起生活。但是，当一只脚擦过我的脸，当我稍稍移过身子就看见我旁边有一只美西螈在看着我，我意识到他也能明白一切，虽无法交流，却无比明了，那恐慌便因此消失了。也许，我也在它体内，也许我们大家都像一个人类一样思考着，只是有口难言，只能靠着我们眼中的金黄色光芒，看着贴在玻璃上的人类的脸。

他又来过很多次，但现在他来得少了。他常常好几个星期也不来看看。昨天，我看到他了，他看了我很长时间，然后突然离去。我觉得，他已不再对我们这么感兴趣了，只是习惯使然。由于我唯一干的事情就是思考，因此，我能够常常想着他。我想到，我们一开始是相连、相通的，他觉得自己与令他痴迷的这个谜团比任何时候都更加紧密合一。但是，他与我之间的桥梁已被切断，因为他曾经的执念如今成了一只美西螈，与他作为人类的生活再无关联。我相信，我原本可以在某种形式上——啊，只是在某种形式上——回到他身上，让他继续保有这种想要更加了解我们的愿望。而现在，我已完全是一只美西螈了，如果说我像人类一样在思考，那只是因为在那玫瑰色石头般的外表下，每一只美西螈都在像人类一样思考。我觉得，在一开始的那几天里，当我还是他的时候，我把所有这些信息都多少传达了一些给他。他已不再来了，在这最后的孤寂中，我欣慰地想着他也许会写些关于我们的事，他会以为是自己虚构出了一个故事，写下关于美西螈的这一切。

夜，仰面朝天

有些时节，他们会出去虏获敌人，
他们称之为荣冠之战[①]。

走到酒店长长的门厅中间，他心想应该要迟到了。他赶紧出门，从角落里取出摩托车，是隔壁的门房允许他停在那里的。他在转角的珠宝店中看见才九点差十分，他有大把时间赶到他要去的地方。阳光从市中心的高楼大厦之间透下来，而他——因为对于他自己，在心中默想时，他是没有名字的——骑着摩托车，惬意驶去。摩托在他胯下隆隆作响，凉风啪啪打着他的裤子。

他经过了政府办公大楼（玫瑰色那栋和白色的那栋），以及中央大街上一排有着闪亮玻璃橱窗的商店。现在，他进入了这段路程中

①荣冠之战（guerra florida），为中美洲土著文明特有的一种以献祭为目的的战争。通常发生在特大干旱的季节中，多个部落之间达成协议，发动战斗，捕捉对方的战士作为俘虏，祭祀神明，求得庇佑。

最宜人的部分，真正的惬意畅游开始了：一条长长的林荫道，车辆不多，路边只有一座座宽绰的别墅，它们的花园几乎漫上了人行道，仅由低矮的栅栏勉强隔开。他也许有些走神，但还是按规矩靠右行驶，只是任自己沉浸在崭新一天的习习微风和明媚清新中。也许，是他不自禁的放松让他没能避免那场事故。当他看见站在街角的那个女人无视绿灯冲上大路时，他已经没法轻易避过去了。他脚踩闸、手按把，将车一刹，人往左边偏去。他听见那女人的叫声，接着是一下碰撞，随即眼前一黑，就好像是突然睡过去了似的。

他猛地从昏迷中清醒过来。四五个年轻男人正在把他从摩托底下往外拖。他尝到咸咸的血腥味，他的一边膝盖很疼。被抬起来时，他尖叫了一声，因为他无法忍受右边胳膊上的压力。有几个声音在用玩笑和保证来为他打气，但这些声音好像并不属于悬在他上空的那几张脸。他唯一的安慰是听到有人证实穿过路口时他并没有违规。他问起那女人的情况，一边试着控制住不断涌上喉头的恶心感。当他被仰面抬到附近的一间药店时，他得知造成这场事故的女人只不过腿上有一些划伤。“您几乎没怎么碰着她，倒是您的摩托车被撞得斜飞出去了……”人人提建议，个个谈感想。慢点儿，把他躺着抬进去吧，这样他才会舒服……有个穿着罩衫的人给了他一口酒喝，在那间昏暗的街区小药店里，这酒让他舒了一口气。

警方的救护车五分钟以后到达，他被抬上一张软软的担架，在上面可以平躺得很舒服。他十分清醒，但也知道自己还没从一次严重的休克中完全恢复，所以向陪伴着他的警员说明了自己的住址。他的胳膊几乎不疼了，眉毛上的一处割伤正滴着血，流得满脸都是。他舔了一两下嘴唇，咽下那血滴。他感觉不错，那是一场意外，运气不好。静养几个星期就没事了。警察对他说，摩托车似乎没怎么坏。“那当然，”他说，“就好像是它把我给扑倒了似的……”两人都笑了。到了医院后，警察跟他握了握手，祝他好运。恶心的感觉又渐渐涌上来，人们用担架床把他推进去，经过满是小鸟的树下，往最靠里的一栋楼推去。他闭上双眼，希望自己能睡着或是能被麻醉过去。但他却在一个充满医院气味的房间里待了很长时间，有人帮他填表，为他脱下衣服又换上一件硬硬的淡灰色衬衣。他们小心翼翼地挪动着他的胳膊，没把他弄疼。护士们一直开着玩笑，要不是因为他的胃一下又一下地痉挛，他会觉得自己很好，甚至还挺开心。

他被带到放射科，二十分钟以后，他的胸口放着潮乎乎、像块黑色石碑一样的X光照片，进了手术室。有一个穿着白大褂、又高又瘦的人走到他旁边，开始看那张X光照片。有一双女人的手把他的头摆得更舒适，他觉得自己正从一张担架床被抬到另一张上。白大褂再次微笑着靠近了他，他的右手拿着某件锃亮的东西。医生拍拍他的脸颊，对站在后面的某个人做了个手势。

作为梦，那还是挺有趣的，因为其中充满了各种气味，他以前可从来不会梦到气味。首先，是一股沼泽的气味，因为那条路的左边便是海滨沼泽，那些从来没人能活着走出来的颤沼。但是，那气味随即消失了，取而代之的是一股混合的香气，阴沉难测，就像他逃离阿兹特克人的那个夜晚。是的，一切都再自然不过了，他必须逃离阿兹特克人的魔掌，他们正到处猎杀犯人。他唯一的希望就是躲在雨林最茂密处，留心着不要偏离那条只有他们这些摩泰克族人才认识的狭窄道路。

最折磨他的是那股气味，虽然他完全清楚自己是在做梦，但似乎仍然有什么东西明白显示出这一切非同寻常，一直都对不上号。“有战争的气息。”他想，本能地摸了摸插在羊毛织就的腰带上的石制匕首。一声突如其来的声响吓得他弯下腰一动不动，只是发抖。会害怕并不奇怪，在他的梦境中，恐惧无处不在。他在灌木枝叶的遮盖下，在没有星光的黑夜掩护下，等待着。远远的，也许是在大湖的另一边，好像燃着篝火，一簇泛红的光亮染上了那一方天空。那声响没有再出现。那就像树枝断裂的声音，也许是一只动物在像他一样逃离战争的气息。他慢慢直起身，嗅着气味。什么声音也听不到，但是，恐惧还在，那气味也在，那是荣冠之战那甜腻腻的焚香味。必须继续走，必须绕开沼泽直达雨林的中心地带。他摸索着，不停地俯下身摸摸大路上更加坚实的地面，往前走了几步。他很想跑起来，但是那些颤沼就在他身边汩汩冒泡。在昏暗的小路上，他寻找着方向。然后，他感觉到一股他最惧怕的气息，很浓烈，他绝望地往前一跳。

“您会从床上掉下去的。”旁边的病人说，“别这么乱跳，伙计。”

他睁开双眼。是下午了，长长的病房中，太阳已低垂到了落地窗前。他努力对邻床的人笑了笑，脱离了那场无比真切的噩梦里的最后一幕幻境。打上了石膏的胳膊悬在一个有砝码和滑轮的器械上。他觉得口渴，就好像他刚刚跑了好几公里似的，但是，他们不愿意让他多喝水，只让他润了润唇、漱了漱口。高热慢慢征服了他，他本可以再次沉睡过去的，但是，他却圆睁着双眼，听着其他病人的对话，时不时回答一个问题，品味着这清醒的快感。他看到一辆白色小车推过来，停在了他的床边，一位金发的护士用酒精擦了擦他大腿的前面，给他扎上了一根很粗的针头，针头连着一根管子，往上是一只装满了乳白色液体的小瓶。一位年轻的医生过来，手里拿着一个带皮管的金属器具，他把这东西在他没受伤的那只胳膊上绑紧，检查着什么。夜沉下来了，发烧的热度也软绵绵地缠着他，各种事物似乎都凸出、放大了，就像是从看戏用的小望远镜里看到的一样，很真实、很舒服，但同时又有点令人厌恶。像在看着一部电影，电影很无聊，但你想着街上更糟糕，所以还是留了下来。

有人端来了一碗无比香浓的黄金汤，有韭葱、芹菜和欧芹的气味。一小块面包，一点点碎成细屑，好吃得赛过山珍海味。他的胳膊一点也不疼了，只有眉毛上缝过针的地方还时不时地有点热热的刺痛一颤而过。当对面的落地窗都变成深蓝色块，他想，他应该很容易就能睡着。他仰面躺着，有点不太自在，但是，他用舌头舔过干燥而滚烫的双唇时，立刻尝到了汤的味道。他惬意地舒了口气，沉入了梦乡。

首先是一阵迷糊，千般感觉朝他一涌而来，一时间混沌而迷乱。他知道自己正在一片漆黑中奔跑，虽然头顶横布丛丛树冠的天空其实比周遭稍稍亮一些。"那条路，"他心想，"我偏离了那条路。"他的双脚陷进层层树叶和泥泞中，他每跨出一步，灌木的枝丫都会抽打他的身体和双腿。他喘息着，虽然四周黑漆漆的，也很安静，但他仍然觉得走投无路。他弯下身来仔细探听。也许,那条路就在附近，明早晨光一现，他就能再看见它。但现在，没有任何东西能够帮他找到那条路。他一直无意识地握紧匕首柄的手这时像沼泽中的蝎子一样摸上他的脖子，他的脖子上挂着护身符。他微微动动唇，低喃出能求来好运的玉米颂和对赐予摩泰克族人安乐的无上女神的祈祷词。但是，他同时感觉到他的脚踝正在慢慢陷进泥里，在漆黑、陌生的灌木丛中这样等待让他难以忍受。荣冠之战随月升而起，已经打了三天三夜。如果他能躲进雨林深处，离开沼泽区那边的路，也许，战士们就无法寻到他的踪迹了。他想起那众多的囚徒，他们也许已经这样做了。但是，重要的不是人数多少，而是祭神的时节。这场狩猎不到祭司们示意收兵是不会结束的。万物起灭都有定时，而他正身在祭神的时节里，他就是狩猎者追逐的对象。

他听见叫喊声，便握着匕首一跃而起。地平线上，天空好像烧着了似的，他看见树枝间有许多火把在移动，靠得好近。战争的气息令人难以忍受，当第一个敌人跳到他脖子上时，他几乎是满心快感地将石制的尖刃插入了敌人的胸膛。点点火光、声声欢呼将他团团围住。他才用匕首在空中挥了一两下，一根粗麻绳就从背后绑住了他。

“这是因为发烧。”隔壁床上的人说，“我十二指肠开过刀以后也有过一样的情况。喝点水，您会发现您就睡得好些了。”

与他刚刚告别的黑夜一比，他觉得病房里的温热、昏暗是那么美妙。一盏紫色的灯在房间尽头的墙壁上方守着，就像一只保护着他的眼睛。他听到有人咳嗽，有人粗声呼吸，有时候还有人低声交谈。一切都舒适、安全，没有那种追捕，也没有……但是，他不愿继续想那场噩梦了。有很多东西可供消遣呢。他开始看看胳膊上的石膏，看看把胳膊无比舒服地支在空中的滑轮。有人在他的床头桌上放了一瓶矿泉水。他就着瓶嘴直灌，喝得津津有味。现在，他能看清病房的情形了，还有那三十张病床和带玻璃门的柜子。他应该烧得不那么厉害了，他觉得脸挺凉的。眉毛也不怎么疼了，好像那已是很久远的事了。他又看见自己走出酒店，取出摩托车。谁能想到事情最后竟会这样收场？他尝试着定格事故发生的那一刻，但恼火地发现那里仿佛只有一个空洞、一段他无法填充的空白。在那一下撞击和他被人从地上抬起来的那一刻之间，一阵昏迷或是什么东西让他什么也看不到。同时，他觉得这段空白，这种虚无，仿佛已存在很长时间了。不，不只是时间长短，在那个空洞中，他好像穿越了什么东西或是走过了长长的路程。那一下撞击,那一下重重地撞上路面。不管怎么说，当人们把他从地上抬起来时，他从深井般的黑暗中醒来，立刻松了一口气。虽然胳膊很疼，虽然撞破的眉毛在流血，虽然膝盖挫伤，他苏醒过来后，感觉到自己有人扶助、有人救治，还是松了一口气。挺奇怪的。他得什么时候问问住院医生。现在，睡意再次袭来，将他慢慢拖入梦乡。枕头好软好软，发烧的喉头有矿泉水的清凉。也许他可以真的休息一下，再没有那该死的噩梦。高处那紫色的灯光渐渐熄灭了。

由于他是仰面睡着的，所以他再次恢复意识时也是这个姿势并没有让他感到惊讶；但是，那潮湿的气息，水滴在石头上的气息，却让他喉头一紧，迫使他明白过来。睁开双眼四处看也没有用，因为他周遭都是一片漆黑。他想直起身子，却感觉到手腕和脚踝上都绑着粗麻绳。他的手脚都被绑在木桩上，钉在地上，钉在一片潮湿、冰冷的石板地上。他笨拙地想用下巴碰碰护身符，却发现护身符已被人扯掉了。现在，他完了，再没有祈祷词能救他脱离大难了。远远地，他听见庆典的鼓声仿佛从地牢的石缝中透了过来。原来，他被带到“teocalli”[①]中来了，他就在神庙的地牢中，等着轮到自己。

①纳华特语，亦作“teocali”，即神庙。

他听到叫喊声，一声嘶哑的叫喊，在墙壁间回荡。又一声叫喊，最后变成一声呻吟。那在黑暗中叫喊的，就是他自己，他叫喊是因为他还活着，他的全身都在用这喊声抵御着即将到来的一切，抵御着避无可避的终结降临。他想到了他那些大概就待在其他地牢里的同伴们，想到了那些已经登上祭坛台阶的同伴们。他又呜咽着叫了一声，他几乎张不开嘴，因为他的颌骨僵住了，但同时他的颌骨又像是橡胶做的，正在无比费力地慢慢打开。门闩的嘎吱声像鞭子一样吓得他一抖。他哆哆嗦嗦地扭动着身子，想努力挣脱箍进肉里的绳索。他用比较有力气的右胳膊猛拽，直到疼得难以忍受，他才不得不停手。他看到门往两边打开，火光未到，他就已闻到了火把的气味。仅缠着一条仪式用遮羞布的祭司侍从们走向他，鄙夷地看着他。火光映在汗淋淋的身体上，映在插满羽毛的黑发上。他们松开绳索，再用像青铜般坚硬的滚烫手掌抓紧他。他觉得自己被抬了起来，被四个侍从猛拽着拖上狭窄的过道，一直是仰面朝天。举火把的人在前面走，微微照亮过道。过道的墙壁湿湿的，天花板低低的，侍从们都必须垂着头。现在，他们抬着他走啊走，这就是终结降临了。他仰面朝天，离尖石嶙峋的天花板仅一米之遥。时不时，火把会将天花板照亮。等到天花板消失、星辰出现时，等到吼声如火、舞蹈如荼的石阶在他面前向上延伸时，那就是终结降临了。过道长得没个尽头，但它终将走完，他马上会闻到缀满繁星的自由空气，但是，还没有，他们还在粗暴地猛拽着他在红色暗影中不停地向前。他并不愿意这样，但是，他能怎么阻止这一切呢？他们可已经抢走了护身符，那是他真正的心脏，是生命的中心。

他蓦地跳回医院里的夜晚，跳回舒适的、光滑的、高高的天花板下，跳回围绕着他的柔和暗影中。他想他大概尖叫过，但他的病友们都安静地睡着。在落地窗的蓝色暗影衬托下，床头桌上的水瓶有点像一只气泡，也像是半透明的影像。他气喘吁吁，想让肺部顺顺气，想忘记仿佛依然贴在他眼皮上的种种影像。他每次闭上眼睛就会看见这些影像立刻呈现出来，便害怕地直起身子，但与此同时，他也很开心，因为他知道自己是醒着的，知道不睡着就会没事，知道天就要亮了，而他像这个时间的其他人一样睡意蒙胧、深沉，没有异象，什么也没有……他很勉强地睁着双眼，但他熬不过睡意。他做了最后一次努力，用没受伤的手作势伸向水瓶，但他没能拿到它，他的手指收紧，再次落入黑暗和虚空。过道仍然没有尽头，一块石头接一块石头，时不时还突闪出微红的光芒。他仰面朝天，暗暗呻吟，因为天花板快要到头了，它渐渐升高，像一张漆黑的嘴一样张开。侍从们直起了身子。天顶一弯残月照在他的脸上，但他的双眼不想去看，只是绝望地闭了又睁，希望能回到另一边，能再次看见病房中那保护着他的光滑的天花板。但他每次睁眼，却只有黑夜与残月，他们抬着他走上石阶，但现在他的头是倒垂的。高处，有篝火在燃烧，有红色烟柱，香烟弥漫。突然，他看到了那块被喷涌的鲜血染成红色、浸得锃亮的石头，还看见了上一个祭品的脚左右摇晃，他正被人拖开，扔下北边的石阶。他带着最后的希望紧闭双眼，哼哼着试图醒过来。有一瞬间，他以为他会办得到，因为他又一动不动躺在床上了，不再头朝下摆来摆去。但是，死亡的气息还在，他睁开双眼，看见满身是血的祭司手中拿着石刀走了过来。他再次闭上双眼，但他现在已经知道他不会醒过来了，他知道他就是醒着的，他知道那另一个世界才是个奇妙的梦，就像所有的梦境一样荒唐。那梦里，他走过了一座奇特城市中的古怪道路，那里有红灯，有绿灯，没有火焰或烟尘也照样燃着；那里有一只巨大的金属怪虫，在他胯下嗡嗡作响。在那个梦里的无边荒唐中，他也被人从地上抬了起来，也有人手拿着一把刀靠近他身边。而他，仰面朝天。他双目紧闭，在篝火之间，仰面朝天。

游戏的终结

天热的时候，我、莱蒂西亚和奥兰达常常去阿根廷中央铁路公司的铁道上玩。我们会等着妈妈和露丝姨妈开始睡午觉，然后从白色大门溜出去。妈妈和露丝姨妈在洗完碗碟以后总是很累，尤其是有我和奥兰达帮忙擦盘子的时候，因为我们会吵架啦，把小叉子掉一地啦，说些只有我们才明白的话啦，通常，充斥着油脂气味和何塞喵喵叫声的漆黑厨房里最后总会搅出一场火爆至极的吵闹，然后一团混乱。奥兰达擅长惹这种乱子，比如，她会把一个洗过的杯子掉进脏水桶里，或者假装不经意地说罗萨家的姑娘们有两个女佣，服务可周到了。我则常用别的点子。我更喜欢对露丝姨妈暗示说，她要是继续刷锅，而不去洗杯子或盘子，手就会发皴，而杯子盘子正是妈妈喜欢洗的，用这法子，我可以让她们俩为了争着占点儿便宜而吵得不可开交。不过，如果我们玩厌了在家里煽风点火、挑拨是非，最有气概的游戏就要数往猫背上倒开水。俗话说被烫过的猫咪连冷水都怕，但除非浇冷水这个部分是必须照搬的，否则这可是个大谎话，因为何塞可从来不会躲热水，可怜的小东西，他甚至像是欢迎我们把半杯一百摄氏度的开水倒到他身上，或者不到一百度，也许要低得多，因为他从来没掉过毛。其实，闹得再乱我们也不在意，这一片鸡飞狗跳总以露丝姨妈的绝妙高音与妈妈跑去拿藤杖画下完美句点，奥兰达和我却早趁乱溜过走廊，跑到最里头的空房间去了，莱蒂西亚就在那里等着我们，还一边读着彭松·杜·特拉耶[①]的书，真不明白。

通常，妈妈会追出我们好远一段路，但是，想打破我们头的愿望总是很快就过去了，最后（我们闩上门，用热切又夸张的话来求她原谅），她也倦了，她走开时总说着同一句话：

"迟早会被扔到街上去的，你们这些小混蛋。"

我们总会去的地方其实是阿根廷中央铁路公司的铁道。当整个房子安静下来，当我们看见猫也趴到柠檬树下好睡个花儿香、蜂儿鸣的午觉，我们便会慢慢打开白色大门。一关上那扇门，就仿佛有一阵风吹过，仿佛有一股自由的感觉牵着我们的手，引着整个身体，推着我们向前。然后，我们会跑起来，好借力一下子爬上铁轨的小斜坡。爬上那世界的巅峰，我们就会一声不响地欣赏着我们的王国。

我们的王国是这样的：铁路的一个大弯道正好在我们家屋后的土地前拐过，那里除了路基、枕木和双轨，再没什么东西。在碎石之间，长着稀稀疏疏、呆模呆样的牧草，还有花岗岩的成分——云母、石英、长石，在下午两点的阳光下，它们像真正的钻石一样闪闪发光。

①彭松·杜·特拉耶（Ponson du Terrail, 1829－1871），法国作家，其最著名的作品是一系列冒险小说，下文中出现的罗康波尔（Rocambole）即其系列小说的主人公。

当我们弯腰去摸铁轨时（不能多耽搁，因为在那里多待是很危险的，不只是怕火车，更是怕家里人看见我们），石头的火热会袭上我们的脸；当我们迎着河风站着，一股湿热又会黏在面颊和耳朵上。我们喜欢弯腿蹲下去，上来，再下去，在两个高温区之间来来去去，看着彼此的脸来观察出汗的情况，就这样，我们很快就汗流浃背了。我们总是一言不发，看着远处的铁路，或是对岸的河面，那一小块牛奶咖啡色的河面。

初步巡视过王国以后，我们就会从斜坡上下来，钻进紧靠我家围墙的那片沉郁的柳树树荫，那面墙上就是白色大门。那里就是王国的都城，荒野之城，我们游戏的重地。最先开始这游戏的是莱蒂西亚，她是三人中最滋润、最享福的。莱蒂西亚不用擦盘子，也不用理床铺，她可以整天读读书、贴贴小人儿玩，到了晚上，只要她要求，她就可以很晚都不睡觉，更别说她能一个人睡一间房，有骨头汤喝，还有各种好处。渐渐地，她开始利用这些特权，从去年夏天开始，她就领头玩游戏了，我认为，她实际上就是在领导着那个王国。至少，她总是首先发表意见，奥兰达和我就毫无怨言、简直是欢天喜地地接受了。也许是妈妈告诫我们该怎样对待莱蒂西亚的长篇大论起了作用，或许单纯是因为我们很爱她，不介意她来当头头。可惜，她看起来并不像个头头，她是三个人里最矮的，又那么瘦。奥兰达挺瘦的，我的体重也从没超过五十公斤，但是，莱蒂西亚还是三人里最瘦的，更糟糕的是，她的瘦削十分明显，从脖子上、从耳朵上都看得出来。也许，她那僵直的背脊让她显得更加瘦削，再加上她不能朝两边摇头，她看起来就像一块立着的熨衣板，像罗萨家姑娘们家里那种包着白布的板子。一块熨衣板，头宽脚窄，靠墙立着，而她还是我们的头儿。

而我最最喜欢的就是想象妈妈或露丝姨妈有一天会发现这个游戏。她们如果知道有这么个游戏，一定会闹翻天的。她们会尖叫，会气昏，会没完没了地抱怨说她们万般辛苦都打了水漂，会再三地说要动用最吓人的手段来罚我们，最后还会对我们的未来做一番预测，就是说我们迟早会被扔到街上去的。这最后一条总让我们有些不知所措，因为，我们觉得到街上去挺正常的。

首先，莱蒂西亚会让我们抓阄。我们会用手藏石子儿、数到二十一或随便什么法子来抓阄。如果用的是数到二十一的法子，我们就会假装还有两到三个女孩，把她们也数进去，避免作弊。如果她们中的哪一个正好轮到二十一，我们就把她淘汰掉，再从头数过，一直到轮到我们三个中的一个为止。然后，奥兰达和我就会搬起石头，打开饰物箱。假设是奥兰达赢了，就会由莱蒂西亚和我挑选饰物。这游戏有两种玩法：扮雕像和摆姿态。摆姿态不用穿戴饰物，但是需要很强的表现力。表现嫉妒，得龇牙、握拳、努力摆出个气得脸发黄的样子；表现慈悲，最理想的是摆一张天使面孔，两眼望天，双手则将什么东西——一块破布、一个球或一根柳枝——献给一个无形的可怜小孤儿。羞耻和恐惧很好演，怨恨和醋意则需要多费点心思。所有的饰物几乎都是用来扮雕像的，这部分是绝对自由发挥的。要扮好一尊雕像，必须要想好服装的每一个细节。游戏规定，被选中的人不能参与服装的选择。要由另外两个人讨论好，然后选出衣服饰物，被选中的人则要利用两人为她穿上的衣服来设计出自己的雕像，游戏因此变得更复杂、更激动人心，因为有时候另两个人会联合起来捣鬼，被整的人就得穿上完全不搭调的衣服饰物。这样一来，是不是扮得生动就取决于她能不能设计出一个好的雕像来了。一般来说，玩摆姿态时，被选中的人总能扮得很成功，而扮雕像有时则会难看得很。

我讲的这些事天知道是从什么时候开始的，但是，事情起了变化，是在第一张小纸条从火车上丢下来的那一天。扮雕像和摆姿态当然不是只给我们自己看的，不然，我们大概很快就会玩厌了。游戏规定，被选中的人必须站在斜坡脚下、柳树荫外，等待从蒂格雷开来的两点零八分的火车。到了巴勒莫这里，火车都是飞快地驶过，因此，我们扮起雕像或摆起姿态来并不会不好意思。我们几乎看不见车窗里的人，但是，时间一长，我们有了经验，就知道有些乘客是很期待看见我们的。有一位白头发、戴玳瑁眼镜的先生会把头探出窗外，挥着手帕向扮雕像或摆姿态的人致意；从学校回来的男孩子坐在踏脚板上，在经过时大喊大叫；但是，也有些人只是很严肃地看着我们。实际上，扮雕像或摆姿态的人什么也看不见，因为她得努力地一动不动。站在柳树下的另外两个人则会详尽、透彻地分析她是大获成功还是无人关注。在某个星期二，当第二节车厢经过时，那张小纸条掉了下来。它落在离那天扮演诽谤的奥兰达很近的地方，弹到了我身边。那是一张折了好几折、再用一个螺丝帽圈住的小纸条。是男孩的字迹，挺难看的，上面写着："雕像都很美。我坐在第二节车厢的第三个窗户边。阿里埃尔·B."。我们觉得这留言有点无聊，亏他还这么麻烦地套上螺丝帽扔出来，但是我们照样很喜欢。我们抓阄决定谁可以收着这纸条，我赢了。第二天，我们谁都不想玩，只想看看阿里埃尔·B. 长什么样，但是，我们又怕他误会了我们不玩的原因，于是我们抓了阄，莱蒂西亚赢了。我和奥兰达都很高兴，因为莱蒂西亚很会扮雕像，可怜的小东西。当她一动不动时，麻痹症也看不出来了，她可以摆出无比高雅的姿态。摆姿态时，她总是选慷慨、仁慈、牺牲和舍弃。扮雕像时，她总是追求客厅里被露丝姨妈称为“尼罗的维纳斯”[①]的那尊雕像的风格。因此，我们为她选了些特别的衣饰，想让阿里埃尔有个好印象。我们给她披上一块绿色天鹅绒当作长袍，头发上放了一顶柳枝冠。由于我们都穿着短袖，因此希腊式效果很明显。莱蒂西亚在树荫下练习了一会儿，我们讲好我们俩也会探出身子，跟阿里埃尔矜持但很友好地打个招呼。

莱蒂西亚看上去棒极了，火车过来时，她连根手指头都没动一下。由于她不能转过头去，她便把头向后仰，把胳膊贴紧身体，就好像她本就没有胳膊似的。除开绿色的长袍，看着就跟“尼罗的维纳斯”一模一样了。在第三节车厢里，我们看见了一个金色卷发、浅色眼睛的男孩，他一看见奥兰达和我在向他打招呼就露出了一个大大的笑容。火车瞬间便把他带走了，但是，虽然当时已经四点半了，我们还是讨论了一会儿他是不是穿着深色衣服，他是不是打着红领带，他是讨厌还是可爱。星期四，我扮演沮丧，我们又收到了一张小纸条，上面写着：“三个我都很喜欢。阿里埃尔”。现在，他常常将头和一只胳膊伸出窗外，笑着跟我们打招呼。我们估计，他大约十八岁（我们肯定，他不会超过十六岁）。我们都认为，他是每天从一间英国学校回家。这里面，最最肯定的就是英国学校这一条，我们可不是什么阿猫阿狗都接受的。看得出，阿里埃尔出身很好。

接着，奥兰达运气好得不像话，连赢了三天。她发挥得超好，

① 《米罗的维纳斯》之误称。

摆了醒悟和诈骗两个姿态，还扮了一个很难很难的舞者雕像，她从火车进入弯道开始就一直单脚站着。第二天我赢了，然后又是她。当她正在摆着恐怖这个姿势时，阿里埃尔的一张小纸条几乎丢到了我鼻子上。我们一开始都没看懂："最懒的最美。"莱蒂西亚是最后一个明白过来的，我们看着她脸红起来，然后走到了一边。奥兰达和我彼此看着，有一点恼火。我们本想冲口大骂阿里埃尔真是个笨蛋，但是，我们不能对莱蒂西亚这么说，可怜的天使，她那么敏感，又受着那么大的罪。她什么也没说，但是她似乎明白那张纸条是归她的，便把它收了起来。那天我们一声不响地回到了家，晚上也没有一起玩。吃饭时，莱蒂西亚很高兴，眼睛亮亮的。妈妈看了露丝姨妈一两次，好像是要她证明自己的欢喜并非一场空。那几天，她们在对莱蒂西亚试用一种新的强化疗法，看起来，这效果真是好得出奇。

睡觉前，奥兰达和我谈了谈这件事。阿里埃尔的小纸条并没有让我们难过，从一辆飞驰的火车上只能看到事物的表面。我们只是觉得莱蒂西亚对我们太得寸进尺了。她知道我们不会对她说什么，她知道在一个家庭里若有一个人身体有缺陷却又极骄傲，那么所有人都会假装注意不到那人的情况，病人自己尤其如此。或者说，大家都假装不知道对方知道。但是，也不该太过分，莱蒂西亚吃饭时的表现和她收起小纸条的样子就太过分了。那天晚上，我又做了我那些关于火车的噩梦。在梦里，我在清晨走过铁道边的宽阔平地，轨道纵横交错。我远远地看着驶来的火车头上的红色灯光，焦急地估计着火车是不是会从我的左边经过，同时又很担心也许会有一辆快车从我背后驶来，或者——这是最糟糕的——会有一列火车突然走上岔道，直朝我冲来。但是，到早上，我就忘记了这一切，因为莱蒂西亚早上起来疼痛发作，我们必须帮她穿上衣服。我们觉得，她有点后悔昨天的事情了，我们就对她很好，告诉她说她会这样是因为走了太多路，也许她最好还是留在房间里看看书。她没说什么，但是她出来跟我们一起吃了午饭。妈妈问长问短，她总回答说她已经好了，她的背几乎已经不疼了。她话是对着妈妈说的，眼睛却看着我们。

那天下午是我赢了，但是，在那一刻，不知怎么的，我对莱蒂西亚说我把位子让给她，当然，我没告诉她为什么。既然那人比较喜欢她，就让他看她看到厌吧。游戏该玩扮雕像，所以我们给她选了一些简单的东西，让她不用太费事。她扮得像一个中国公主，带着点羞涩，她看着地面，双手合十，就像中国公主们常做的那样。当火车经过时，奥兰达在柳树下背过身去，我却还是看了看。我看见阿里埃尔目不转睛地看着莱蒂西亚。他一直看着她，直到火车拐过弯去，再看不见了。莱蒂西亚一直没动，她不知道他刚刚在那样看着她。但是，当她到柳树下来休息时，我们发现她其实是知道的，而且她其实挺想整个下午都穿着那套衣饰，甚至是整个晚上。

星期三，只有我和奥兰达抽签，因为莱蒂西亚对我们说她应该歇一轮才对。奥兰达赢了，因为她就是该死的走运。但是，阿里埃尔的信落到了我这一边。当我把信捡起来时，我突然有股冲动想把它递给一言不发的莱蒂西亚，但是，我想也不该事事都顺她的意，所以，我慢慢把信打开了。阿里埃尔宣布，他第二天会在邻站下车，沿着路堤过来聊一会儿天。字句都写得糟糕至极，但是最后一句话很动听："谨向三尊雕像致意。"签名就像是鬼画符，但个性鲜明。

我们为奥兰达脱下衣饰时，莱蒂西亚看了我一两眼。我已经给她们读过信了，谁也没说什么，这其实挺讨厌的，毕竟，阿里埃尔是一定会过来的，我们得考虑考虑这个消息，做个决定。如果家里人知道了，或者罗萨家的某个姑娘不巧正想偷看我们，以那群小矮子的嫉妒心，她们肯定会闹翻天的。而且，发生了这么一件事，我们却提都不提，在收拾衣服饰物、穿过白色大门回家时，我们也没看过彼此一眼，这很奇怪。

露丝姨妈叫我和奥兰达给何塞洗个澡，自己带莱蒂西亚去做治疗。于是，我们俩终于可以从容地说说心里话了。我们觉得阿里埃尔能来真是很棒，我们从来没有过一个这样的朋友，表兄弟蒂托我们没算上，他只是一个收集小人偶、相信初领圣餐礼的呆瓜。我们又期待，又万分紧张，何塞就遭了殃了，可怜的宝贝儿。奥兰达比我勇敢，她提出了莱蒂西亚的问题。我不知道该怎么想，一方面，我觉得，如果阿里埃尔发现了那真是太可怕了，但是，事情也确实应该搞清楚，因为没有人应该因为他人而受到伤害。我只希望莱蒂西亚不要伤心难过，她已经够受的了，而且现在她还在接受新的疗法，一大堆麻烦事。

到了晚上，妈妈见我们都一言不发，很是惊讶，她说真是稀奇，还问我们的舌头是不是被老鼠给吃了。然后，她看了看露丝姨妈，她们俩肯定以为我们是干了什么坏事，心里正内疚。莱蒂西亚吃得很少，她说她还是很疼，让她们允许她回房去看罗康波尔。奥兰达伸手扶住她，但是她并不太愿意，我则开始做起针线，我一紧张就会这样。我想过两次要去莱蒂西亚的房间，我想不出那两个女孩单独待在那里会做些什么。但是，奥兰达一脸凝重地回来了，她坐在我旁边，一句话都不说。直到妈妈和露丝姨妈收拾起桌子，她才开口：

“她明天不会去的。她写了封信，还说如果他一直问的话，就把信交给他。”她拉了拉衬衣的口袋，我看见了一个紫色的信封。接着，我们便被叫去擦盘子，那天晚上，我们几乎立刻就睡着了，因为白天很激动，也因为给何塞洗澡太累人了。

第二天，轮到我去市场买东西，因此，整个上午我都没看见莱蒂西亚，她一直待在她的房间里。开饭之前，我去了她房间一会儿。我看见她在窗户边，靠着许多枕头，拿着罗康波尔的第九卷。看得出来，她很不舒服，但是她笑了，对我说起一只飞不出去的蜜蜂和她做的一个很滑稽的梦。我对她说，她不能来柳树林真是太遗憾了，但是，要把这句话好好说出来简直太难了。“如果你愿意，我们可以跟阿里埃尔解释说你不舒服。”我这样提议，她却说不要，然后就不说话了。我又劝她一起来，最后，我鼓起勇气，叫她不要害怕，跟她说真正的爱是不惧阻碍的，还说了一些我们在《青春宝典》[①]里学到的其他警句。但是，我的话越说越艰难，因为她一直看着窗户，好像快要哭了。最后，我说了句妈妈找我呢，便走了。午餐吃得好漫长，奥兰达还因为把辣番茄酱溅到了桌布上而挨了露丝姨妈一耳光。我都不记得我们是怎么把盘子擦干的，只记得我们突然就已经来到了柳树林里，我们俩彼此拥抱着，满心喜悦，一点也没有嫉妒对方。奥兰达跟我说，为了给阿里埃尔留个好印象，我们应该怎么谈我们的学业，因为中学生都很鄙视只念过小学、只会缝纫和手工的女生。当两点零八分的火车开过时，阿里埃尔激动地伸出双手，

①指最初由英国作家、教育家亚瑟·米伊出版的《儿童百科全书》，后由美国出版商瓦尔特·杰克逊译成西班牙语，名为《青春宝典·知识丛书》，其后亦有过许多扩充、增补的版本。

而我们则挥着我们的印花手帕，向他表示欢迎。大概二十分钟以后，我们看见他沿着路堤过来了，他比我们原来想的更高，通身灰色衣裳。

我不怎么记得我们一开始说了些什么了，虽然他人都来了，还丢过纸条，他还是挺害羞的，而且，他说话很有深度。他几乎是立刻就把我们扮的雕像和摆的姿态大加赞扬了一番，他问我们叫什么，还问起为什么还有一个女孩不在。奥兰达说莱蒂西亚来不了了，他说真遗憾，还说他觉得莱蒂西亚这名字很美。然后，他跟我们谈起工业学院的事情，很遗憾，那不是一所英国学校。他还问我们能不能把衣服饰物拿给他看看。奥兰达把石头搬起来，我们把东西拿给他看了。他似乎很感兴趣，有好几次，他拿起某件衣饰，说“有一天莱蒂西亚穿过这个”或者“这个是扮那个东方雕像的”，他指的就是中国公主。我们坐在柳树荫下，他很高兴，但有点心不在焉，看得出来，他留下来纯粹是出于礼貌。当谈话冷下来，奥兰达看了我两三眼，这可对我们俩都没有好处，因为它让我们很想逃开，让我们希望阿里埃尔压根儿就没来过。他又一次问莱蒂西亚是不是生病了，奥兰达看看我，我以为她就要告诉他了，但是，她却回答说莱蒂西亚来不了了。阿里埃尔用一根小树枝在地上画着几何图形，他时不时看看白色大门。我们知道他在想什么，因此，奥兰达适时地拿出那个紫色的信封，递给了他。他手上拿着信封，很是惊讶，然后，当我们解释说这是莱蒂西亚给他的信时，他脸红了起来，他不愿意当着我们的面读信，便把信收在了短外套的内口袋里。他几乎是马上就说道这次见面很开心，他很高兴能来，但是，他的手软绵绵的，叫人讨厌，所以会面结束了也好，虽然在那之后，我们一直就只想着他的灰色眼眸和他微笑时的那种悲伤神态。我们也记得他道别时说的“再会”，我们在家里从来没听人这么说过，听起来很神圣、很诗意。我们把一切都告诉了一直在院子里的柠檬树下等我们的莱蒂西亚，我本想问问她信里都写了些什么，但是既然她在把信交给奥兰达以前就将信封封了口，我不知怎么就什么也没说。我们只跟她说了说阿里埃尔是什么样子的，还有他问起了她多少次。这可是很难说的，因为这是件虽美好却伤人的事情。我们觉出莱蒂西亚很开心，但是同时，她又几乎是在哭泣，最后，我们说了句露丝姨妈找我们呢，就走了，留下她独自看着柠檬树上的黄蜂。

那天晚上，我们要睡觉的时候，奥兰达对我说：“你看着，从明天开始，游戏结束了。”她虽没全说中，但也差不离了。第二天，莱蒂西亚在吃饭后点心的时候，向我们打了暗号。我们去洗碗碟的时候非常吃惊，还有点恼火，因为莱蒂西亚这么做真是不害臊，这可不好。她在门口等着我们，一到柳树林，她就从口袋里掏出了妈妈的珍珠项链和家里所有的戒指，连露丝姨妈那枚大大的的红宝石戒指都有，我们看见，都快要吓死了。如果罗萨家的姑娘们在偷看的话，她们就会看见我们拿着这些首饰，妈妈肯定马上就会知道，她会杀了我们的，恶心的小矮子们。但是，莱蒂西亚却并不害怕，她说，如果有什么事她会负全责。“我希望你们今天能让我来。”她又说道，但是她没有看着我们。我们立刻把衣饰拿出来，突然之间，我们都想对莱蒂西亚很好很好，满足她的所有愿望，虽然我们心底里还有一点点疙瘩。游戏该玩扮雕像了，所以，我们为她选了跟珠宝首饰很搭配的非常漂亮的衣物，还有很多孔雀毛用来簪在头发上，又挑了一块远看像是银狐皮的皮料，还有一块玫瑰色的面纱，她把它当作头巾缠好。我们看见她想啊想，一动不动地练习着雕像的造型。

当火车在拐弯处出现时，她站到斜坡脚下，戴着所有的首饰，在太阳下熠熠生辉。她举起胳膊,好像她不是要扮雕像而是要摆姿态似的。她双手指天，头往后仰（这是她唯一能做的动作，小可怜），还把身子弯得那么厉害，叫我们直害怕。我们觉得她美极了，这是她扮过的最华丽的雕像了。然后，我们看见阿里埃尔，他在看着她，他将身子探出窗外，只看着她一个人，他转过头，看着她，对我们视而不见，直到列车带着他倏地驶远。我都不知道为什么我们俩都同时跑过去扶住了莱蒂西亚，她双眼紧闭，脸上满是大颗的泪珠。她静静地推开我们，但我们还是帮她把珠宝首饰藏进了口袋里。她独自回家去，而我们则最后一次把衣服饰物收在她的箱子里。我们几乎可以想见接下来会发生什么事，但是，第二天，我们两个人还是照样去了柳树林，因为露丝姨妈叫我们保持绝对安静，不要吵到莱蒂西亚，她疼得厉害，想睡觉。当列车来时，我们毫不意外地看见第三扇车窗里空无一人，我们半是放松半是愤怒地微笑着，想象着阿后埃尔坐在车厢的另一侧，在他的座位上一动不动，灰色的眼眸看着河水。

图书在版编目（CIP）数据

被占的宅子 ：科塔萨尔短篇小说全集．1/（阿根廷）科塔萨尔著；陶玉平，李静，莫娅妮译．—— 海口：南海出版公司，2017.3

ISBN 978-7-5442-6283-5

Ⅰ．①被… Ⅱ．①科…②陶…③李…④莫… Ⅲ．①短篇小说－小说集－阿根廷－现代 Ⅳ．① I783.45

中国版本图书馆 CIP 数据核字（2016）第 004843 号

著作权合同登记号　图字：30—2014—132

被占的宅子：科塔萨尔短篇小说全集 1
〔阿根廷〕胡里奥·科塔萨尔 著
陶玉平　李静　莫娅妮 译

出　　版　南海出版公司　(0898)66568511
　　　　　海口市海秀中路 51 号星华大厦五楼　邮编 570206
发　　行　新经典发行有限公司
　　　　　电话 (010)68423599　邮箱 editor@readinglife.com
经　　销　新华书店

责任编辑　郑小希　陈　蒙
装帧设计　李照祥
内文制作　王春雪

印　　刷　北京天宇万达印刷有限公司
开　　本　850 毫米 ×1168 毫米　1/32
印　　张　12
字　　数　267 千
版　　次　2017 年 3 月第 1 版
印　　次　2020 年 4 月第 5 次印刷
书　　号　ISBN 978-7-5442-6283-5
定　　价　49.50 元